영웅의 발견과 한국근대소설의 기원

양진오
서강대학교 국어국문학과 및 동 대학원 졸업. 문학박사. 문학평론가.
계간 『실천문학』, 『내일을 여는 작가』 편집위원 역임.
현재 대구대학교 인문대학 국어국문학과 교수.
저서 『당대의 한국문학 한국문학의 당대』, 『힐링 시네마 다이어리』 등.

영웅의 발견과 한국근대소설의 기원
－신채호 문학의 근대적 진화

초판 1쇄 인쇄 | 2015년 4월 23일
초판 1쇄 발행 | 2015년 4월 30일

지은이 | 양진오
펴낸이 | 지현구
펴낸곳 | 태학사
등 록 | 제406-2006-00008호
주 소 | 경기도 파주시 광인사길 223
전 화 | 마케팅부 (031)955-7580~82 편집부 (031)955-7585~89
전 송 | (031)955-0910
전자우편 | thaehak4@chol.com
홈페이지 | www.thaehaksa.com

ISBN 978-89-5966-696-6 93810

* 이 저서는 한국연구재단의 2010년도 정부재원(교육부)으로 한국연구재단의 지원을
  받아 연구되었음(NRF-2010-812-A00137)
* This work was supported by the Korean Research Foundation Grant funded by
  the Korean Government(NRF-2010-812-A00137)

신 채 호 문 학 의
근 대 적 진 화

영웅의 발견과
한국근대소설의
기원

| 양진오 |

태학사

책머리에

신채호 문학과 그의 고단하면서도 뜻 깊은 생애를 읽고 이해하기. 그리고 이 내용들을 한국근대문학 연구자로서 적극적으로 수렴해 한국근대문학 연구가 걸어온 길과 걸어야 할 길을 총체적으로 성찰하고 기획하는 연구의 전망을 모색하는 게 필자의 지난 몇 년의 과제였다. 신채호 문학을 연구하게 된 계기가 처음에는 그렇게 각별한 게 아니었다. 박사학위논문의 한 장이 신채호 문학이었는데, 그 장을 집필하며 신채호를 비로소 알게 되었다. 그리고 수년 후 그가 남긴 수편의 논설과 작품들을 읽어나가는 과정에서, 신채호가 자기 경계에 감금되지 않은 참으로 무한히 열린 존재라는 걸 알 수 있었다. 필자는 신채호의 바로 이 대목에 큰 매력을 느꼈다. 일반인들에게 신채호는 비타협적인 강직과 고결을 실천한 인물로 많이 알려져 있다. 그렇지만 신채호만큼 역동적으로 변모하는 세계와 타자들에게 자신을 극적으로 연 인물도 많지 않다는 게 필자의 생각이다.

신채호를 정의하는 개념들은 참으로 많다. 애국계몽, 민족주의, 국수주의, 사회진화주의, 아나키즘 등등의 개념으로 우리는 그의 글과 생애를 정의하며 이해해 왔다. 그는 그렇지만 그런 개념으로 정의될 수 있는 존재는 아니다. 그는 그게 어떤 개념이든 거기에 한정되어 사유하거나 상상력을 펼친 인물이 아니다. 그는 그를 정의하는 개념이 어떻든 그 개념을 가로질러 새로운 생을 창조한 인물이다. 한 예를 들자면 이렇다. 신채호는 1910년 중국 망명을 계기로 사회진화주의와 자신을 분리시킬 수 있었다. 중국 망명 이전의 신채호는 사회진화주의의 논리를 바탕으로 적지 않은 애국계몽 논설과 영웅들의 역사전기를 집필하는 글쓰기에 몰두했다. 물론 중국 망명 이전의 신채호라고 해서 사회진화주의 이외의 사상이나 논리에 대해서 전혀 교감이 없었다는 건 아니다. 그는 중국 망명 이전에 이미 고토쿠 슈스이의 「암살론」을 탐독하거나 『이태리건국삼걸전』 역술 과정에서 공화주의자이자 혁명주의자인 마찌니를 근대 이태리 건국 영웅 중에서 최고로 지지하는 양상을 보인 바 있다.

그렇지만 그가 중국 망명 직전에 쓴 「20세기 신국민」을 보자면 그는 여전히 사회진화주의를 욕망하는 논객이자 지사였다. 그는 이 글에서 제국주의 열강으로 보이는 근대국민국가를 상상했고 그러한 국가의 형식에 부합하는 신국민의 출현을 갈망했다. 그런데 그런 그가 망명의 시간이 깊어지자 사회진화주의와의 연계를 끊고 민중 개념을 발견하거나 그 자신을 반성적으로 성찰하는 주체로 변모한다. 민중 개념만 해도 그렇다. 그는 이 개념을 절대적으로 신화화하지 않는다. 민중 개념을 이해하는 신채호의 태도는 기본적으로 비판적이다. 그의 사유와 상상력은 이렇게 어느 한 지점에 구속되어 머무는 사유와 상상력이 아니었다.

이런 점에서 그의 망명은 자기를 세계로부터 은폐시키는 수동적 개념이 아니다. 그의 망명은 그를 세계 내 주체로 형성하는 열린 사건이자 도정인 까닭이다. 이런 점에서 필자는 신채호의 생애를 애국계몽주의자에서 아나키스트로 정의하는 방식에 대해서는 크게 동의하지는 않는다. 물론 신채호의 이런 변모가 어느 정도는 사실에 부합하기는 하지만 필자가 주목하는 건 신채호의 주체 형성의 계기와 그에 따른 진화적 변모이다.

필자는 이 책에서 신채호의 주체 형성의 변모를 영웅 개념으로 추적했다. 신채호 문학의 특수한 성격을 해명하는 개념이 영웅 개념 외에도 또 다른 개념이 있겠지만 신채호처럼 영웅 개념을 극적으로 사유하고 상상한 작가가 드물다. 이에 필자는 이 개념이 신채호 문학을 어떤 문학으로 형성케 하며 궁극적으로 어떤 근대문학으로 진화하게 하는가를 주목했다. 구국 영웅, 민족 영웅을 사유하고 상상하며 자기 문학을 열어간 신채호는 신국민으로 호명되는 무명의 영웅을 거쳐 민중의 발견과 혁명 개념의 상상 등 영웅 개념의 범주와 내용을 지속적으로 갱신하는 방식으로 그의 근대문학을 이어간다.

그렇지만 막상 지난 몇 년의 신채호 공부를 한 권의 책으로 세상에 내놓으려하니 더 밝혀야 할 논제들이 떠올라 적지 않은 아쉬움이 밀려온다. 이 아쉬움은 또 다른 기회에 또 다른 공부로 달랠 생각이다. 신채호 문학 연구의 대중화가 중요하다고 생각해 각 논문 말미에 논문의 주제에 부합하는 독자들이 읽어볼만한 신채호의 논설과 사론의 일부를 읽기 자료로 수록했다. 현대 한국어로 표기된 논설과 사론은 아니지만 논문과 함께 수록된 신채호의 논설과 사론이 신채호 문학 연구와 대중적 이해에 다소나마 도움이 되기를 바라는 마음이다. 단재신채호선생기념사업회에서 출간한 『丹齋申采浩全集』으로 지난 몇 년 신채호 문학을 공부한 까닭에 수록되는 논설과 사론의 출처가 이 텍스트임을 밝히는 바이다.

무엇보다도 연구 여건과 지원이 녹록치 않은 현실에서 공부 실력이 부족한 지도교수를 믿고 따르며 한국근대문학 연구의 동학이 되어준 대학원 제자들에게도 크게 감사한다. 인문학자들이 마주하는 현실의 무게가 여간 무거운 게 아니다. 이 현실의 무게는 앞으로 더 깊어질 것으로 보인다. 이 현실의 무게에 대응하는 방법은 그 무게만

큼의 공부일 것이다. 그나마 지도교수와 함께 공부의 길을 열어가는 제자들이 있어서 이 서생이 덜 외로운 게 아닌가 싶다. 이제 필자의 신채호 문학 공부가 어느 정도는 마무리되었으니 다음에는 그 주변의 지사들, 학인들, 삭가들 쪽으로 공부의 방향을 돌릴 계획이다.

2015년 4월
만촌서재에서
필자

차 례

제1장 신채호 다시 읽기의 문학적 의미

1. 누구를 기억하고 어떤 작품을 독해할 것인가?

백여 년의 역사가 누적된 한국근대문학의 장에 출현한 작가들이 한둘이 아니다. 이들 중에서 누구를 기억하고 혹은 누구의 어떤 작품을 독해하며 그것의 문학적 의미를 되새겨야 할지, 이를 연구자로서 선택하는 것은 여간 어려운 문제가 아니다.[1] 그렇다는 것은 기본적으로 이 선택이 한국근대문학을 어떻게 이해해야 하는가 하는 연구자의 자의식과 필연적으로 직결되는 난제인 까닭이다. 특히 1900년대 들불처럼 번진 애국계몽의 열망과 식민화의 위기가 중첩적으로 교차한 한국근대의 복잡한 성격을 의식하며 이 질문을 곱씹게 되면, 이게 보통 난제가 아니라는 게 자연스레 확인된다. 그런데 이 질문이 난제라는 것을 솔직히 인정하면서도, 한국근대문학의 장에서 새로이 기억하고 독해할 작가를 선택하라고 한다면, 필자는 신채호를 선택하고 싶다.

---

[1] 여기서 말하는 기억은 개인적, 주관적 차원의 기억을 뜻하지 않는다. 알박스 (Maurice Halbwachs)에 따르면 기억은 자전적 기억, 역사적 기억, 집합 기억으로 나뉘기도 하지만, 필자는 기본적으로 기억을 과거의 사실적 재현이 아니라 당대의 맥락 속에서 재구성된 현재적 과거로 이해한다.

신채호. 그는 자신의 호를 고결과 엄숙의 이미지가 농후한 '丹齋'로 정할 만큼 당대 누구의 비교를 허락하지 않는 강직한 인물로 알려져 있다. 게다가 그는 오랜 시간 한국인들 사이에서 한국 민족주의와 국혼의 표상으로 정의되어 왔으니, 열이면 열 신채호에 대한 선입견이 또렷하다. 그렇지만 필자가 신채호를 다시 읽으려는 이유는 이와는 다르다. 예컨대 그가 민족주의를 절대적으로 표상하는 인물이거나 소신을 굽히지 않은 강직한 인물이어서 다시 읽어보자는 게 아니다. 한국근대문학의 장에서 국수의 표상이나 노블의 감각과는 거리가 먼 '구식'의 작가로 치부되는 이 작가를 새롭게 읽는 일이 그리 쉬운 게 아닌 까닭이다.

이런 사정에서 왜 오늘날의 우리들은 신채호를 기억하고 그의 작품을 읽어야 하는 것일까? 아니 필자는 왜 그를 기억하고 그의 작품을 읽어보자고 독자들에게 제안하는 것일까? 그가 식민의 위기가 고조된, 민족적으로 대단히 불행한 시기에 자신에게 닥친 고난과 수난을 외면하지 않으면서 국권수호를 위해 헌신한 선각자이자 지사여서 그런 것일까? 아니면 1910년 전후 국외로 망명하면서 풍찬노숙을 마다하지 않고 독립운동에 헌신하면서 아나키즘을 적극적으로 받아들이는 등 행동하는 지식인의 모범을 보인 까닭일까? 이만열은 이렇게 말하고 있다.

이 시대에 단재를 다시 떠올리는 것은 그의 선각자로서의 노력과 계몽운동 및 민족사 연구에 끼친 공헌 등 학자적 업적과도 무관하지 않다고 본다. 단재의 업적에는 언론 교육 문학상에 끼친 공헌과 독립운동가로서의 업적이 있다. 그의 생애 중 민족운동가로서의 역할은 애국계몽운동에서 보이는 언론활동과 근대민족주의 역사가로서의 업적에서 찾을 수 있다. 그의 국권회복 독립운동 및 아나키즘 운동에서는 철저히

비타협적이고 무력혁명적이었다. 그렇다고 그의 운동은 효과적이었다
거나 설득력을 가지고 공감대를 얻은 운동이었다고는 할 수 없다. 그의
그 같은 운동을 우리는 이 시대에 어떻게 구현할 것인가 하는 과제도
갖게 된다.[2]

고조되는 식민화의 징후를 예민하게 포착하고 마치 선지자처럼 사
자후를 토한 선각자 신채호. 개인적 희생을 마다하지 않는 열혈 독립
운동가로서의 업적이 독보적인 신채호. 사실 이만열만이 신채호를
한 시대를 대표하는 선각자와 독립운동가로 정의하는 것은 아니다.
국문학, 국사학, 언론 분야의 내로라하는 중견 학자들의 저작에서 신
채호는 언제나 시대의 고난을 감수하면서도 투철한 예지와 실천력을
바탕으로 당대와 대결한 거인으로 묘사되고 있다.[3] 이 저작들에서 신
채호는 마치 신화와 전설 속의 주인공처럼 난국에 대응한 걸출한 인
물이라는 데에는 이론의 여지가 없어 보인다. 더구나 그는 이렇게 기
억되는 인물이기도 하다.

---

2 이만열, 「단재 신채호의 민족운동과 역사연구」, 충남대학교 충청문화연구소 편,
『단재 신채호의 사상과 민족운동』, 경인출판사, 2010, 3~4쪽.
3 신채호 연구에서 주목할 저작들은 다음과 같다.
김병민, 『신채호문학연구』, 아침, 1988.
김삼웅, 『단재 신채호 평전』, 시대의창, 2005.
김주현, 『신채호 문학연구초』, 소명출판, 2012.
김현주, 『단재 신채호 소설 연구』, 소명출판, 2015.
신일철, 『신채호역사사상연구』, 고려대출판부, 1983.
안병직, 『신채호』, 한길사, 1979.
이덕남, 『(마지막 고구려인) 단재 신채호』, 동현, 1996.
이만열, 『단재 신채호 역사학 연구』, 문학과지성사, 1990.
이호룡, 『신채호 다시 읽기』, 돌베개, 2013.
이홍기, 『신채호 함석헌 : 역사의 길, 민족의 길』, 김영사, 2013.
임중빈, 『단재 신채호 일대기』, 범우사, 1987.

또한 선생은 세수할 때에 고개를 숙이지 않아서 온통 옷을 버리기가 일쑤였다. 누가 그 이유를 물으니까 "나는 평생에 머리 숙이기를 좋아하지 않기 때문이다" 하였다. 오산에 있을 때에도 이 세숫법을 고치지 않았는데 한 번은 시당이 "에익 으응, 그게 무슨 세수하는 법이람. 고개를 좀 숙이면 방바닥과 옷을 안 질르지" 하고 혀를 차는 것을 보고 "그러면 어때요?" 하고 여전히 고개를 뻣뻣이 하고 두 손으로 물을 찍어다 발랐다 한다. 그는 결코 누구의 말을 들어서 제 소신을 고치고, 남의 사정이나 감정을 꺼려서 자기 일을 고치는 인물이 아니었다.[4]

신채호는 기개가 상당해서 세수마저 직립 자세로 하더라는 일화를 알고 있는 이들이 적지 않다. 이 글에서 신채호는 사람들의 충고를 귀담아 듣지 않는 고집이 센 인물로 기억된다. 그런데 이 일화는 일화로 그치지 않고 신채호의 기개와 항심을 표상하는 신화로 격상되어 오늘날까지 전승되고 있다.

그렇지만 신채호가 이처럼 신화와 전설 속의 주인공으로 기억되는 한 신채호를 '새로이' 기억하는 것은 애초부터 불가능하다. 그렇다는 것은 신채호의 삶이 성균관 유생에서 민족주의적 애국계몽주의자로, 민족주의적 애국계몽주의자에서 아나키스트로 그 진폭을 확장할 정도로 역동적이었는바, 이 역동적인 신채호의 삶을 일면적으로 이해한다는 것은 그에 대한 예의가 아니다. 요컨대 신채호는 선각자였으나 동시에 선각의 성취에 자족하지 않은 인물이기도 하며 이를 위해 유교주의 · 민족주의 · 사회주의 · 아나키즘 등 당대의 정신과 부단하게 교류한 '열린' 인물이라는 것이다.

이런 배경에서 필자는 신채호를 신화 세계의 절대 영웅으로 일면

---

4 김영호, 「단재의 생애와 활동」, 『나라사랑』 제3집, 1971, 74쪽.

적으로 기억하기보다는 자신의 내적 한계에도 불구하고 이 한계를 가로지르며 새로운 주체를 탄생시킨 문제적이면서도 열린 인물로 이해할 것을 독자들에게 제안하고자 한다. 신채호에게도 인간적 결함, 내적 모순 등이 있었지만 그에게는 자기 한계에 갇히지 않으려는 주체의 열망이 있었는바, 바로 이 대목을 주목하자는 말이다. 필자가 신채호 다시 읽기에서 주목하는 것은 바로 자신을 열린 인간으로 만들어가는 신채호의 주체 구성의 열망이다. 그는 자신을 어느 특정 개념과 지점에 얽매이지 않는 열린 주체가 되기를 고대했다.

이런 점에서 신채호를 '존경'하기보다는 있는 그대로 '이해'하는 게 중요하며 '당연하게' 여겨지는 그에 대한 여러 해석과 판단을 반복하기보다는 새로운 신채호를 발견하는 노력이 필요하다. 있는 그대로의 신채호를 보자는 말이다. 이를 감안해 우리는 그를 시대의 선각자나 민족주의의 절대적 표상으로 이해하는 데 만족하지 않고 더 치열하게 탐문해야 한다. 우리가 오늘날 신채호를 기억하고 그의 작품을 읽는 이유가 그가 단지 선각자로 정의되기 때문이 아니라는 말이다. 신채호를 부단히 새로운 자기를 형성하는 열린 주체로 이해할 때 그의 진면목이 보인다는 말이다. 신채호를 향한 우리들의 탐문은 이렇게 당연한 평가와 해석을 뛰어넘는 창의적인 지점에서 제기되어야 한다.

필자는 신채호가 선각자로 정의되는 게 부당하다고 말하는 게 아니다. 이만열의 진술에서 확인되듯, 신채호는 우리나라가 고난을 겪는 중에 민족사를 이끈 선각자로 우뚝 존재하고 있으며, 지금도 그와 같은 평가는 크게 바뀌지 않고 있다. 그렇지만 이보다 더 큰 신채호의 매력은 자기를 열린 주체로 만들어가는 도정에 있다고 봐야 한다. 유림 출신으로서 신채호는 유림의 세계에 자족하기보다는 그 세계를 박차고 나와 임금이 아닌 국가에 애국하자고 외쳤다. 그는 그를 낳은 정신의 기원에 구속되어 그 기원을 마치 절대적인 진리처럼 주장한 인물은 아니다. 그가 주목한 것은 자신을 낳은 정신의 기원이 아니라 세계, 더 정확히 말하자면 격동의 당대였다. 그는 불가항력적으로 변모하는 당대에 마주서고자 한 실천 지성이었던 게 분명하다.

어디 이 뿐인가. 중국 망명 이후 신채호는 실천 지성으로서 한국 고대사의 현장을 답사함은 물론 임시정부 노선 투쟁, 아나키즘 수용 등 언제나 당대의 전위로 존재했다. 그가 선각자로 불리는 이유는 바로 여기에 있다. 그는 선각을 선각하고 또 그 선각을 선각한 선각자였다. 부단한 선각자로서 신채호는 그의 삶이 종료되는 시점까지 선각의 끈을 놓치지 않았다. 달리 말하자면, 그는 거듭 선각하는 한 시대의 뜨거운 전위로 살아갔다.

이런 맥락에서 그는 도래하는 근대를 맹목적으로 받아들이지 않았다. 물론 신채호라고 해서 이 근대를 처음부터 부정한 건 아니었다. 그도 제국주의 열강을 매개로 도래하는 근대를 주시하고 있었다. 그렇지만 그는 도래하는 근대를 무조건 예찬하거나 지지하지 않았다. 그는 도래하는 근대의 진정성을 의심했으며 그 근대의 이면을 투시하는 지적 노력을 그치지 않았다.

사실, 이렇게 압도적인 무게로 다가오는 서구발, 일본 중계 근대를 의심한다는 것이 당시로는 쉬운 태도가 아니었다. 열이면 열, 당시의 위정자들과 지식인들은 근대를 받아들여야 한다고 했다. 근대를 받아들이는 게 구국의 길이라고 그 시대의 식자들은 이구동성으로 이야기했다. 별개로 이 근대의 어두운 이면을 투시한 이들은 망국을 예감하며 국경을 건너 간도로 블라디보스토크로 상해로 망명의 길을 떠났다. 신채호도 그 중의 한 명이었다. 신채호는 맹목적으로 근대에 열광한 근대주의자가 아니었다. 그는 근대의 표면만이 아니라 이면을 투시할 줄 알았으며, 이면을 투시하면서 선각의 끈을 놓치지 않았다.

필자가 주목하는 대목은 바로 여기에 있다. 신채호를 선각자로 정의할 수 있다면 그가 당대의 어떤 인물보다 시대의 대세처럼 보이던 근대를 의심하고 비판하며 근대 극복을 치열하게 모색한 까닭이다. 요컨대 신채호는 제국주의 열강을 매개로 도래하는 근대를 맹목적으로 지지하지 않고 그 이면을 볼 줄 안 근대의 진정한 선각자라 할 수 있다. 그렇기에 만약 선각의 의미를 한 시대의 징후와 진로를 누구보다 앞서 이해하고 이를 바탕으로 전망을 모색하는 일련의 지적 활동으로 정의할 수 있다면, 신채호는 선각자인 게 분명하다.

　이런 배경에서 신채호를 기억하고 그의 작품을 읽는 일은 문명화와 식민화가 뒤엉킨 저 착잡한 한국근대의 기원과 성격, 그 형성의 맥락을 비판적으로 이해하고 재구성하는 의미를 띤다. 신채호를 압도적인 무게로 다가온 근대를 맹신하지 않은 전위로 보자는 것. 더 중요하게는 신채호를 부단히 새로운 자기를 만들어간 열린 주체로 이해하며 한국근대문학의 근대 극복의 가능성을 탐문해 보자는 것. 이게 바로 신채호를 읽는 필자의 독법이다.

　이처럼 필자는 신채호를 한국근대문학의 장에서 누구보다 역동적이었던 열린 주체로 간주하고 있다. 그렇다는 것은 그가 압도적인 무게로 다가온 근대에 순응하는 근대의 노예가 되기를 거부했다는 말이며 더 본질적으로는 그가 주체의 해방을 기획하고 실천하였다는 말이다. 열린 주체로서의 신채호는 어쩌면 일제의 정치권력만이 아니라 일체의 구속을 거부한 해방적 인간으로도 보인다. 여기서 주목해야 하는 것은 근대 정치가 구획하고 강요한 일체의 경계를 가로지르는 그의 지적 도정이다. 그가 어떤 방식과 논리로 경계를 가로지르며 자신을 열린 주체로 만들어가고 있는지를 주목해야 한다는 것이다. 요컨대 신채호를 기억하고 그의 작품을 읽어야 하는 주된 이유는 그에게서 근대 극복의 가능성을 발견할 수 있는 까닭이다. 여전히 오늘날 우리들의 문제는 전근대와 탈근대가 아닌 '근대'인 까닭이다. 여기서 논의를 약간 우회하기로 하자.

다양한 유형의 탈근대담론이 우리 사회를 풍미한 적이 있다. 근대의 병리적 현상을 비판하고 근대 이후를 상상하는 탈근대담론의 매력이 결코 적은 게 아니어서 매체마다 앞다투어 탈근대담론을 소개한 일이 제법 있었다. 매체만 그런 게 아니었다. 탈근대담론을 자신의 논문과 비평에 인용하거나 전적으로 지지하는 연구자, 비평가들이 제법 등장하기도 했다. 포스트모더니즘, 포스트마르크스주의, 포스트구조주의, 포스트콜로니얼리즘 등 '포스트'로 통칭되는 탈근대담론이 등장한 배경에는 근대의 거대담론을 더는 신뢰하지 않겠다는 탈근대 지식인과 이론가들의 문제의식이 투영되어 있다. 탈근대 이론가들은 앞다투어 포스트의 시대가 도래했다고 하면서 거대담론으로서의 과학, 역사, 문학의 종말을 예고했다. 그러나 이 탈근대담론은 담론으로서 존재 의의가 없지 않았지만 상징 질서로서의 근대를 비판적으로 해체하고 재구성하는 수준의 힘이 있는 것은 아니었다. 요컨대 탈근대담론은 실제 현실로 작동하는 근대를 비판적으로 성찰하는 논거가 되기에는 그 정합성이 부족했다.

이론으로서 탈근대담론의 긍정적 의의에도 불구하고 우리는 근대를 여전히 강력히 작동하는 제도이자 개념으로 이해해야 한다. 이 근대는 월러스틴(Immanuel Wallerstein)의 말처럼, 단일 국가의 범주로 존재하며 작동하는 게 아니라 세계체제의 범주로 존재하며 작동한다. 세계체제로서의 근대는 그 자체로 강력한 역사적 제체라는 게 월러스틴의 견해이며 산업화나 민주주의, 국민국가의 형성, 개인주의, 계몽과 이성 등의 개념으로 근대를 이해하기보다는 좀 더 심층적으로 분석, 고찰해야 한다는 게 또한 월러스틴의 견해이다.

오늘날 근대는 복잡하고도 심각한 위기에 직면해 있다. 한 예로

1920년대 경제대공황에 버금가는 수준의 미국발 2008년의 금융위기는 과연 오늘날의 근대가 언제까지 버틸 수 있는가 하는 의구심을 전세계 대중들에게 주기에 충분한 사건이었다. 이 사건을 계기로 미국을 중심으로 자본의 탐욕에 저항하는 '오큐파이 무브먼트'(Occupy Movement)가 전개되었으며, 근대체제에 균열을 가하는 아래로부터의 목소리들이 뜨겁게 분출했다. 그렇지만 사정이 이렇다고 하여, 근대의 위기 징후를 곧 근대의 종말로 간주하지는 말아야 한다. 근대는 구조적으로 상존하는 다양한 유형의 위기에서 자유롭지 않지만, 그렇다고 종말의 지점에 도달한 극한의 체제로 말하기도 어렵다는 것이다. 이런 점에서 탈근대담론의 '탈'의 논리가 아무리 '탈'을 강조하지만 그 '탈'은 근대 안에서의 '탈'이라고 봐야 한다. 탈근대담론은 근대체제에 갇힌 담론이라 해도 크게 틀린 말은 아니다.

그렇다고 필자가 근대의 해방적 계기를 완전히 무시하는 것은 아니다. 근대는 일백 년 전의 구한말 민중들을 무조건 억압하는 계기 혹은 오늘날의 한국인들을 절대적으로 규율하는 계기로만 다가온 것은 아닌 까닭이다. 그 근대는 전통의 논리로 혹은 봉건의 질서로 강요된 우리 내부의 오래된 악습과 봉건 질서를 철폐하는 데 일정한 기여를 한 게 사실이며 '독립', '자유', '인권', '평등' 등 당대적 세계와 인간을 읽고 이해하는 새로운 논리의 틀을 제공한 게 사실이다. 신채호 역시 그랬다. 신채호는 도래하는 근대에서 상기한 저 정치적 개념들을 주목하면서 근대의 해방적 계기를 의식한 인물이었으니 그의 독립 의식도 알고 보면 근대의 해방적 계기를 주목한 결과인 것이다.

그렇지만 신채호가 마냥 근대에 기댄 것은 아니다. 그는 도래하는 근대에 내재된 억압적 계기, 특히 식민화의 계기를 동시적으로 의식하고 있었다. 더구나 그 근대가 제국주의 열강을 매개로 도래하는 근대인 까닭에 신채호는 근대의 식민화 계기를 주시할 수밖에 없었다.

비단 신채호만이 아니었지만, 국학적 반일 지식인 계보의 맹렬 선봉장으로서 신채호는 근대의 식민화 계기에 관대할 수 없었다. 신채호는 근대의 식민화 계기를 비판하지 않을 수 없었으며 이 비판을 궁극적으로 고조시키는 작업, 즉 근대 극복의 도정에 서게 된 것이다.

바로 이 대목이다. 필자가 신채호를 기억하고 그의 작품을 독해하자고 하는 이유가 바로 여기에 있다는 것이다. 그는 한국근대의 지성 중, 근대 극복을 자신이 감수해야 할 과제로 설정한 보기 드문 사례에 속한다. 내로라하는 한국근대의 지성들 대다수가 도래하는 근대에 압도되어 근대에 협력하거나 지지했다면 신채호는 근대의 이면, 특히 근대의 억압적 계기를 주목하며 근대에 마주했다는 것이다. 상존하는 위기에도 불구하고 상징 질서로서의 근대의 현실적 영향력이 여전한 오늘날, 신채호의 삶과 문학을 독해하는 일은 근대가 무엇인지를 탐문하는 의미를 띠면서 동시에 근대 극복의 취지에서 한국근대문학의 새로운 전망을 모색하는 의미를 띠는 것이다.

2. 신채호 문학: 근대문학의 또 다른 기원

신채호 혹은 신채호 문학의 비판적 독해를 의미 있는 연구 주제로 간주하자는 것은 이광수 문학을 한국근대문학의 기원으로 설정하는 문학 독해 방식과 그 관행을 반성적으로 검토하자는 말과 일맥상통한다. 주지의 사실이지만, 이광수 문학을 한국근대문학을 열어간 기원으로 독해하는 관행이 학계는 물론 일반 대중 독자들 사이에서도 강력하게 반복되는 까닭이다. 여기에는 그럴 만한 이유가 있다.

이광수는 한국근대문학의 빛과 그림자를 동시에 구현하는 작가임이 분명하다. 먼저 그의 빛에 대해 간단히 이야기해 보기로 하자. 식민지 시대 작가 중 최고의 흥행 작가이자 소위 순문학 계열의 작가들을 배출시키는 데 있어 이광수와 비견될 만한 역할을 한 이가 과연 누구일까? 김윤식이 『이광수와 그의 시대』에서 이광수의 문제적 위상을 치밀하게 밝히기도 했지만, 이광수를 제외하고 한국근대문학을 논의한다는 것은 어불성설이다. 이광수는 그 존재 자체가 한국근대문학의 성취와 한계를 오롯이 보여주는 바로미터라고 해도 크게 틀린 말은 아니다. 먼저 『무정』을 한국근대소설의 기념비적 작품으로 독해하는 선학들의 평가를 참조하기로 하자.

『무정』은 그 일련의 표현 형태에 있어서 근대소설의 면모를 갖춘 최초의 작품이다. 마찬가지로, 근대의 문턱에 들어서면서 이른바 신소설이 제기하고 있는 개화기 인간의 사회 과정 내지는 사회 변화에의 적응 문제의 한 정점을 대표한다.

전통적인 가치가 평가절하되고 소실되는 사회적 유동성 가운데서 새로운 근거 가치와 의미를 어떻게 형성해야 하며, 또 이를 문학적으로 어떻게 굴절해야 하는가의 문제를 그 나름으로는 진지하게 그리고 있기 때문이다.[5]

이광수의 소설은 이념과 서사구조면에서 논란의 여지가 많음에도 불구하고 근대문학 초창기의 뛰어난 업적을 이루고 있어 문학사적 의의는 결코 적은 것이 아니다. 그가 인물형상화의 주제의 통합 및 그럴 듯함을 이끄는 사건 배치와 내면 묘사의 발전된 형태를 예술적으로 구현했고, 또 상대적으로 보아 신소설이 실현했던 상투적 계몽의식을 한층 심화시킨 점도 인정받아야 할 것이다.[6]

---

5 이재선, 『한국현대소설사』, 홍성사, 1978, 204쪽.

『무정』은 우리 근대소설의 문을 연 것이기에 문학사적인 의미에서 기념비적이며 작가 춘원의 그때까지 전생애의 투영이기에 춘원의 모든 문자행위 중에서도 기념비적인 것이 아닐 수 없다. 『무정』은 시대를 그린 허구적 소설이지만 동시에 고아로 자라 교사에까지 이른 춘원의 정직한 자서전이기도 하다.[7]

선학들의 독해처럼 이광수 작품 중에서 『무정』은 "그 일련의 표현형태에 있어서 근대소설의 면모를 갖춘 최초의 작품"이거나 "문학사적인 의미에서 기념비적인" 작품에 해당하며 그의 소설은 "이념과 서사구조면에서 논란의 여지가" 있지만 "근대문학 초창기의 뛰어난 업적"으로 평가받아 왔고 그 평가는 지금도 이어지고 있다. 한 마디로 이광수란 존재는 한국근대문학의 출발을 알리는 예광탄으로 비유될 수 있다. 임화의 지적과 같이, 이광수는 개화기 신소설과 염상섭, 김동인을 이어준 한국근대문학 형성의 교량 역할을 담당한 작가로, 그를 제외하고 한국근대문학을 논의하는 것은 결코 가능하지 않다.[8] 그런데 이와 같은 이광수 문학의 간단치 않은 의의에도 불구하고 우리는 그의 문학이 지닌 본원적인 한계를 말하지 않을 수 없다. 그 한계란 바로 『무정』이 근대의 부정적 계기인 식민주의를 암묵적으로 묵인하는 사정과 깊이 연관된다. 이희정의 연구를 참고하기로 하자.

---

6 신동욱, 「1920년대 소설」, 김동욱·이재선 편, 『한국소설사』, 현대문학, 1999, 397쪽.

7 김윤식, 「『무정』의 문학사적 성격」, 『김윤식전집』 2, 솔, 1996, 126쪽.

8 임화에 따르면, "춘원의 문학은 위선 그 자신 소위 발아기를 독점하는 존재일 뿐 아니라 이해조, 이인직으로부터의 진화의 결과이고 동시에 동인, 상섭, 빙허 등의 자연주의문학에의 일 매개적 계기였다는 변증법의 견지에서 이해되어야 하며, 다음에는 그의 사회적 역사적 의의를 구체적 현실과의 의존 관계의 법칙에 의하여 평가하여야 할 것이다." 임화문학예술전집 편찬위원회 편, 『임화문학예술전집』 2, 소명출판, 2009, 390쪽.

중류계층 이상의 조선민들을 유입하여 식민지배를 더욱 강화하고자 하는 이러한 일제의 정책은 『매일신보』의 연재소설에도 영향을 미친다. 이제까지 오락 중심의 소설을 통해 대중들의 암묵적인 동의를 유도하였던 『매일신보』는 소설에 대한 전략을 바꾸어 지식인들을 포섭하기 위해 적극적으로 나서기 시작한다. 이전에 「대구에서」와 「농촌계발」을 통해서 일제의 식민지 근대화의 당위성을 주장하는 글을 연재한 적이 있고, 당시 지식인을 대상으로 하는 『청춘』·『학지광』의 주요 필진으로 활동하고 있는 이광수는 자신들의 이러한 의도를 실현시켜줄 수 있는 문사로서 가장 적절하였다. 그래서 『매일신보』는 이제까지 순언문으로만 연재해 오던 소설란에 대한 정책을 바꾸면서 그를 적극적으로 유입하여 『무정』을 연재케 한다. 그러므로 번안·번역소설이 아닌 이광수의 창작소설 『무정』이 순언문이 아니라 국한문혼용으로 연재된다는 예고는 이 작품이 『매일신보』 편집진의 치밀한 계획 하에 이루어진 것임을 상기시킨다.[9]

『매일신보』가 1910년대 총독부가 발간한 매체라는 것은 주지의 사실이다. 1910년의 강제적인 한일병합 후 총독부는 독자 확보와 더불어 식민 통치를 합리화할 목적으로 『매일신보』를 발간하게 되며, 이 과정에서 이광수에게 『무정』 연재를 의뢰한다.[10] 한국근대소설 형성

---

9 이희정, 『한국근대소설의 형성과 『매일신보』』, 소명출판, 2008, 202쪽.

10 이영아에 따르면, "1910년대 『매일신보』에게는 다른 '경쟁' 신문이 존재하지 않았기 때문에 독점적인 판매 부수를 올릴 수 있는 여건"이었다. "문제는 총독부의 기관지로서 전락해 버린 이 신문을 구매, 구독하려는 조선인이 많지 않은 현실이었다. 『대한매일신보』는 1908년 이후로 만부 이상의 구독률을 자랑하였지만 『매일신보』로 바뀌면서 판매부수는 3천부를 밑돌게 되었다. 이 지점에서 『매일신보』에도 연재소설의 필요성이 대두되었다고 할 수 있다. 일본의 식민정책을 홍보, 선전하고 통감부 시책을 알리기 위해선, 일단 이 신문을 사서 읽는 독자가 있어야 했고, 그 하나의 해결책을 소설 연재에서 찾았던 것이다." 이영아, 「1910년대 『매일신보』 연재소설의 대중성 획

의 측면에서 『매일신보』의 역할은 무시될 수 없다. 이광수의 『무정』이 연재되기 이전부터 『매일신보』에 다양한 번안소설들이 게재된 것을 감안하자면, 한국근대소설의 형성의 측면에서 『매일신보』의 순기능을 마냥 무시하기는 어렵다.

그럼에도 불구하고, 『매일신보』에 연재된 이광수의 『무정』은 『매일신보』 편집진의 의도인 일제의 식민주의 정책에 암묵적으로 동조한다는 점에서 그 한계를 확인할 수 있다. 그의 문학이 새로운 언어의식 내지 반봉건적 계몽 의식을 보이는 점, 이런 배경에서 이광수 문학이 한국근대문학을 형성한 공로는 없지 않지만, 특히 근대의 식민주의적 성격에 대해서는 깊이 있는 통찰이 결여되었다는 것을 지적하지 않을 수 없다. 다시 『무정』으로 되돌아가기로 하자.

『무정』은 기본적으로 조선을 미개화의 영토로, 미국으로 표상되는 서구를 개화의 영토로 구분하는 식민과 제국의 이분법적 수사학을 차용해 구조화된 텍스트이다. 요컨대 『무정』에서 조선은 근대 제국들의 문명이 이식되어야 하는 식민의 영토로 재현된다면 서구는 식민 영토에 문명을 전파하는 문명의 기원으로 재현된다. 달리 말해, 이광수는 『무정』에서 미국으로 표상되는 서구를 근대의 식민주의적 계기가 작동하는 제국의 영토로 상상하지는 않는다. 다음의 예문을 읽어 보기로 하자.

형식과 선형은 지금 미국 시카고 대학 사년생인데 내내 몸이 건강하였으며 금년 구월에 졸업하고는 전후의 구라파를 한번 돌아 본국에 돌아올 예정이며 (……) 병욱은 음악학교를 졸업하고 자기의 힘으로 돈을 벌어서 독일 백림에 이태 동안 유학을 하고 금년 겨울에 형식의 일행을

득 과정 연구」, 『한국현대문학연구』 제23집, 한국현대문학회, 2007, 48~49쪽.

기다려 시베리아 철도로 같이 돌아올 예정이며 영채도 금년 봄에 상야 음악학교 피아노과와 성악과를 우등으로 졸업하고 아직 동경에 있는 중 인데 그 역시 구월경에 서울로 돌아오겠다.[11]

『무정』의 결말에 이르면 애정의 갈등 관계를 반복하던 청춘남녀들 은 온통 해외로 유학을 나감으로써 관계의 갈등을 해소한다. 형식과 선형은 미국에서, 병욱은 독일에서, 영채는 일본에서 선진 지식을 학 습하고 귀국을 준비 중이다. 해외에서 이들은 더는 갈등을 반복하지 않는, 오로지 선진 지식을 맹렬하게 학습하는 선남선녀로 탄생하고 있다. 그러나 서양을 선진 문명을 학습하는 제국의 영토로 상상하는 대목은 본질적으로 근대의 식민주의적 계기를 간과한 내용이라고 봐 야 한다. 이광수는 서구를 근대의 식민주의적 계기가 작동하는 영토 로 이해하기보다는 문명개화의 요람으로 상상하고 있다는 것이다. 그런데 이와 같은 상상은 『무정』에서 시작하는 게 아니다. 『무정』 이전의 신소설에서 이와 같은 상상의 예들을 어렵지 않게 확인할 수 있는 까닭이다.

세상에 제 목적을 제가 자기하는 것같이 즐거운 일은 다시 없는지라. 구완서와 옥련이가 나이 어려서 외국에 간 사람들이 이렇게 야만되고 이렇게 용렬할 줄 모르고 구씨든지 옥련이든지 조선에 돌아오는 날은 조선도 유지한 사람이 많이 있어서 학문 있고 지식 있는 사람의 말을 듣고 이를 찬성하여 구씨도 목적대로 되고 옥련이도 제 목적대로 조선 부인이 일제히 내 교육을 받아서 낱낱이 나와 같은 학문 있는 사람들이 많이 생기려니 생각하고, 일변으로 기쁜 마음을 이기지 못하는 것은 제

11 이광수, 『무정』, 동아출판사, 1995, 377쪽.

나라 형편 모르고 외국에 유학한 소년 학생 의기에서 나오는 마음이라.

구씨와 옥련이가 그 목적대로 되든지 못 되든지 그것은 후의 일이거 니와, 그날은 두 사람의 마음에는 혼인 언약의 좋은 마음은 오히려 둘째 가 되니, 옥련 낙지(落地) 이후에는 이러한 마음이 처음이라.

김관일은 옥련을 만나 보고 구완서를 사윗감으로 정하고, 구씨와 옥 련의 목적이 그렇듯 기이한 말을 들으니, 김씨의 좋은 마음도 측량할 수 없는지라.

미국 화성돈의 어떠한 호텔에서는 옥련의 부녀와 구씨가 솥밭같이 늘 어앉아서 그렇듯 희희낙락한데, 세상이 고르지 못하여 조선 평양성 북문 앞에 게딱지같이 낮은 집에서 삼십 전부터 남편 없고 혈육 없고 재물 없이 지내는 부인이 있으되 십년 풍상에 남보다 많은 것은 한 가지 있으 니, 그 많은 것은 근심이라.[12]

이 예문에서 확인되듯, 조선은 '결핍'과 '결여'의 영토로 재현된다. 미국 화성돈이 충족의 이미지로 재현되는 반면, 조선은 "게딱지같이 낮은 집에서 삼십 전부터 남편 없고 혈육 없고 재물 없이" 등 결핍과 결여의 이미지로 재현된다. 그런데 어디 이인직만 이러했을까? 이인 직만이 아니라 근대계몽기의 작가들은 도래하는 근대를 강요된 근대 로 인식하거나 그 근대에 내재된 식민주의적 계기를 깊이 있게 인식 할 수 있는 지적 역량이 부족했다. 서구와 일본은 개화한 나라이고 조선은 개화 이전의 미개하고 완고한 나라라는 논리, 서구와 일본은 가치의 근원이며 조선은 그 가치의 주변부에 위치한다는 논리를 이 시대의 적지 않은 작가와 지식인들은 자연스레 받아들이고 있었다. 이런 이유 때문에 이인직에 대한 비판은 매섭다.

---

12 이인직, 『혈의 누』, 동아출판사, 1995, 61~62쪽.

더욱 심각한 문제는 이 작품의 시각이다. 청일전쟁(1894)을 배경으로 하고 있는 이 작품에서, 작가는 청군의 부패를 맹렬히 규탄하면서도 일본군의 만행에는 짐짓 눈감고 고난에 빠진 여주인공 옥련을 일본 군의 관으로 하여금 보호하게 함으로써 일본이야말로 조선의 구원자라는 의식을 교묘하게 심어 주고 있는 것이다. 옥련은 일본에서 다시 조선 청년 구완서에 의해 위기에서 벗어난다. 그런데 이 청년 또한 수상하다. 비스마르크를 흠모하며, 조선사회를 야만으로 은근히 멸시하는 이 민족허무주의자는 일본과 만주를 합하여 대연방을 건설하겠다고 꿈꾸는데, 그 꿈은 만주침략(1931)에서 실현되었던 것이다. 이 작품이 발표되었던 1906년에, 조선인으로서 이미 1931년의 사태를 예견하고 있는 구완서는 일본 군국주의의 첨병이 아닐 수 없다.[13]

이처럼 이광수 문학 이전부터 한국근대문학은 기원의 단계에서부터 일본의 식민주의 기획에 동조하는 한계를 노출하고 있었다. 그 한계의 한 사례가 이인직 문학이며 더 구체적으로 이인직의 「혈의 누」이다. 「혈의 누」가 그 문학적 시각에서 이미 친일적 시각을 견지하는 작품이라는 건 명백한 사실이다. 옥련을 구해준 청년 구완서. 그는 대동아론으로 요약되는 일본의 식민주의 기획을 대변하는 인물로서, 식민화되어가는 조선의 현실을 통렬하게 파악하는 자의식은 극히 결여되어 있다.

물론 이광수의 『무정』이 이인직의 「혈의 누」의 문학적 시각을 그대로 답습하는 것은 아니다. 『무정』은 「혈의 누」처럼 일본 군국주의의 첨병으로 의심받을 만한 인물을 설정하지도 않거니와 일본이 조

---

13 최원식, 「친일문학의 선구자, 이인직」, 『한국계몽주의문학사론』, 소명출판, 2002, 149쪽.

선의 구원자라고 드러내놓고 이야기하지는 않는다. 그러나 이광수의 『무정』은 「혈의 누」의 시각, 그러니까 식민주의에 대한 자발적인 승인을 끝내 극복한 것은 아니었다. 다시 이광수의 『무정』으로 되돌아가기로 하자.

『무정』의 출현은 한국에서 서구의 노블형 소설이 유입되고 대중적으로 인정받게 되었다는 것으로 이해될 수 있다. 물론 오늘날 노블형 소설은 소설의 주류 장르로 각광받고 있고, 누구나 노블형 소설을 소설의 전범처럼 이해하고 있지만 『무정』이 계기가 되어 한국에도 노블형 소설이 대중화되기 시작했다는 것은 의심할 여지가 없는 일이다. 그런데 여기서 물어야 하는 것은 노블형 소설의 문학적 정당성, 즉 노블중심주의적 소설관의 정당성이다. 한국근대소설의 기원과 형성을 문제 삼을 때, 자연스레 떠올릴 수 있는 논의의 기준이 노블중심주의적 소설관이다. 해당 작품이 노블중심적 소설관에 부합하느냐 그렇지 않느냐, 부합한다면 과연 어느 수준에서 부합하느냐를 확인하는 방식으로 한국근대소설의 기원과 그 형성의 계보를 추적하는 것이 아주 틀린 방식이라고 말하기는 어렵다. 한국근대소설에서 차지하는 노블의 위상과 비중을 고려할 때, 노블중심주의적 관점으로 한국근대소설의 기원과 그 형성의 맥락을 확인하는 것은 어쩌면 자연스러워 보이기도 한다.

그러나 노블중심주의적 소설관이 한국근대소설의 기원과 형성의 문제를 탐구하는 절대적 기준이 될 수 없다는 게 필자의 생각이다. 혹 이와 같은 소설관을 절대적 기준으로 고수할 시, 한국의 근대를 지나치게 안이하게 인식하는 게 아니냐는 비판을 받을 소치가 큰 까닭이다. 되풀이하는 말이지만, 한국의 근대는 계몽의 열망과 식민의 위기가 교차된, 그렇지만 결국 식민의 위기가 현실화된 대단히 복잡한 역사에 연계되어 있으며, 그런 점에서 한국근대소설에 관한 독해

역시 이 복잡한 역사를 고려하며 진행되어야 하는 것이다. 이런 취지에서 『무정』은 노블중심주의적 소설관으로 보자면, 그 성취를 인정받을 수 있지만 일제의 식민주의 기획에 기본적으로 부합한다는 비판에서 자유로울 수 없는 것이다.

앞에서 『무정』의 리얼리즘을 논하는 중에 그것이 민족이라는 근대적, 세속적 세계를 발명한 공적을 지적했지만 이제 조금 고쳐 말할 필요가 있다. 그 민족의 상상 지리는 어디까지나 일본 제국주의가 궁극적으로 한국인의 삶을 규정하고 있음을 승인하는 관점에서 만들어진 것이다. 『무정』의 작중인물들은 모두 한국인이며 그들의 행위는 한국사회를 배경으로 하고 있지만 그들의 존재가 일본 제국의 판도 속에 있음을 알려주는 적시가 적지 않다. 형식이나 우선 같은 청년 지식인 사이에서 특권적인 방언처럼 사용되고 있는 일본어, 경성학교 교주의 아들 김현수가 가지고 있는 남작이라는 작위, 한국에 대해서는 일본이 문명국의 모델이라는 형식의 생각, 한국인들이 가난과 무지의 상태에 머물러 있으면 북해도의 아이누와 같은 운명을 살게 될지 모른다는 서술자의 발언 등이 그것에 해당한다. 특히 흥미로운 지시는 형식 일행이 부산행 기차를 타고 가던 중 삼랑진역에 이르러 낙동가의 범람으로 인해 재해를 입은 한국인들의 참상을 목격하게 되자 그들을 구제하기 위해 자선음악회를 여는 장면에 들어 있다. 거기서 일본인 경찰서장이 형식 일행에게 베푸는 친절하고 신속한 행정적 협조, 그리고 작품상으로 명시되어 있지 않으나 모집된 자선금의 대부분을 냈을 것임에 틀림없는 경부선 이등간의 일본인 승객은 일본의 강력하고 자비로운 존재를 암암리에 가리키고 있다.[14]

---

14 황종연, 「노블, 청년, 제국 - 한국근대소설의 통국가간 시작」, 『상허학보』 제14집, 2005, 상허학회, 289~290쪽.

바로 이 대목이다. 이 대목이 바로 이광수『무정』의 한계이다. 이광수는『무정』에서 근대의 이면을 투시하지 못하는 한계를 그대로 보이고 있다. 그는『무정』에서 근대를 문명개화의 계기로 이야기할 따름, 근대의 부정적 계기를 심도 있게 이야기하는 것은 아니다. 그 부정적 계기란 무엇인가? 그것은 바로 자기 분열과 노예의 삶을 강요하는 일본 제국의 식민주의 기획이다. 황종연의 지적처럼『무정』이 "제국의 질서 속에 동시대 한국 사회를 위치시켜 재현하는 것은 한국인들이 정치적 주권을 잃어버리고 문화상 탈구를 겪고 있던 당시에는 비록 한정된 계급과 지역의 경험에 시야를 제한한 약점이 있을지라도 삶의 현재성에 대해 예민한 리얼리즘의 경지"를 열었다는 평가를 받기도 하지만,[15] 이 소설이 일본 제국주의의 권력과 질서, 권위를 문화적으로 승인한 서사라는 것은 부인하기는 어렵다. 요컨대 흔히 한국근대소설의 기원적 사례로 간주되는 이광수의『무정』은 그 긍정적인 문학사적 의의에도 불구하고 일본 제국주의의 식민주의적 논리를 승인한 소설이라는 비판에서 자유롭지 않은 것이다.[16]

이렇게 한국근대문학의 기원의 한 사례로 간주되는 이광수『무정』의 한계를 감안하자면, 신채호의 존재는 단연 우람해 보인다. 신채호는 도래하는 근대를 단지 문명개화의 측면으로만 이해한 게 아니었다. 그는 근대의 억압적 계기에 대해 누구보다 날카롭게 이해했으며, 이 이해를 바탕으로 근대 전복과 저항의 문학을 기획한다. 물

---

15 황종연, 위의 논문, 291쪽.

16 최주한에 따르면, "이광수는『매일신보』의 지면을 확보할 수 있었던 것은 물론, 총독부의 특별한 지시 아래 오도답파 민정 시찰을 위한 조선 행각에 앞장서「오도답파기」를 남기는 등, 자신의 문제를 널리 인정받으면서 조선과 총독부의 동시적 주목 아래 화려한 문필 활동을 벌이는 기회를 얻을 수 있었다. 장편『무정』이『매일신보』에 연재될 수 있었던 것도 바로 이 같은 맥락이 전제되어 있는 것은 물론이다." 최주한,『제국 권력에의 야망과 반감 사이에서』, 소명출판, 2005, 39쪽.

론 신채호적 글쓰기에 대한 비판이 없는 것은 아니다. 근대 전복과 저항적 글쓰기의 측면에서 신채호는 주목받을 수 있겠지만, 노블로서의 소설이라는 개념에 비춰보자면, 그렇지 않다는 것이다. 그러나 한국근대문학, 특히 근대소설을 읽고 해석하는 그 일련의 작업이 노블로서의 소설 개념에 한정되어 이뤄지는 것은 문제가 적지 않다.[17]

다시 신채호 문학의 반노블적 성격에 대해 더 묻기로 하자. 신채호 문학이 노블에 미달한다는 비판은 암암리에 신채호 문학을 노블이라는 장르 체계에 귀속시키려는 연구자의 욕망을 반영한 평가로 보인다. 이와 같은 입장을 취하게 되면, 신채호의 역사전기들은 노블에 현격하게 미달된 사례로 취급될 수 있고, 실제 그렇게 기록한 근대문학사 텍스트들도 적지 않다. 그런데 이와 같은 기록은 신채호 문학에만 적용되지는 않는 듯하다.

문제는 이와 같은 노블중심주의적 소설관이 오히려 한국근대소설의 문학적 실상을 왜곡시킬 수 있다는 데 있다. 한국근대문학 연구자와 독자에게 중요한 것은 실상으로서의 문학이지 개념으로서의 문학이 아니다. 즉 노블로서의 소설이란 개념보다 더 중요한 게 한국근대문학의 실상이며, 신채호의 반노블적 문학도 엄연한 실상이라는 것이다. 노블로서의 소설이란 개념을 앞세우기보다는 실상으로 존재했던 문학들을 읽고 해석하는 작업, 나아가 이 문학들의 긴장과 갈등, 융

---

17 노블로서의 소설 개념은 "미적 자율성의 계보를 한국근대문학사의 중심축으로 설정하는 시각"이라 하겠다. 이에 대해 하정일은 "계몽의 이념에 투철했던 박은식이나 신채호의 문학은 미적 자율성의 계보에 속하지 않는다. 뿐만 아니라 미적 자율성의 계보학으로는 신경향파문학이라든가 1920년대 중반 이후의 한국문학을 주도한 프로문학의 역사성을 설명하기 어렵다"고 하며 한국근대문학의 계보와 영역을 포괄적으로 투시할 것을 제안하고 있다. 하정일, 「급진적 근대기획과 탈식민 문학의 기원」, 민족문학사연구소 기초학문연구단, 『한국근대문학의 형성과 문학 장의 재발견』, 소명출판, 2004, 19쪽.

합 관계를 고찰하는 독해가 필요하며, 이는 신채호에게도 해당된다는 것이다. 그렇다면 그는 어떤 방식으로 도래하는 근대에 마주서고자 했으며 또 그 이면을 보려고 했을까? 여기서 우리가 주목해야 하는 것은 신채호의 그 간단없는 주체 형성의 기획과 실천을 가능하게 한 내적 근거이다. 그 내적 근거가 바로 역사의 발견이다.

여기서 잠시 논의를 우회하기로 하자. 한국 지식인 사회에 탈근대 담론이 등장하면서 근대 거대담론으로서 역사에 대한 불신이 크게 고조되어 온 게 사실이다. '역사'가 환기하는 말의 이미지도 그렇지만 근대국민국가의 논리에 부합하는 근대 역사학에 대한 비판이 전혀 일리가 없지 않아 오늘날 역사라는 개념은 구시대의 유물처럼 보이기도 한다. 필자는 근대 역사학에 대한 탈근대주의 이론가들의 비판에는 경청해야 할 내용들이 분명히 있다고 본다. 어떤 나라든 역사라는 개념을 절대적인 대의로 간주할 시, 패권주의나 국수주의 국가로 전락할 위험이 있는 까닭에 우리는 역사 개념의 정치화를 언제나 경계해야 한다. 그런데 신채호의 역사 개념은 기본적으로 근대의 억압적 계기에 저항하는 측면, 즉 근대 제국의 식민주의를 전복하고 비판할 목적에서 상상되고 재현되고 있다는 점에서 특기할 만하다. 더 본질적으로는 신채호의 역사의 발견이 자기 분열을 지속하는 노예적 삶을 강요하는 일본 제국에 대한 문화적 투쟁의 차원에서 제기되었다는 것이며, 이런 취지에서 신채호는 역사의 발견을 통해 자기 분열을 거부하는 주체의 존립을 모색하는 의의가 크기에 신채호 문학 독해는 이 방면의 연구자나 대중 독자들에게 그 가치가 소중하다.

역사(歷史)란 무엇이뇨. 인류사회(人類社會)의 「아(我)」와 「비아(非我)」의 투쟁(鬪爭)이 시간(時間)부터 발전(發展)하며 공간(空間)부터 확대(擴大)하는 심적(心的) 활동(活動)의 상태(狀態)의 기록(記錄)이니, 세계사(世界史)라 하면 세계인류(世界人類)의 그리 되어 온 상태(狀態)의 기록(記錄)이며, 조선사(朝鮮史)라면 조선민족(朝鮮民族)의 그리 되어 온 상태(狀態)의 기록(記錄)이니라.

무엇을 「아(我)」라 하며, 무엇을 「비아(非我)」라 하느뇨. 깊이 팔 것 없이 얕게 말하자면, 무릇 주관적(主觀的) 위치(位置)에 선 자(者)를 「아(我)」라 하고, 그 외(外)에는 「비아(非我)」라 하나니, 이를테면 조선인(朝鮮人)은 조선(朝鮮)을 아(我)라 하고, 영(英)·미(美)·법(法)·로(露)······ 등을 비아(非我)라 하지만, 영(英)·미(美)·법(法)·로(露)······ 등은 각기 제 나라를 아(我)라 하고, 조선(朝鮮)은 비아(非我)라 하며, 무산계급(無産階級)은 무산계급(無産階級)을 아(我)라하고, 지주(地主)나 자본가(資本家)······등을 비아(非我)라 하지만, 지주(地主)나 자본가(資本家)······등은 각기 제 붙이를 아(我)라 하고, 무산계급(無産階級)을 비아(非我)라 하며, 이뿐 아니라 학문(學問)에나 기술(技術)에나 직업(職業)에나 의견(意見)에나 그밖에 무엇에든지, 반드시 본위(本位)인 아(我)가 있으면, 따라서 아(我)와 대치(對峙)한 비아(非我)가 있고, 아(我)의 중(中)에 아(我)와 비아(非我)가 있으면 비아(非我) 중(中)에도 또 아(我)와 비아(非我)가 있어, 그리하여 아(我)에 대(對)한 비아(非我)의 접촉(接觸)이 번극(煩劇)할수록 비아(非我)에 대(對)한 아(我)의 분투(奮鬪)가 더욱 맹렬(猛烈)하여, 인류사회(人類社會)의 활동(活動)이 휴식(休息)될 사이가 없으며 역사(歷史)의 전도(前途)가 완결(完決)될 날이 없나니, 그러므로 역사(歷史)는 아(我)와 비아(非我)의 투쟁(鬪爭)의 기록(記錄)이니라.[18]

신채호는 역사를 '아'와 '비아'의 투쟁의 기록으로 정의한다. 예컨대 조선을 '아'로 정의하면 근대 제국에 해당하는 영, 미, 법, 로 등이 '비

---

18 「조선상고사」, 『단재신채호전집』 상, 31쪽.

아'이며, 이 '비아'들이 '아'에 대한 접촉이 맹렬해질수록 '아'와 '비아'의 투쟁으로서의 역사는 지속되는 것이라고 신채호는 말하고 있다. 이렇게 역사를 '아'와 '비아'의 투쟁으로 정의할 때, 역사는 막연한 과거를 지칭하는 상담적 차원의 역사와는 구분된다. 즉 신채호가 말하는 역사는 어떤 고정된 절대 개념이 아니라 실체로서의 '아'와 '비아'의 투쟁 속에서 형성되는 사건이자 개념인 까닭이다. 이렇게 '아'와 '비아'의 투쟁으로서의 역사는 완결되지 않은 역사로서 '아'는 자신에게 강요되는 근대의 부정적 계기들을 극복하기 위해 '비아'와의 투쟁을 마다하지 않는다. 요컨대 신채호는 역사란 '비아'에 해당하는 근대 제국의 식민주의를 전복, 비판하고 그와 동시에 새로운 전망의 길을 열어주는 진리에 해당하며, 이 진리는 어떤 고정된 실체가 아니라 역동적인 투쟁 과정에서 발견된다고 말하고 있다.[19]

그런데 이 진리는 주체의 진리로 간주되어도 무방해 보인다. 주체란 다름 아니라 '아'와 '비아'의 투쟁 과정에서 형성되는 인간의 조건으로서 '비아'로부터의 노예적 예속을 거부하고 오로지 '아'를 지향하는 상태와 상황을 뜻한다. '비아'에 예속된 '아'가 아닌 오로지 '아'의 아를 구성하고 구현하는 게 주체의 삶이라고 신채호는 생각하고 있다.

'비아'에 대한 '아'의 역동적인 투쟁에서 도래하는 근대에 저항하는 지혜와 방법을 찾을 수 있다고 여긴 신채호는 당대 지식인들에게 널리 유포된 아시아 연대론에 비판적일 수밖에 없었다. 당대 근대계몽기 지식인들 중에는 「혈의 누」의 구완서처럼 "공부를 힘써 하여 귀국

---

19 신채호에게 '아'는 개인적 '아'에서부터 사회적, 민족적 '아'에 이르기까지 그 의미 범주가 다양하다. 신채호가 말하는 '아'는 자아에서부터 우리 민족에 이르는 광범위한 의미의 스펙트럼을 지닌다. 이에 대해서는 하정일의 앞의 논문을 참고. 하정일, 앞의 논문, 22쪽.

한 뒤에 우리나라를 독일국 같이 연방도를 삼되 일본과 만주를 한데 합하여 문명한 강국을 만들고자 하는 비스맥 같은 마음"을 지닌 이가 적지 않았고 "일대연방을 작하여 경제상대진보를 연구"하자는 당대 매체의 논설에 동의한 이들이 적지 않았다. 그런데 이와 같은 연방론 이 일본 제국의 탈아론을 간과한 당대 지식인들의 오판이라는 것은 역사가 입증하고 있다. 근대 일본을 대표하는 지식인 후쿠자와 유키치는 이렇게 말한다.

서양 제국의 문명은 이렇듯 만족스러운 것이 아니다. 그렇다면 이를 버리고 따르지 말아야 할 것인가? 만일 따르지 않는다면 어떤 처지에 안주해야 할 것인가? 반개의 상태는 안주할 만한 처지가 아니다. 하물며 야만의 처지에 있어서랴. 이 두 가지 처지를 버려야 한다면 따로 나갈 곳을 찾지 않을 수 없을 것이다. 그러나 지금으로부터 수천 년 후를 기약하여 태평안락의 이상경에 이르게 될 날을 기다린다는 것은 다만 우리의 환상에 지나지 않는다. 더구나 문명이란 죽은 물건이 아니라 살아 움직여서 앞으로 나가는 것이다. 살아 움직여서 앞으로 나가는 것은 반드시 일정한 순서와 단계를 거쳐 나가는 법이다. 다시 말해서 야만은 반개로 향하고 반개는 문명으로 향하며, 그 문명이라는 것도 시시각각 진보하는 과정에 있다.

유럽이라고 해도 그 문명의 유래를 살펴보면 반드시 그런 순서와 단계를 거쳐 현재의 상태에 이른 것이므로, 현재의 유럽 문명은 현재의 세계 인지로서 겨우 도달한 정점이라고 말해야 할 것이다. 따라서 현재의 세계 여러 나라에 있어서 그 상태가 야만이건 반개이건 간에 한 나라의 문명의 진보를 꾀하는 자는, 모름지기 유럽의 문명을 목표로 삼아 논의의 기준을 정립하고, 그 기준에 의거해서 사물의 이해득실을 논하지 않으면 안 될 것이다. 이 책 전체에 걸쳐 논하는 이해득실은 오로지 유럽의 문명을 목표로 설정하고, 그 문명에 비추어 이해가 있고 그 문명에 비추어 득실이 있다는 입장이므로 독자 여러분은 이 근본적 취지에 대해서 오해가 없기를 바란다.[20]

후쿠자와 유키치에 따르면, 나라의 수준이 어떠하든 "문명의 진보를 꾀하는 자"는 "오로지 유럽의 문명을 목표로 설정"해야 한다. 야만은 반개로, 반개는 문명으로 진보하는 게 세상의 이치라고 주장하는 후쿠자와 유키치는 일본이야말로 유럽의 문명을 목표로 진보를 꾀하는 아시아의 유일한 나라라는 것이다. 후쿠자와 유키치의 문명론은 달리 말하자면 아시아의 지도자는 일본이며, 이렇게 일본이 아시아의 지도자를 자처할 때 서양의 아시아 침입을 막을 수 있다는 논리이기도 하다. 그런데 이와 같은 후쿠자와 유키치의 문명론에 호응하는 조선의 지식인들이 전혀 없지는 않았으니 이들이 이 문명론에 내재된 식민주의적 계기를 인지한다는 게 쉬운 일이 아니었다.

그런데 신채호의 논리로 보자면, 후쿠자와 유키치의 문명론은 피식민자로서 수용이 불가한 제국주의의 담론이다. 이 문명론은 그 외양이 대단히 세련되어 보이지만 본질적으로는 '아'를 분열시키고 '아'를 노예화하는 '비아'의 담론이다. 이 '비아'가 행하는 식민주의적 계기의 고리를 끊고 '아'의 주체성을 기획하고 구현하는 일. 이게 바로 신채호의 열망이며 도정이다. 이처럼 신채호는 일본을 위시한 근대 제국들을 '아'를 노예화하는 '비아'로 인식하면서 이를 정면으로 문제 삼았고, 이는 그를 국학적 반일 지식인의 위상을 뛰어넘는 주체로 만드는 동력이 되고 있다.

한국근대소설 형성의 문제를 서구형 노블의 이식과 적응의 문제로

---

20 후쿠자와 유키치, 『문명론』, 정명환 옮김, 기파랑, 2012, 29~30쪽.

간주한다면, 신채호의 문학은 비주류의 문학으로 평가될 수밖에 없다. 이광수, 김동인, 염상섭 등 내로라하는 한국근대문인들이 하나같이 서구형 노블을 의식하고 적응한 작가였다는 것을 감안하자면, 신채호 문학은 왠지 어색해 보일 수도 있다. 그는 실제로 한국근대소설사의 흐름 속에서 역사전기소설의 맥락을 이어온 작가로 더 연구되어 왔다. 이 맥락과 닿지 않아 보이는 「꿈하늘」이나 「용과 용의 대격전」 등은 어떤 장르에 소속되지 않는 독특한 세계를 형성하는 작품으로 평가를 받은바, 그는 노블과는 전혀 어울리지 않는 작가로 오랜 시간 평가받아 왔다.

그렇지만 우리가 더 중요하게 기억해야 하는 것은 노블과는 무관해 보이는 신채호의 문학적 위상이 아니다. 우리는 신채호 작품들이 기본적으로 '아'의 주체성을 노정하는 근대 극복의 문제의식을 날카롭게 구현하고 있다는, 그 점을 주목해야 한다. 한국근대문학에서의 근대의 성격과 문학의 성격이 단일한 장르와 내용으로 귀결되는 게 아니라면, 우리는 근대, 근대문학 등에 대한 신채호의 고민을 적극 포용해야 한다. 오히려 한국근대문학사에서 비주류의 문학으로 평가받는 신채호 문학이 한국근대문학 전체에 신선한 충격과 긴장을 주고 있다는 점을 우리는 눈여겨 봐야 한다.

앞으로 더 밝혀내야 하겠지만 신채호 문학은 단지 문학의 사회적 효용성을 입증하는 사례 정도로 거론되어서는 안 된다. 흔히 신채호 문학은 문학의 자율성과는 다른 성격, 예컨대 사회적 효용성을 극단적으로 추구한 사례로 이야기되기도 하지만, 더 중요하게 고찰해야 할 대목은 그의 문학이 본질적으로 일본 제국주의가 유포하는 식민성과 첨예하게 갈등하고 긴장하면서 기획되고 전개된다는 사실이다. 이런 점에서 신채호 문학은 이광수 문학이 간과한 근대의 이면을 깊이 있게 통찰한 텍스트로 독해될 수 있다.

한국근대소설의 기원과 형성의 문제를 서구형 노블의 이식의 문제로 고찰하는 게 아주 틀린 것은 아니지만, 이럴 때 우리는 근대소설의 범주를 다소 좁게 이해하는 게 아닌지 질문해야 한다. 한국근대소설의 기원과 그 형성의 역사를 이야기할 때 우리는 근대 제국과의 갈등, 긴장, 저항, 협력, 모방 등 다양한 관계의 측면을 두루 고찰해야 할 것이다. 원론적인 말이지만, 한국근대문학은 오로지 문학만의 자율적 질서와 논리 하에서 형성된 게 아니라, 당대와 두루 뒤섞이며 탄생하고 전개된 시대의 텍스트인 까닭이다. 그렇기에 우리는 신채호를 기억해야 하고 그의 문학을 새롭게 독해해야 하는 것이다.

3. 신채호를 어떻게 기억하고 독해할 것인가?

신채호를 기억하고 그의 문학 작품을 독해하는 일은 오랜 시간 그를 향해 내려진 어떤 고정된 신화의 틀을 해체하고 동시에 그를 열린 주체로 이해하며 이에 연동해 그의 텍스트를 독해하는 일이 되어야 할 것이다. 사실, 오늘날 신채호는 불멸의 신화 속의 주인공처럼 대중들에게 기억되거나 회자되는 실정이다. 일제와 타협하지 않는 지조와 절개, 오로지 구국의 열정으로 망명지에서 절치부심한 지사로 우리들은 그를 기억하고 있다.

그러나 이처럼 신채호를 지조와 절개의 화신으로 기억하는 것은 그를 이해하는 데 큰 도움을 주지 않는다. 오히려 그를 신화의 주인공으로 기억하는 한 우리는 그의 진실을 만나기 어려울 것이다. 먼저 우리가 주목해야 하는 것은 신채호도 그렇지만 그 어떤 존재도 단선적인 논리와 틀로 이해할 수 없다는 반성적 성찰의 태도이다. 특히 신채호처럼 격동의 시대를 살아간 인물일 경우에는, 그 반성적 성찰의 태도가 절실히 요구된다. 그래서 아래와 같은 주문을 우리는 경청해야 한다.

단재 신채호의 사상 정신 세계는 섣부른 일면적 재단을 절대 불허할 만큼 광활·고준한다. 한국근대사상의 큰 수원지로 평가되고 근대정신사의 척도로 삼아지는 것도 그 때문이다. 역사가·언론인·문학인, 그리고 계몽운동가·독립운동가로서의 끊임없는 활동 이력과 고난에 찬 삶의 행적들이 거기에 다 투영되어 있고, 동시에 그것들을 추동시킨 힘이기도 했다. 그래서 남다른 사 언 행 일치의 경지가 일구어진 것이기도 했다. 그런 가운데 그의 사상적 고투와 언술은 역사와 인간, 민족과 국가, 정치와 법, 학문과 사상, 문학과 예술, 도덕과 혁명 등의 문제에 두루 미치면서 두터운 의미층을 형성시켜 내장하게 되었다. 그런 만큼 그의 사상은 다양한 해석학적 지평의 개입을 늘 자극하면서 후대 역사의 매 시기마다 새로운 관점, 새로운 설명을 기다리고 있는 것처럼 여겨진다.[21]

김영범은 그의 논문 「신채호의 조선혁명의 길」에서 신채호에 관한 대단히 주목할 만한 독해 방식을 제시한다. 그에 따르면, "단재 신채호의 사상 정신 세계는 섣부른 일면적 재단"을 불허한다. 그 이유는 신채호의 역사가·언론인·문학인 그리고 계몽운동가로서 끊임없는 활동 이력과 고난에 찬 행적으로 만들어진 그의 사상이 그 자체로 두터운 의미층을 형성하고 있는 까닭에 언제나 새로운 관점, 새로운 설명을 요구하기 때문이다. 요컨대 신채호의 사상은 일면적 재단과 독해를 용인할 만큼 획일적이거나 단편적인 게 아니라는 말이다. 광

---

21 김영범, 「신채호의 조선혁명의 길」, 『한국근현대사연구』 제18집, 한국근현대사학회, 2001, 39쪽.

활·고준한 신채호의 사상은 언제나 새로운 관점과 새로운 설명을 요구하는 까닭에 후대의 연구자들과 독자들은 다양한 해석을 시도해야 한다고 김영범은 그의 논문에서 강조하고 있다.

필자 역시 신채호란 존재는 한국근대사가 배출한 인물 중 그 깊이와 넓이가 독보적이며, 그런 만큼 그에 대한 해석은 일면적 재단과는 거리를 두어야 한다고 본다. 그렇게 생각되는 중요한 이유는 신채호가 어느 특정 영역에 한정되어 글쓰기를 실천하거나 혹은 그 영역과 관련된 삶을 살아간 인물이 아니기 때문이다. 그는 언론인이며 문인이었고 문인이며 역사학자였고 역사학자이며 언론인이었다. 그의 글쓰기는 오늘날처럼 정교화된 특정 장르의 글쓰기가 아니라 장르의 경계를 넘나드는 글쓰기였고 그 주제도 역사, 인간, 해방, 정치, 법 등 근대적 주제들에 향해 있었다.

새로운 관점, 새로운 방식으로 신채호를 읽는다고 할 때, 우리는 무엇보다도 신채호가 열린 주체를 구현할 목적으로 치열한 자기 부정과 갱신을 모색한 실천지성이었다는 것을 주목해야 할 것이다. 신채호를 정의하고 설명하는 개념들이 적지 않다. 예컨대 민족주의, 사회진화주의, 계몽주의, 아나키즘, 자강주의, 의열단, 혁명, 주체 등 신채호를 정의하는 개념들이 숱하다. 그런데 이 개념들이 신채호의 전체적 진실을 정의하거나 설명할 수 있을 것이라 생각하면 오산이다. 이 개념들은 신채호의 일부 혹은 신채호의 단편을 설명하거나 해석할 수 있을 따름이다.

새로운 관점과 새로운 방식으로 신채호를 기억하고 읽는 작업은 이 개념들을 맹신하지 않는 데에서 시작한다. 그렇다는 것은 신채호의 광활 고준한 사상이나 그 삶을 일정한 개념에 의지해 이해하거나 확정하지는 말자는 것이다. 비유하자면, 신채호는 경계를 가로지르며 뒤섞이는 바람과 같은 인물이다. 그는 어떤 경우에라도 한정되어 정의되기를 거부한 뜨거운 바람이었다. 그래서 그는 자신을 특정한 경계 내에 머물게 하지 않았다. 그는 부단히 그의 '아'를 찾으려 했고 이를 위해 망명을 불사했다. 신채호도 이렇게 말하고 있다.

　　구시(舊時)의 도덕(道德)이나 금일(今日)의 주의(主義)한 것이 그 표준(標準)이 어디서 낫느냐? 이해(利害)에서 낫느냐? 시비(是非)에서 낫느냐? 만일 시비(是非)의 표준(標準)에서 낫다 하면 〈청구이담집(靑丘俚談集)〉에 보인 것과 같이 나무의 그늘에서 삼하(三夏)의 더위를 피(避)하고는 겨울에 그 나무를 베어 불을 때는 인류(人類)며, 소를 부리어 농사(農事)를 짓고는 그 소를 잡아먹는 인류(人類)며, 박연암(朴燕巖)의 호질문(虎叱文)에서 말한 것같이 벌과 황충이의 양식(糧食)을 빼앗는 인류(人類)니, 인류(人類)보다 더 죄악(罪惡) 많은 동물(動物)이 없은즉 먼저 총(銃)으로 폭탄(爆彈)으로 대포(大砲)로 세계(世界)를 습격(襲擊)하여 인류(人類)의 종자(種子)을 멸절(滅絶)하여야 할 것이 아니냐? 그러므로 인류(人類)는 이해문제(利害問題) 뿐이다. 이해문제(利害問題)를 위(爲)하여 석가(釋迦)도 나고 공자(孔子)도 나고 예수도 나고 마르크스도 나고 크로포트킨도 낫다. 시대(時代)와 경우(境遇)가 갖지 아니하므로 그들의 감정(感情)의 충동(衝動)도 같지 않아야 그 이해표준(利害標準)의 대소광협(大小廣狹)은 있을망정 이해(利害)는 이해(利害)이다. 그의 제자(弟子)들도 본사(本師)의 정의(精義)를 잘 이해(理解)하여 자가(自家)의 이(利)를 구(求)하므로, 중국(中國)의 석가(釋迦)가 인도(印度)와 다르며, 일본(日本)의 공자(孔子)가 중국(中國)과 다르며, 마르크스도 카우츠키의 마르크스와 레닌의 마르크스와 중국(中國)이나 일본(日本)의 마르크스가 다 다름이다.

　　우리 조선(朝鮮) 사람은 매양 이해(利害) 이외(以外)에서 진리(眞理)를 찾으려 하므로, 석가(釋迦)가 들어오면 조선(朝鮮)의 석가(釋迦)가 되

지 않고 석가(釋迦)의 조선(朝鮮)이 되며, 공자(孔子)가 들어오면 조선
(朝鮮)의 공자(孔子)가 되지 않고 공자(孔子)의 조선(朝鮮)이 되며, 무슨
주의(主義)가 들어와도 조선(朝鮮)의 주의(主義)가 되지 않고 주의(主義)
의 조선(朝鮮)이 되려 한다. 그리하여 도덕(道德)과 주의(主義)를 위(爲)
하는 조선(朝鮮)은 있고 조선(朝鮮)을 위(爲)하는 도덕(道德)과 주의(主
義)는 없다.[22]

『동아일보』에 기고된 신채호의 「낭객의 신년만필」 중 한 대목이
다. '도덕과 주의의 표준'이라는 소제목으로 서술된 이 글에서 우리는
열린 주체의 탄생을 열망하는 신채호의 부정과 갱신의 정신을 확인
할 수 있다. 신채호는 묻는다. "옛날의 도덕이나 금일의 주의"란 것의
그 표준이 어디서 온 것이냐고 말이다. 이 표준이란 것은 사실 자의
적인 이해관계의 산물이라는 것. 그 이상도 그 이하도 아니라는 것이
다. 석가, 공자, 예수, 마르크스, 크로포트킨도 알고 보면 인류 이해의
대변자로서 중국, 인도, 일본 등등의 나라도 각각 자신들의 이해를
대변하는 자신들의 석가 공자 예수 등등을 만들었다는 것이다.
　그런데 조선 사람은 그렇지 않다는 것이다. 조선 사람은 매양 진리
를 '이해' 이외에서 찾으려 한다는 것이다. 그렇다 보니 조선에 석가
가 들어오면 조선의 석가가 되지 않고 석가의 조선이 되며, 공자가
들어오면 조선의 공자가 되지 않고 공자의 조선이 된다고 신채호는
개탄한다. 석가와 공자 등을 조선의 석가와 공자로 만들어야 한다는
이 주장은 본질적으로는 노예의 정신과 삶을 거부하는 주체적인 '아'
의 탄생을 열망하는 것으로도 이해된다. 신채호가 보기에 1920년대
의 조선은 온통 자기 분열이 가속화되는 노예의 삶이 강요되는 식민

---

22 「낭객의 신년만필」, 『단재신채호전집』 하, 25~26쪽.

지이다. 이 노예의 삶을 청산하기 위해서 조선인의 주체성 혹은 '아'의 주체성을 회복해야 한다고 신채호는 주장하고 있다.

석가가 들어오면 조선의 석가가 되어야지 석가의 조선이 되어서는 안 된다는 대목은 이 글의 빛나는 대목이다. 신채호의 논리로 보자면, 석가가 중요한 게 아니라 조선이 중요하다는 것이다. 석가의 존재, 석가의 사상을 신채호가 전적으로 외면하는 것은 아니다. 그렇지만 그를 받아들이는 조선이 석가에 붙들리는 게 문제 중의 문제라고 그는 힘주어 말한다. 석가의 조선이 아니라 조선의 석가가 중요하다는 그의 주장은 그가 이 글을 쓴 시점으로 되돌아가자면, 그 가치가 더 빛나 보인다. 결국, 신채호의 주장은 그가 누구든 어떤 대세나 대의에 붙들린 노예의 삶을 살지 말아야 한다는 것으로 요약된다.

노예가 노예인 이유는 주인이 강요한 주의, 주장, 논리를 절대적인 것으로 간주하며 이를 운명적으로 받아들이는 까닭 때문이다. 식민주의의 본질이 식민지민들에게 노예의 삶을 강요하거나 주입하는 것에 있다고 한다면, 신채호는 이를 전복하는 게 진짜 삶이라고 말하는 것이다. 그런데 신채호의 주장이 매력적으로 다가오는 더 큰 이유는 그가 자신을 열린 주체로 부단히 형성시켜 나간다는 데 있다.

열린 주체로 살아간다는 것. 그것은 어떤 특정 개념과 이념, 지점에 구속되지 않는 부정과 갱신을 추구하며 살아간다는 것을 뜻할 것이다. 또한 그것은 자기 분열을 강요하는 제도로서의 식민정치와 의식으로서의 식민성과 단절하는 탈식민, 근대 극복의 자세를 뜻할 것이다. 그렇기에 이런 맥락에서 우리는 신채호를 어떤 특정한 개념으로 재단하는 독해 방식을 거부해야 한다. 신채호를 기억하고 독해하는 것은 「낭객의 신년만필」이 말하듯 민족주의, 사회진화주의, 계몽주의, 아나키즘, 민족주의, 자강주의, 의열단, 혁명, 주체의 신채호를 읽는 게 아니라 신채호의 민족주의, 사회진화주의, 계몽주의, 아나키즘, 자강주의, 의열단, 혁명, 주체를 발견하고 그 의미를 읽는 일이며 더 중요하게는 신채호의 '아'를 구성하는 이 개념들의 대립과 긴장과 융합과 포용 관계를 읽는 일일 것이다. 그리하여 더 큰 신채호가 만들어지는 내외적 경로와 계기들을 발견하고 그 문학적 의미를 간추리는 일일 것이다.

신채호를 기억하고 독해하는 작업. 그것은 바로 자기 분열을 강요하는 근대 제국의 식민주의 기획을 뛰어넘으려는 신채호의 '아'를 기억하고 독해하는 일, 즉 근대 극복의 실천을 기억하고 독해하는 일일 것이다. 또한 그것은 신채호의 '아'를 구성하는 지속적이면서도 단절적인, 대칭적이면서도 비대칭적인 사유와 삶의 행적 그리고 그 숱한 사상들의 내적 투쟁을 읽어내면서 동시에 한국근대문학의 기원을 근대 극복의 배경에서 새롭게 재구성하는 일일 것이다. 신채호를 기억하고 그의 텍스트를 독해하는 일, 그것은 바로 근대가 강요한 구획과 경계를 가로지르며 새로운 인간의 지혜와 진리를 탐문하는 일이 될 것이다.

4. 읽기 자료

낭객(浪客)의 신년만필(新年漫筆)

신년(新年)의 만필(漫筆)이 무엇이냐? 신년(新年)의 연하장(年賀狀)을 올리려 하나 시각대변(時刻大變)의 병자(病者)에게 만수무강(萬壽無疆)의 축사(祝辭)를 드림과 같고, 신년(新年)의 감상담(感想談)이나 쓰려 하나 운유(雲遊)의 낭객(浪客)이 너무 명사(名士)의 구문(口吻)을 배움이 주제넘은지라, 신 것, 매운 것, 단 것, 쓴 것, 생각하는 대로 쓴 글인 고(故)로 「신년(新年)의 만필(漫筆)」이라 제(題)하노라.

일(一), 도덕(道德)과 주의(主義)의 표준(標準)

구시(舊時)의 도덕(道德)이나 금일(今日)의 주의(主義)한 것이 그 표준(標準)이 어디서 낫느냐? 이해(利害)에서 낫느냐? 시비(是非)에서 낫느냐? 만일 시비(是非)의 표준(標準)에서 낫다 하면 〈청구이담집(靑丘俚談集)〉에 보인 것과 같이 나무의 그늘에서 삼하(三夏)의 더위를 피(避)하고는 겨울에 그 나무를 베어 불을 때는 인류(人類)며, 소를 부리어 농사(農事)를 짓고는 그 소를 잡아먹는 인류(人類)며, 박연암(朴燕巖)의 호질문(虎叱文)에서 말한 것같이 벌과 황충이의 양식(糧食)을 빼앗는 인류(人類)니, 인류(人類)보다 더 죄악(罪惡) 많은 동물(動物)이 없은즉 먼저 총(銃)으로 폭탄(爆彈)으로 대포(大砲)로 세계(世界)를 습격(襲擊)하여 인류(人類)의 종자(種子)을 멸절(滅絶)하여야 할 것이 아니냐? 그러므로 인류(人類)는 이해문제(利害問題) 뿐이다. 이해문제(利害問題)를 위(爲)하여 석가(釋迦)도 나고 공자(孔子)도 나고 예수도 나고 마르크스도 나고 크로포트킨도 낫다. 시대(時代)와 경우(境遇)가 갖지 안하므로 그들의 감정(感情)의 충동(衝動)도 같지 않아야 그 이해표준(利害標準)의 대소광협(大小廣狹)은 있을망정 이해(利害)는 이해(利害)이다. 그의 제자(弟子)들도 본사(本師)의 정의(精義)를 잘 이해(理解)하여 자가(自家)의 이(利)를 구(求)하므로, 중국(中國)의 석가(釋迦)가 인도(印度)와 다르며, 일본(日本)의 공자(孔子)가 중국(中國)과 다르며, 마르크스도 카우츠키의 마르크스와 레닌의 마르크스와 중국(中國)이나 일본(日本)의 마르크스가 다 다름이다.

우리 조선(朝鮮) 사람은 매양 이해(利害) 이외(以外)에서 진리(眞理)를 찾으려 하므로, 석가(釋迦)가 들어오면 조선(朝鮮)의 석가(釋迦)가 되지 않고 석가(釋迦)의 조선(朝鮮)이 되며, 공자(孔子)가 들어오면 조선(朝鮮)의 공자(孔子)가 되지 않고 공자(孔子)의 조선(朝鮮)이 되며, 무슨 주의(主義)가 들어와도 조선(朝鮮)의 주의(主義)가 되지 않고 주의(主義)의 조선(朝鮮)이 되려 한다. 그리하여 도덕(道德)과 주의(主義)를 위(爲)하는 조선(朝鮮)은 있고 조선(朝鮮)을 위(爲)하는 도덕(道德)과 주의(主義)는 없다.

아! 이것이 조선(朝鮮)의 특색(特色)이냐, 특색(特色)이라면 특색(特色)이나 노예(奴隷)의 특색(特色)이다. 나는 조선(朝鮮)의 도덕(道德)과 조선(朝鮮)의 주의(主義)를 위(爲)하여 곡(哭)하려 한다.

이(二), 이해(利害)와 권형(權衡)

도덕(道德)과 주의(主義)가 인류(人類)의 이해(利害)의 표준(標準)에서 생기었다 하면 우리가 해(害)를 피(避)하고 이(利)만 취(取)함이 가(可)할지니, 그러면 나라를 팔아 일신일가(一身一家)의 온포(溫飽)를 구(求)함도 가(可)할까? 한규설(韓圭卨)과 같이 이등(伊藤)의 호령(號令)에 소해(小孩)처럼 울고 도주(逃走)하여 재산(財産)의 문서(文書)를 안고 일생(一生)을 애첩(愛妾)의 품에서 보냄도 가(可)할까? 일진회(一進會)같이 합병(合倂)을 선언(宣言)하여 노예(奴隷)의 구생(苟生)을 취(取)함도 가(可)할까? 참정권(參政權) 같은 것이라도 운동(運動)함이 가(可)할까? 이러한 단시안(短視眼)의 이해(利害)는 이해(利害)가 아니다.

구복(口腹)을 충(充)할 수 있을지라도 인신(人身)이 구체(狗彘)로 타락(墮落)된다 하면 이(利)가 아니라 해(害) 뿐이며, 일신(一身)의 안락(安樂)을 얻을지라도 부모(父母)·형제(兄弟)·자매(姉妹)·친척(親戚)·목전(目前)의 동포(同胞)·미래(未來)의 자손(子孫)을 노예(奴隷)에 울릴진대 이(利)가 아니라 해(害)뿐이니, 그러므로 개인(個人)이 되어서는 이완용(李完用)이나 한규설(韓圭卨)이 되지 않고 민영환(閔泳煥)이 됨이며, 단체(團體)가 되어서는 일진회(一進會)가 되지 않고 해산(解散)·체포(逮捕) 등(等)을 당(當)하는 단체(團體)가 됨이며, 사회(社會)를 위(爲)하여는 미국(美國) 보호(保護)의 선정(善政)을 받는 이보다 차라리 독립자유(獨立自由)의 가정하(苛政下)에서 생활(生活)함을 좋아한다는 필리핀 모지사(某志士)의 언설(言說)이 있으니, 이는 다 소극적(消極的) 방면(方面)에서 타산(打算)한 이해(利害)요, 혹(或)은 민족(民族)의 자유(自由)를 위(爲)하여 혹(或)은 계급(階級)의 평등(平等)을 위(爲)하여 목전(目前)에 유혈천리(流血千里)와 복시백만(伏屍百萬)의 참해(慘害)가 있음을 불고(不顧)하고, 미래(未來)의 실제상(實際上) 혹(或) 정신상(精神上)의 어떠한 이익(利益)을 취(取)하나니, 그러므로 성공(成功)한 로서아(露西亞)의 공산당(共産黨)이나 실패(失敗)한 애이란(愛爾蘭)의 싱픈당(黨)이 같이 인류(人類)의 교훈(敎訓)을 끼침이니, 이는 적극적(積極的) 방면(方面)에서 타산(打算)한 이해(利害)이다. 매양 목전(目前)의 이해(利害)만 타산(打算)하여 「인구감소(人口減少)의 화(禍)만 있으랴」고 갑(甲)의 행동(行動)을 비난(非難)하며, 「경제(經濟) 손실(損失)의 해(害)만 있으랴」고 을(乙)의 주장(主張)을 조소(嘲笑)하는 자(者)가 많으므로 이고(已故)한 모공(某公)이 말하되 「나는 학자를 보기가 싫읍니다. 누구의 무슨 경영(經營)에든지 학자(學者)들은 대소강약(大小强弱)의 숫자적(數字的) 비교(比較)의 안목(眼目)으로 필패(必敗)의 단안(斷案)을 내립니다. 필패필망(必敗必亡)할지라도 아니할 수 없는 일이 있는 줄은 요새 학자(學者)의 모르는 일입니다」고 하였다.

아! 목하(目下)에만 보이는 대소다과(大小多寡)의 차(差)나 비교(比較)하는 단시안(短視眼)의 학자(學者)야 무슨 학자(學者)이냐. 우리의 경우(境遇)는 아무리 필성필흥(必成必興)의 합리적(合理的)・숙명적(宿命的)의 운동(運動)이라도 최근(最近)의 단거리(短距離) 이내(以內)에서는 실패(失敗) 뿐, 사망(死亡) 뿐일 것이 명백(明白)하다. 학자(學者)나 주의자(主義者)나 운동자(運動者)나 그가 그같은 천근(淺近)한 언론행동(言論行動)을 버리어라, 그리하여 모공(某公)의 천대영혼(泉

臺英魂)의 회진(回嗔)을 받지 말지어다.

삼(三), 병(病)을 따라 약(藥)을 쓰자

우리 조선(朝鮮)이 고대(古代)부터 고정(固定)된 계급제(階級制)가 있어 고구려(高句麗)의 오부(五部), 백제(百濟)의 팔성(八姓), 신라(新羅)의 삼골(三骨)이 모두 귀(貴)와 부(富)를 소유(所有)한 자(者)의 별명(別名)이다. 미천왕(美川王)이 유시(幼詩)에 용노(傭奴) 되어 주인(主人)의 안면(安眠)하기를 위(爲)하여 문(門)앞 못 속에 우는 개고리를 금지(禁止)하노라고 밤을 새우며, 김유신(金庚信)의 대공(大功)으로도 왕경귀족(王京貴族)들이 한자리에 앉지 안하려 한 모든 역사(歷史)가 그 생활(生活)의 현수(懸殊)와 차별(差別)의 엄절(嚴絶)을 말한다. 우리 선민(先民)들이 이것을 타파(打破)하여 사회문제(社會問題)를 해결(解決)하려 하여 반역혁명(叛逆革命)의 종적(踪跡)이 그 모호불비(模糊不備)한 역사(歷史)의 기록(記錄) 속에도 자주 출몰(出沒)하였으나 당(唐)의 외구(外寇)가 여(麗)·제(濟) 양국(兩國)을 유린(蹂躪)하며 그 맹아(萌芽)가 최절(催折)되며, 고려일대(高麗一代)에 더욱 양반(兩班) 대(對) 군주(君主)의 쟁투(爭鬪), 노예(奴隷)·잡류(雜類)(잡류(雜類)는 상공계급(商工階級)의 총칭(總稱)인 듯) 대(對) 양반(兩班)의 쟁투(爭鬪)에 누차(累差)의 유혈(流血)이 있었으나, 몽고(蒙古)의 외구(外寇)가 침입(侵入)하여 그 영향(影響)이 침적(沉寂)하였으며, 이태조(李太祖)가 고려대(高麗代)의 사제유폐(四制遺弊)를 개혁(改革)하여 빈부(貧富)의 조화(調和)를 도모하였으나, 그 귀천(貴賤)의 계급(階級)이 존재(存在)하므로 미구(未久)에 다시 그 하극(罅隙)이 폭열(爆裂)하여 소년설(少年稧)·검설(劍稧)·양반살육설(兩班殺戮稧) 등(等) 비밀혁명단체(秘密革命團體)가 분기(紛起)하더니 또한 임진란(壬辰亂)의 팔년(八年) 병화(兵火)로 말미암아 팔도(八道)가 창잔(瘡殘)함에 드디어 그 종자(種子)까지 멸절(滅絶)되었다.

이와 같이 사회진화(社會進化)의 경로(經路)를 개척(開拓)하려는 혁명(革命)이 매양 반혁명적(反革命的) 외구(外寇) 때문에 붕괴(崩壞)됨을 보면, 이제 송곳못으로 박을 땅도 없이 타인(他人)에게 빼앗기고, 소수(少數)의 소상업가(小商業家)들은 선진국(先進國) 생산품(生產品)의 수입(輸入)을 소개(紹介)하는 중간(中間)에서 떨어지는 밥풀을 주워먹게 되고, 경찰(警察)들과 군대(軍隊)가 끊임없이 위압(威壓)을 주는 판에서 사회(社會)의 조직(組織)부터 개혁(改革)하려 함은 너무 우거(愚擧)가 아닌가 한다. 오직 소작인(小作人)의 운동(運動) 같은 것은 지주(地主)의 잔악(殘惡)을 저제(抵制)하여 일시(一時)의 급박(急迫)한 동포(同胞)의 궁민(窮民)을 구(救)하는 유일(唯一) 방법(方法)이니, 이는 시대조류(時代潮流)의 여택(餘澤)이 아니라 할 수 없다.

사(四), 유산자(有產者)보다 나은 무산자(無產者)의 존재(存在)를 잊지 마라

연전(年前) 상해(上海)에서 「민중(民衆)」이란 주일신문(週日新聞)에 어떤 문사(文士)가 이러한 논문(論文)을 썼다.

「조선인중(朝鮮人中)에도 유산자(有產者)는 세력(勢力) 있는 일본인(日本人)과 같고, 일본인중(日本人中)에도 무산자(無產者)는 가련(可憐)한 조선인(朝鮮人)과 한가지니 우리 운동(運動)을 민족(民族)으로는 나눌 것이 아니요 유무산(有無產)으로 나눌 것이라」고.

유산계급(有產階級)의 조선인(朝鮮人)이 일본인(日本人)과 같다 함은 우리도 승인(承認)하는 바이거니와, 무산계급(無產階級)의 일본인(日本人)을 조선인(朝鮮人)으로 본다 함은 몰상식(沒常識)한 언론(言論)인가 하니, 일본인(日本人)이 아무리 무산자(無產者)일지라도 그래도 그 뒤에 일본제국(日本帝國)이 있어 위험(危險)이 있을까 보호(保護)하며, 재해(災害)에 걸리면 보조(補助)하며, 자녀(子女)가 나면 교육(敎育)으로 지식(知識)을 주도록 하여, 조선(朝鮮)의 유산자(有產者)

보다 호강(豪强)한 생활(生活)을 누릴 뿐더러, 하물며 조선(朝鮮)에 이식(移殖)한 자(者)는 조선인(朝鮮人)의 생활(生活)을 위혁(威嚇)하는 식민(殖民)의 선봉(先鋒)이니, 무산자(無産者)의 일인(日人)을 환영(歡迎)함이 곧 식민(殖民)의 선봉(先鋒)을 환영(歡迎)함이 아니냐.

누백년(累百年) 비열(卑劣)한 외교하(外交下)에서 생장(生長)한 식민(殖民)들인 까닭에 무엇보다도 외교(外交)를 중시(重視)하여 매양 위급멸망(危急滅亡)의 제(際)를 당(當)하면 제삼자(第三者)에 대(對)한 외교(外交)는 물론(勿論)이거니와, 곧 위급멸망(危急滅亡)의 화(禍)를 가(加)하려는 상대자(相對者)에 대(對)한 외교(外交)까지도 급급하여, 갑신(甲辰) 을사(乙巳)의 간(間)에 일본정부(日本政府)에 올린 장서(長書)가 날로 날 듯하며, 일본인(日本人) 통감(統監) 이등(伊藤)에게 바치는 공함(公函)이 빗발치듯 하며, 오조약체결(五條約締結)할 때는 신문지(新聞紙)에 오적(五賊)을 베이는 필검(筆劍)이 삼엄(森嚴)하지만, 일본대사(日本大使) 이등후(伊藤候)에게는 애걸(哀乞)의 뜻을 표(表)하며, 독립자강(獨立自强)으로 주의(主義)삼는다는 대한자강회(大韓自强會)에 일본인(日本人) 협잡배(挾雜輩)의 대원장부(大垣丈夫)를 어른으로 모시더니, 오늘에 와서 주의(主義)를 부르고 강권(强權)을 반대(反對)하지만, 기실(其實)은 정부(政府)가 민중(民衆)으로 변(變)할 뿐이며, 집정대신(執政大臣)이 일본무산자(日本無産者)로 변(變)할 뿐이며, 통감(統監) 이등박문(伊藤博文), 군사령관(軍司令官) 장곡천(長谷川)이 편산잠(片山潛)·계리언(堺利彦)으로 변(變)할 뿐이니, 변(變)하는 자(者)는 그 명사(名詞) 뿐이요 정신(精神)은 의구(依舊)하다. 그러나 민중(民衆)의 외교(外交)도 매양 생활(生活)의 이해(利害)로 낙착(落着)되나니, 일본무산자(日本無産者)를 조선인(朝鮮人)으로 본다 함이 강족(强族)에게 납첨(納諂)하는 못난 비열(卑劣)이 아니면, 종로(鐘路) 거지가 도승지(都承旨)를 불쌍타 하는 지나친 인후(仁厚)가 될 뿐이다.

오(五), 신청년(新青年)도 도로 구청년(舊青年)이 아니냐

「사십(四十) 이상(以上)은 다 죽이여야 되겠다」는 소리가 신청년
(新青年)의 입에 오르내린 지 오래이다. 몇 마디 조리(條理)없는 연설
(演說)로 일시(一時)에 선생(先生)의 존칭(尊稱)을 얻은 이십년(二十年)
전(前)의 구청년(舊青年) 사십(四十) 이상(以上)들은, 마치 가치(價値)
없는 물건(物件)이 의외(意外)의 시세(時勢)로 폭등(暴騰)하다가 그 시
세(時勢)가 지나가면 다시 폭락(暴落)하듯이 아주 시세(時勢)를 잃고
죽은 사람들이니, 더 죽일 것도 없거니와, 삼십이하(三十以下)의 신청
년(新青年)들은 산 것이 무엇이냐? 과거(過去)를 부인하지만 옥탑(玉
塔)도 부수며 보탑(寶塔)도 부수어라 하는 로국(露國) 허무당시대(虛
無黨時代)의 부인(否認)이 아니라 다만 소극적(消極的) 부인(否認) 뿐
이며, 시대(時代)에 낙오자(落伍者)가 되지 말자 부르짖지만, 열혈(熱
血)과 용기(勇氣)가 없으므로 다만 시대(時代)에 아용(阿容)하는 노예
(奴隷)가 될 뿐이며, 서간도(西間島)의 십만명(十萬名) 양병(養兵)과
미국의 일억만원(一億萬元) 차관(借款)을 장담(壯談)하던 구청년(舊青
年)의 과대광망(誇大狂妄)도 밉지만, 이,삼백명(二,三百名) 유학생(留
學生)의 사회(社會)에서 매삭(每朔) 삼,사원(三,四元)의 비용(費用)을
들여 간행(刊行)하는 십여장(十餘張)의 속쇄판(速刷版) 잡지(雜誌)는
더운 가련(可憐)하며, 신구서적간(新舊書籍間) 일권(一卷)의 책자(冊
子)도 보지 않고, 다만 예배당(禮拜堂)의 찬미(讚美)와 무쇠주먹·돌
근육의 광가(狂歌)로 생활(生活)하던 구청년(舊青年)의 거동(擧動)도
찬허(讚許)할 수 없지만, 정치적(政治的)·경제적(經濟的) 현실(現實)
의 고통(苦痛)에서 도탈(逃脫)하여 신시(新詩)·신소설(新小說)의 피
란생애(避亂生涯)로 일생(一生)을 마치려는 신청년(新青年)의 심리(心
理)야 참말 애석(哀惜)할 만하다.

이 같은 퇴패(頹敗)한 지기(志氣)로는 설혹(設或) 학업(學業)을 성취(成就)할지라도 학교(學校)의 교사(敎師)가 되거나 혹(或) 외국인(外國人)이 사회(社會)의 직원(職員)이나 되어, 자기(自己)의 호구(糊口)나 할 뿐이요, 설혹(設或) 해군(海軍)·육군(陸軍)·비행대(飛行隊)의 장교(將校)가 될지라도, 그 소득(所得)이 월봉(月俸)으로써 자가(自家)의 온포(溫飽)나 경영(經營)하며 빈궁(貧窮)의 동포(同胞)나 오시(傲視)하리니, 뜻없는 자(者)의 지식(知識)이 쓸데 있으랴, 마치 민영휘(閔泳徽)의 금전(金錢)이 공공운동(公共運動)에 쓸데없음과 일반(一般)일 것이다. 아아, 크로포트킨의 「청년(靑年)에게 고(告)하노라」란 논문(論文)의 세례(洗禮)를 받자! 이 글이 가장 병(病)에 맞는 약방(藥方)이 될까 한다.

　육(六), 통척(痛斥)할 사회(社會)의 양대악마(兩大惡魔)

　우리의 통척(痛斥)할 바는 (일(一))은 형식화(形式化)니 ─ 삼강오륜(三綱五倫)이 지금(至今)에는 붕괴(崩壞)하지 안할 수 없는 도덕(道德)이 되었지만, 조정암(趙靜庵)·김충암(金冲庵) 등(等) 기앙(己卬) 선현(先賢)의 왕래(往來)한 서찰(書札)과 그들의 행사(行事)를 보면, 수천년(數千年) 구속(舊俗)을 소탕(掃蕩)하고 공자(孔子) 교화(敎化)의 이상국(理想國)을 건설(建設)하려던, 진성(眞誠)과 세력(勢力)을 흠복(欽服)할 만하다.

　그러나 세월(歲月)이 오래이매, 그 정신(精神)은 없어지고 형식(形式)만 남아, 하(何)마누라의 상사(喪事)인지 부지(不知)하고 통곡(痛哭)하는 충비(忠婢)도 있었다 하거니와, 눈물 한 방울도 없이 삼년(三年) 시묘(侍墓)하는 효자(孝子)도 없지 안하였다. 그리하여 한성말년(漢城末年) 가가효자(家家孝子) 인인충신(人人忠臣)의 사회(社會)가 마침내 소수(少數)이 적신(賊臣)을 주멸(誅滅)하지 못하였음은 정신(精神) 없는 형식(形式)이 인세(人世)에 전쟁(戰爭)하는 무기(武器)가 아닌 까닭이다.

오늘날에 주의(主義)의 간판(看板)을 붙이며 자유(自由)·개조(改造)·혁명(革命)의 명사(名詞)를 외우는 형식적(形式的) 인물(人物)의 마음보다, 주의(主義)대로 명사(名詞)대로 혈전(血戰)하는 정신적(精神的) 인물(人物)이 하나라도 있어야 할 것이며,

(이(二))는 피란(避亂)의 심리(心理)니―온 조선(朝鮮)사람이야 다 죽든 말든 나 한 몸 한 가족(家族)이나 살면 고만이라고 정감록(鄭鑑錄)의 십승지(十勝地)를 찾아다니는 치인(癡人)은 금일(今日)에 거의 절종(絶種)되었겠지만, 그러나 그 심리(心理)는 의구(依舊)하다. 불평등(不平等)한 이 세계(世界)를 한 번 뒤집어 모든 동포(同胞)가 더 행복(幸福)을 누리자는 심리(心理)가 아니요, 오직 한 몸 한 집을 살자는 생각으로 찾아가면 각(各) 과학(科學)의 지식(知識)을 얻는 중학교(中學校)·대학교(大學校)…… 모든 학교(學校)도 정감록(鄭鑑錄)의 청학동(靑鶴洞)이며, 시(詩)와 소설(小說)을 짓는 문단(文壇)이나 논설기사(論說記事) 등(等)을 편집(編輯)하는 신문사(新聞社)도 정감록(鄭鑑錄)이 철옹성(鐵甕城)이다. 난(亂)을 토평(討平)할 인물(人物)은 많이 나지 않고, 난(亂)을 피(避)하는 인사(人士)만 있으면 그 난(亂)은 구(救)하지 못할 것이니, 우리가 모두 피난심리(避亂心理)의 대적(大賊)을 토멸(討滅)하여야 할 것이다.

우(右)의 양대전(兩大戰)에 성공(成功)하면 그 다음 위선위악(爲善爲惡)은 오히려 문제(問題)가 아니니 선(善)과 악(惡)은 절대적(絶對的)이 아니요 상대적(相對的)인 고(故)로, 악(惡)이 없으면 선(善)도 없는 까닭에, 「사회(社會)를 위(爲)하여 공(功)을 못 이루거든 차라리 죄(罪)라도 지어라」할 것이다.

칠(七), 문예운동(文藝運動)의 폐해(弊害)

낭만주의(浪漫主義)·자연주의(自然主義)·신낭만주의(新浪漫主義)

등(等)의 구별(區別)도 잘못하는 자로, 현대(現代)에 가장 유행(流行)하는 굉굉(轟轟)한 서방(西方) 문예가(文藝家)들의 유명(有名)한 소설(小說)이나 극본(劇本) 등(等)을 거의 눈에 대어 보지 못한 완전(完全)히 문예(文藝)의 문외한(門外漢)이, 게다가 십여년(十餘年) 해외(海外)에 앉아, 조선(朝鮮) 문단(文壇)의 소식(消息)이 격절(隔絕)하여 무슨 작품(作品)이 있는지, 얼마나 나왔는지, 어떤 것이 환영(歡迎)을 받는지 알지 못하니, 어찌 조선(朝鮮) 현재(現在) 문예(文藝)에 대(對)하여 가부(可否)를 말하랴.

다만 삼·일(三·一) 운동(運動) 이래(以來), 가장 현저(顯著)히 발달(發達)된 자(者)는 문예운동(文藝運動)이라 할 수 있다. 경제압박(經濟壓迫)이 아무리 심(甚)하다 하나 아귀(餓鬼)의 금강산(金剛山) 구경 같은 문예작품(文藝作品)의 독자(讀者)는 없지 않으며, 경성(京城)의 신문지(新聞紙)에 끼어 오는 책사(冊肆) 광고(廣告)를 보면 다른 서적(書籍)은 거의 십오년(十五年) 전(前) 그때의 한 꼴이나 시인(詩人)과 소설선생(小說先生)의 작물(作物)은 비교적(比較的) 다수(多數)인 듯하다. 그래서 나의 난필(亂筆)이 문예(文藝)에 대(對)하여 망론(妄論)을 한 마디 하려 하나 아는 재료(材料)가 없어 남의 말이나 소개(紹介)하고 마르려 한다.

일찍 중국(中國) 광동(廣東)의 「향도(嚮導)」란 잡지(雜誌)에 그 호수(號數)가 몇 호(號)인지 작자(作者)가 누구인지를 지금에 다 기억(記憶)하지 못하는 중국(中國) 신문예(新文藝)에 대(對)한 탄핵(彈劾)의 논문(論文)이 났었는데, 그 대의(大意)를 말하면,

「중국(中國) 연래(年來)의 제일혁명(第一革命), 제이혁명(第二革命), 오사운동(五四運動), 오칠운동(五七運動)……등(等)이 도두 학생(學生)이 중심(中心)이었다. 그러드니 근일(近日)에 와서는 학생사회(學生社會)가 왜 이렇게 적막(寂寞)하냐 하면, 일반(一般) 학생(學生)들이 신

문예(新文藝)의 마취제(痲醉劑)를 먹은 후(後)로, 혁명(革命)의 칼을 던지고 문예(文藝)의 붓을 잡으며, 희생유혈(犧牲流血)의 관념(觀念)을 버리고 신시(新詩)·신소설(新小說)의 저작(著作)에 고심(苦心)하여, 문예(文藝)의 도원(桃源)으로 안락국(安樂國)을 삼는 까닭이다. 몇 구(句)의 시(詩)나 몇 줄의 소설(小說)을 지으면, 이를 팔아, 그 생활비(生活費)가 넉넉히 될뿐더러, 또한 독자(讀者)의 환영(歡迎)을 받는 시가(詩家)나 소설가(小說家)라 하는, 명예(名譽)의 월계관(月桂冠)을 쓰며, 연애(戀愛)에 관(關)한 소설(小說)을 잘 지으면, 어여쁜 여학생(女學生)이 그 뒤를 따라 무한(無限)한 염복(艶福)을 누리게 되므로, 혁명(革命)이나 다른 운동(運動)같이 체수(逮囚)와 포살(砲殺)의 위험(危險)은 없고, 명예(名譽)와 안락(安樂)을 얻으며, 연애(戀愛)의 단꿈을 이루게 되므로, 문예(文藝)의 작자(作者)가 많아질수록 혁명당(革命黨)이 적어지며, 문예품(文藝品)의 독자(讀者)가 많을수록 운동가(運動家)가 없어진다」하였다.

나는 이 글을 읽을 때에, 삼·일운동(三·一運動) 이후(以後)에, 침적(沉寂)하여진 우리 학생사회(學生社會)를 연상(聯想)하였다. 중국(中國)은 광대(廣大) 침흑(沉黑)한 대륙(大陸)인 고로, 한 가지의 풍조(風潮)로써 전국(全國)을 명석말이할 수 없는 나라어니와, 조선(朝鮮)은 청명(淸明) 협장(狹長)한 반도(半島)인 고로 한 가지의 운동(運動)으로 전사회(全社會)를 곶감꼬치 꿰이듯 할 수 있는 사회(社會)니, 즉(卽) 삼·일운동(三·一運動) 이후(以後) 신시(新詩)·신소설(新小說)의 성행(盛行)이 다른 운동(運動)을 초멸(剿滅)함이 아닌가 하였다.

팔(八), 예술주의(藝術主義)의 문예(文藝)와 인도주의(人道主義)의 문예(文藝)에 어떤 것이 옳은가

전술(前述)과 같이, 설혹(設或) 신시(新詩)와 신소설(新小說)이 성행(盛行)하는 까닭에 사회(社會)의 모든 운동(運動)이 침적(沉寂)하다 할

지라도, 만일 순예술주의자(純藝術主義者)들로 말하면, 「빈처(貧妻)의 단속곳을 팔아서라도 훌륭한 몇 짝의 신시(新詩)를 씀이 가(可)하며, 강토(疆土)의 전부(全部)를 주고라도 재미있는 몇 줄의 신소설(新小說)을 바꿈이 가(可)하다」 하리니, 그까짓 운동(運動)의 침적(沉寂) 여부(與否)야 누가 알겠느냐, 하리라.

존화주의(尊華主義)를 위(爲)하여 조선(朝鮮)이 존재(存在)하며, 삼강오륜(三綱五倫)을 위(爲)하여 민중(民衆)이 존재(存在)하며, 권선징악(勸善懲惡)을 위(爲)하여 역사(歷史)와 소설(小說)이 존재(存在)하며, 기타(其他)로 모든 것이 자(自)의 존재(存在)할 목적(目的)이 없이 타(他)의 무엇을 위(爲)하여 존재(存在)한 줄로 단정(斷定)한, 누백년래(累百年來) 노예사상(奴隸思想)에 대(對)한 반감(反感)으로는, 현세계(現世界)에 인도주의(人道主義)의 문예(文藝)가 예술주의(藝術主義)의 문예(文藝)를 대신하려 함에 불구(不拘)하고, 나는 곧 예술지상주의(藝術至上主義)도 찬성(贊成)하려고 하였다.

그러나 예술(藝術)도 고상(高尙)하여야 예술(藝術)이 될지어늘, 환고낭자(紈袴浪子)의 육노(肉奴)가 되려는 자살귀(自殺鬼)의 강명화(康明花)도 열녀(烈女)되는 문예(文藝)가 무슨 예술(藝術)이냐, 누백만(累百萬)의 아귀(餓鬼)들 곁에다 두고 일원(一圓) 내지(乃至) 오원(五圓)이 소설책(小說冊)이나 팔아 일포(一飽)를 구(求)하려는 문예가(文藝家)들이 무슨 예술가(藝術家)이냐, 금강(金剛)의 경(景)이 아무리 좋을지라도 기아(飢兒)의 눈에는 일시(一匙)의 반(飯)만 못하며, 솔거(率居)의 화송(畫松)이 아무리 명작(名作)이라 할지라도 익수자(溺水者)의 눈에는 일편(一片)의 목판(木板)만 못하며, 살도 죽도 못하게 된 조선민중(朝鮮民衆)의 귀에는 모든 미려(美麗)한 가극(歌劇)과 소설(小說)의 이야기가 백두산(白頭山) 속 미신귀(迷信鬼)인 조선생(趙先生)의 강신필(降神筆)만 못하리니, 일원(一圓)이면 일가(一家) 인구(人口)의

며칠 생활(生活)할 민중(民衆)의 눈에 들어갈 수도 없는, 이원(二圓) 삼원(三圓)의 고가(高價)되는 소설(小說)을 지어놓고 민중문예(民衆文藝)라 호호(呼號)함도 얄미운 짓이어니와, 민중생활(民衆生活)과 접촉(接觸)이 없는 상류사회(上流社會) 부귀가(富貴家) 남녀(男女)의 연애사정(戀愛事情)을 그리므로 위주(爲主)하는 장음문자(奬淫文字)는 더욱 문단(文壇)의 수치(羞恥)이다. 예술주의(藝術主義)의 문예(文藝)라 하면 현조선(現朝鮮)을 그리는 예술(藝術)이 되어야 할 것이며, 인도주의(人道主義)의 문예(文藝)라 하면 조선(朝鮮)을 구(救)하는 인도(人道)가 되여야 할 것이니, 지금(只今)에 민중(民衆)에 관계(關係)가 없이 다만 간접(間接)의 해(害)를 끼치는 사회(社會)의 모든 운동(運動)을 소멸(消滅)하는 문예(文藝)는, 우리의 취(取)할 바가 아니다. 구주(歐洲) 각국(各國)에는 매양 문예(文藝)의 작물(作物)이 혁명(革命)의 선구(先驅)가 되었다 하나, 이는 그 역사(歷史)와 환경(環境)이 다른 까닭이니 조선(朝鮮)의 현재(現在)에 비(比)할 것이 아니다.

(1925년 1월 2일 동아일보(一九二五年 一月 二日 東亞日報))

제2장 신채호, 근대의 경계에 선 작가
-문학적 진실과 신채호-

1. 한국근대문학, 그 문제적 위상

한국근대문학은 근대의 한계와 경계 사이에 긴박되어 고투하는 오늘날의 우리들에게 문제적인 현상이며 개념이자 사건으로 다가온다. 한국근대문학은 중세, 근대, 현대라는 통시적인 시간의 계기에 따라 종료된 문학으로 정의될 수 없는 복잡한 성격을 지닌 문학이라는 말이다. 만약 근대를 중세와 현대 사이에 존재하는 시간 개념으로 간주하다면, 근대는 이미 종료된 시간 개념일 수 있고, 그에 따라 근대문학도 역할을 다한 종료된 문학 개념으로 간주될 수 있겠다.

그러나 근대문학은 오늘날에도 형성을 지속하는 문학이며 그 형성은 앞으로도 지속될 것으로 보인다. 근대문학의 '근대'를 통시적인 시간의 계기로 이해해 근대문학 자체를 종료된 문학으로 보지 말자는 것. 달리 말해, 근대문학을 지금 이 시간에도 지속적으로 형성되는 문학으로 보자는 것이다. 그것은 기본적으로 근대를 자신의 역할을 다한 종료된 시간 개념으로 간주하지 말고 미래를 향해 열린 현재적 개념으로 이해하자는 말이기도 하다.

근대라는 개념이 사실은 복잡하기 이를 데 없는 문제적인 현상이자 사건이라는 것은 이론의 여지가 없다. 그렇기에 근대의 의미를 일목요연하게 정리하기란 말처럼 쉽지 않다. 한국의 근대는 '더' 그렇다. 근대라는 개념 자체도 복잡하기 이를 데 없지만 이 개념이 한국의 식민 역사와 만나게 되면서 한국의 근대는 일면적인 해석을 불허하는 복잡한 성격을 보이고 있다.

한국의 근대를 정의하고 정리하는 작업은 크게 두 가지 방향에서 진행되어 왔다. 하나는 수탈론. 수탈론은 기본적으로 한국의 근대를 일본 제국주의의 가혹한 수탈과 이에 대한 민족의 저항으로 해석하는 논리이다. 한국의 근대 자체가 일본 제국주의의 강요로 진행된 측면이 크며, 이 강요의 수난사를 망각하지 말자는 일종의 민족윤리를 환기시키는 논리가 수탈론이다.

익히 알려진 사실이지만, 이 방면의 대표적인 저작이 『해방전후사의 인식』이다. 최종 여섯 권으로 출간된 『해방전후사의 인식』은 1980년대 대학생들의 필독서였다. 1980년대 대표급 재야인사들이 저술한 이 책은 식민지기와 해방 전후 한국 사회의 성격을 민족주의 프레임으로 비판적으로 고찰하고 있다. 『해방전후사의 인식』은 학문의 자유가 어느 정도는 인정된 오늘날의 시각으로 보자면, 그 논리와 실증적 증거들이 다소 정치하지 않거나 부족해 보일 수 있다. 그렇지만 권위주의 정권에 의해 현대사 자체가 금기로 여겨진 1980년대에서 『해방전후사의 인식』은 지식인, 대중 독자, 대학생들의 폭발적인 관심을 집중시켰다.

또 하나는 식민지 근대화론. 식민의 역사는 그 자체로 근대의 보편적 현상이지 예외적 현상이 아니라는 논리이다. 부족하나마 한국의 문명화 혹은 계몽의 달성은 식민지 근대화의 결과이기에 한국의 근대를 오로지 민족의 저항으로 이야기하는 것은 타당하지 않다고 식민지 근대화론자들은 주장한다. 식민지 근대의 긍정적 계기를 최대한 주목하면서 문명 개념을 매개로 제국과의 협력을 중시하는 논리가 바로 식민지 근대화론이다.

이 방면의 대표적인 저작이 있다. 바로 『해방 전후사의 재인식』이다. 소위 '재인식'으로 불리기도 한 『해방 전후사의 재인식』은 '해전사'로 불린 『해방전후사의 인식』이 보인 민족주의 사관과 민중 사관을 재인식하자는 취지에서 만들어진 책이다. '재인식'은 '해전사'와는 달리 한미관계, 이승만정권의 긍정적 기능을 주목하거나 일상사와 미시사의 방식으로 해방 전후를 고찰하는 바, 이 두 권의 책이 보이는 지적 거리는 간단치 않다.

그러나 수탈론이나 식민지 근대화론 모두 근대의 진실을 전면적으로 설명하는 논리로 간주될 수는 없다. 이 두 논리가 밝히는 한국의 근대는 어디까지나 한국의 근대 일부인 까닭이다. 그 일부를 붙잡고 근대의 성격을 확정하는 태도가 오히려 문제일 수 있다. 한국의 근대는 아직도 더 깊고, 새로운 해석과 설명을 요구하는 미답의 영역이라고 보는 게 현명하다. 이런 차원에서 민족주의 프리즘이나 근대화 프리즘에 걸리지 않는, 식민 지배기 대부분을 관통해 왔던 광범위한 회색지대를 이해해 보자는 윤해동의 제안은 참신해 보인다.[1]

윤해동의 제안은 한국의 근대는 민족주의와 근대화라는 개념만으로는 해명되지 않는 해석의 영역이 있다는 것으로 이해되는바, 이런 맥락에서 한국의 근대는 수탈론과 근대화론의 두 계기로만 설명되지 않는 복잡하면서도 중층적인 계기로 작동된 사건이자 일상이자 세계로 보인다. 요컨대 수탈론에서 말하는 저항과 근대화론에서 말하는 문명은 비록 비대칭적 관계이기는 하지만 적대적으로 대립하는 개념이기보다는 한국의 근대를 구성하는 복수적 개념으로 이해될 수 있

---

1 윤해동, 「식민지 인식의 '회색지대'」, 윤해동 천정환 엮음, 『근대를 다시 읽는다』 1, 역사비평사, 2006, 39쪽.

다는 것이다. 이 두 논리의 주요 개념을 한국근대의 장에서 서로 충돌하는 모순 관계로 이해할 수도 있지만 동시에 식민지의 일상과 사건, 계기들을 생성하는 비대칭적 개념으로 이해할 수 있다는 말이다.

그렇다면 한국의 근대문학은 어떤가? 한국의 근대문학도 그 사정은 간단치 않다. 한국근대문학이란 말 속에는 수탈론과 식민지 근대화론의 의미와 이미지가 깊게 드리워져 있다. 저항, 민족, 민중, 이식, 협력, 문명, 계몽 등 근대와 연계된 비대칭적 개념들이 한국근대문학이란 말에 뒤섞여 녹아 있어서 한국근대문학을 설명하기란 쉬운 게 아니다. 그렇기에 근대를 종료된 개념이 아니라 미래를 전망하는 현재적 개념으로 받아들이듯 한국근대문학도 종료된 문학이 아니라 여전히 형성 중인 문학으로 받아들이는 게 현명해 보인다.

여기서 일본의 저명한 문학이론가 가라타니 고진을 상기하기로 하자. 가라타니 고진은 2004년 『문학동네』 겨울호에 「근대문학의 종말」을 게재하는 과정에서, 자신의 담론을 정당화하는 논거의 예로 한국문학을 든다. 흥미로운 이야기 아닌가? 가라타니 고진이 근대문학 종말의 예로 한국문학을 든다는 게. 뒤집어 말하자면, 고진은 한국문학을 근대문학의 전형적인 예로 이해하고 있었다는 말이다. 그런데 왜 가라타니 고진은 근대문학의 종말을 이야기하는가?

그러나 내가 근대문학의 종언을 정말 실감한 것은 한국에서 문학이 급격히 영향력을 잃어갔기 때문입니다. 그것은 충격이었습니다. 1990년에 나는 한일작가회의에 참가하거나 한국의 문학자와 사귈 기회가 많았습니다. 그래서 일본은 이렇게 될지라도 한국만은 그렇게 되지 않을 것이라는 느낌이 들었던 것입니다. 예를 들어 2000년에도 나는 서울에서 가진 기자회견 당시 일본문학은 죽었다고 말한 적이 있습니다. 그것은 상품으로서는 무라카미 하루키와 같이 세계적으로 통용되는 작품을 생산하고 있지만, 일본 사회에서 문학이 일찍이 가지고 있었던 역할이나 의미는 끝났다는 것입니다. 나중에 들어보니 그것이 화제가 되었다고 하는데, 남의 일이라는 느낌으로 받아들여졌다고 합니다. 그도 그럴 것이 이미 한국에서도 젊은 사람들이 무라카미 하루키를 읽게 되었기 때문입니다. 그 시점에서 한국문학은 어떻게 될 것 같으냐는 질문을 받았을 때, 나는 한국에서는 문학의 역할이 사라지지 않고 계속 남아있을 것이라고 말했습니다. 정치운동이 사라지지 않는 것과 마찬가지로 문학도 사라지지 않는다고 말입니다.

그러나 실제로는 그렇지 않았습니다. 확실히 학생운동은 쇠퇴했습니다만, 노동운동은 매우 왕성했습니다. 2003년 가을 노동자 집회에서는 화염병이 날아다녔습니다. 한국에서 학생운동이 활발했던 것은 그것이 노동운동이 불가능한 시대, 일반적으로 정치운동이 불가능한 시대의 대리적 표현이었기 때문입니다. 그러므로 정치운동이나 노동운동이 가능하게 되면, 학생운동은 쇠퇴하기 마련입니다. 문학도 그것과 닮아 있습니다. 실제 한국에서 문학은 학생운동과 같은 위치에 있었습니다. 현실적으로는 불가능하기 때문에 문학이 모든 것을 떠맡았던 것입니다.[2]

가라타니 고진에 따르면, 적어도 한국에서만큼은 문학이 죽지 않을 거라 예상했지만 결국 한국에서 문학은 쇠퇴해가는 학생운동처럼 쇠퇴해 질 것으로 보인다는 것이다. 한국에서는 문학이 정치운동을 떠맡아 그 역할을 비상하게 수행했지만, 정치운동이 가능한 시대로 접어드는 최근 국면에서는 문학이 할 수 있는 역할이 많지 않다는 게 가라타니 고진의 주장이다. 여기서 주목해야 하는 건 근대문학을 이해하는 가라타니 고진의 이해 방식이다.

---

2 가라타니 고진, 『근대문학의 종언』, 조영일 옮김, 도서출판 B, 2006, 48~49쪽.

가라타니 고진이 이해하는 근대문학은 주체의 해방을 기약할 목적으로 미래를 선취하며 현재의 구조적 변화와 주체의 열림을 기획하는 정치성의 문학이다. 그렇기에 고진이 말하는 근대문학에서의 근대는 시간적 선후 개념이 아니다. 여기서의 근대는 닫힌 시간을, 경계를, 영역을 넘어서는 의미로 정의되는바, 가라타니 고진은 근대문학을 고정된 경계와 영역을 넘어서는 주체의 모험과 실험이 시도되는 문학으로 이해되고 있다. 그런데 한국문학도 더는 이런 성격의 문학, 그러니까 주체의 해방과 미래의 선취, 현재의 구조적 변화를 기약하는 문학으로 존재하지 않는다는 게 고진의 판단이다. 그에 따르면 오늘날의 문학은 더는 특별한 의미를 부여받은 '근대'문학이 아니라 그저 오락으로 존재한다는 것이다.

그런데 가라타니 고진의 근대문학의 종말론에 대해 우리가 어떤 입장을 취하든 우리가 그의 이론에서 주목해야 하는 것은 근대문학을 생성하는 사회구조가 근본적으로 변동하고 있다는 지적이 아닐까 한다. 그러니까 우리는 가라타니 고진의 이론에서 고진이 근대문학을 이해하는 방식을 주목할 필요가 있다는 말이다. 더 자세히 말해, 근대문학을 생성하는 사회적 토대의 거시적 변동이나 근대문학에 반응하는 대중들의 습속, 미적인 것의 생성 구조 등을 면밀히 주시해야 한다는 고진의 근대문학의 이해 방식을 우리는 주목할 필요가 있다는 것이다. 즉 근대문학을 과거에 그 역할을 다한 문학이 아니라 오늘날에도 자기 역할을 모색하는 문제적 문학으로 이해하려는, 그래서 근대문학의 현재성을 발견해 내려는 고진의 독해 방식을 주목해야 한다.

이런 취지에서 필자는 한국근대문학을 종식된 혹은 종식될 문학으로 간주하기보다는 그 형식과 내용을 달리하며 지속적으로 형성될 문학으로 이해할 것을 독자들에게 제안하고 싶다. 필자는 문학을 단순히 문학 그 자체의 범주가 아니라 그 문학을 생성하는 사회적 구조 하에서 이해하는 가라타니 고진의 방식에 동의하면서도 오늘날 한국 문학이 어떻게 근대와 근대 너머를 상상하는가를 주시해야 한다고 보고 있다. 그렇다는 것은 우리가 근대로 호명하는 이 체제와 제도가 다양한 방식과 내용으로 변주되고 있고 때로는 극복의 가능성을 보 여주기도 하지만, 여전히 당대 한국인들의 삶에 개입하는 규정력과 형성력을 간단치 않게 발휘하는 국면과 관련이 있다.

물론 이 근대를 극복하려는 저항과 대안 마련의 모색이 없지는 않 지만 오늘날 근대는 대다수 한국인들의 의식과 삶을 규정하고 영향 력을 미치는 강력한 제도와 풍속으로 작동하는 게 사실이다. 국민국 가의 틀, 민족주의와 인종주의, 애국주의의 지속적이며 주기적인 출 현, 전쟁의 반복, 자본 중심의 경제 등 오늘날의 지구세계는 근대 이 후를 실험하는 정치와 이론들이 지속적으로 분출되는 상황이지만 근 대의 규율에서 결코 자유롭지 않은 것이다. 더구나 근대정치 격돌의 유산인 분단체제를 일상의 선험적 조건으로 받아들인 채 살아가는 오늘날의 우리 처지를 고려하자면, 근대체제에서의 삶과 문학은 지속 적으로 고찰될 화두가 분명하다.

가라타니 고진의 근대문학 종결 선언이 그의 말마따나 근대문학을 둘러싼 사회적 구조가 거시적 차원에서 변동하면서 등장한 이론이기 는 하지만 여기서 문제는 그 거시적 차원의 변동이 과연 근대와 구분 되는 체제 내지 제도로 이행하는 수준의 변동이냐는 데 있다. 필자는 바로 이 대목을 주목하고 있다. 과연 근대문학을 둘러싼 사회적 구조 가 거시적 차원에서 질적으로 변동한 것일까? 이에 대해선 논란이 많 아 보인다. 미국의 저명한 사회학자인 월러스틴이 일국의 틀을 탈피 해 세계체제의 관점에서 근대의 문제들을 논의하자고 할 정도로 근 대체제가 일국의 경계를 넘어 세계적 차원에서 작동하는 게 사실이지만, 그 세계적 차원의 작동도 근대의 틀 바깥에서 진행되는 게 아닌 까닭이다.

오늘날의 근대는 일국체제가 아니라 세계체제의 형식으로 존재한다는 점, 더구나 한국사회는 근대의 부정적 계기의 전형인 분단 체제에 긴박되어 있다는 점에서 싫든 좋든 근대와의 결별을 말하기가 더욱 어려워 보인다. 그렇다면 한국의 근대문학을 더욱, 자주, 깊이 이야기해야 하는 게 아닐까? 그렇다는 것은 한국의 근대문학을 단지 식민지 시대의 문학 정도로 이해하자는 게 아니다. 오늘날의 한국문학도 근대문학의 주요 사례로 읽어내면서 한국문학의 근대문학적 독해를 시도해보자는 것이다.

필자는 이런 배경에서 새롭게 독해해야 할 작가 중 하나로 신채호를 주목하고 있다. 신채호를 독해하는 일은 민족, 민중, 저항, 수탈, 문명, 계몽 등 다양한 비대칭적 개념들로 전개된 한국근대문학의 기원과 성격을 새롭게 복기해보자는 뜻이며, 더 나아가 근대 극복의 문학적 도정을 새롭게 고찰해보자는 것이다.

2. 신채호, 중국 망명의 계보

신채호 문학을 문학적 진실이란 개념으로 독해한다면, 어떻게 독해할 수 있을까? 먼저 문학적 진실의 의미부터 헤아려볼 필요가 있다. 문학적 진실은 그 의미가 일목요연하게 정의되는 개념이 아니다. 우선 진실이란 말이 그렇다. 진실이란 자명하게 존재하는 실체인가? 허구가 만들어낸 상상인가? 우리는 진실을 어떤 자명한 실체처럼 여기지만 실제 그렇지 않다는 것은 이제 상식에 속한다. 구로사와 아키라 감독의 불멸의 명작 『라쇼몽』이 그 예이지만 어떻게 보자면 진실의 완벽한 재현은 불가능한 미답의 영역일 수 있다. 하나의 살인사건을 기억하는 『라쇼몽』의 등장인물들. 그들의 기억은 사실 객관적 사건 자체를 입증하는 기억이 아니라 그들의 주관과 욕망에 따라 만들어진 자신들의 기억이었다.

더구나 문학적 진실은 문학 자체가 자명한 개념이 아니라는 것을 감안하자면 더욱 애매할 수밖에 없다. 그렇다면 문학적 진실은 아예 허위적 개념인가? 필자는 문학적 진실을 고정적이거나 본질적인 개념으로 간주하는 태도가 현명하다고 보지는 않지만 그렇다고 문학적 진실을 아예 말할 수 없는 허구의 영역이라고 간주하는 것도 현명하다고 보지는 않는다. 필자는 문학적 진실은 문학과 문학, 작가와 작가, 독자와 독자들의 협력과 경쟁 또 다른 한편으로는 강요의 형식으로 도래한 근대와 그러한 근대에 대한 작가의 대응 속에서 형성되는 개념이자 의미로 이해하고 있다. 요컨대 문학적 진실은 선험적으로 주어진 어떤 추상적 개념이 아니라 작가가 자신을 주체로 형성하며 구현하는 개념으로 볼 수 있지 않을까 생각한다.

그런데 이 문학적 진실을 한국근대문학과 결부해 이야기한다면 어떤 이야기를 할 수 있을까? 여기서 중요하게 고려해야 하는 게 어떤 선험적 이념이나 개념에 포박되지 않는 부단한 자기 부정의 정신이 아닐까 한다. 치열한 자기 부정의 정신과 실천으로 자기가 마주한 경계를 가로질러 결국 자기에게로 회귀하는 과정. 이 과정이 바로 작가가 자신의 문학적 진실을 구현하는 과정일 것이다. 즉 근대가 구획한 경계를 넘어 해방된 자기에게로 회귀하려는 작가의 시도를 우리는 문학적 진실을 구현하는 주체의 도정으로 볼 수 있으며, 그런 점에서 신채호 문학 독해는 상당한 의미를 지닐 것이다.

이런 배경에서 필자는 신채호의 문학적 진실이 흥미롭다. 신채호는 근대가 강요한 경계와 한계에 자신을 구속시키지 않고 결국 그 경계와 한계를 넘어 자신의 종말을 지켜본 작가인 까닭이다. 그 종말은 자기 부정의 종말, 달리 말하면, 자신의 문학적 진실을 완결시키는 종말이다. 우리가 그를 어떻게 정의하든, 그는 그 정의의 경계 바깥에서 자기를 새로운 자기로 만들어간 작가라는 말이며, 이런 점에서 그는 자기 해방을 끝까지 모색한 작가이다. 필자가 주목하는 대목은 바로 여기에 있다. 신채호가 한국근대문학사의 장에서 돋보이는 이유는 부단한 자기 부정을 통해 자신을 주체로 형성하는 그 도정 때문이다. 그렇다면 신채호가 이렇게 주체로서의 자기 해방을 모색하게 된 계기는 어디에 있을까? 필자는 그 계기를 바로 신채호의 망명으로 본다. 신채호의 망명이 신채호를 거듭나게 한 영구혁명의 단초인 까닭이다. 그러면 먼저 망명 이전의 신채호를 살펴보기로 하자.

흔히 신채호는 근대 한국이 낳은 가장 위대한 선각자 중의 한 사람으로 소개된다. 한말 민족적으로 대단한 불행한 시기에 태어나 근대화와 국권수호를 위해 교육 언론 역사연구 활동에 종사하다가 1936년 중국 뤼순 감옥에서 순국한 위인으로 우리는 그를 기억한다. 신채호가 위대한 선각자라거나 국권수호를 위해 헌신한 인물이라는 것은 과장으로 들리지는 않는다. 실제 그는 유례를 볼 수 없는 치열한 삶을 살다간 위인인 까닭이다. 이런 배경에서 흔히 신채호는 아래와 같이 이야기되곤 한다.

한편 신채호는 사회진화론에 기반한 자강론의 단계에서 사대와 중화라는 전통적 국제질서관념 모두를 부정하는 단계로 나아간다. 일제에 의한 망국은 자신이 받아들인 사회진화론의 귀결이었고 그는 이 힘의 관계를 푸는 방법도 힘에 있을 뿐이라 여기며 다른 어떤 관념으로의 도피도 꾀하지 않았다. 이는 점진적 자강론에서 비타협적 무투론으로의 선회로 나타난다. 이처럼 강자의 지배를 거부했다는 것은 전통적 사대 관념을 부정하는 것이며 그 어떤 관념상의 가치나 이념도 민족의 생존이라는 현실적 이해 위에 존재할 수 없다고 본 것은 중화 관념 즉 현실과 괴리된 도덕중심주의를 뛰어넘은 것이다. 그는 실제로 실패의 가능성을 돌아보지 않고 무정부주의 운동에 가담했고 그 과정에서 '순국'했다.[3]

신채호를 위대한 민족주의자로, 국권회복을 위한 애국계몽운동에 지대한 공헌을 한 인물로, 근대민족주의 사학을 창건하는 불멸의 업적을 세운 인물로, 선각자이자 민중을 위한 계몽가로, 변절을 거부한 순국의 코드로 정의하는 이 방식은 어떻게 보자면 신채호에 관한 한 불변의 서술로 보인다. 학계의 중견학자는 물론 소장학자들도 신채호에 관한 한 '위대'와 '지대'와 같은 최고의 수사로 상당한 고평을 하는 게 마치 자연스러워 보일 정도다. 고난과 수난에도 불구하고 지조와 절개를 고수하며 훼절하지 않은 그의 고단한 인생 역정을 생각하자면, 그를 위대와 불멸, 순국의 코드로 정의하는 것은 무리로 보이지는 않는다.

그렇지만 한편으로 우리는 그를 '위대한'과 '지대한'과 같은 불멸의 수사학으로 정의하는 방식을 탈피, 그와 그의 문학을 좀 더 창의적으로 읽을 필요도 있다. 그를 '위대'와 '지대' 등 최고의 수사로 정의하는 일도 중요하지만, 그가 어떻게 그러한 성취를 이룩할 수 있었으며 그 성취가 곧 어떤 한계로 이어지는가를 확인하는 작업이 요구된다는 말이다.

여기서 필자가 주목하는 것은 신채호의 망명이다. 망명이란 무엇

3 박선영, 「장지연의 '변절'과 신채호의 '순국'」, 『한국언론학보』 제53권 제2호, 한국언론학회, 2009, 274쪽.

을 뜻하는가? 통상적으로 국어사전에서 망명은 정치나 사상의 이유로 다른 나라로 피해감의 뜻으로 정의된다. 그런데 망명을 신채호와 관련해 그 뜻을 헤아리자면, 근대를 넘어서려는 주체의 열린 모험으로 이해되지 않을까 싶다. 그것은 단지 망국을 피해 도망가는 게 아니라 더 큰 해방을 모색하는 적극적인 자기 투쟁이자 열림이며 궁극적으로는 자기로 회귀하는 여로일 수 있다. 망명을 이렇게 정의할 수 있다면, 신채호의 망명은 신채호 그 자신은 물론이요 신채호의 문학을 깊고 넓게 하는 배경이자 사건으로 이해될 수 있는 것이다.

기록에 따르면, 1910년 4월 신채호는 망국을 예감하고 중국 청도로 망명한다. 그의 나이 31세의 일이다. 신채호의 망명은 신민회 주역들의 중국 망명과 겹치는 사건이다. 서북계열 지식인 중심으로 구성된 비밀 항일결사 조직인 신민회는 망국을 예감하며 만주로의 집단 망명과 독립기지 건설을 결정하고 직접 행동에 들어간다. 한 예로 신민회의 주역인 이회영 일가는 1910년 12월 만주 대륙을 향해 국경을 넘게 되는데, 1910년을 전후로 신민회 주역들의 망명이 연이어진다. 이 일에 대해 김삼웅은 이렇게 기록하고 있다.

단재는 1907년 중반 이후 3년여 동안 몸담으면서 항일구국의 필봉을 날렸던 대한매일신보가 1910년 4월에 친일파의 손에 넘어가자 결연히 신문사를 떠났다. 이제 해외로 망명하여 힘을 기르고 무장항쟁으로 일제와 싸우는 일뿐이었다.

신민회 간부들과 논의를 거듭한 끝에 국외로 망명하여 일제와 싸우자는 쪽으로 의견의 일치를 보았다. 신민회는 1906년 안창호, 양기탁, 이동녕, 이갑, 진덕기, 이동휘, 노백린, 조성환 등과 함께 만든 항일조직이었다. 애국심이 강하고 헌신적이며 자기의 생명과 재산을 조직의 명령에 따라 바칠 수 있는 사람에 한해서 엄격한 심사를 거쳐 입회할 수 있는 비밀 결사였다.

800여 명의 회원을 확보한 신민회는 정치·교육·문화·경제 등 각 방면의 진흥운동을 일으켜 국력을 기르는 데 힘썼다. 평양에 대성학교, 정주에 오산학교를 창설하여 인재를 양성하고, 서울에서 『대한매일신보』를 발행하고, 대구에서 태극서관을 설립하여 문화운동에 힘쓰는 등 망국기 최대 규모의 비밀 조직이었다.[4]

그 자신이 신민회 회원의 일원이었던 신채호는 국내보다 처신이 자유로운 독일 조계지인 중국 청도에서 독립운동의 향후 전략을 세우자는 신민회의 결의에 따라 비밀리에 청도로의 망명을 결행한다. 신채호는 청도에서 오래 머물지 않았다. 알려지기로는 1910년 9월 청도회담에서 독립군 기지와 무관학교 설립을 실천하기 위해 길림성 밀산부로 이동하기로 결의되었지만 자금 문제로 실현되지 않았다는 것이다. 청도에서 뜻한 대로 거사가 진행되지 않자 신채호는 한국인들에게 '해삼위'(海蔘威)로 알려진 러시아 블라디보스토크로 떠난다. 물론 망국의 백성이 러시아 블라디보스토크로 쉽게 갈 수 있는 것은 아니었다.

블라디보스토크에는 한국인들이 적지 않았다. 그리고 이 한국인들 중에는 뜻을 모아 구국운동의 일환으로 신문을 내는 이들도 있었다. 1908년 2월 26일 『해조신문』이 간행되었으나 일제의 간섭으로 얼마 가지 못해 폐간된다. 그렇지만 이해 11월 18일 『대동공보』가 창간된다. 『대동공보』는 여러 어려운 조건 속에서도 1910년 9월 1일까지 약 2년 여 발행된다. 차석보, 최재형, 유진률, 윤필봉, 이강 등이 주 2회 『대동공보』를 발행한 주역들이다. 신채호가 블라디보스토크로

---

4 김상웅, 『단재신채호평전』, 시대의창, 2005, 40쪽.

오기 이전에 이미 블라디보스토크의 한국인들은 『해조신문』이나 『대동공보』를 발간하는 등 나름대로 매체를 만들어 항일 운동을 전개해 왔었다.

블라디보스토크에서 신채호는 권업회의 기관지인 『권업신문』의 편집 책임을 맡게 된다. 『황성신문』과 『대한매일신보』의 주필이자 기자로 재직하며 터득한 매체 편집과 제작의 노하우를 이역만리 블라디보스토크에서 한인들이 발간한 신문인 『권업신문』에 바치게 되는 것이다. 그러나 신채호가 블라디보스토크에 무한정 기거한 것은 아니었다. 『권업신문』이 폐간되자 그는 1913년 신규식의 초대로 상해로 가게 되며 이렇게 중국 체류를 계기로 신채호는 한국 고대사 관련 유적지를 집중적으로 답사하기도 한다. 그런데 이처럼 중국, 러시아, 중국으로 이어지는 신채호의 망명은 신채호의 내면을 각성시키는 계기가 되는바, 이렇게 말할 수 있는 이유 중의 하나가 사회진화주의와의 결별이다.[5]

중국 망명 이전의 신채호는 애국계몽의 프레임으로 『황성신문』과 『대한매일신보』의 논객, 주필 활동에 집중했다. 그는 소위 항일매체의 주필로서 애국을 호소하는 논설을 적지 않게 발표했지만 한편으로는 『이태리건국삼걸전』의 번역자, 「이순신전」, 「최도통전」과 같은 역사전기소설의 작가로도 자신의 이름을 널리 알렸다. 그런데 여기서 주목해야 할 대목은 신채호가 중국 망명 이전에는 우승열패의 사

---

5 김주현에 따르면 "『권업신문』에는 국권상실을 통곡하고 국권의 회복을 간절히 염원한 「이날」을 비롯하여 일본의 간악한 고문을 고발한 「일인의 간사한 수단」, 국수주의의 유지를 강조한 「국수주의와 해외동포」, 우리말글의 중요성을 강조한 「외국말을 배우는 이에게 고함」, 「사람마다 국문은 알아야지」 등 수많은 단재의 글이 실려 있다. 단재는 애국계몽기 『대한매일신보』에서 보여주었던 강한 비판 정신과 매서운 필봉을 일제강점기 블라디보스톡의 권업신문에서 그대로 보여주고 있다." 김주현, 「『권업신문』 논설 저자와 그 의미」, 『신채호문학연구초』, 소명출판, 2012, 111쪽.

회진화주의와 강력히 결합되어 있었다는 것이다.

신채호는 1900년대를 주도한 언론인으로서 사회진화론을 수용하면서 국민 계몽 논설을 썼는데, 량치차오의 영향을 많이 받은 것으로 보인다는 게 이 방면 연구자들의 주된 평가다. 이 무렵 그의 사상은 가토 히로유키와 량치차오의 사상과 상당 부분이 유사한 것으로 알려져 있다. 즉 국가유기체설을 근거로 삼아 개인이 희생해서라도 국가를 우선해야 한다는 국가주의에 신채호가 공감했다는 것이다. 그는 우승열패의 개념을 내세워 도태를 피하기 위해서는 동족이 힘을 합하여 투쟁해야 한다는 자강의 민족주의를 개인의 자유보다 강조하였다.[6] 그러나 신채호만이 아닐 것이다. 1900년대의 언론인이든 문인이든 우승열패의 사회진화주의를 받아들인 존재들이 한 둘이 아니었다. 박노자는 이렇게 말하고 있다.

그러나 이광수와 안창호가 생각했던 '민족의 힘'의 뒷받침, 즉 개개인의 '덕력(德力)'은 이와 달랐다. 그들이 생각했던 보편적인 논리는 '보은'과 차원이 다른 '죽이지 않으면 죽는다', '적자(適者)만이 살아남는다'는 사회진화론이었다. 그 논리에서 집단에 대한 무한한 충성이라는 개인의 '도덕적 힘'은, 일종의 '집단으로 확장된 개인의 이해타산'에 근거했다. 내가 죽을힘을 다해 집단을 섬기지 않는다면 우리 집단이 경쟁에서 멸망을 당해 나의 생존까지 곤란해지기 때문에 내 힘이 집단의 힘에 완전히 합쳐져야 한다는 이야기다.

내가 태생적으로 속했던 집단, 즉 조선이란 나라가 약해서 망한 경우 차라리 힘이 세서 망하지 않을 대일본 제국이라는 집단을 나의 모든 도

---

6 남송우, 「근대 일본과 한국의 사회진화론과 아나키즘 연구」, 『동북아문화연구』 제14집, 동북아시아문화학회, 2008, 77쪽.

덕적 힘을 다해 섬겨도 된다는 '소신 친일파' 이광수 판단은, 이 새로운 근대적 힘의 논리에서 유추할 수 있는 결론 중의 하나였다. 지배자의 현실적 '힘'의 추구는 같아도 하늘이 내린 원칙이 있어서 두 아버지도 두 임금도 섬길 수 없다는 유교와 질적으로 다른 이야기다.[7]

박노자에 따르면, 1900년대 한국의 개화를 이끈 주역들은 너나없이 사회진화론을 선망했다. 그래서 아예 1900년대의 개화 담론의 장은 사회진화론의 독점 무대였다고 박노자는 강조한다. 심지어는 안창호 같은 인물도 근본적으로는 생존경쟁, 약육강식, 우승열패를 정당화하는 사회진화론을 시대의 진리처럼 추앙했다는 것이다. 게다가 신채호는 사회진화론으로 절대적으로 인정하는 차원에서 상무정신의 회복을 주장했으니, 1900년대 초반의 한국 지식인 중에 사회진화론에 무관한 이가 없었다.

신채호는 20세기를 제국주의라는 거대한 악마가 횡행하는 시대로 파악한다. 우리나라가 생존 경쟁에서 밀린 원인으로 신채호는 제국주의의 횡포를 들고 있다. 이 생존 경쟁에서 이기기 위해서는 '실속 없는 문장'과 '번거로운 예식', 즉 제국주의에 대한 응전력이 약한 전통적인 유교 세계와 결별해야 한다고 신채호는 주장한다. 이렇게 자신의 정신적 기원에 해당하는 유교와 결별해야 한다는 신채호의 주장에는 제국주의의 물리력을 추종하는 욕망이 보이는 게 사실이다. 그는 제국주의를 비판하면서도 제국주의를 욕망하는 사회진화론자의 모습을 망명 전에 거듭 보였던 것이다. 그런데 중국 망명을 계기로 신채호는 사회진화주의와 결별한다. 이 결별은 사회진화론으로 요약되는 근대의 제국주의적 계기를 넘어서고자 하는 결단인 동시에

---

7 박노자, 『나는 폭력의 세기를 고발한다』, 인물과사상사, 2005, 15쪽.

1900년대의 일국주의적 애국계몽의 프레임을 넘어서고자 하는 고투의 시도로 보일 수 있다. 중국 망명을 계기로 신채호는 더 새로운 신채호로 나아가게 되는 것이다.

1910년 이후로 신채호는 블라디보스토크, 상해, 북경, 대만, 만주 등을 오고가는 망명객으로 살아가게 된다. 여기서 필자가 주목하는 장면은 바로 중국 망명의 순간들, 시간들, 만남들이다. 한국근대문학의 장을 만들어간 수많은 주인공들. 예컨대 이광수, 염상섭, 김동인 등등. 이 적지 않은 주인공들이 일본 유학파라는 것은 주지의 사실이다. 이들의 일본 유학을 매도할 일은 아니로되, 근대문학 연구자로서 늘 안타깝게 생각하는 것은 중국 망명 작가들의 계보가 일목요연하게 정리되지 않고 있는 현실이다. 신채호도 이 계보에 들어갈 작가로 보이지만 김사량 등을 포괄해 식민지 근대기에 중국 등 해외로 망명한 작가들의 계보를 확인하는 게 중요해 보인다.

중국으로 망명한 신채호는 상해와 북경 등에서 동아시아 망명가 그룹, 중국 출신 혁명가 그룹들과 자주 교류한다. 그는 이미 상해와 북경 등지에서 박은식, 정인보, 문일평, 홍명희, 조소앙, 김원봉, 김창숙, 남공선, 이극로 등과 교류했으며 대만인 아나키스트인 임병문과도 교류했다. 그리고 이러한 교류는 이미 말했지만 자신을 지속적으로 변주하는 내적 동력으로 작용한다. 그의 망명은 과거의 그와 결별하고 새로운 저항의 언어들과 사상들을 만나게 하는 계기가 되는 것이다.

중국 망명 이후 신채호의 변주 중 특히 주목되는 것은 아나키스트들과 사회주의자들과의 교류이다. 1922년 12월 신채호는 의열단의 김원봉으로부터 의열단의 이념을 정리한 선언문을 작성해 달라는 부탁을 받는다. 의열단으로서는 자신들의 투쟁 노선을 정리한 이론이 필요한 상황이었다. 1919년 11월 9일, 만주 길림에서 조직된 의열단은 항일비밀결사 조직으로서 암살, 파괴, 폭력을 신봉하고 있었다. 그렇지만 이론이 없는 조직은 건재할 수 없었으니, 김원봉이 신채호를 찾은 건 이상한 일이 아니다.

그렇다고 신채호가 오로지 김원봉의 부탁을 받고 선언문을 썼다고 생각하면 오산이다. 신채호는 망명지를 전전하면서 그만이 아니라 당대의 한국 지식인들이 금과옥저처럼 여긴 사회진화주의를 확실히 극복할 수 있었다. 제1차 세계대전의 발발과 러시아혁명의 발발 등 소위 제국주의 열강들 사이의 전쟁과 혁명이 전 세계의 지식인들에 준 충격이 실로 컸다. 사회진화주의가 전부가 아니라고 그들은 깨달으며 사회부조의 세계질서를 상상하게 되었다.

신채호도 이 세계의 격변과 무관할 수 없었다. 더구나 1919년 믿기지 않은 사건이 국내에서 벌어진다. 바로 3·1만세운동의 전개다. 국내외적으로 믿기지 않는 사건과 사태가 연이어 벌어지는 형국이었다. 이 믿기지 않는 사건과 사태는 애국계몽과 사회진화주의의 프레임으로 이해할 수 없는 것들이었다. 세계도 급변했지만 신채호도 급변했다. 그는 망명지에서 사회주의와 아나키즘의 세례를 받았다. 신채호는 임정과는 불화했다. 특히 임정의 외교를 통합 독립청원운동으로 하자는 이승만과는 심하게 불화했다. 임정과는 별도의 군사조직을 만들려고 했으며 독립청원보다는 아예 독립전쟁을 주장하기도 했다. 그러던 신채호가 테러적 직접행동론으로 자신의 노선을 집약하게 되었으니 이 집약의 결과가 바로 「조선혁명선언」이다.

「조선혁명선언」을 구상하는 과정에서 신채호는 의열단 소속으로서 아나키스트인 유자명의 영향을 많이 받았다.[8] 유자명만이 아니었

---

8 유자명은 중국 관내 지역 한인독립운동 진영에 아나키즘을 전파하는 역할을 한 것으로 밝혀진다. 1920년 가을에서 겨울 사이 유자명과 이회영이 만났고 1919년 6월 이후 12월 이전의 시기에 신채호를 만났다고 유자명은 기억한다. 이회영, 이정규, 이을

다. 신채호는 중국의 아나키스트들과의 접촉이 있었던 것으로 알려진바, 재중국 한국인 아나키스트들의 독자적인 조직인 흑색청년동맹 북경지부의 조직, 재중국조선 무정부주의자 연맹 가입 등 중국 망명 중 아나키스트로서의 신채호의 변모는 우선 주목된다. 그 변모의 증거인 「조선혁명선언」을 잠시 보기로 하자.

금일(今日) 혁명(革命)으로 말하면 민중(民衆)이 곧 민중(民衆) 자기(自己)를 위(爲)하여 하는 혁명(革命)인 고(故)로 「민중혁명(民衆革命)」이라 「직접혁명(直接革命)」이라 칭(稱)함이며, 민중(民衆) 직접(直接)의 혁명(革命)인 고(故)로 그 비등(沸騰) 팽창(澎漲)의 열도(熱度)가 숫자상(數字上) 강약(强弱) 비교(比較)의 관념(觀念)을 타파(打破)하며, 그 결과(結果)의 성패(成敗)가 매양 전쟁학상(戰爭學上)의 정궤(定軌)서 일출(逸出)하여 무전(無錢) 무병(無兵)한 민중(民衆)으로 백만(百萬)의 군대(軍隊)와 억만(億萬)의 부력(富力)을 가진 제왕(帝王)도 타도(打倒)하며 외구(外寇)도 구축(驅逐)하나니, 그러므로 우리 혁명(革命)의 제일보(第一步)는 민중각오(民衆覺悟)의 요구(要求)니라.

민중(民衆)은 어떻게 각오(覺悟)하느뇨?

민중(民衆)은 신인(神人)이나 성인(聖人)이나 어떤 영웅(英雄) 호걸(豪傑)이 있어 「민중(民衆)을 각오(覺悟)」하도록 지도(指導)하는 데서 각오(覺悟)하는 것도 아니요, 「민중(民衆)아, 각오(覺悟)하자」 「민중(民衆)이여, 각오(覺悟)하여라」 그런 열규(熱叫)의 소리에서 각오(覺悟)하는 것도 아니오.

오직 민중(民衆)이 민중(民衆)을 위(爲)하여 일체(一切) 불평(不平)·

규, 신채호 등이 아나키즘에 관심을 갖고 몰입한 데에는 그의 역할이 적지 않았던 것으로 파악된다. 한상도, 「유자명의 아나키즘 이해와 한중 연대론」, 『동양정치사상』 제7권, 한국동양정치사상사학회, 2007, 144쪽.

부자연(不自然)·불합리(不合理)한 민중향상(民衆向上)의 장애(障礙)부터 먼저 타파(打破)함이 곧 「민중(民衆)을 각오(覺悟)케」 하는 유일방법(唯一方法)이니, 다시 말하자면 곧 선각(先覺)한 민중(民衆)이 민중(民衆)의 전체(全體)를 위(爲)하여 혁명적(革命的) 선구(先驅)가 됨이 민중(民衆) 각오(覺悟)의 제일로(第一路)이니라.[9]

「조선혁명선언」은 달리 말하자면, 민중의 각오를 요구하는 민중혁명 선언이다. 그런데 「조선혁명선언」에서 얘기되는 민중의 각오는 민중 스스로 하는 각오로서 어떤 영웅호걸이 지도하는 게 아니다. 선각한 민중이 민중 전체를 위하여 혁명적 선구가 되어 이끌어가는 혁명이 민중 혁명이며 민중들 스스로 자신의 장애를 타파하며 전개하는 혁명이 바로 민중 혁명인 것이다.

흔히 신채호와 아나키즘의 친연적 관계의 증거로 독해되는 「조선혁명선언」은 민중 주체의 파괴와 건설을 촉구한다. 이 파괴와 건설은 일본 강도정치가 강요하는 필요조건의 박탈만이 아니라 고래로부터 이어지는 권위를 두루 청산해 민중 세상으로 만들자는 취지를 담고 있다. 여기서 주목할 개념이 민중이다. 신채호는 중국 망명 이전에는 민중보다는 영웅 개념에 의탁해 논설을 발표하거나 역사전기를 창작했다. 1900년대의 신채호가 위기의 민족을 구제할 존재로서 영웅의 출현을 고대했던바, 사실 이 영웅 개념의 발상지가 서구 유럽이라는 것을 감안하자면 그는 우승열패의 사회진화주의의 논리를 일정하게 수용한 게 틀림없어 보인다.

이런 점에서 민중 개념으로의 전회는 주목할 만한 변모이다. 이 변모는 더 근본적으로는 신채호가 서구의 사회진화주의와 연계된 영웅

---

9 「조선혁명선언」, 『단재신채호전집』 하, 41~42쪽.

개념을 극복한 것을 뜻한다. 물론 신채호의 변모를 단지 중국 망명이라는 외적 계기로만 설명할 수는 없다. 여기서 우리는 동아시아에서 최초로 「공산당선언」을 번역한 일본의 고토쿠 슈스이를 기억해야 한다. 1909년 안중근의 이토 암살이 성공하자 고토쿠 슈스이는 안중근은 생을 버리고 의를 취한 인물로 예찬한다. 공개적으로 조선의 식민화를 비판한 고토쿠 슈스이의 「장광설」을 신채호는 이미 『황성신문』 재직 중에 읽은 적이 있다고 고백한 바가 있다. 근대국민국가의 틀을 지지하는 민족주의를 뛰어넘은 민중들의 국제적 연대를 주장한 고토쿠 슈스이의 제언을 신채호는 중국에서 자신의 문제로 활성화시킨다.

그러나 이러한 민중 개념의 적극적 수용도 중국 망명이 없었다면 가능하지 않았을 것으로 보인다. 그가 영웅 개념과 결별하게 된 데에는, 아니 이 영웅 개념에 내포된 민중적 성격을 발견하고 구현하게 된 데에는 중국 망명이 결정적인 계기가 되었던 것이다. 망명이 그를 더 깊게, 크게 키웠다. 망명지에서 그는 애국계몽과는 전혀 다른 성격의 이론들을 만날 수 있었다. 그는 그 이론들에 자신을 열었으며 그 이론들을 자기화하였다.

다시 「조선혁명선언」으로 가보자. 여기서 신채호는 민중이라는 개념을 전면적으로 사용한다. 이 선언문에서 신채호는 "금일 혁명으로 말하면 민중이 곧 민중 자기를 위하여 하는 혁명인 고로 민중혁명이고 직접혁명이라 칭"하겠다고 하는바, 그의 「조선혁명선언」은 민중혁명선언이라고 해도 크게 틀린 말은 아니다. 그렇다면 그에게 민중이란 무엇을 의미하는가? 「용과 용의 대격전」에서 신채호는 '제국이든 자본가든 인류의 모든 적을 0으로 만들 수 있는 힘을 소유한 드래곤 이야기'를 들려주는데[10], 바로 이 드래곤이 민중의 상징으로 이해

10 "금일(今日)에는 드래곤이 0으로 표현되지만 명일(明日)에는 드래곤의 대상의

될 수 있다. 요컨대 신채호는 중국으로 망명한 이후 민중 개념을 근대의 부정적 계기를 일거에 지워버리는 저항의 동력으로 이해하는 바, 모든 적을 0으로 만들어버리는 동력으로서의 민중의 상상은 식민지 민중을 0으로 적대하는 근대의 식민주의적 계기를 넘어서려는 신채호의 치열한 상상력의 한 표현으로 해석될 수 있다.[11]

3. 영구혁명의 작가 신채호

필자는 이 글을 시작하면서 먼저 근대 개념을 정의하고 해석하는 우리들의 관례적인 방식을 성찰해 보자고 제안했다. 근대는 수탈론과 근대화론의 대립 구도로 설명되기 어려운 사건이자 일상이며 시대라는 것. 즉 근대는 수탈론과 근대화론의 대립 구도를 뛰어 넘는 개념으로 간주해야 한다고 필자는 제안하면서 근대를 정의하는 비대칭적 개념들, 예컨대 민족, 민중, 저항, 수탈, 계몽, 문명, 이주, 이산 등을 동시적으로 포괄해 읽어야 한다고 얘기했다.

한국근대문학도 그렇게 읽고 이해하는 게 옳다고 얘기했다. 한국근대문학을 단지 식민지 시대의 문학으로 정의하며 독해하는 게 아니라 이 관점을 더 넓혀 오늘날의 한국문학도 근대문학의 관점으로

적(敵)이 0으로 고멸되어 제국(帝國)도 0 천국(天國)도 0 자본가(資本家)도 0 기타 모든 지배세력(支配勢力)이 0으로 될 것이다. 모든 지배세력(支配勢力)이 0으로 될 것이다. 모든 지배세력(支配勢力)이 0으로 되는 때에는 드래곤의 정체적(正體的) 건설(建設)이 우리의 눈에 보일 것이다."

11 「조선혁명선언」에서 신채호는 민중은 계급으로 규정하기보다는 소외와 배제의 원리를 사상시키는 가장 강력한 전체, 하나로서 힘을 내는 개념으로 이해한다. 이에 대해서는 이지훈의 논문을 참고. 이지훈, 「신채호의 아나키즘과 「용과 용의 대격전」 고찰」, 『한국현대문학연구』 제8집, 한국현대문학회, 2000, 148쪽.

독해해야 한다는 것이다. 오늘날의 한국문학을 근대문학의 관점으로 독해한다는 것은 달리 말해 근대문학이 이미 종료된 문학이 아니라 여전히 형성 중인 문학으로 이해하자는 것을 뜻한다. 가라타니 고진의 주장처럼 근대문학은 이미 종말의 시점에 도달한 문학이 아니라 근대체제가 여전히 지속되고 있듯 지속되는 문학으로 간주하자고 얘기했다.

이런 취지에서 필자는 근대 극복의 가능성을 치열하게 모색한 신채호를 주목하자고 했다. 그를 근대 극복의 가능성이라는 주제로 읽는 일은 한국근대문학을 단지 시간 개념에 한정된 문학이 아니라 주체, 반성, 해방 등 근대 극복의 코드로 읽어보자는 것을 뜻한다. 이런 배경에 서서 필자는 한국문학의 근대적 독해의 사례로 신채호를 읽어보자고 제안했다.

특히 본고는 신채호를 독해하는 과정에서 중국 망명을 주목하고 있다. 중국으로의 망명. 이 망명은 역설적으로 말하자면 신채호의 자기 부정을 촉진시켜 궁극적으로는 신채호로 하여금 새로운 자기, 열린 자기로 회귀케 한 사건이다. 그리고 그 회귀는 국가주의, 애국주의 등 근대의 부정적 계기라 할 사회진화주의에 갇힌 자신을 해방시키는 의미를 띤다. 연구자에 따라서는 신채호를 애국계몽주의자로 때로는 아나키스트로 또 때로는 항구적인 민족주의자로 정의할 수 있겠지만 더 중요한 건 신채호를 경계에 서서 그 경계를 가로지르는 열린 작가로 이해해야 한다는 것이다.

이런 점에서 그는 시대와 싸우면서도 자기가 마주한 경계와 대결한 영구적 혁명가가 아니었을까? 그 영구혁명은 근대와 싸우는 혁명이자 동시에 그 근대가 자신에게 강요한 경계와 싸우는 혁명이 아니었을까? 이게 신채호의 문학적 진실이 아닐까? 신채호의 문학적 진실은 중국 망명 이후에 더욱 깊어지고 넓어져 그 자체로 장엄한 풍경을 그리고 있다. 여기서 다시 한 번 그 의미를 헤아려야 할 텍스트가 「용과 용의 대격전」이다.

철도(鐵道) · 광산(鑛山) · 어장(漁場) · 삼림(森林) · 양전(良田) · 옥답(沃畓) · 상업(商業) · 공업(工業)…… 모든 권리(權利)와 이익(利益)을 다 빼앗으며 세납(稅納)과 도조(賭租)를 자꾸 더 받아 몸서리나는 착취(搾取)를 행(行)하면서도 겉으로 「너희들의 생존안녕(生存寧)을 보장(保障)하여 주노라」고 떠들면 속웁니다. 혁편(革鞭) · 철추(鐵椎) · 죽침(竹針)질 · 단근질 · 전기(電氣)뜸질 · 심지어 구두(口頭)에 올리기 참악(慘惡)한 …… (육자략(六字略)함-편집자)…같은 형벌(刑罰)을 행(行)하면서도 군대(軍隊)를 출동(出動)하여 부녀(婦女)를 찢어 죽인다, 소아(小兒)를 산 채로 묻는다, 전촌(全村)을 도륙(屠戮)한다, 곡속(穀粟)가리에 방화(放火)한다……하는 전율(戰慄)한 수단(手段)을 행(行)하면서도 한두 신문사(新聞社)의 설립(設立)이나 허가(許可)하고 「문화정치(文化政治)의 혜택(惠澤)을 받으라」고 소리하면 속웁니다.[12]

「조선혁명선언」에서도 식민지 조선의 처참한 상황이 이야기되고 있지만 「용과 용의 대격전」에서도 '미리'를 통해 조선의 참혹한 현실이 이야기된다. 조선의 철도, 광산, 어장, 삼림, 양전, 옥답, 상업, 공업의 모든 권리와 이익이 박탈된 상황이며 혁편, 철추, 죽침질, 단근질, 전기뜸질 등 식민지 민중을 대상으로 한 제국주의 세력의 온갖 고문이 자행되고 있다고 미리는 폭로한다. 그런데 우리가 「용과 용의 대격전」에서 주목하며 읽어내야 하는 것은 식민지 조선의 처참하거나 참혹한 현실만이 아니다. 「용과 용의 대격전」은 식민지 민중을 향

---

12 「용과 용의 대격전」, 『단재신채호전집』 별집, 280쪽.

한 제국주의 세력의 악행을 폭로하면서도 더 중요하게는 식민지 민중들의 노예근성을 폭로하고 있다. 예컨대 식민지 민중들은 제국주의 세력의 악행에 전율하면서도 신문사 설립이나 문화정치에 속고 고국을 빼앗긴 중에도 더부살이하는 누울 곳만 있다면 안락을 노래한다는 것이다.

이것은 무엇을 뜻하는가? 그는 「조선혁명선언」에서 민중 주체의 혁명을 뜨겁게 토로하고 있지만 민중을 신화화하지는 않는다. 그는 민중을 혁명 주체로 여길 정도로 깊은 신뢰를 보이지만, 그렇다고 무조건적으로 민중을 절대화하는 것은 아니다. 그는 민중이 혁명의 주체일 수도 있지만 주어진 상황과 계기에 따라 언제든 반역하고 모반할 수 있다고 생각한다. 바로 이 대목이다. 영웅 개념에 의지하던 신채호는 중국 망명 이후 민중 개념을 적극적으로 수용할 뿐만 아니라 이를 바탕으로 「조선혁명선언」과 같은 불세출의 명작을 남기지만 그렇다고 민중 개념을 신화화하지는 않는다.

이런 점에서 신채호는 언제나 자신은 물론 자신의 문학을 반성하는 치열한 부정 정신의 소유자, 즉 영구혁명의 작가로 정의될 수 있다. 그의 혁명은 그러니까 더욱 근본적으로는 자신의 언어와 개념을 뒤집는 혁명이라는 말이다. 그는 부단히 변모하고 움직이며 근대의 경계를 넘어서며 새로운 자기에게로 회귀하고 있다는 말이다. 망명을 계기로 신채호는 영웅 개념에서 민중 개념을 중시하시만, 그렇다고 민중 개념을 신화화하는 방식으로 글쓰기를 이어가는 건 아니라는 말이다. 망명 이후 그의 글쓰기는 민중 개념을 주목하지만, 한편으로는 민중들의 노예근성을 비판하면서 궁극적으로 민중을 세상 일체의 악을 소거하는 0으로 상상한다. 혁명은 비단 정치혁명만이 혁명이 아니다. 자신의 언어와 개념을 뒤집는 일체의 부정 정신도 바로 혁명의 요체이다. 그런 점에서 신채호는 진정한 혁명가다. 그의 혁명은 정치혁명의 성격을 띠기도 하지만 문화적인 영구혁명의 성격을 띤다는 점에서 그 의의가 상당하다.

이런 배경에서 필자는 바로 신채호의 혁명을 근대문학의 주요한 성격이자 동력으로 간주하고 있다. 근대문학이 주체의 해방을 기약할 목적으로 미래를 선취하며 현재의 구조적 변화와 주체의 열림을 기획하는 정치성의 문학으로 정의될 수 있다는 것을 다시 환기하기로 하자. 주체의 해방과 열림을 위하여 궁극적으로 자기에게로 회귀하는 문학. 이런 문학을 근대문학으로 정의할 수 있다면, 이러한 근대문학을 가능케 하는 동력이 바로 영구혁명의 동력일 것이다. 그렇다면 이 영구혁명의 기획과 실천을 수행한 작가로 신채호를 우리는 자연스레 지목할 수 있을 것이다. 신채호. 그는 자신을 궁극의 주체로 만들어가는 영구혁명으로 한국근대문학의 장에서 탁월한 문학적 진실을 성취한 작가인 게 분명하다.

4. 읽기 자료

이십세기(二十世紀) 신동국지(新東國之) 영웅(英雄)

영웅(英雄) 영웅(英雄) 이십세기(二十世紀) 신동국(新東國)의 영웅(英雄)이여. 고금(古今) 수천재(數千載)에 인문(人文)이 대벽(大闢)하며 동서(東西) 육대주(六大洲)에 철혈(鐵血)이 분비(紛飛)하야 목하(目下) 기절괴절(奇絶怪絶) 장절참절(莊絶慘絶)의 이십세기(二十世紀) 대무대(大舞臺)를 개(開)하고, 세계(世界) 풍운아(風雲兒)의 연극(演劇)을 시(試)할 새, 강자(强者)는 상(賞)을 몽(蒙)하여 점점(點點) 영토(領土)를 양우구(兩牛球)에 기치(棊置)하며, 약자(弱者)는 벌(罰)을 수(受)하여 애애도조(哀哀刀俎) 재활(裁割)을 시공(是供)하나니, 영웅(英雄)

영웅(英雄) 이십세기(二十世紀) 신동국(新東國) 영웅(英雄)이여.

피(彼) 개척(開拓)된 지 수백년(數百年)을 미과(未過)한 미리견(美利堅)에서도 영웅(英雄) 화성돈(華盛頓)이 출(出)하여 자유종(自由鐘)을 십삼도(十三道) 산하(山河)에 굉전(轟傳)하였으며, 천여년(千餘年) 타국기반(他國羈絆)으로 잔천(殘喘)이 엄엄(奄奄)하던 이태리(伊太利)에서도 기영웅(其英雄) 가부이(加富爾)(카부르)가 출(出)하여 독립기(獨立旗)를 반도(半島) 풍우(風雨)에 엄립(儼立)하였거든, 여(汝)사 천재문명(千載文名)으로 자과(自誇)하던 동국(東國)으로서 금내(今乃) 일영웅(一英雄)이 무(無)함은 하고(何故)이뇨. 여(余)가 차(此)에 괴치(愧恥)를 불감(不堪)하여 후갈진렬(喉渴脣裂)토록 영웅(英雄)을 초(招)하는 바로다.

피(彼) 부강(富强)이 무필(無匹)한 영길리(英吉利)를 간(看)하라. 걸남월(傑男越)(크롬웰) 이후에 무수한 걸남월(傑男越)이 유(有)하며, 광영(光榮)이 일성(日盛)하는 덕의지(德意志)를 간(看)하라. 비사맥(俾斯麥)(비스마르크) 이후(以後)에 무수한 비사맥(俾斯麥)이 유(有)하도다.

피(彼)는 이만이족(已滿已足)한 부인(富人)이 기(其) 현유(現有)한 자재(資財)로도 평생(平生)을 족과(足過)함과 여(如)히, 영웅(英雄)이 부다산(不多産)하여도 세계(世界)의 낙국(樂國)됨을 불실(不失)한 자(者)로되, 유차(猶且) 천(天)이 서(瑞)를 불애(不愛)하며 지(地)가 보(寶)를 불석(不惜)하여 허다(許多) 기남아(奇男兒)를 송여(送與)하거늘, 여(汝) 존망사활(存亡死活)이 일순간(一瞬間)에 계(係)한 동국(東國)으로 금상(今尙) 일영웅(一英雄)이 무(無)함은 하고(何故)이뇨.

여(余)가 차(此)에 분통(憤痛)을 불승(不勝)하여 산궁수진(山窮水盡)토록 영웅(英雄)을 구(求)하는 바로다. 왈(曰) 여(汝)가 영웅(英雄)을 구(求)함에 하여(何如)한 영웅(英雄)을 구(求)하나뇨. 대저(大抵) 인류사회(人類社會)에 수출(秀出)한 자(者)를 영웅(英雄)이라 명(名)하는 바라, 고(故)로 대사회(大社會)에는 대사회(大社會)의 영웅(英雄)이 유(有)하며 소사회(小社會)에는 소사회(小社會)의 영웅(英雄)이 유(有)하며, 선사회(善社會)에는 선사회(善社會)의 영웅(英雄)이 유(有)하며 악사회(惡社會)에는 악사회(惡社會)의 영웅(英雄)이 유(有)하나니, 여(汝)의 구(求)하는 영웅(英雄)이여, 과연(果然) 하여(何如)한 영웅(英雄)이뇨.

피(彼) 자가(自家) 칠(七), 팔대조(八代祖)의 역사(歷史)를 발휘(發揮)하여 열정(烈旌)·효정(孝旌)으로 기문미(其門楣)를 생광(生光)케 하던 자(者)는 일문(一門)의 영웅(英雄)이며 일번(一番) 해수성(咳嗽聲)에 사린(四隣)이 분주(奔走)하여 유(惟) 기굴하(其屈下)에 시추(是趨)케 하던 자(者)는 일향(一鄕)의 영웅(英雄)이며, 원근(遠近) 주군(州郡)에 지구(知舊)를 광결(廣結)하여 부상계빈(父喪啓殯)에 수천명(數千名)의 회장객(會葬客)을 치(致)하던 자(者)는 일성(一省)의 영웅(英雄)이며, 진부(陳腐)한 심성이기설(心性理氣設)일지라도 두발(頭髮)이 자진(自盡)토록 차(此)를 연구(研究)하여 후진(後進)이 존왈(尊曰) 선생(先生)이라 하며, 조정(朝廷)이 칭왈(稱曰) 산장(山丈)이라 하던 자(者)는 일방(一方)의 영웅(英雄)이며, 색론시대(色論時代)에 일당(一黨)의 영수(領袖) 되어 흉모필계(凶謀秘計)로 타당(他黨)을 구살(構殺)하던 자(者)도 혹 일영웅(一英雄)이 될지며, 누대(累代) 병권(秉權)에 국군(國君)과 결혼(結婚)하여 청청궁류(靑靑宮柳)에 앵시(鸎翅)를 난쇄(亂刷)하던 자(者)도 혹(或) 일영웅(一英雄)이 될지니, 차등(此等) 영웅(英雄)이 여(汝)의 구(求)하는 바인가.

왈(曰) 부부(否否)라, 차(此)는 소영웅(小英雄)이며 구영웅(舊英雄)이라 아(我)의 구(求)하는 바 아니오, 아(我)의 구(求)하는 바는 이십세기(二十世紀) 신동국영웅(新東國英雄)이 시(是)니, 영웅(英雄) 영웅(英雄) 이십세기(二十世紀) 신동국영웅(新東國英雄)이여.

왈(曰) 하여(何如)하여야 신동국(新東國) 영웅(英雄)이라 가운(可云)

할까. 왈(曰) 기성(其聲)은 여이(余耳)로 직개(直開)하지 못하였고, 기용(其容)은 여목(余目)으로 직도(直覩)치 못하였으나, 단(但) 여(余) 모앙몽상(慕仰夢想)의 간(間)에 왕왕방불(往往彷佛)히 상우(相遇)하니, 개(蓋) 피(彼)가 삼두육비(三頭六臂)를 유(有)함도 아니며, 이구사목(二口四目)을 유(有)함도 아니며, 호풍환우(呼風喚雨)의 신술(神述)을 유(有)함도 아니며, 발산두정(拔山杜鼎)의 세력(勢力)을 유(有)함도 아니라. 단지(但只) 기이상(其理想)이 우주(宇宙)에 초(超)하며 기정성(其精誠)이 천일(天日)을 관(貫)하여 삼천리(三千里) 강토(疆土)를 기가사(其家舍)라 하며, 이천만(二千萬) 민족(民族)을 기권속(其眷屬)이라 하며, 과거(過去) 사천재(四千載) 역사(歷史)를 기보첩(其譜牒)이라 하며, 미래(未來) 억만세(億萬世) 국민(國民)을 기자손(其子孫)이라 하며, 편난험조(鞭難險阻)의 경력(經力)을 기학교(其學校)라 하며, 사회공익(社會公益)의 사업(事業)을 기생애(其生涯)라 하며, 애국우민(愛國憂民) 사자(四字)를 기천직(其天職)이라 하며, 독립자유(獨立自由) 일구(一句)는 기생명(其生命)이라 하고, 기(其) 방전울적(磅礴鬱積)한 혈성공분(血誠公憤)으로 천지간(天地間)에 입(立)하여 국가(國家)의 위령(威靈)을 장(仗)하고 천마백괴(千魔百怪)와 전(戰)하며 동포(同胞)의 생명(生命)을 위하여 전도(前途)의 형극(荊棘)를 전(剪)하는 자(者)니, 시(是)가 신동국(新東國) 영웅(英雄)이며 신동국(新東國) 대영웅(大英雄)이니라.

여(余)의 초(招)하는 바 차(此) 신영웅(新英雄)이며, 여(余)의 구(求)하는 바 차(此) 신영웅(新英雄)이니, 영웅(英雄) 영웅(英雄) 이십세기(二十世紀) 신동국(新東國) 영웅(英雄)이여. 동국(東國) 금일(今日)에 과연(果然) 차(此) 신영웅(新英雄)이 출현(出現)하여 참담(慘淡)의 수완(手腕)으로 사국(斯國)의 광영(光榮)을 만회(挽廻)하려는가. 억혹(抑或) 차(此) 신영웅(新英雄) 일개(一個)도 불현(不現)하여 아가(我家) 형제(兄弟)의 지옥중(地獄中) 애애이고(哀哀呼苦)하는 참상(慘狀)을 장임(長任)하려는가. 왈(曰) 여(汝) 동국(東國) 금일(今日)에 부득불(不得不) 영웅(英雄)의 출현(出現)을 기도(祈禱)할지나, 단(但) 영웅(英雄)은 상제(上帝)가 심애(甚愛)하시는 총아(寵兒)라, 비열(卑劣)한 민족종자중(民族種子中)에는 차(此)를 하사(下賜)치 않는 고(故)로, 미주(美洲)가 백인(白人)의 이식(移殖)에 조(遭)할 시(時)에 어찌 영웅(英雄)을 불이(不呼)하였으리요마는, 필경(畢竟) 수천만인(數千萬人) 홍인중(紅人中)에 일개(一個) 화성돈(華盛頓)이 무(無)하며, 호주(濠洲)가 영국(英國)의 침입(侵入)을 수(受)할 시(時)에 어찌 영웅(英雄)을 부대(不待)하였으리오마는, 수백만(數百萬) 토민중(土民中)에 일개(一個) 마지니(瑪志尼)가 무(無)하여 외래(外來) 강족(强族)의 잠자엄일(潛滋奄溢)을 청(聽)하였도다.

시이(是以)로 영웅(英雄)을 구(求)하는 자(者) - 불가불(不可不) 기(其) 조선역사(朝鮮歷史)에 앙소(仰訴)할지니, 여(汝) 동국(東國)의 역사(歷史)가 과연(果然) 하여(何如)한가. 왈(曰) 아(我) 동국(東國)은 고대(古代)부터 영웅(英雄)이 종출(踵出)하여 몽고(蒙古)·지나(支那) 각(各) 종족(種族)을 전승(戰勝)하고 동방(東方) 천부옥상(天府沃上)에 주인옹(主人翁)을 작(作)하던 자(者)라. 망망요야(茫茫遼野)에는 온달대형(溫達大兄)의 장적(壯跡)이 유존(猶存)하고, 탕탕살수(湯湯薩水)에는 을지상국(乙支相國)의 유열(遺烈)이 불민(不泯)하고 규염(虯髯)이 셔지(指)에 지나(支那)가 진경(震驚)하니, 위재(偉哉)라. 태막리지(太莫離支)의 회포(懷抱)는 자주(宇宙)를 가탄(可呑)이며, 용주(龍舟)가 동하(東下)에 대판(大阪)이 붕궤(崩潰)하니 장재(壯哉)라. 태종대왕(太宗大王)의 담략(膽略)은 강해(江海)를 가경(可傾)이니, 우호(吁呼)라. 고대(古代) 아민족(我民族)의 활동역사(活動歷史)를 독(讀)함에 기수(其誰)가 담(膽)을 부도(不掉)하며 기수(其誰)가 혼(魂)을 불경(不驚) 하리오. 단(但) 후래(後來) 허다(許多) 열마(劣魔)가 악계(惡界)를 빈종(頻種)하여 오(梧)가의 전(田)에 형극(荊棘)이 진망(榛莽)하고 주옥(珠玉)의 연(淵)에 이사(泥沙)가 혼탁(混濁)하였으나, 연(然)이나 추적(推積)한 진토(塵土)가 보검(寶劒)의 방광(放光)을 전엄(專掩)치 못하므로 여조말조(麗朝末造)에 일현(一現)하여 북벌(北伐)의 고성(鼓聲)이 요야(遼野)를 진경(震驚)하였으며, 본조(本朝) 중엽(中葉)에 우(又) 일현(一現)하여 해상철함(海上鐵艦)이 도이(島夷)를 신소(汎掃)하였으나, 오호(嗚呼)라 아민족(我民族)이여. 여차(如此)히 영웅(英雄) 종출(踵出)하던 민족(民族)으로 차(此) 이십세기(二十世紀)에 지(至)하여 하고(何故)로 일영웅(一英雄)이 무(無)하뇨. 영웅(英雄) 영웅(英雄) 이십세기(二十世紀) 신동국(新東國) 영웅(英雄)이여.

왈(曰) 여(汝) 동국(東國) 민족(民族)이 고시(固是) 영웅(英雄)을 종출(踵出)하던 민족(民族)이나, 연(然)이나 영웅(英雄)은 항상(恒常) 시대(時代)를 인(因)하여 활동(活動)하는 자(者)인 고로 비록 강무(强武)한 민족(民族)이라도 시세(時勢)가 미숙(未熟)하였으면, 상제(上帝)가 피(彼) 영웅아(英雄兒)의 하송(下送)을 우근(又斳)하는지라. 시고(是故)로 십팔세기(十八世紀) 이전(以前)의 법란서(法蘭西)에서 혁명남아(革命男兒)를 초(招)하여도 불기(不起)할지며, 십구세기(十九世紀) 이전(以前)의 덕국(德國)에서 철혈재상(鐵血宰相)을 규(叫)하여도 불래(不來)하리니, 여(汝) 동국(東國) 금일(今日), 시대(時代)가 과연(果然)하여(何如)한가. 왈(曰) 아(我) 동국(東國) 금일(今日)은 정시(正是) 영웅(英雄) 출현(出現)할 시대(時代)언만, 강산(江山)이 적막(寂寞)하고 풍경(風景)에 소조(蕭條)하여 인(人)의 비관(悲觀)을 야(惹)하는도다. 갑오동학(甲午東學)의 난(亂)이 동아(東亞)의 풍운(風雲)을 야기(惹起)함은 피(彼) 법국혁명(法國革命)이 가주(歌洲)의 풍운(風雲)을 야기(惹起)함과 동(同)하건마는 동국(東國)의 나파륜(拿破崙)이 안재(安在)며,

을미의병(乙未義兵)의 작(作)이 쇄국양이(鎖國攘夷)를 미신(迷信)함은 피(彼) 이태리(伊太利) 소탄당(燒炭黨)이 배외자립(排外自立)을 미신(迷信)함과 방불(彷佛)하건마는 동국(東國)의 마지니(瑪志尼)가 안재(安在)며, 지금(至今)에는 강하(江河)가 일하(日下)하고 풍운(風雲)이 유환(兪幻)하여 할육투복(割肉投腹)에 호욕(虎慾)이 무염(無厭)하며 차청입실(借廳入室)의 구거(鳩居)가 이편(已遍)하여 이천만생령(二千萬生靈)은 어육(魚肉)이 낭자(狼藉)하고, 십삼도(十三道) 산하(山河)에 계견(鷄犬)이 불영(不寧)하니 오호(嗚呼) 애재(哀哉)라. 사천이백사십여년(四千二百四十餘年) 조조손손(祖祖孫孫) 부부자자(父父子子) 상전(相傳)하던 국가(國家)를 거(擧)하여 타수중(他手中)에 매도(賣渡)하고 흘간산두(屹干山頭) 동살작(凍殺雀)의 애오(哀鳴)을 작(作)하는 금일(今日)이여, 당년(當年) 하란(荷蘭)의 참상(參商)이 차경(此境)에 지(至)하였던가. 당년(當年) 미리견(美利堅)의 참상(慘狀)이 차경(此境)에 지(至)하였던가.

　금일(今日) 아국민(我國民)의 고통(苦痛)이 이극(已極)이건마는 동국(東國)의 위연사후(威連士侯)·화성돈(華盛頓)이 과안재(果安在)오. 피(彼) 하란(荷蘭)·미리견(美利堅)은 고사(姑舍)하고 즉(卽) 차율빈(此律賓)같이 쾌활(快活)히 망(亡)하고자 하여도 부득(不得)이며, 즉(卽) 두란사발(杜蘭斯勃) 같이 격렬(激烈)히 망(亡)코자 하여도 부득(不得)이니, 오호(嗚乎) 애재(哀哉)라. 즉(卽) 금(今) 이십세기(二十世紀) 영웅(英雄)이 배출(輩出)하는 시대(時代)에 유(唯) 아동국(我東國)은 하고(何故)로 일개영웅(一個英雄)이 무(無)한가. 영웅(英雄) 영웅(英雄) 이십세기(二十世紀) 신동국(新東國) 영웅(英雄)이여, 종족(種族)은 강무(强武)한 종족(種族)이요 시대(時代)는 찬란(燦爛)한 시대(時代)언만, 아동국(我東國) 영웅(英雄)은 하처(何處)에 복재(伏在)하였는가. 북악석굴(北岳石窟)레 김유신(金庾信)의 기도(祈禱)를 미필(未畢)

이며, 남양초당(南陽草堂)에 제갈량(諸葛亮)의 춘타(春睡)를 미성(未醒)인가. 영웅(英雄) 영웅(英雄) 이십세기(二十世紀) 신동국(新東國) 영웅(英雄)이여.

여(余)가 여차(如此)히 영웅(英雄)을 초(招)하며, 여차(如此)히 영웅(英雄)을 구(求)하며 여차(如此)히 영웅(英雄)을 몽(夢)하며 가(歌)하여 변사연천(辯士演擅)에 영웅(英雄)의 면목(面目)을 접(接)할까 하며, 문사보관(文士報舘)에 영웅(英雄)의 해수(咳睡)를 수(收)할까 하여 운수창창(雲樹蒼蒼)에 아회이로(我懷伊勞)하더니, 오호(嗚乎)라. 이금(而今)에야 내각(乃覺)호라. 영산회상(靈山會上)의 팔만사천(八萬四千)의 제자(弟子)를 집(集)하여 대소승(大小乘)을 진(陳)하면 기중(其中)에서 불보살(佛菩薩)은 산(産)할지언정 영웅(英雄)은 불산(不産)할지며, 현여관리(玄女觀裡)에 장생불사(長生不死)의 망설(妄說)을 강(講)하여 금단사(金丹砂)를 연(鍊)하면 기중(其中)에서 선도사(仙道士)는 출(出)할지언정 영웅(英雄)은 불출(不出)할지며, 죽림사(竹林社)를 결(結)하여 자주(字宙)를 비예(睥睨)하는 낙척주도(落拓酒徒)를 취(聚)하면 기중(其中)에서 유령(劉伶) 완적(阮籍)은 현(現)할지언정 영웅(英雄)은 불현(不現)할지며, 사인재자(詞人才子)를 제휴(提携)하여 서정동각(西亭東閣)에 월로(月露)나 음롱(吟弄)하면 기중(其中)에서 이백(李白)·두보(杜甫)는 작(作)할지언정 영웅(英雄)은 부작(不作)할지니, 아국(我國) 수백년래(數百年來)의 주겁(住劫)을 시사(試思)하라. 기중(其中)에서 영웅(英雄)을 가득(可得)하겠는가.

장내(牆內) 소천지(小天地)에 형제(兄弟)의 간과(干戈)가 불식(不息)하며 산림(山林) 한일월(閑日月)에 유자(儒者)의 심뇌(心惱)가 공부(空腐)하여, 경쟁(競爭)하는 자(者)는 사당(私黨) 승패(勝敗)가 시(是)하며 진화(進化)된 자(者)는 가족관념(家族觀念)이 시(是)니, 기중(其中)에서 영웅(英雄)이 출현(出現)할지라도 시(是)는 사당(私黨)의 영웅(英

雄)될 뿐이며 가족(家族)의 영웅(英雄)될 뿐이니, 하족괴(何足怪)며 하족괴(何足怪)리오.

황호(況乎), 근세(近世)에는 풍속(風俗)이 진괴(盡壞)하며 도덕(道德)이 유타(愈墮)하여, 종남(終南)의 첩경(捷徑)을 천(穿)할지라도 권리(權利)만 확취(攫取)하면 시(是)를 왈(曰) 민완(敏腕)이라 하며, 조종(祖宗)의 죄인(罪人)을 작(作)할지라도 부귀(富貴)만 구득(求得)하면 시(是)를 왈(曰) 기재(奇才)라 하여, 위언직론(危言直論)이 사자(士子)의 제일태계(第一太戒)가 되고 구차취용(苟且取容)이 행세(行世)의 불이법문(不二法門)이 되었으니, 오호(嗚乎), 영웅(英雄)은 국민(國民)에서 산(産)하는 배어늘 국민(國民)은 무(無)하고 사당관념(私黨觀念)·가족관념(家族觀念)만 유(有)하며, 영웅(英雄)은 정의(正義)에서 출(出)하는 배어늘 정의(正義)는 무(無)하고 권리사상(權利思想)·부귀사상(富貴思想)만 유(有)하나니, 기중(其中)에서 영웅(英雄)을 도(覩)코자 한들 어찌 가득(可得)이며, 기중(其中)에서 향원(鄕愿)·노예(奴隸)·매국적(賣國賊)·망국적(亡國賊)의 종자(種子)를 제진(除盡)코자 한들 어찌 가득(可得)하리오.

차이(嗟爾) 신동국(新東國) 신영웅(新英雄)이여, 이(爾)가 영웅(英雄)을 작(作)코자 할진대 이(爾)의 후(喉)와 이(爾)의 설(舌)로 신국민(新國民)을 일규(日叫)할지며, 차이(嗟爾) 신동국(新東國) 신국민(新國民)이여, 이(爾)가 영웅(英雄)을 도(覩)코자 할진대 이(爾)의 심(心)과 이(爾)의 혈(血)로 신국민(新國民)됨을 일축(日祝)하라. 구국민(舊國民)은 국민(國民)이 아니며, 구영웅(舊英雄)은 영웅(英雄)이 아니니라.

왈(曰), 금일(今日) 국민(國民)은 수백년(數百年) 부패(腐敗)와 공기중(空氣中)에서 생장(生長)하여 차(此)를 호흡(呼吸)하며 차(此)를 탄토(呑吐)하며 차(此)에서 좌거기거(坐臥起居)하던 자(者)이니, 비록 신사상(新思想)을 포(抱)하며 신사업(新事業)을 주(做)하여 신영웅(新英

雄)이 되고자 한들 하(何)를 종(從)하여 차(此)를 득(得)하리오. 왈(曰) 부(否)라, 불연(不然)하다.

차등(此等) 부패(腐敗) 공기(空氣)는 현사회(現社會) 지평선상(地平線上)에 복(覆)할 이이(而已)니 만일(萬一) 일보(一步)를 약(躍)하여,

『천상천하(天上天下) 유아독존(惟我獨尊)』의 기개(氣槪)를 장(仗)하며,

『구리어국(苟利於國) 하사불위(何事不爲)』의 성력(誠力)을 연(鍊)하여,

광명자유(光明自由)의 노(路)로 전진(前進)하면 신선(新鮮)한 공기(空氣)가 수처(隨處)에 충일(充溢)할진저(문태번고(文太繁故)로 중략(中略) - 필자(筆者)).

오호(嗚乎)라. 국민적(國民的) 영웅(英雄)이 유(有)하여야 종교(宗敎)가 국민적(國民的) 종교(宗敎)가 될지며, 국민적(國民的) 영웅(英雄)이 유(有)하여야 학술(學術)이 국민적(國民的) 학술(學術)이 될지며, 국민적(國民的) 영웅(英雄)이 유(有)하여야 실업가(實業家)가 국민적(國民的) 실업(實業)이 될지며, 미술가(美術家)가 국민적(國民的) 미술가(美術家)가 될지오, 종교(宗敎)·학술(學術)·실업(實業)·미술가(美術家) 등(等)이 국민적(國民的) 종교(宗敎)·국민적(國民的) 학술(學術)·국민적(國民的) 실업가(實業家)·국민적(國民的) 미술가(美術家)가 된 연후(然後)에야, 동국(東國)이 동국인(東國人)의 동국(東國)이 될지니, 국민호(國民乎)며 영웅호(英雄乎)여.

(1909, 8, 17~20 대한매일신보(一九〇九, 八, 一七~二〇 大韓每日申報))

제3장 영웅 개념의 발견과 신채호

1. 영웅 숭배의 열풍

근대계몽기는 영웅의 출현을 열정적으로 기대한 영웅의 시대였다. 한 치 앞을 내다볼 수 없는 존망의 위기에 처한 나라와 민족을 구원할 영웅을 근대계몽기의 지식인들은 갈구했으며 상상했다. 아니 근대계몽기만 그런 것 같지는 않다. 역사 이래로 수많은 이들이 지역을 막론하고 자신들을 구원할 영웅의 출현을 학수고대했다. 이런 맥락에서 고전적인 영웅사관을 표방한 토머스 칼라일은 자신의 『영웅숭배론』에서 세계사를 위인들의 역사로 정의하기도 했다. 다수 민중보다는 걸출한 소수 영웅이 한 시대를 창조하고 주도한다는 토머스 칼라일의 '영웅론'은 당시 유럽만이 아니라 근대의 격랑으로 빠져든 1900년대의 동아시아에서도 큰 각광을 받았다. 토마스 칼라일은 『영웅숭배론』에서 이렇게 말하고 있다.

우리 잉글랜드 가정의 장식품 가운데, 다른 나라에 대해 우리 영국의 명예를 드높일 만한 것으로서, 그보다 더 귀한 것이 무엇이 있습니까? 생각해보십시오. 만일 다른 나라 사람들이 우리 잉글랜드인을 보고 인도와 셰익스피어 둘 중 어느 것을 포기하겠느냐고 묻는다면 어떻게 하겠습니까? 인도를 전혀 갖지 못한 경우와 셰익스피어 같은 인물을 전혀 갖지 못한 경우 둘 중 어느 것을 택하겠느냐고 묻는다면 어떻게 하겠습니까? 그것은 정말 쉽지 않은 물음입니다. 공직에 있는 사람들은 의심할 나위 없이 공식적인 말로 대답할 것입니다. 그러나 우리는 이렇게 말해야 하지 않겠습니까? 인도야 있든 없든 상관없으나, 셰익스피어가 없이는 살 수 없다고 말입니다!

어쨌든 인도 제국은 언젠가는 잃게 될 것입니다. 그러나 셰익스피어는 결코 사라지지 않습니다. 그는 영원히 우리와 함께 있습니다. 우리는 셰익스피어를 포기할 수 없습니다.[1]

영국의 대문호 셰익스피어를 인도 제국과 바꿀 수 없다는 저 유명한 선언은 이렇게 토머스 칼라일에게서 나오고 있다. 칼라일이 보기에 셰익스피어는 영국의 품위를 확고하게 드높인 영웅으로, 셰익스피어처럼 통찰력을 소유한 탁월한 인물이다. 이와 같은 일급의 영웅을 자발적으로 존경하고 헌신하는 것. 이것이 바로 영웅 숭배의 진정한 의미라고 토머스 칼라일은 말한다. 흥미로운 사실은 신채호가 『영웅숭배론』을 원서로 읽었다는 것이다. 신채호가 상해에서 김규식과 이광수에게 영어를 배워 기본의 『로망흥망사』와 칼라일의 『영웅숭배론』을 읽었다는 기록을 참고하자면, 『영웅숭배론』이 동아시아 지식인들에게 인기리에 읽힌 저서인 건 분명해 보인다.

지금은 어떨까? 이제 영웅 숭배의 열풍은 구시대의 유물이 되어버린 걸까? 꼭 그렇게만 보이지는 않는다. 오늘날의 대중들도 자신들을 위기에서 구해줄 영웅들을 고대하는 까닭이다. 대중들이란 그들의 슈퍼스타를 언제나 기다리며 환호하는 법. 전세계적으로 문명 수준

---

1 토머스 칼라일, 『영웅숭배론』, 박상익 옮김, 한길사, 2003, 189쪽.

이 고조된 오늘날에도 대중들은 영웅을 잊지 않고 있다. 한 예로, 오늘날의 대중 매체들은 슈퍼맨, 베트맨, 스파이더맨 등 평범과 비범 사이에서 오는 내면적 상처에도 불구하고 위기에 처한 지구를 구하기 위해 동분서주하는 영웅들을 상상하고 있으며, 대중들은 그 영웅들을 열광적으로 지지하고 소비한다.

대중들은 매체가 발명한 영웅만을 소비하는 건 아니다. 그들은 정치적 영역에서 그들의 권리와 이익을 대리하는 리더들을 영웅으로 받아들이며, 지지자의 역할을 수행하기도 한다. 어떤 한국인에게는 박정희가 영웅이었으며 또 어떤 한국인에게는 김대중이 영웅이었다. 그러니 근대계몽기만 영웅을 고대했다고 말하기는 어렵다. 영웅은 역사 이전의 시대, 그러니까 신화와 전설의 시대부터 시작해 오늘날에 이르기까지 지속적으로 출현하는 통시대적 존재인 것이다. 그래서 다음과 같은 진술은 뜻하는 바가 크다.

전근대시대에 영웅은 무엇보다 범인을 초월하는 꿈같은 존재이지만 근대의 영웅은 서로 모르는 사람들을 하나의 민족인 우리라는 범주로 묶어주는 상상의 원천이 된다. 이렇게 영웅은 구성원 전부를 상하 수평 관계 속에서 매개하고 연결시킨다는 의미에서 하나의 미디어(매체)였고, 다시 민족 정체성이라는 숨은 신이 되어 구성원의 내면을 조종해나갔다. 이를 가장 잘 꿰뚫어본 것이 히틀러였다. 『나의 투쟁』에서 그는 이렇게 말했다. "독일사 가운데 위대한 다수의 이름 속에서 가장 위대한 자를 선택하고 청소년에게 그것이 흔들리지 않는 국민정서의 기둥이 되도록 지속적으로 가르쳐야 한다.[2]

2 박지향 외, 『영웅 만들기』, 휴머니스트, 2005, 26쪽.

고대 그리스 로마 신화가 입증하듯, 신화의 영웅들은 범인을 압도한다. 그들은 비록 신의 반열에 오를 수 없었지만 때로는 신처럼, 아니 신보다 더 뛰어난 능력으로 당면한 문제들을 해결하며 자신의 능력을 입증했다. 무엇보다 이들은 범인을 초월하는 존재로서 천상의 질서를 대변했다. 이와 같은 영웅의 존재는 근대로 접어들며 민족주의를 표방하는 상징이나 개념으로 적극 활용된다. 영웅을 상상하는 일이 곧 한 민족을 상상하는 일이요, 영웅을 예찬하는 일이 곧 한 민족을 예찬하는 일이라 해도 무방할 정도로 영웅이란 존재는 근대기에 각별히 주목되었다.

그런데 때로는 이 영웅 개념을 지나치게 정치적으로 왜곡한 나머지 전쟁 동원과 합리화의 수단으로 활용하는 정치 체제가 등장하기도 했으니, 파시즘 체제 하에서 영웅은 지극히 폭력적이고 배타적인 개념으로 활용되기도 한다. 단적으로 히틀러나 무솔리니가 그 예이다. 이들은 자신들을 영웅화한 파시즘 체제의 주역들이다. 요컨대 영웅은 신화의 경계를 넘어 역사 시대에서도 다양한 의미와 범주로 정의되고 활용된 개념으로 간주될 수 있다.

이런 사정을 감안하면서까지 우리는 근대계몽기의 영웅을 이야기해야 하는 걸까? 오늘날 영웅 숭배는 여전히 지속되고, 유행하는 현상임에는 틀림없지만, 근대계몽기의 영웅 숭배는 결코 유행의 차원이 아니었다. 근대계몽기의 영웅 숭배는 두 가지 차원에서 전개된 사건이자 현상이며 개념이었다. 먼저 영웅 개념은 구국의 차원에서 주목받았다. 영웅이 몰락하는 비운의 왕조를 부활하는 어떤 표상처럼 당시 계몽지식인들에게 받아들여졌다. 너도 나도 나라를 위기에서 구원할 영웅을 이들은 학수고대했다.

그런데 영웅 개념은 구국의 차원에서만 주목받은 게 아니었다. 영웅 개념은 구국의 차원과 함께 현실적인 위협으로 다가온 근대 제국에 대응하는 해방의 차원에서도 주목을 받는다. 요컨대 한국의 근대 계몽기에서 영웅은 문명개화론자들의 담론체계 내에서 하나의 보편적 현상으로 주목되면서 동시에 제국의 압력으로부터 탈피하고자 한 해방담론으로도 주목되었다는 것이다. 이렇게 영웅을 구국과 해방의 두 가지 의미로 이해한 건 신채호만이 아니었다. 문명화의 가능성과 식민화의 위기가 교차한 근대계몽기를 이끈 주역들은 대개가 영웅을 구국과 해방의 두 가지 의미로 상상하고 사유했다. 연구자 이헌미는 이렇게 말하고 있다.

대한제국의 독서계에 '영웅'이라는 말은 수많은 위인들의 전기(傳記, biography)와 함께 출현한다. 1895년 11월, 일본인이 발행하던 한성신보에 나폴레옹의 전기가 실리는 것을 필두로 1910년까지 독립신문, 제국신문, 황성신문, 대한매일신보, 태극학보, 대한학회월보, 서북학회월보, 대한흥학보 등 주요 신문과 학회지에는 역사적 인물들의 전기가 끊임없이 게재된다. 이미 1896년부터 독립신문, 제국신문 등의 논설 지면에 잔다르크, 나폴레옹, 비스마르크, 글래드스톤, 워싱턴, 피터 대제, 카부르, 넬슨 제독, 웰링턴 장군 등 오늘날 우리에게 친숙한 서양의 정치가, 군인, 혁명가들의 생애를 기록한 글들이 등장하며, 그 사이에 이홍장, 강유위, 후쿠자와 유키치 등 중국과 일본의 정치가, 사상가들의 행장기 또한 섞여 있다. 1906년 이후 일제히 등장한 학회지들의 경우 거의 매호 고정적으로 서양 위인전기를 연재하였으며, 1907년부터는 이전에 신문에 소개되었던 위인전들이 단행본 형태로 출간되었고, 1908년에 들어서자 한국의 역사적 인물을 주인공으로 한 창작 위인전기가 등장하기 시작한다. 1907년부터는 추상화된 영웅을 직접 주제로 다룬 "한국흥복은 영웅숭배에 재함", "영웅과 세계", "무명의 영웅", "영웅을 갈망함" 등의 논설이 게재되기 시작했다.[3]

이헌미에 따르면, 대한제국 독서계에 영웅이란 말은 위인들의 전기와 함께 출현한바, 근대계몽기의 주요 매체들은 저마다 동서양 영웅들의 이야기를 끊임없이 게재했다. 잔다르크, 나폴레옹, 비스마르크, 글래드스톤, 워싱턴, 피터 대제 등 오늘날 우리에게 친숙한 서양 영웅들이 이 시기에 알려지고 소개되었다는 것이다. 그런데 여기서 우리가 주목해야 하는 건 근대계몽기의 매체들에 소개되면서 국내 독자들에게 알려진 이 서양 영웅들은 사회진화론의 영향 하에서 민족의 위기를 타개할 목적으로 기획되었다는 점에서 우리 시각으로 보자면 제국의 표상일 수 있다는 것이다. 요컨대 근대계몽기에 알려지고 소개된 서양 영웅들은 특히나 우승열패의 경쟁을 승인하는 사회진화론의 영향 하에서 발견된 인물로 보아도 무방하다는 것이다. 이런 배경에서 우리는 이 서양 영웅들을 통해서 근대계몽기의 사회적 성격을 복기할 수 있으니, 영웅 개념은 사회진화론과 연계된 근대계몽기를 읽고 이해할 수 있는 주요 개념으로 그 사회적 비중이 자못 크다.

그러나 근대계몽기는 서양 영웅만을 읽고 이해한 시대가 아니었다. 근대계몽기는 서양 영웅들이 제국의 위용을 대리하는 모범으로 각광받은 시대이기는 하지만 그와 동시에 자국 영웅을 새롭게 발견한 시대이기도 하다. 잔다르크, 나폴레옹, 비스마르크, 글래드스톤과 같은 서양 영웅이 근대계몽기 영웅의 한 계열을 차지한다면 을지문덕, 이순신, 최영과 같은 자국 영웅이 또 다른 한 계열을 차지하면서 바야흐로 근대계몽기는 영웅의 각축전이 전개된 영웅의 시대인 것이다. 먼저 서양 영웅을 한 예로 들어 보기로 하자.

---

3 이헌미, 「대한제국의 영웅 개념」, 『세계정치』 제25집 제2호, 서울대학교 국제문제연구소, 2004, 139쪽.

라파륜이 일천칠빅률십구년에 디즁히 잇눈 코시카 셤에셔 낫눈디 이 셤은 라파륜이 나기 전 이십년에 법국셔 차지훈 셤이라 라파륜이 ᄋ힌 째애 춍과 환도와 대포 등물노 작란히며 전장에 싸호눈 일을 홍샹 싱각 히더니 일천칠빅칠십구년에 라파륜이 법국 무관학교에 드러가니 법국 말도 잘히지 못히고 긔엄훈 외국사름이라 ᄌ치 돈니눈 학도들이 라파륜 을 됴화히지 아니히엿시며 일천칠빅팔십ᄉ년에 법국 셔울 퓌리쓰로 가 셔 처음 구경히엿고 그 다음 힌에 륙군 쇼디장이 되고 코사아 스긔를 지엿시며 힌마다 혼번식 코사아에 가셔 제 부모와 형뎨롤 차져보더라 혼번은 법국셔 정부롤 긔혁히자고 빅셩과 혼편이 되어 영국사름들을 들 논셔 쫏차내고 대디장이 되엿눈디 그째 나히 이십오셰라 일천칠빅구십 오년에 빅셩들이 니러나셔 퓌리쓰셩을 협박히눈디 정부에셔 라파륜ᄃ려 군ᄉ 삼만명을 가지고 빅셩들을 진정식히라 히니 라파륜이 히로밤에 계교롤 싱각히고 그 잇혼날 아춤에 대포롤 퓌리쓰셩 길가로 거러놋코 빅셩들을 믓질을시 낫 가지고 풀 베히드시 수천 명을 죽이매 라파륜에 권셰가 퓌리쓰셩에 진동히더라 그후에 라파륜이 군ᄉ 삼만오천명을 ᄃ 리고 어스드레리아와 이다리롤 쳐셔 이긔고 두 힌도 못 되어 열네 번 전장에 법국이 구라파에 데일 가눈 나라흘 믄ᄃ럿시매 싸홈을 싸호고 퓌리쓰셩으로 도라오매 빅셩들이 라파륜을 위호여 큰 잔치를 비셜히고 대단히 공경히매 치하히더라 그째에 정부에셔 모든 군ᄉ롤 니르켜 바다 흘 건너가 영국을 취히랴 홀시 라파륜이 홀 수 업슴을 싱각히고 영국 대신 익급과 인도국을 치랴하고 일천칠빅구십팔년 ᄉ월에 비롤 트고 인 도국으로 가눈 길에 몰타롤 쳐셔 쎄앗고 거긔셔 포디롤 쌋코 혼 쥬일 후에 알릭산드랴롤 지나 나일강으로 올나가셔 비라밋에 잇눈 밀룩회 회 교 사름을 쳐셔 이긔고 인도국을 향히야 가눈디 영국 슈군ᄒ대장 랜손 이 비 십삼쳑을 거늬리고 아부기러 만에 잇다가 구월 일일에 라파륜을 쳐셔 함몰식히니 라파륜이 시리아로 퇴군히여 영국 대장 스미드가 직히

고 잇는 에거 싸흘 취(取)ᄒ랴다가 라파륜이 거긔셔 군ᄉ 수천명을 죽이고
놉은 군ᄉᄂ 다 훗터지매 인도국과 익급을 졈영ᄒ랴든 계교가 쓸 디 업
게 되더라(『그리스도신문』. 1901.5.16.)

　　서양의 대표적인 영웅인 프랑스의 나폴레옹, 즉 '라파륜' 사적이
1901년 5월 16일, 5월 23일, 5월 30일자 『그리스도신문』에 실린다.
이 신문은 '라파륜'을 프랑스를 유럽의 군사강국으로 만든 영웅으로
묘사하고 있다. 법국의 지배를 받는 코시카 섬에서 1769년에 태어난
'라파륜'은 법국 본토인들의 차별에도 불구하고 정부를 개혁하고자
하는 백성들과 한편이 되어 영국인들을 물리쳤고 때로는 정부와 뜻
을 모아 백성들의 민란을 진정시키며 프랑스에서 주목받는 군인으로
성장한다. 그는 여기에 그치지 않고 오스트리아와 이태리를 공격해
서 승리하는 등 열네 번 전쟁을 치르며 법국을 구라파에서 '제일 가는
나라'로 만들어낸다. 이처럼 『그리스도신문』에서 '라파륜'은 전쟁 영
웅으로 묘사되고 있으며, 법국이 구라파의 '제일 가는 나라'가 된 배
경에도 '라파륜'의 승리가 한몫했다고 이 신문은 이야기한다.
　　그런데 '라파륜'이 늘 승리하는 건 아니다. '라파륜'은 영국 해군 넬
손 제독의 공격을 받아 패한 패장이기도 한 것이다. 그렇지만 '라파
륜'은 이에 굴하지 않고 시리아로 퇴군, 영국 대장 스미드가 지키고
있는 영토를 탈취해 역전의 기회를 마련했다는 것이다. 이처럼 『그
리스도신문』에서 묘사되는 '라파륜'은 전쟁을 마다하지 않는 영웅으
로서 당시의 경쟁 상대인 영국과 일전일퇴를 주고받은 맹장이다. 이
매체에서 전쟁 영웅 '라파륜'은 사회진화주의를 정당화하는 결정적인
증거처럼 보인다. 이 매체는 '라파륜'이 주도하는 전쟁의 윤리적 문
제에 대해서는 거론하지 않는다. 지금은 제국들 간의 전쟁의 시대라
는 것. 이 경쟁 상대와의 전쟁에서 이기면 역사의 승자가 되고 지면

역사의 패자가 되는 거라고 이 매체는 영웅 '라파룬'을 빌어 말하고 있다.

매체들은 대중들에게 서양 영웅만 알리고 소개한 건 아니었다. 우리 쪽의 구국 영웅, 민족 영웅들도 매체에 알려지고 소개되었다. 신채호도 영웅의 전범을 국내 독자들에게 소개한다. 그 영웅의 하나가 '을지문덕'이다. 「을지문덕」의 서론을 읽어보기로 하자.

슬프다! 우리 한국의 수천 년 래의 대외(對外)의 역사여. 동쪽의 조그만 좀도둑의 침입에도 온 나라가 허둥지둥하고 서쪽의 한마디 큰 소리에 조정(朝廷)이 어찌할 줄 몰라 하니, 우리민족의 못나고 약함은 천성이며 고칠 수 없는 것인가?

나는 그렇지 않다고 생각한다.

나는 고구려 대신(大臣) 을지문덕의 행적을 읽다가 문득 기운이 솟아 곧 하늘을 우러러, "그러면 그렇지. 우리민족의 민족성은 참으로 이와같다"고 절규하였다.

이처럼 위대한 인물과 훌륭한 공업(功業)은 지금까지 비교할 만한 사람이 없었으니 우리 민족성의 강용(强勇)함이 이와 같았다.

옛날에는 이같이 강하고 날랬던 우리 선조의 정신이 후대에 와서는 어찌하여 이렇게 어리석어졌는가? 슬프다. 용(龍)의 후손이 미꾸라지로 변하고 호랑이의 자손이 강아지로 태어나 신성하던 민족이 모두 지옥으로 떨어졌으니 이는 과연 어느 마귀의 장난이며, 어찌된 운명인가?

나는 탄식할 수 밖에 없다. 수백년 동안 어리석은 선비들이 부질없이 말하기를 '무공(武功)이 문치(文治) 보다 못하다'고 하며, 또 몇몇 용렬한 신하들이 망령된 입을 놀려 '인자(仁者)는 작은 것으로 큰 것을 섬긴다 (以小事大)'라고 하여 정책이 날로 쓰러지고 줄어 들었고, 백성의 기세는 꺾어져 눌렸으며 지난 날 강하고 씩씩했음을 덮어버리고 옛 사람 가운데서도 썩어 빠진 새우같은 유생(儒生)만을 숭상하였으니 부끄러운 일이다. 보잘 것 없는 횡설수설로 우리나라 4000년의 신성한 역사를 더럽히고 위대한 영웅을 묻어 버렸기 때문에 혹 용맹스런 인물이 있다고 하여도 단지 시골 어린이들의 이야기 속에 겨우 전할 뿐이며, 혹 놀라운 공업(功業)이 있어도 나무꾼의 노래가락 한토막으로만 겨우 전할 뿐, 전체 내려오는 사적(史蹟)은 날로 사라져 그 이름마저 찾아볼 수 없게 된 대장부 그 얼마인가?

다행스럽다 을지문덕이여! 아직도 몇줄의 역사가 전해왔도다. 그러나 불행하다 을지문덕이여! 겨우 겨우 몇 줄의 역사만 전해졌도다.

역사가 전해지고 전해지지 못함이 그 본인에게 있어서는 아무 손익(損益)이 없지만 한 나라의 강토는 한 영웅이 몸을 바쳐 장엄케 한 것이며, 한 나라의 민족은 또한 한 영웅이 피를 흘려 지킨 것이다. 그의 정신은 산과 같이 우뚝하고 그의 은택(恩澤)은 바다처럼 넓거늘 그 나라의 영웅을 그 민족이 모른다고 하면 그 나라가 어찌 잘될 수 있겠는가?[4]

근대계몽기의 신채호는 민족 영웅의 발견자로 불릴 만한 글쓰기를 집중적으로 수행했다. 그가 발견하고 새롭게 해석한 민족 영웅 중의 한 명이 을지문덕이다. 신채호에 따르면, 을지문덕은 "위대한 공업"을 펼친 영웅이지만 후손들에게 그 "위대한 공업"이 전해지지 않아 그를 제대로 모른다고 한다. 일본인들은 그들의 영웅을 "역사에 칭송하며 소설로 전파하며 노래하고 읊어서 대대로 잊지 않게" 하는데 반해, "우리나라는 한 손으로 산하를 정돈하고 한칼로 백만 강적을 살퇴한 참 영웅의 자취"를 망각하고 있다고 신채호는 개탄한다. 영웅에

---

4 『을지문덕/이순신전/최도통전』, 독립기념관 한국독립운동사연구소, 1989, 25~26쪽.

대한 기억과 망각이 바로 나라의 강약을 가르는 근본이라고 신채호
는 「을지문덕」 서문에서 강조하면서 영웅 을지문덕의 위업을 이야기
한다.

신채호는 을지문덕이라는 영웅을 세상에 내놓기 이전에 이태리 건
국의 영웅들에 매료되기도 했다. 망국의 위기가 고조되는 상황에서
신채호는 이태리 영웅들의 건국 서사를 참조하면서 한국의 영웅들을
새롭게 모색한다. 요컨대 신채호는 『이태리건국삼걸전』을 필두로
「이순신전」, 「을지문덕」, 「최도통전」 등의 역사전기를 집필하고 발
간하면서 자신의 문학이 영웅을 매개로 기획, 전개되는 영웅의 문학
임을 널리 알린다.

더 자세히 말하자면, 신채호는 양계초의 「의대리건국삼걸전」을 저
본으로 1907년 『이태리건국삼걸전』을 역술, 발간했으며 1908년 5월
2일에서 8월 18일 사이에는 『대한매일신보』를 통해 「이순신전」을 발
표하고 1908년 5월에는 광학서포에서 「을지문덕」을 발간했다. 또한
1909년 12월 5일부터 1910년 5월 27일까지는 「최도통전」을 『대한매
일신보』에 발표하기에 이르렀으니 그는 근대계몽기의 대표적인 영웅
전기 작가인 게 분명하다. 근대계몽기의 신채호가 영웅 개념을 주목
한 작가였다는 건 이 방면의 연구자들에 의해 그 밝혀진 바가 많다.

신채호는 1910년 해외로 망명하기 이전, 세 편의 창작 역사전기소설
을 발표했다. 을지문덕, 이순신, 최영을 각각 입전한 소설로서, 위기에
빠진 국가를 구원하는 구국의 영웅 한 민족의 잃어버린 영토를 되찾고
자 염원했던 민족의 영웅을 형상화하고 있다. 애국계몽기라는 당대의
인식이 투영된 역사적 인물의 형상화는 민족이라는 우연적 개념을 중심
으로 구성된 역사를 통해, 민족 역사를 실체화하는 일환으로 기획된 것
이다.[5]

송명진의 연구에서 확인되듯, 1910년 해외로 망명하기 이전의 신채호 문학에서 영웅은 구국의 영웅, 민족의 영웅 등으로 그 의미가 정의될 수 있다. '을지문덕'만 해도 그렇다. 신채호는 먼저 「을지문덕」 서문에서 영웅의 사적을 기록하고 전하지 않는 우리 풍토에 대해 신랄하게 비판한다. "몇백 년 이래로 오활한 선비"들은 "무공의 문치만 같지 못하다"고 하면서 "용렬한 대신"들은 "어진 자는 작은 나라로서 큰 나라를 섬긴다"는 등 사대하는 까닭으로 영웅의 사적이랄 게 별로 없다고 신채호는 말한다. 더 비판적으로 말하자면, 신채호가 보기에 수백 년 이래 한국인들은 "형제 간에 불목하는 악습으로 동족"을 잔해하는 자, "작은 나라가 큰 나라를 섬긴다는 주의로 외국 구적에게 아첨하는 자" "심지어 적국의 창귀가 되어 본국을 도리어 해하는 자" 등을 영웅으로 칭한다 하니, 이는 영웅을 왜곡하는 것이라는 게 신채호의 판단이다.

그렇다면 신채호는 어떤 존재를 진정한 영웅으로 보는가? "한 나라 강토는 그 나라 영웅이 몸을 바쳐서 위엄이 있게 한 것이며, 한 나라 민족은 그 나라 영웅이 피를 흘려서 보호"한 것이라는 진술에서 확인되듯, 신채호는 영웅을 '강토'와 '민족'을 '위엄' 있게 하고 '보호'하는 존재로 정의하고 있다. 그런데 이 대목에서 흥미로운 점은 신채호의 을지문덕이 단지 고대사의 영웅으로만 볼 수 없다는 것이다. 신채호는 역사전기라는 서사양식을 빌려 을지문덕의 영웅적 활약과 성격을 이야기하고 있지만, 여기서 을지문덕은 실제로는 근대적 영웅에 가깝다. 이렇게 얘기할 수 있는 이유로, 우리는 신채호가 영웅을 강토와 민족이라는 근대 개념에 부합되는 인물로 정의하는 대목을 들 수 있

---

5 송명진, 「'민족'과 '개인' 그리고 역사·전기소설의 형성과 쇠퇴」, 『역사·전기소설의 수사학』, 서강대학교 출판부, 2013, 57쪽.

다. 특히 여기서 주목해야 할 개념은 민족 개념이다. 「을지문덕」 서문에 등장하는 민족은 고대로부터 존속하는 어떤 초월적 개념으로서의 민족은 아니다. 사실 민족 개념 자체가 근대적 산물이라는 주장도 있지만, 「을지문덕」 서문에서의 민족도 그렇게 보인다. 여기에 대해선 설명이 필요하다.

한국에서 민족이란 용어는 1907년 이후 널리 사용되기 시작했는데, 이는 중국의 량치차오가 지은 『음빙실문집』에 실린 민족론의 영향을 받은 것이었다. 앞서 본 것처럼 량치차오는 「정치학대가백륜지리학설」(1903)에서 민족이란 단어를 소개하였다. 그는 불룬칠리의 학설을 빌려 민족은 8가지 특성을 지닌다고 설명하였다. 즉 1) 처음에 한 곳에 모여 살았으며, 2) 처음부터 혈통이 같고, 3) 그 지체와 형상이 같고, 4) 그 언어가 같고, 5) 그 문자가 같고, 6) 그 종교가 같고, 7) 그 풍속이 같고, 8) 그 생계가 같은 것 등으로 부지불식 간에 스스로 타족과 거리를 두면서 하나의 특별한 단체를 형성하게 되고, 그 고유한 성질을 그 자손에게 전하는 것을 가리켜 민족이라 한다고 소개하였다.[6]

중국의 근대 지식인 량치차오가 한국 지식인들에게 끼친 영향 중 특히 주목해야 하는 게 바로 민족 개념이라는 건 주지의 사실이다. 그는 그 자신의 몰락해가는 청나라를 안타까이 목격한 지식인으로서 민족을 포함한 근대 개념들을 어떻게 청나라에 적용시킬 수 있을지 심각하게 고민했다. 그렇다고 신채호가 량치차오의 사상과 개념을 기계적으로 답습한 건 아니다. 그는 후일 보수주의자로 퇴행한 량치차오보다 어쩌면 더 치열하게 당대를 고민한 실천적 지식인으로 이

---

6 박찬승, 『민족·민족주의』, 소화, 2010, 65쪽.

해될 수 있는 행보를 보인 까닭이다. 이렇게 이야기할 수 있는 근거가 바로 신채호의 영웅 개념이다.

신채호는 당대, 특히 망국이 현실화되어가는 1910년 이전의 지식인 중 누구보다 적극적으로 영웅 개념을 사유한 실천적 지식인이다. 그의 역사전기가 특히 영웅 개념을 적극적으로 사유한 적절한 예가 되겠지만 그는 상기한 「을지문덕」 외에도 「이순신전」, 「최도통전」 등을 통해 민족 영웅이 도래하기를 상상했다. 여기서 주목해야 할 내용이 있다. 이 역사전기의 영웅들도 기본적으로 고대 영웅이 아니라 식민의 위기가 점증하는 당대를 환기하고 사유키 위한 매개라는 점에서 근대적 영웅에 가깝다는 점을 우리는 주목해야 한다.

그런데 논의의 범주를 1910년 이후로까지 확대하게 되면, 문제는 달라진다. 신채호는 영웅을 구국의 영웅, 민족의 영웅으로만 상상하거나 사유하지 않는다는 것이다. 이미 그 이전부터 영웅의 해방적 측면을 주시하고 있었던 신채호는 1910년 중국 망명 이후에는 영웅의 범주와 의미를 새롭게 갱신한다. 1910년 중국 망명 이후의 신채호는 구국 영웅, 민족 영웅만이 아니라 반영웅이나 민중을 상상하는 새로운 상상력을 보여주기도 한다.

이런 까닭에 필자는 신채호가 영웅을 결코 단일하게 혹은 협소하게 상상하거나 사유한다고 보지는 않는다. 신채호는 영웅을 대단히 역동적으로 변모하면서 그 의미가 채워지고 또 갱신되는 그 문제적 개념으로 상상하고 있다. 근대계몽기에서의 신채호의 영웅 개념만 놓고 보더라도 그 내적 의미가 간단치 않다는 게 확인되지만, 중국 망명 이후 그 개념은 극적으로 변모되어 새로운 경지로 나간다. 이와 같은 변모는 신채호의 영웅 개념 그 자체만의 문제는 아니다. 그것은 더 중요하게는, 신채호의 변모이다. 신채호가 변모하면서 신채호 문학을 열게 한 영웅 개념도 변모한 것이다.

필자가 주목하는 지점은 바로 여기에 있다. 영웅 개념의 내적인 분화를 주목하며 그의 텍스트를 독해해야 한다는 것이다. 필자는 기본적으로 영웅을 신채호 문학의 전체적 성격을 확인할 수 있는 주요 개념으로 간주하면서도, 이 영웅을 고정된 절대적 개념으로 이해하기보다는 작가와 더불어 역동적으로 변모한 개념으로 이해해야 한다고 보고 있다. 이처럼 신채호가 영웅 개념을 어떻게 이해하고 있는가의 문제. 바로 이 문제를 깊이 있게 고찰하는 게 중요하다고 필자는 생각하고 있다. 먼저 읽어볼 자료는 『이태리건국삼걸전』의 결론이다. 결론의 주요 대목을 보기로 하자.

그렇지만 이태리 건국이 어찌 다만 삼걸의 공이겠는가. 마찌니 당파 중에 무명의 마찌니가 몇 백 몇 천 명인지 알지 못할 것이며, 가리발디 슬하에 무명의 가리발디가 몇 백 몇 천 명인지 알지 못할 것이며, 카부르 막하에 무명의 카부르가 몇 백 몇 천 명인지 알지 못할 정도이다. 삼걸은 이태리 전 국민 중 그 대표자 세 사람일 뿐이니, 전국이 갈팡질팡하여 아픈 줄도 모르고 가려운 줄도 몰랐다면 비록 삼걸이 있었더라도 어찌 행복할 수 있었겠는가.

아아 그대 애국 동포여 그대는 오직 삼걸이 되기를 바라야 한다. 아침에 삼걸이 되길 바라고 저녁이 삼걸이 되길 바라며, 오늘 삼걸이 되길 바라고 내일 삼걸이 되길 바란다면 그대가 삼걸이 되지 못한다고 해도 그대의 후손 중에 반드시 삼걸이 나오게 될 것이다. 따라서 삼걸을 배워서 그에 이르지 못하더라도 삼걸의 시조는 될 수 있는 것이다.

그대 오직 삼걸이 되기를 바라야 한다. 아침에 삼걸이 되길 바라고 저녁에 삼걸이 되길 바라며, 오늘 삼걸이 되길 바라고 내일 삼걸이 되길 바란다면 그대가 삼걸이 되지 못하더라도 그대의 동류 중에 반드시 삼걸이 나올 것이다. 따라서 삼걸을 배워서 그에 이르지 못한다 해도 삼걸

을 따르는 자가 될 수는 있는 것이다.[7]

『이태리건국삼걸전』은 제목이 뜻하는 바와 같이 근대 이태리 건국의 주역인 마찌니, 가리발디, 카부르의 영웅적 일대기를 기록한 전기이다. 본래 『이태리건국삼걸전』의 원저는 영국의 정치가이자 역사학자인 J.A.R Marriot의 『The Makers of Modern Italy』(1889)로 알려져 있다. 일본으로 유입된 Marriot의 이 텍스트를 참고, 히라타 히사시가 『이태리건국삼걸전』을 출간했으며, 일본 망명 중인 양계초는 히라타 히사시의 『이태리건국삼걸전』을 번역, 『의대리건국삼걸전』을 출간하게 된 것이다. 그러니까 신채호는 이와 같이 영국, 일본, 중국으로 이어지는 번역의 절차를 거친 『이태리건국삼걸전』을 자신의 삼걸전으로 출간하기에 이르게 된 것이다.

인물과 사건 위주로 서술된 『이태리건국삼걸전』과는 달리 실제 근대 이태리의 역사는 노선 간 치열한 갈등과 투쟁이 전개된 역사로 알려져 있다. 『이태리건국삼걸전』은 근대 이태리 건국의 주역들을 건국이라는 큰 대의에서 일치단결한 영웅으로 묘사하지만, 실제로 그들의 관계는 상당한 권력 투쟁이 개입한 갈등과 불화를 반복한 것이었다. 그런 까닭에 신채호도 그렇지만 양계초 역시 이 전기에서 실제 역사에 부합하는 영웅상을 정확하게 재현한다기보다는 그들이 욕망하고 상상하는 영웅상을 이야기한 것으로 보는 게 옳아 보인다.

신채호는 자신의 『삼걸전』에서 근대 이태리 건국의 최고 영웅으로 마찌니를 꼽는다. 보황제의 입장을 견지한 양계초가 의회주의자인 카부르를 최고의 영웅으로 꼽았다면, 신채호는 공화주의자이자 민중

---

7 량치차오, 『이태리건국삼걸전』, 신채호 역, 류준범·장문석 현대어 옮김, 지식의 풍경, 2001, 121~122쪽.

과 연대해 혁명 운동을 펼친 마찌니를 최고의 영웅으로 꼽고 있다. 이와 같이 근대 이태리 건국을 둘러싼 영웅의 선별과 지지와 함께 우리가 주목해야 하는 건 『이태리건국삼걸전』의 결론이다.

이 결론에서 신채호는 마찌니, 가리발디, 카부르를 '혁명주의', '궁핍' '실패', '좌절', '환난', '장검', '체포', '지략' 등의 언어로 재현한다. 더 정확히 말해, 이 결론에서 신채호는 마찌니를 청년 시절부터 혁명주의를 표방한 혁명가로서 혁명이 실패했지만 좌절하지 않는 영웅으로, 가리발디를 환난으로 체포된 경우도 적지 않았지만 후회하거나 두려워하지 않은 영웅으로, 카부르는 지략과 염려가 넓고 세밀하며 꺾이고도 굳건하며 굽혀져도 용감한 영웅으로 정의하고 재현한다. 그런데 우리가 눈여겨 볼 대목은 이어지는 단락이다. 이어지는 단락에서 신채호는 "이태리의 건국이 어찌 다만 삼걸의 공이겠는가. 마찌니 당파 중에 무명의 마찌니가 몇 백 몇 천 명인지 알지 못할 것"이라는 방식으로 무명의 영웅관을 표방한다.

즉 신채호는 마찌니, 가리발디, 카부르를 근대 이태리 건국의 영웅으로 인정하면서도 여기에 그치지 않고 이 영웅들과 연대한 무명의 영웅들을 더욱 주목하고 있다. 근대 이태리 건국의 공은 이 삼걸에게만 있는 게 아니라 그들과 함께 한 무명의 영웅들에게 있다고 신채호는 이야기하고 있다. 그런데 신채호는 이렇게 무명의 영웅들의 존재와 역할을 중요하게 이야기하면서도 독자에게는 삼걸이 되길 바란다고 당부한다. 설령 삼걸이 되지 못한다더라도 삼걸의 시조는 되어야하지 않겠냐고 독자의 역할을 삼걸의 추종자로 확정한다. 여기서 우리는 왜 신채호가 내로라하는 근대 이태리의 건국 영웅들을 이야기하면서 무명의 영웅에 애정을 가지고 이야기하고 있는지 생각해 볼 필요가 있다.

2. 무명의 영웅론

무명의 영웅론은 신채호의 독창적인 발상의 소산은 아니다. 이헌미에 따르면 무명의 영웅이란 표현은 국내에서는 1891년 김윤식이 쓴 바 있다. 김윤식은 "태서인들은 미국의 독립이 워싱턴 한 사람의 능력이 아니라 수많은 이름 없는 영웅들이 힘을 합쳐 이룩한 것이라 말한다"고 하였으니 우리 지식인들이 처음부터 일급 영웅만 이야기한 것이다.[8] 그런데 이와 같은 무명의 영웅론은 기원은 1889년 도쿠토미 소호의 무명의 영웅으로 알려져 있는 바 이는 신분 사회에서 실력 본위 사회로 변모하던 메이지 일본의 상황과 밀접하게 관련된 것으로 해석된다. 소호의 논설에 자극받은 인물은 량치차오이다. 그는 이 논설에 영향을 받아 1900년 3월 1일 『청의보』 제37호에 「무명지영웅」을 발표하였으며 이 영향인지 1900년대 말의 국내 매체들에도 무명의 영웅 관련 논설들을 발표한다.

도쿠토미 소호의 무명의 영웅론에서 영웅은 기본적으로 국민의 이미지로 이해될 여지가 크다. 무명의 영웅들이 이제는 전면으로 등장해 근대 국가 건설의 주역인 국민으로 활약해야 한다는 게 도쿠토미 소호의 무명의 영웅론의 저간에 흐르고 있다. 문제는 이와 같은 영웅론의 딜레마이다. 이 영웅론이 식민의 위기가 고조된 국내에서는 과연 당대 독자들에게 큰 설득력을 지닐 수 있을 것인가? 도쿠토미 소호의 경우, 무명의 영웅론은 일본 제국이라는 근대국가에 호응하는 국민의 의미에 부합하는 것으로 보인다.

그러나 신채호의 무명의 영웅론은 그 현실적 적용이 용이치 않은 한계가 있다. 식민의 위기가 점증되는 상황에서 무명의 영웅론은 국

---

8 이헌미, 앞의 논문, 157쪽.

민의 의미로 전환하기에는 그 한계가 분명했다. 이런 점에서 신채호는 도쿠토미 소호류의 무명의 영웅론을 말할 입장이 아니었다. 도쿠토미 소호의 무명의 영웅론이 일본 제국이 기획하는 근대국가의 국민 이미지에 부합한다면 신채호의 무명의 영웅론은 혁명 주체의 이미지에 더욱 부합한다. 그러나 사정이 이렇다고 해서 신채호가 영웅을 무명의 영웅으로 상상하고 사유하는 방식을 여기서 멈춘 건 아니다. 그 한 예가 「20세기 신국민」이다. 이 글의 서문을 보기로 하자.

오호(嗚呼)라. 처풍음우(凄風淫雨)에 삼천리산하(三千里山河)가 안색(顔色)을 변(變)하고 열화심수(烈火深水)에 이천만동포(二千萬同胞)가 비호(悲號)를 작(作)하는도다.

연즉(然則) 하이(何以)하면 차(此) 한국(韓國)이 능(能)히 승리(勝利)의 가(歌)를 주(奏)하여 적존(適存)의 복락(福樂)을 향(享)하며, 하이(何以)하면 차(此) 한국(韓國)이 능(能)히 부강(富強)의 기(基)를 개(開)하여 민국(民國)의 위령(威靈)을 광(光)할까. 왈(曰) 차(此)는 오직 국민동포(國民同胞)가 이십세기(二十世紀) 신국민(新國民)됨에 재(在)하니라.

대저(大抵) 태고시대(太古時代)의 민족(民族)으로는 족(足)히 중고시대(中古時代)에 각립(角立)치 못하며 중고시대(中古時代)의 민족(民族)으로는 족(足)히 이십세기시대(二十世紀時代)에 각립(角立)치 못하는지라. 시사(試思)하라. 피(彼) 중고시대(中古時代)에 재(在)한 민족(民族)으로 오히려 초의목식(草衣木食)하며 금거수처(禽居獸處)하여 태고야만(太古野蠻)의 원시적(原始的) 상태(狀態)를 불면(不免)한 자(者)는 국가(國家)가 조직(組織)되며 사회(社會)가 발달(發達)되어, 정신(精神)과 물질(物質)이 문명역(文明域)에 초등(稍登)한 중고세계(中古世界)에서 쇠망(衰亡)을 불면(不免)하였나니, 피(彼) 묘족(苗族)이 한족(漢族)에게 패(敗)함과 하이족(蝦夷族)이 일본족(日本族)에게 패(敗)한 등(等)이 시

(是)오.

금(今) 차이십세기시대(此二十世紀時代)에 재(在)한 민족(民族)으로 오히려 중고시대(中古時代)의 정신(精神)만 보수(保守)하며, 중고시대(中古時代)의 물질(物質)만 보수(保守)하여 중고적(中古的) 국민(國民)을 불면(不免)한 자(者)는 국가(國家)의 실력(實力)이 강대(强大)하고 사회(社會)의 문명(文明)이 발흥(勃興)한 이십세기(二十世紀) 세계(世界)에서 쇠망(衰亡)을 불면(不免)하나니, 피(彼) 안남(安南)이 망(亡)하며 면전(緬甸)이 복(覆)하며 지나(支那)가 쇠(衰)한 등(等)이 시(是)라.

고(故)로 오제(吾儕)는 왈(曰), 국민동포(國民同胞)가 이십세기(二十世紀) 신국민(新國民)되지 아니함이 불가(不可)하다 하는 바며, 대저(大底) 이십세기(二十世紀)의 국가경쟁(國家競爭)은 기(其) 원동(原動)의 역(力)이 일, 이인(一, 二人)에게 부재(不在)하고 기(其) 국민전체(國民全體)에 재(在)하며, 기(其) 승패(勝敗)의 과(果)가 일, 이인(一, 二人)에게 불유(不由)하고 기(其) 국민전체(國民全體)에 유(由)하여 정치가(政治家)는 정치(政治)로 경쟁(競爭)하며, 종교가(宗敎家)는 종교(宗敎)로 경쟁(競爭)하며, 실업가(實業家)는 실업(實業)으로 경쟁(競爭)하며, 혹(或)은 무력(武力)으로 하며, 혹(或)은 학술(學術)로 하여 기(其) 국민(國民) 전체(全體)가 우(優)한 자는 승(勝)하고 열(劣)한 자(者)는 패(敗)하나니, 피(彼) 개세영웅(盖世英雄) 성길사한(成吉思汗)·아력산(亞歷山)(알렉산터)왕(王)이 아무리 웅(雄)하며 아무리 강(强)하여 수백만건아(數百萬健兒)를 편(鞭)하며, 수만리토지(數萬里土地)를 척(拓)하더라도 피(彼)는 개인(個人)의 경쟁(競爭)이라. 고(故)로 기(其) 세(勢)가 부장(不長)하며 기(其) 위(威)가 이열(易裂)하여 일시(一時) 기(其) 정하(庭下)에 배(拜)를 납(納)하던 민족(民族)도 용이(容易)히 기(其) 두(頭)를 재거(再擧)하고 장풍(長風)에 소(嘯)하여 구세(舊勢)를 쟁복(爭復)하였거니와, 금일(今日)은 불연(不然)하여 기(其) 경쟁(競爭)이 즉(卽) 전국민(全國民)의 경쟁(競爭)이라. 고(故)로 기(其) 경쟁(競爭)이 열(烈)하며 기(其) 경쟁(競爭)이 장(長)하며 기(其) 경쟁(競爭)의 화(禍)가 대(大)하나니 고(故)로 왈(曰), 국민동포(國民同胞)가 이십세기(二十世紀) 신국민(新國民) 되지 아니함이 불가(不可)하다 하는 바며, 금일(今日) 한국(韓國) 인사중(人士中)에 하고(何故)로 정치가(政治家)는 정치(政治)에 패(敗)하며, 실업가(實業家)는 실업(實業)에 패(敗)하며, 기타(其他) 하종(何種)의 사업가(事業家)든지 외인(外人)에게 필패(必敗)하느냐 하면 왈(曰) 신국민(新國民)이 아닌 소이(所以)며, 하고(何故)로 국가정신(國家精神)이 무(無)하며 하고(何故)로 국민능력(國民能力)이 무(無)하냐 하면 왈(曰) 신국민(新國民)이 아닌 소이(所以)며, 하고(何故)로 국(國)을 매(賣)하는 자(者)가 유(有)하며 하고(何故)로 민(民)을 매(賣)하는 자(者)가 유(有)하냐 하면 왈(曰) 신국민(新國民)이 아닌 소이(所以)니, 고(故)로 왈(曰) 국민동포(國民同胞)가 이십세기(二十世紀) 신국민(新國民) 되지 아니함이 불가(不可)하다 하는 바라.

연즉(然則) 금일(今日) 동포(同胞)가 여하(如何)히 하면 가(可)히 기천재(幾千載) 동양일우(東洋一隅)에 고거(孤居)하던 구몽(舊夢)을 파(破)하고 이십세기(二十世紀) 신국민(新國民)의 이상(理想)을 발휘(發揮)하며, 여하(如何)히 하면 가(可)히 수백년(數百年) 사대주의(事大主義)에 침취(沉醉)하던 구치(舊恥)를 세(洗)하고 이십세기(二十世紀) 신국민(新國民)의 사업(事業)을 진작(振作)하여 현세계(現世界) 무대상(舞臺上)에 명예기(名譽旗)를 편편(翩翩)히 양(揚)할까, 오제(吾儕)는 추요(芻蕘)의 일언(一言)을 발(發)하여 국민동포(國民同胞)에게 공(供)하노라.[9]

신채호는 「20세기 신국민」에서 한국이 승리의 노래를 부르며 적자

9 「20세기 신국민」, 『단재신채호전집』 별집, 210~211쪽.

생존의 행복과 즐거움을 누리기 위해서는 오직 국민 동포가 20세기의 신국민이 되어야 한다고 주장한다. 예컨대 야만의 원시적 상태를 면하지 못하는 태고시대의 민족으로는 중고시대에 '각립'할 수 없고 중고시대의 민족으로는 20세기 시대에 '각립'할 수 없다고 신채호는 단언한다. 이와 같은 주장과 단언을 배경으로 신채호는 국민 동포가 20세기 신국민이 되어야 한다는 점, 그러기 위해서는 20세기의 국가 경쟁이 한두 사람에게 달린 게 아니라 그 국민 전체에 달렸다는 것을 인식해야 할 것이라고 신채호는 강조한다.

「20세기 신국민」은 신채호 연구에서 깊이 있게 독해되는 글은 아니다. 량치차오의 『신민설』과 전혀 무관해 보이지 않는 이 글은 더는 근대국가의 국민이 가능하지 않은 시대를 배경으로 쓴 신채호의 국민론이다. 량치차오의 『신민설』도 그렇지만 신채호는 이 글에서 개인으로서의 국민이 아니라 전체로서의 국민 개념을 강조한다. 개인의 경쟁보다는 국민의 경쟁이 중요하며 개인의 사리보다는 국민의 공덕이 중요하다고 신채호는 이 글에서 국민의 지위와 위상을 이야기한다. 흥미로운 점은 이 글이 어떻게 보자면, 신채호가 쓴 마지막 국민론으로 읽힌다는 것이고 무명의 영웅론과 어느 정도 그 내용이 겹친다는 것이다.

20세기의 국가 경쟁이 국민 전체에 달렸다는 이 글의 주장은 『이태리건국삼걸전』에서 제기된 무명의 영웅론과 그 궤를 같이 한다. 국민 전체의 경쟁이 중요하다는 신채호의 관점에서 보자면, "저 세상을 뒤덮은 영웅인 징기스칸, 알렉산더 대왕이 매우 씩씩하고 매우 강하여 수백만 건아를" 거느리긴 했지만 그건 단적으로 국민 전체의 경쟁이 아니라 개인의 경쟁이라는 것이다.

이와 같은 국민과 분리된 개인의 경쟁은 그 영향력이 길지 않다는 게 신채호의 판단이다. 그 경쟁이 전 국민의 경쟁이어야 영구적으로 지속될 수 있으니 20세기 신국민들은 정치가는 정치로 종교가는 종교로 실업가는 실업으로 혹은 무력으로 혹은 학술로 경쟁하고 이 결과를 국민 전체의 결과로 받아들여야 한다고 촉구한다. 그런데 실제 20세기 한국의 실상은 패배의 실상이라는 것이다. 한국의 정치가, 실업가, 사업가들은 외국 사람에게 반드시 패하고 있다는 것. 그 이유는 한국 국민이 오로지 국민의 공덕을 우선하는 신국민이 아닌 까닭이라는 게 신채호의 판단이다. 요컨대 신채호는 신국민을 상호 협력하는 국민, 상호 연대하는 국민으로 정의하고 있다. 이와 같은 신국민 정의는 국가의 경쟁력은 소수의 영웅이 아니라 무명의 국민들이 국가의 규율에 부합해 역할에 나설 때 보장된다고 신채호는 이 글에서 이야기하고 있다.

영웅을 국민의 범주로 정의하고 상상하는 신채호는 함께 하는 영웅, 연대하는 영웅을 이야기하면서도 그 영웅이 세계적 차원에서 자기의 역할을 모색해야 한다고 이야기한다. 이를 그가 발표한 영웅 논설에서 확인해 보기로 하자. 한 예로 1908년『대한매일신보』에 실린 논설의 한 대목을 보기로 하자.

영웅자(英雄者)는 세계(世界)를 창조(刱造)한 성신(聖神)이며, 세계자(世界者)는 영웅(英雄)의 활동(活動)하는 무대(舞臺)라. 만일(萬一) 상제(上帝) 창세(創世)하신 이래(以來)로 영웅(英雄)이 일개(一個)도 무(無)하였던들, 망망산야(茫茫山野)는 조수비호(鳥獸悲號)하는 황초장(荒草場)을 작(作)할 이이(而已)며, 창창해도(蒼蒼海濤)는 어용출몰(漁龍出沒)하는 장야굴(長夜窟)을 성(成)할 이이(而已)요, 소위(所謂) 인류(人類)는 일우(一隅)에 칩복(蟄伏)하여 신(身)은 유(有)하되 가(家)는 무(無)하며, 군(群)은 유(有)하되 국(國)은 무(無)하며, 생활(生活)은 유(有)하되 법률(法律)은 무(無)하여, 지시(只是) 봉둔의취(蜂屯蟻聚)한 준물(蠢物)로, 내여시(來如是)하며 거여시(去如是)하며 생여시(生如是) 사여시(死如是)하여 웅파호랑(熊羆虎狼)에게 천하(天下)를 읍양(揖讓)하고 일소일곡(一笑一哭)에도 기(其) 성(聲)을 감고(敢高)치 못하리니, 희(噫)라. 영웅(英雄)이 무(無)하고 세계(世界)만 도유(徒有)라면 조물자(造物者) – 거안일망(擧眼一望)에 처연비루(悽然悲淚)를 불금(不禁)할지라. 고(故)로 영국시인(英國詩人) 기여이(奇黎爾)(그레이)가 유언(有言)하되, 우주(宇宙)란 자(者)는 영웅(英雄)을 숭배(崇拜)하는 등단전(登壇前)의 번연(翻烟)에 불과(不過)라 하니라.

영웅(英雄)이라 운(云)함은 여하(如何)한 명사(名詞)인고. 왈(曰) 영웅(英雄) 이자(二字)는 비(譬)컨대 맹수(猛獸)를 호(虎)라 하고 진금(珍禽)을 난(鸞)이라 함과 같이 위인(偉人)에게 봉헌(奉獻)하는 휘호(徽號)라. 차(此) 휘호(徽號)는 하여(何如)한 인(人)이라야 당득(當得)할고. 왈(曰) 기구(其口)가 이(二)라도 차(此) 휘호(徽號)를 난득(難得)할지며, 기비(其臂)가 육(六)이라도 차(此) 휘호(徽號)를 난득(難得)할지요, 유(唯) 기지식(其智識)이 만인(萬仞)에 초(超)하며 기개(氣槩)가 일세(一世)에 개(盖)하여 하종(何種) 마력(魔力)으로 이(以)하든지, 필야(必也) 일국(一國)이 풍미(風靡)하고 천하(天下)가 산앙(山仰)하여 태양(太陽)이 만유(萬有)를 흡인(吸引)하듯이 동서남북(東西南北) 임임총총(林林葱葱)한 인물(人物)이 개(皆) 기(其) 일신(一身)에 향(向)하여 이가이읍(以歌以泣)하며 이애이모(以愛以慕)하며 이배이경(以拜以敬)하여야 어시호(於是乎) 영웅(英雄) 기인(其人)이니라.[10]

신채호는 무엇보다도 영웅을 세계를 창조한 성신으로, 세계를 영웅이 활동하는 무대로 정의한다. 신채호는 영웅을 세계를 창조하는

---

10 「영웅과 세계」, 『단재신채호전집』 별집, 111쪽.

주체로 정의하면서 동시에 세계를 영웅이 활동하는 무대로 정의하고 있다. 여기서 우리는 신채호가 영웅을 성신이라는 최고의 표현을 동원해 정의하고 있다는 걸 주시해야 한다. 그러니까 신채호는 영웅을 그저 일반인 중에서 우등한 존재로 정의하는 게 아니라 세계라는 무대를 창조하는 일급의 존재로 설정하는 것이다. "세상을 상제(上帝)가 만들었다 한들 영웅이 없었다면 세상은 망망산야(茫茫山野)와 조수비호(鳥獸悲號)"를 면하기 어려웠을 거라고 신채호는 밝히고 있다. 요컨대 영웅이란 존재는 세계를 진보시키는 존재로서 전 우주는 영웅을 숭배하고 있다는 것이다.

그런데 신채호에 따르면 고대의 영웅관은 협소했다. 그렇기에 우리들에게 영웅을 묻게 되면 을지문덕, 연개소문을 말하고 중국인들에게 물으면 진시황, 황우를 말하고 일인에게 물으면 풍신수길을 말한다고 한다. 그런데 이들은 자기들 나라에서는 영웅으로 추앙받지만, 자기 나라 바깥에서는 영웅으로 인정받지 못한다는 것이다. 적어도 세계를 좌우할 만한 능력을 소유해야 영웅이이라 할 수 있으니, 그 예를 들자면, 칸트, 스펜서는 세계 학술가의 지위를, 그래스턴, 윌슨은 세계 정치가의 지위를 차지하고 있다는 것이다. 이런 차원에서 신채호는 한 국가를 이끄는 영웅은 진정한 영웅이 아니며 세계를 무대로 교섭하고 싸우는 영웅이 진정한 영웅이라고 이야기하는 것이다. 신채호에 따르면, "오늘날 국가는 국경을 막고 조약을 끊고 장막 안에서 스스로 크다고 살 수" 없기 때문에 "반드시 세계와 교섭하며 세계와 힘껏" 싸우는 영웅의 출현이 필요한 것이다. 이런 맥락에서 신채호는 영웅을 한 국가가 아니라 세계를 창조한 성신으로 정의하는 것이다.

3. 실패의 영웅론

신채호의 영웅론이 동아시아 여러 지식인의 영웅론에 비해 매력적인 이유는 그 범주가 상극으로 보이는 영웅들을 적극적으로 포용하는 역동성을 보이기 때문이다. 그의 영웅론은 애국과 계몽 등 서구진화주의와 연계된 영웅을 이야기하면서도 여기에만 그치지는 않는다. 그의 영웅론은 서구진화주의의 범주를 가로질러 무명의 영웅론으로 나아가고 있으며 1910년 중국 망명을 계기로 실패자의 영웅론까지 나아간다. 실패자의 영웅을 탐색하는 신채호의 방식은 공식 역사에 대한 안티테제적 상상력이다. 그 한 예를 보기로 하자. 그 사례가 바로「실패자의 신성」이다.「실패자의 신성」을 인용해 보기로 하자.

1

나무에 잘 오르는 놈은 나무에 떨어져 죽고, 물 헤엄을 잘 치는 놈은 물에 빠져 죽는다 하니, 무슨 소리뇨.

두 손을 비비고 방 안에 앉았으면 아무리 실패(失敗)가 없을지나, 다만 그리하면 인류(人類) 사회(社會)가 적막(寂寞)한 총묘(塚墓)와 같으리니, 나무에 떨어져 죽을지언정, 물에 빠져 죽을지언정, 앉은뱅이의 죽음은 안할지니라.

실패자(失敗者)를 웃고 성공자(成功者)를 노래함도 또한 우부(愚夫)의 벽견(僻見)이라. 성공자(成功者)는 앉은뱅이같이 방 안에서는 늙는 자(者)는 아니나, 그러나 약은 사람이 되어 쉽고 만만한 일에 착수(着手)하므로 성공(成功)하거늘, 이를 위인(偉人)이라 칭(稱)하여 화공(畵工)이 그 얼굴을 그리며, 시인(詩人)이 그 자취를 꿈 꾸며, 역사가(歷史家)가 그 언행(言行)을 적으니, 어찌 가소(可笑)한 일이 아니냐. 지어 불에 들면 불과 싸우며, 물어 들면 물과 싸우며, 쌍수(双手)로 범을 잡고 적신(赤

身)으로 탄(彈)알과 겨루는 인물(人物)들은 그 십(十)의 구(九)가 거의 실패자(失敗者)가 되고 마나니, 왜 그러냐 하면, 그 담(膽)의 웅(雄)과 역(力)의 대(大)와, 관찰(觀察)의 명쾌(明快)와 의기(意氣)의 성장(盛壯)이 남보다 백보(百步) 우승(優勝)하므로, 남의 생의(生意)도 못하는 일을 하다가 실패자(失敗者)가 되니, 그러므로 실패자(失敗者)와 성공자(成功者)를 비(比)하면 실패자(失敗者)는 백보(百步)나 되는 큰 물을 건너 뛰던 자(者)이요, 성공자(成功者)는 일보(一步)의 물을 건너 뛰던 자(者)이어늘, 이제 성공자(成功者)를 노래하고 실패자는 웃으니, 인세(人世)의 전도(顚倒)가 또한 심(甚)하도다.

2

이와 같이 실패자(失敗者)를 비웃음은 동서양(東西洋)의 도도(滔滔)한 사필(史筆)들이 거의 그러하지만 수백년래(數百年來)의 조선(朝鮮)이 더욱 심(甚)하였으며, 조선(朝鮮) 수백년래(數百年來)에 이 따위 벽견(僻見)을 가진 이가 적지 않으나, 김부식(金富軾) 같은 자(者)가 또한 없었도다.

김부식(金富軾)의 〈삼국사기(三國史記)〉는 일부(一部) 노예성(奴隷性)의 산출물(産出物)이라. 그 인물관(人物觀)이 더욱 창피하여 영웅(英雄)인 애국자(愛國者)- 곧 동서(東西) 만고(萬古)에도 그 비류(比類)가 많지 안할 부여(扶餘) 복신(福信)을 전기(傳記)에 빼고, 백제사(百濟史) 말엽(末葉)에 일이구(一二句)뿐 부록(附錄)함이 벌써 그에 대한 모멸(侮蔑)인데, 게대가 또 사실(事實)을 무(誣)하여 면목(面目)을 오손(汚損)하였으며, 연개소문(淵蓋蘇文)이 비록 야심가(野心家)이나 정치사상(政治史上)의 가치(價値)로는 또한 천재(千載) 희유(稀有)의 기물(奇物)이어늘, 다만 그 이세(二世)만에 멸망(滅亡)하였으므로 오직 〈신 · 구당서(新 · 舊唐書)〉를 초록(抄錄)하여 연소문전(淵蘇文傳)이라 칭(稱)할 뿐이요, 본국(本國)의 전설(傳說)과 기록(記錄)으로 쓴 것은 한 자를 볼 수 없을

뿐더러 또 그를 흉완(凶頑)하다 지척(指斥)하였으며, 궁예(弓裔)와 견훤(甄萱)이 비록 중도에 패망(敗亡)하였으나 또한 신라(新羅)의 혼군(昏君)을 항(抗)하고, 의기(義旗)를 거(擧)하여 수십년(數十年)을 일방(一方)에 패(覇)하였거늘, 이제 초망(草莽)의 소추(小醜)라 매욕(罵辱)하였으며, 정치계(政治界)의 인물(人物)뿐 아니라 학술(學術)에나 문예(文藝)에도 곧 이러한 논법(論法)으로 인물(人物)을 취사(取捨)하여, 독립적(獨立的) 창조적(創造的) 설원(薛原)·영랑(永郎)·원효(元曉) 등은 일필(一筆)로 도말(塗抹)하고, 오직 지나사상(支那思想)의 노예(奴隷)인 최치원(崔致遠)을 코가 깨어지도록, 이마가 터지도록, 손이 발이 되도록 절하며 기리며, 뛰며, 노래하면서 기리었다.

그리하여 김부식(金富軾)이 자기의 옹유(擁有)한 정치상(政治上) 세력(勢力)으로 자기(自己)의 의견(意見)과 다른 사람은 죽이며, 자기(自己)의 지은 〈삼국사기(三國史記)〉와 다른 의론(議論)을 쓴 서적(書籍)은 불에 넣었도다.

그리하여 후생(後生)의 조선(朝鮮) 사람은 귀로 듣는 바와 눈으로 보는 바가 김부식(金富軾)의 것밖에 없으므로, 모두 김부식(金富軾)의 제자(弟子)가 되고 말았으며, 모두 김부식(金富軾)과 같은 논법(論法)에 같은 인물관(人物觀)을 가졌도다.[11]

「실패자의 신성」에 따르면, "실패자를 웃고 성공자를 노래"하는 건 "우부의 벽견"이다. 오히려 성공자들은 약은 사람이 되어 쉽고 만만한 일에 착수한다는 게 신채호의 비판이다. 이런 성공자들을 위인으로 칭하는 건 신채호에 따르면 "노예성의 산출물"이다. 더 자세히 말하자면, 김부식의 「삼국사기」는 노예성의 산출물로 그 인물관이 여

---

11 「실패자의 신성」, 『단재신채호전집』 하, 124~126쪽.

간 창피한 게 아니라는 말이다. 이들을 위인으로 칭하며 성공자로 노래부르는 게 옳지 않다는 말이다.

김부식의 「삼국사기」는 신채호가 보기에는 "고금의 실패자는 모두 배척하고 성공자를 숭배하는 옹유한 정치 서적"이다. 구체적인 예를 들자면 「삼국사기」가 성공자의 한 사례로 지목한 최치원은 지나사상의 노예에 불과하며 최치원보다는 설원, 영랑, 원효 등을 독립적 창조적인 인물로 더 주목해 봐야 한다는 것이다. 또한 부여복신, 연개소문, 궁예, 견훤 등 공식 역사가 패자 내지 광인으로 정의한 인물들을 더욱 주목해 봐야 한다는 것이다. 역사학자로서 신채호가 김부식과 그의 삼국사기를 비판적으로 인식한다는 건 잘 알려진 사실이다. 김부식을 노예사관으로 역사를 기록하는 인물로 간주하는 신채호는 오히려 김부식이 간과한 역사의 실패자들을 복원해야 한다고 주장하고 있다. 비록 그 결과가 실패로 귀결되더라도 하늘과 다투며 사람과 싸워 자기의 성격을 발휘하며 진취, 분투, 강의, 불굴 등을 지닌 실패자를 성공자보다 더욱 존중해야 한다는 것이다. 신채호에 따르면 "우리 조선은 그만 김부식의 인물관이 후임에게 전염하여 고금의 실패자는 모두 배척하고 성공자를 숭배"하는데, 이 약은 성공자들은 비유하자면 쥐새끼 같아서 "저주와 휼계에 병축되거나 참살되고" "사회의 위권을 장악하여 학술은 독창을 금하고 정치는 독립을 꺼리고 일보 일보 물러가 쇠망의 구렁"에 빠지게 된다는 것이다.

이처럼 신채호는 영웅 개념을 단조롭게 정의하거나 이해하는 게 아니다. 그는 영웅을 세계를 무대로 세계와 교섭하는 인물로 정의하면서도 1910년 중국 망명을 계기로 역사 속에서 처절한 실패를 경험한 실패자로 그 정의의 범주를 확대한다. 요컨대 신채호는 영웅을 성공과 실패의 두 계기를 포용하는 개념으로 정의하고 이해하고 있다.

예를 들자면, 궁예는 김부식의 「삼국사기」에서는 역적으로 정의되는 전형적인 실패자이다. 그러나 신채호는 궁예의 실패를 인정하면서도 그가 그를 둘러싼 기존 질서에 얼마나 첨예하게 대응한 인물인가를 주목한다. 궁예는 마치 창조된 질서를 파괴하는 폭군처럼 대중들에게서 회자되지만 그의 파괴는 성격적 결함의 문제가 아니라 권위적인 제도로 기승하는 당대 유교 질서와의 갈등에서 온 투쟁 현상으로 해석될 수 있다는 말이다.

근대계몽기의 지평에서 영웅을 사유하며 식민의 위기에 대응한 신채호는 이미 중국으로 망명하기 이전부터 영웅을 엘리트적 개념이 아니라 대중적 개념으로 사유하고 상상했다. 그리고 그의 영웅 개념은 중국으로의 망명을 계기로 극적으로 변모한다. 그는 공식적 역사가 실패자로 정의한 반역의 인물이나 민중적 계보의 인물들에서도 영웅의 가능성을 모색한다. 그리고 이 가능성 모색은 궁극적으로는 완전한 절대적 제로를 지향한다. 바로 영웅 개념의 궁극적인 소화이다. 그 소화의 근거가 「용과 용의 대격전」이다. 신채호는 여기서 영웅 개념을 철저하게 제로화한다. 이를 두고 신채호가 영웅 개념을 포기했다고 말하기는 어렵다. 어쩌면 그는 이 개념의 복잡성과 한계를 제로의 상태로 소거하고 그 소거된 자리에서 사유의 격전을 준비한 것으로 보인다. 그러나 그 사유의 격전은 거사 자금을 도모하기 위해 대만으로 잠입하던 중 일경에 붙잡히면서 더는 진전되지는 않았다. 그렇지만 이미 그는 그 이전에 「용과 용의 대격전」에서 영웅과 민중 개념을 극적으로 제로화하는 자기 사유의 정점을 보인 바 있다. 그의 육신은 일경에 피체되어 뤼순 감옥에 갇히지만 그의 사유와 상상력까지 가둘 순 없었다. 「용과 용의 대격전」의 시작 장면을 인용하며 이 글을 마치기로 하겠다.

나리신다, 나리신다, 미리(용(龍))님이 나리신다. 신년(新年)이 왔다

고, 신년(新年) 무진(戊辰)이 왔다고 미리님이 동방(東方) 아세아(亞細
亞)에 나리신다.

태평양(太平洋)의 바다에는 물결이 친다.

몽고(蒙古)의 사막(沙漠)에는 대풍(大風)이 인다. 태백산(太白山) 꼭
대기에는 오색(五色) 구름이 모여든다. 이 모든 것의 모두가 미리님이
내리신다는 보고(報告)다.

미리님이 내리신다는 보고(報告)에 우랄산(山) 이동(以東)의 모든 중
생(衆生)들이 일제히 머리를 들었다. 부자(富者)와 빈자(貧者)들은 물론
미리님의 입에 맞도록 중국요리(中國料理) · 서양요리(西洋料理) 등 갖
은 음식을 장만하며 미리님이 귀에 흐뭇하도록 거문고 · 가야금 · 피아
노 등 모든 음악(音樂)을 대령(待令)한다. 그러나 가련하게 헐벗고 굶주
린 빈민(貧民)들은 미리님께 정성(精誠)을 드리려 하나 아무 가진 것이
없다. 가진 것은 그 빨간 몸뿐이다.

이에 하릴없어 피를 뽑아 술을 빚고 눈물을 짜아 떡을 만들어 장엄(莊
嚴)한 제단(祭壇) 위에 창피하게 모양 없이 벌리어 놓고 미리님의 내리
심을 기다린다.[12]

4. 읽기 자료

이십세기(二十世紀) 신국민(新國民)

오호(嗚呼)라. 처풍음우(凄風淫雨)에 삼천리산하(三千里山河)가 안
색(顔色)을 변(變)하고 열화심수(烈火深水)에 이천만동포(二千萬同胞)
가 비호(悲號)를 작(作)하는도다.

---

12 「용과 용의 대격전」, 『단재신채호전집』 별집, 275쪽.

연즉(然則) 하이(何以)하면 차(此) 한국(韓國)이 능(能)히 승리(勝利)의 가(歌)를 주(奏)하여 적존(適存)의 복락(福樂)을 향(享)하며, 하이(何以)하면 차(此) 한국(韓國)이 능(能)히 부강(富强)의 기(基)를 개(開)하여 민국(民國)의 위령(威靈)을 광(光)할까. 왈(曰) 차(此)는 오직 국민동포(國民同胞)가 이십세기(二十世紀) 신국민(新國民)됨에 재(在)하니라.

대저(大抵) 태고시대(太古時代)의 민족(民族)으로는 족(足)히 중고시대(中古時代)에 각립(角立)치 못하며 중고시대(中古時代)의 민족(民族)으로는 족(足)히 이십세기시대(二十世紀時代)에 각립(角立)치 못하는지라. 시사(試思)하라. 피(彼) 중고시대(中古時代)에 재(在)한 민족(民族)으로 오히려 초의목식(草衣木食)하며 금거수처(禽居獸處)하여 태고야만(太古野蠻)의 원시적(原始的) 상태(狀態)를 불면(不免)한 자(者)는 국가(國家)가 조직(組織)되며 사회(社會)가 발달(發達)되어, 정신(精神)과 물질(物質)이 문명역(文明域)에 초등(稍登)한 중고세계(中古世界)에서 쇠망(衰亡)을 불면(不免)하였나니, 피(彼) 묘족(苗族)이 한족(漢族)에게 패(敗)함과 하이족(蝦夷族)이 일본족(日本族)에게 패(敗)한 등(等)이 시(是)오.

금(今) 차이십세기시대(此二十世紀時代)에 재(在)한 민족(民族)으로 오히려 중고시대(中古時代)의 정신(精神)만 보수(保守)하며, 중고시대(中古時代)의 물질(物質)만 보수(保守)하여 중고적(中古的) 국민(國民)을 불면(不免)한 자(者)는 국가(國家)의 실력(實力)이 강대(强大)하고 사회(社會)의 문명(文明)이 발흥(勃興)한 이십세기(二十世紀) 세계(世界)에서 쇠망(衰亡)을 불면(不免)하나니, 피(彼) 안남(安南)이 망(亡)하며 면전(緬甸)이 복(覆)하며 지나(支那)가 쇠(衰)한 등(等)이 시(是)라.

고(故)로 오제(吾儕)는 왈(曰), 국민동포(國民同胞)가 이십세기(二十世紀) 신국민(新國民)되지 아니함이 불가(不可)하다 하는 바며, 대저

(大底) 이십세기(二十世紀)의 국가경쟁(國家競爭)은 기(其) 원동(原動)의 역(力)이 일, 이인(一, 二人)에게 부재(不在)하고 기(其) 국민전체(國民全體)에 재(在)하며, 기(其) 승패(勝敗)의 과(果)가 일, 이인(一, 二人)에게 불유(不由)하고 기(其) 국민전체(國民全體)에 유(由)하여 정치가(政治家)는 정치(政治)로 경쟁(競爭)하며, 종교가(宗敎家)는 종교(宗敎)로 경쟁(競爭)하며, 실업가(實業家)는 실업(實業)으로 경쟁(競爭)하며, 혹(或)은 무력(武力)으로 하며, 혹(或)은 학술(學術)로 하여 기(其) 국민(國民) 전체(全體)가 우(優)한 자는 승(勝)하고 열(劣)한 자(者)는 패(敗)하나니, 피(彼) 개세영웅(盖世英雄) 성길사한(成吉思汗)·아력산(亞歷山)(알렉산터) 왕(王)이 아무리 웅(雄)하며 아무리 강(强)하여 수백만건아(數百萬健兒)를 편(鞭)하며, 수만리토지(數萬里土地)를 척(拓)하더라도 피(彼)는 개인(個人)의 경쟁(競爭)이라. 고(故)로 기(其) 세(勢)가 부장(不長)하며 기(其) 위(威)가 이열(易裂)하여 일시(一時) 기(其) 정하(庭下)에 배(拜)를 납(納)하던 민족(民族)도 용이(容易)히 기(其) 두(頭)를 재거(再擧)하고 장풍(長風)에 소(嘯)하여 구세(舊勢)를 쟁복(爭復)하였거니와, 금일(今日)은 불연(不然)하여 기(其) 경쟁(競爭)이 즉(卽) 전국민(全國民)의 경쟁(競爭)이라. 고(故)로 기(其) 경쟁(競爭)이 열(烈)하며 기(其) 경쟁(競爭)이 장(長)하며 기(其) 경쟁(競爭)의 화(禍)가 대(大)하나니 고(故)로 왈(曰), 국민동포(國民同胞)가 이십세기(二十世紀) 신국민(新國民) 되지 아니함이 불가(不可)하다 하는 바며, 금일(今日) 한국(韓國) 인사중(人士中)에 하고(何故)로 정치가(政治家)는 정치(政治)에 패(敗)하며, 실업가(實業家)는 실업(實業)에 패(敗)하며, 기타(其他) 하종(何種)의 사업가(事業家)든지 외인(外人)에게 필패(必敗)하느냐 하면 왈(曰) 신국민(新國民)이 아닌 소이(所以)며, 하고(何故)로 국가정신(國家精神)이 무(無)하며 하고(何故)로 국민능력(國民能力)이 무(無)하냐 하면 왈(曰) 신국민(新國民)이 아

닌 소이(所以)며, 하고(何故)로 국(國)을 매(賣)하는 자(者)가 유(有)하며 하고(何故)로 민(民)을 매(賣)하는 자(者)가 유(有)하냐 하면 왈(曰) 신국민(新國民)이 아닌 소이(所以)니, 고(故)로 왈(曰) 국민동포(國民同胞)가 이십세기(二十世紀) 신국민(新國民) 되지 아니함이 불가(不可)하다 하는 바라.

연즉(然則) 금일(今日) 동포(同胞)가 여하(如何)히 하면 가(可)히 기천재(幾千載) 동양일우(東洋一隅)에 고거(孤居)하던 구몽(舊夢)을 파(破)하고 이십세기(二十世紀) 신국민(新國民)의 이상(理想)을 발휘(發揮)하며, 여하(如何)히 하면 가(可)히 수백년(數百年) 사대주의(事大主義)에 침취(沉醉)하던 구치(舊恥)를 세(洗)하고 이십세기(二十世紀) 신국민(新國民)의 사업(事業)을 진작(振作)하여 현세계(現世界) 무대상(舞臺上)에 명예기(名譽旗)를 편편(翩翩)히 양(揚)할까, 오제(吾儕)는 추요(芻蕘)의 일언(一言)을 발(發)하여 국민동포(國民同胞)에게 공(供)하노라.

일(一), 국민(國民)과 각오(覺悟)

(갑(甲)) 세계(世界)의 추세(趨勢)

(일(一)) 차(此) 세계(世界)는 제국주의(帝國主義)의 세계(世界)라. 강(强)이 약(弱)을 식(食)하며 대(大)가 소(小)를 병(倂)함은 원시시대(原始時代)에 이유(已有)한 바라. 연(然)이나 근세(近世) 이래(以來)로 차(此)가 일층격렬(一層激烈)하여 필경(畢竟) 제국주의(帝國主義)의 대연(大演)이 우주(宇宙)를 동(動)하니, 어시호(於是乎) 구주열강(歐洲列强)이 장편(長鞭)으로 세계(世界)에 횡행(橫行)하여 동(東)으로 아세아(亞細亞)를 약(略)하며, 남(南)으로 아비리가(阿非利加)를 할(割)하며, 동남(東南)으로 대양주(大洋洲)를 점(占)하여, 구인(歐人)의 족(足)이 도(到)하는 처(處)에 산하(山河)가 진(震)하고 구인(歐人)의 기(旗)가 번(翻)하는 처(處)에 천지(天地)가 변(變)하는도다.

어시호(於是乎) 영인(英人)은 남아통일(南阿統一)의 공(功)을 주(奏)하여 종관대철도(縱貫大鐵道)가 남아대륙(南阿大陸)을 중단(中斷)하며, 일변(一邊)으로 남아세아(南亞細亞)에 웅비(雄飛)하며, 일변(一邊)으로 호태리아(濠太利亞)에 대승(大勝)하고, 어시호(於是乎) 법인(法人)은 사하라 부근등지(附近等地)를 확(攫)하고 마달가사가(馬達加斯加)(마다르가스칼)등(等) 중방(衆邦)을 취(取)하여 아비리가(阿非利加)에 횡행(橫行)하며 대양주(大洋洲)에 소요(逍遙)하여 군도(羣島)를 병(倂)하며 교지지나(交趾支那)를 습복(襲服)하여 남청(南淸)을 규(窺)하고, 어시호(於是乎) 로인(露人)은 동아세아(東亞細亞)에 침입(侵入)하여 서백리대철도(西伯利大鐵道)가 태평양(太平洋)을 연(連)하며, 우(右)로 아부한(阿富汗)(아프가니스탄)과 파사(波斯)(페르시아)를 면(眄)하며, 좌(左)로 몽고(蒙古)와 만주(滿洲)를 도(圖)하고, 어시호(於是乎) 덕(德)·포(葡)·서(西)·하(荷) 등(等) 제국(諸國)이 각(各)히 사방(四方)에 웅시(雄視)하여 척지식민(拓地殖民)에 열심(熱心)하고, 어시호(於是乎) 기십년(幾十年) 문라(門羅)(몬로)주의(主義)로 북미(北美)에 자장(自長)하던 미국(美國)도 홀연(忽然) 미·서전쟁(美·西戰爭)에 장(掌)을 오(嗚)하여 포와(布哇)와 비도(比島)를 일구(一口)에 탄(呑)하고, 기천재(其千載) 동양고도(東洋孤島)로 유신(維新)을 근성(僅成)한 일본(日本)도 홀연(忽然) 로·일전쟁(露·日戰爭)에 각(脚)을 입(立)하여 한국(韓國)과 만주(滿洲)에 기(其) 세(勢)를 장(張)하는도다.

(이(二)) 차(此) 세계(世界)는 민족주의(民族主義)의 세계(世界)라. 동족(同族)이면 합(合)하고 이족(異族)이면 쟁(爭)함은, 역(亦) 태고시대(太古時代)부터 이유(已有)한 바라. 중고(中古) 이강(以降)으로 기(其) 경쟁(競爭)이 유다(愈多)하며 기(其) 경쟁(競爭)이 유참(愈慘)하여 승자(勝者)는 위세(威勢)를 유장(愈張)하고 패자(敗者)는 쇠망(衰亡)에 영타(永墮)하니, 이시(以是)로 백인(白人)이 미주(美洲)에 전횡(專橫)

하매 홍인(紅人)은 도태(淘汰)를 피(被)하고, 이시(以是)로 백인(白人)이 대양주(大洋洲)에 점입(占入)하매 흑인(黑人)은 점멸(漸滅)에 함(陷)하고, 이시(以是)로 노인(露人) 편하(鞭下)에 유태인(猶太人)·파란인(波瀾人)이 학염(虐焰)을 조(遭)하고, 기타(其他) 하족(何族)이 하족(何族)을 복(服)하든지 우승열패(優勝劣敗)의 극(劇)이 참색괴절(慘絶怪絶)하나니, 오호(嗚乎)라. 사세(斯世)의 민족주의(民族主義)여, 어찌 차(此)에 지(至)하는가.

(삼(三)) 차(此) 세계(世界)는 자유주의(自由主義)의 세계(世界)라. 자유주의(自由主義)는 구주(歐洲)의 산물(産物)이라, 제일차(第一次) 영국대혁명(英國大革命)이 개가(凱歌)를 진(秦)하며, 제이차(第二次) 법국대혁명(法國大革命)이 대조(大潮)를 작(作)하여 차(此)로 이(以)하여 미국(美國)이 독립(獨立)하며, 차(此)로 이(以)하여 덕국(德國)이 강대(强大)하며 차(此)로 이(以)하여 비리시(比利時)(벨기에)가 자립(自立)하며, 차(此)로 이(以)하여 이태리(伊太利)가 통일(統一)하며 차(此)로 이(以)하여 구주열방(歐洲列邦)이 복리(福利)를 박(博)하며 차(此)로 이(以)하여 남미제국(南美諸國)이 자주(自主)를 득(得)한지라.

희(噫)라. 당시(當時) 구주천지(歐洲天地)에 독보(獨步)하던 신성동맹(神聖同盟)도 수포(水泡)을 화작(化作)하고 자유공기(自由空氣)가 동서(東西)에 미만(瀰滿)하여 자유주의(自由主義)를 향(向)한 자(者)는 존(存)하며 자유주의(自由主義)를 순(順)한 자(者)는 강(强)함이 차(此)에 지(至)하였도다.

(을(乙)) 문명(文明)의 진보(進步)

동양(東洋)에는 지나(支那)와 인도(印度)의 문명(文明)이 광(光)을 장(張)하며, 서양(西洋)에는 희랍(希臘)과 라마(羅馬)의 문명(文明)이 종(種)을 파(播)하여, 각(各)히 일변(一邊)에 주인(主人)이 되다가, 필경(畢竟) 인도(印度)의 문명(文明)은 쇠퇴(衰頹)에 타(墮)하며 지나(支

那)의 문명(文明)은 보수(保守)에 고(痼)하였으되, 피(彼) 서양(西洋)은 암흑시대(暗黑時代)가 잠과(暫過)하고 황금시대(黃金時代)가 복회(復回)하여 문명(文明)의 기운(氣運)이 정신계(精神界)와 물질계(物質界)에 팽창(膨脹)하여 도덕(道德)·정치(政治)·경제(經濟)·종교(宗敎)·무력(武力)·법률(法律)·학술(學術)·공예(工藝) 등(等)이 장족(長足)의 진보(進步)를 작(作)하니, 어시호(於是乎) 국가(國家)의 이(利)가 일(日)로 다(多)하며, 인민(人民)의 복(福)이 일(日)로 대(大)하여 전제봉건(專制封建)의 구누(舊陋)가 거(去)하고, 입헌공화(立憲共和)의 복음(福音)이 편(遍)하여 국가(國家)는 인민(人民)의 낙원(樂園)이 되며, 인민(人民)은 국가(國家)의 주인(主人)이 되어 공·맹(孔·孟)의 보세장민주의(輔世長民主義)가 차(此)에 실행(實行)되며 루소의 평등자유정신(平等自由精神)이 차(此)에 성공(成功)되었도다.

(병(丙)) 한국(韓國)의 지위(地位)

한국(韓國)의 지위(地位)를 오제(吾儕)가 불언(不言)한들 수(誰)가 부지(不知)하리오마는 언(言)의 순서(順序)를 종(從)하여 자(玆)에 일언(一言)하노라.

한국(韓國)이 수천년래(數千年來)로 반도내(半島內)에 언앙(偃仰)하여, 단지(但只) 우편(右便)에 지나(支那)가 유(有)하며 좌편(左便)에 일본(日本)이 유(有)한 줄만 지(知)하다가, 수십년전(數十年前)부터 홀연(忽然) 세계적국가(世界的國家)가 되어 열국경쟁장(列國競爭場)에 입(入)하였다가 청·일전역(淸·日戰役)에 일변(一變)하며 로·일전역(露·日戰役)에 재변(再變)하여 드디어 금일(今日) 면목(面目)을 작(作)하였나니, 개(蓋) 한국(韓國)이 여사(如斯)히 부진불립(不振不立)하고 일패재패(一敗再敗)함은

(일(一)) 기백년(幾百年) 정치(政治)가 혼악(昏惡)하여 빈약(貧弱)이 지(至)하며

(이(二)) 천하(天下)의 대세(大勢)를 부지(不知)하여 외경(外競)의 실패(失敗)를 초(招)하며

(삼(三)) 완구(頑舊)의 습관(習慣)이 불거(不去)하여 문명(文明)의 혁신(革新)을 염(厭)한

등(等) 원인(原因)이 유(有)한 고(故)라. 지금(只今)은 한국(韓國)이 제국주의(帝國主義)의 와중(渦中)에 입(入)하며 민족주의(民族主義)의 고경(苦競)을 제(際)하여 잔천(殘喘)이 급(急)하였거늘, 시문(試問)하건대, 금일(今日) 한국(韓國)에 정신(精神)이 발달(發達)되었는가. 왈(曰) 부(否)라. 실력(實力)이 확장(擴張)되었는가. 왈(曰) 부(否)라. 문명(文明)이 진(進)하였는가. 왈(曰) 부(否)라. 오직 도덕(道德)이 부패(腐敗)하며, 경제(經濟)가 곤핍(困乏)하며, 교육(教育)이 부진(不振)하며, 만반(萬般)의 권리(權利)가 타수(他手)에 귀(歸)하며, 민기(民氣)의 타락(墮落)이 극도(極度)에 달(達)하여 목(目)하는 바가 소조(蕭條)하며, 이(耳)하는 바가 처량(凄凉)할 뿐이니, 오호(嗚乎)라 피천(彼天)이 어찌 사민(四民)을 불휼(不恤)하나뇨.

오호(嗚乎)라. 국민동포(國民同胞)여 동포(同胞)는 조조(早早)히 세계(世界)의 추세(趨勢)를 찰(察)하여 차(此)를 이용(利用)하며, 문명(文明)의 진보(進步)를 남(攬)하여 차(此)를 환영(歡迎)하며, 한국(韓國)의 지위(地位)를 고(顧)하여 차(此)에 분발(奮發)할지어다.

차(此)는 오제(吾儕)가 「각오(覺悟)」 이자(二字)로 국민동포(國民同胞)에게 헌(獻)하는 바오.

이(二), 국민(國民)과 도덕(道德)

(차(此)에 논(論)하는 바 도덕(道德)은 즉(卽) 목하(目下) 국민동포(國民同胞)에게 최필요(最必要)한 자(者)만 논(論)함이라)

(갑(甲)) 평등(平等)

대범(大凡) 오인(吾人)의 인류(人類)가 피(彼) 창조설(創造說)과 여

(如)히 상제(上帝)가 창조(創造)하였던지, 우(又) 피(彼) 진화설(進化說)과 여(如)히 자연(自然)으로 진화(進化)하였던지 인류(人類)는 평등(平等)이니, 연즉(然則) 강자(强者)도 인(人), 약자(弱者)도 인(人), 부자(富者)도 인(人), 빈자(貧者)도 인(人), 왕후(王侯)·장상(將相)·영웅(英雄)·성인(聖人)도 인(人), 초부(樵夫)·목동(牧童)·우부(愚夫)·우부(愚婦)도 인(人)이라.

여사(如斯)히 인류(人類)는 인격(人格)이 평등(平等)이요 인권(人權)이 평등(平等)이니, 오호(嗚乎)라. 피(彼) 불평등주의(不平等主義)는 인류계(人類界)의 악마(惡魔)요 생물계(生物界)의 죄인(罪人)이로다. 피(彼) 불평등(不平等)의 괴치(怪幟)가 일현(一現)하면 도덕(道德)이 망(亡)하며, 정치(政治)가 망(亡)하며, 종교(宗敎)가 망(亡)하며, 경제(經濟)가 망(亡)하며, 법률(法律)이 망(亡)하며, 학술(學術)이 망(亡)하며, 무력(武力)이 망(亡)하여, 세계(世界)는 암흑(暗黑)하고 생민(生民)은 초사(焦死)하나니 참독(慘毒)하도다, 불평등(不平等)의 화(禍)여.

고(故)로 평등주의(平等主義)가 행(行)하는 국(國)은 반드시 흥(興)하였나니, 구미(歐美) 문명각국(文明各國)이 시(是)요, 불평등(不平等)의 주의(主義)가 행(行)한 국(國)은 반드시 망(亡)하였나니, 파란(波蘭)·인도(印度) 등(等) 국(國)이 시(是)라. 오호(嗚乎)라 민국(民國)의 불행(不幸)이 불평등(不平等)에서 심(甚)한 자(者) - 무(無)하도다.

시문(試問)하건대 한국(韓國)이 하고(何故)로 금일(今日) 사경(斯境)에 지(至)하였는가, 오제(吾儕)는 제일지(第一指)를 굴(屈)하여 왈(曰) 불평등(不平等)이라 하노니, 오호(嗚乎)라. 「불평등(不平等)」삼자(三字)는 한국(韓國) 최대구수(最大仇讐)니라.

연(然)이나 갑오풍운(甲午風雲)이 한반도(韓半島) 불평등(不平等)의 오진(汚塵)을 권거(捲去)한 후(後)로 전국동포(全國同胞)가 바야흐로 대각(大覺)의 안(眼)을 식(拭)하고 복리(福利)의 노(路)를 욕(辱)하나니, 지금(只今) 천일(天日)이 명명(明明)한 이십세기(二十世紀)에서 오히려 흑동(黑洞)에 와(臥)하여 완몽(頑夢)을 설(設)하는 자(者)는 지시(只是) 기개(幾個) 부물(腐物)에 불과(不過)할지나, 금(今)에 차(此) 부물동포(腐物同胞)를 위(爲)하여 일론(一論)하건대

(일(一)) 씨족(氏族)의 계급(階級) — 차(此)는 즉(卽) 한국(韓國) 제일불행(第一不幸)의 제도(制度)라 기(其) 사독(肆毒)이 최학(最虐)한 자(者)며

(이(二)) 관민(官民)의 계급(階級) — 차(此)는 한국(韓國) 제이불행(第二不幸)의 제도(制度)라 기(其) 사독(肆毒)이 씨족계급(氏族階級)에 아(亞)하는 자(者)며

(삼(三)) 적서(嫡庶)의 계급(階級) — 차(此)는 한국(韓國) 제삼불행(第三不幸)의 제도(制度)라 기(其) 사독(肆毒)이 역(亦) 관민계급(官民階級)에 아(亞)하는 자(者)니(차외(此外)에도 사(士)·농(農)·공(工)·상(商)의 계급(階級), 남녀(男女)의 계급(階級) 등(等)이 유(有)하여 역(亦) 각일해(各一害)를 양출(釀出)하니라), 오호(嗚乎)라. 동포(同胞)여. 동포(同胞)는 생(生)코자 하는가, 사(死)코자 하는가, 존(存)코자 하는가 망(亡)코자 하는가. 생(生)하며 존(存)하려거든, 차(此) 망국멸민(亡國滅民)의 계급주의(階級主義)를 일도(一刀)로 단거(斷去)할지어다. 차(此)를 과연(果然) 단거(斷去)할진대 국리민복(國利民福)의 확득(攫得)이 반장(反掌)과 여(如)하리로다.

(을(乙)) 자유(自由)

자유(自由)는 오인(吾人)의 제이생명(第二生命)이라. 고(故)로 신체(身體)가 사(死)함은 유형(有形)의 사(死)요 자유(自由)가 사(死)함은 무형(無形)의 사(死)니, 하고(何故)오. 인격(人格)이 유(有)한 고(故)로 왈(曰) 인(人)이어늘, 자유(自由)를 실(失)한 자(者)는 인격(人格)이 무(無)하여 일금수(一禽獸)며 일목석(一木石)이니, 차(此) 소위(所謂)

무형(無形)의 사(死)며, 우(又) 형이하적(形而下的)으로 관찰(觀察)할지라도 자유(自由)의 사(死)가 즉(卽) 신체(身體)의 사(死)니 하고(何故)오. 자유(自由)를 실(失)한 자(者)가 금일(今日)은 비록 형이하적(形而下的) 수치(羞恥)의 생명(生命)을 득보(得保)하였다 할지라도, 기(其) 자유(自由)를 불복(不復)하면 필경(畢竟) 멸망(滅亡)을 불면(不免)하나니, 차(此) 소위(所謂) 자유(自由)의 사(死)가 즉(卽) 신체(身體)의 사(死)라, 오호(嗚乎)라. 시이(是以)로 피(彼) 안광(眼光)이 여거(如炬)한 국민(國民)은 신(身)을 희생(犧牲)하여 자유(自由)를 갈구(渴求)하였도다.

비부(悲夫)라. 한국(韓國)은 종래(從來)로 「자유(自由)」 이자(二字)를 부지(不知)한 국(國)이라, 고(故)로 세력계(勢力界)의 노예(奴隷) 되며, 사상계(思想界)의 노예(奴隷)되며, 현상계(現狀界)의 노예(奴隷)가 되어

(일(一)) 세력(勢力)이 중등(中等)되는 자(者)는 세력(勢力)이 상등(上等)되는 자(者)의 노예(奴隷)되며, 세력(勢力)이 하등(下等)되는 자(者)는 세력(勢力)이 중등(中等)되는 자(者)의 노예(奴隷)가 되어, 혹(或) 일신(一身)이 노예(奴隷)되며, 혹(或) 일가(一家)가 노예(奴隷)되며, 혹(或) 거국(擧國)이 노예(奴隷)되어, 필경(畢竟) 전국중(全國中)에 비노예자(非奴隷者)는 일인(一人)도 무(無)함에 지(至)하고,

(이(二)) 중고인(中古人)의 사상(思想)은 상고인(上古人) 사상(思想)의 노예(奴隷)가 되며 금인(今人)의 사상(思想)은 중고인(中古人)의 사상(思想)의 노예(奴隷)가 되어 우수마발(牛溲馬勃)의 부설(腐說)이라도 고인(古人)의 여타(餘唾)라면 천사(天使)의 명(命)으로 봉(奉)하며, 번천동지(翻天動地)의 위업(偉業)이라도 후인(後人)의 소위(所爲)라면 노검(怒劍)을 거(擧)하여 척(斥)하고,

(삼(三)) 현상(現狀)의 노예(奴隷)를 악작(樂作)하여 곤순고식(困循

姑息)을 시사(是事)하고, 치욕고통(恥辱苦痛)도 불계(不計)하여 구구
(狗苟)의 생명(生命)을 보(保)하고 회천(回天)의 웅도(雄圖)를 망(忘)하
여 공사(貢使)의 북행(北行)이 오백년(五百年)을 부절(不絶)하고 박민
(剝民)의 유정(蕘政)이 수세기(數世紀)에 안긍(安亘)하였도다.

(병(丙)) 정의(正義)

정의(正義)의 도(刀)가 광(光)하는 처(處)에 불법(不法)의 마(魔)가
필복(必伏)하며, 정의(正義)의 기(旗)가 번(翻)하는 처(處)에 최후(最
後)의 공(功)이 필래(必來)하나니, 고(故)로 민(民)이 정의(正義)로 득
보(得保)하며 국(國)이 정의(正義)로 득립(得立)하는 바라.

지금(只今) 한국동포(韓國同胞)는 정의(正義)가 전무(全無)함은 아
니나 태개(殆皆) 대(大)를 실(失)하고 소(小)를 득(得)할 뿐이니, 고
(故)로 사직(社稷)이 발(髮)에 위(危)하되 통도(痛悼)하는 자(者) - 기
희(幾希)하며, 이족(異族)이 염(焰)을 장(張)하매 향도(鄕導)되는 자
(者) - 사편(四遍)하여 인도(人道)의 멸(滅)이 이극(已極)한지라, 오호
(嗚乎)라. 금일(今日) 동포(同胞)가 정의(正義)를 불면(不勉)함이 불가
(不可)하도다.

차(此)에 대(對)하여 소극적(消極的)으로 일언(一言)할진대

(일(一)) 사리심(私利心)을 통혁(痛革)함이 가(可)하도다 - 사리심
(私利心)의 강대(强大)는 한국동포(韓國同胞)의 통폐(痛弊)라, 차(此)
로 이(以)하여 혹(或) 일인(一人)을 해(害)하며 혹(或) 일군(一郡)을
해(害)하며, 소(小)하면 기민탈취(欺民奪取)를 시사(是事)하며 대(大)
하면 매군매국(賣君賣國)을 불탄(不憚)하여, 도도상하(滔滔上下)가 사
리(私利)를 유정(惟征)하니, 금일(今日) 민(民)이 쇠(衰)하고 국(國)이
괴(壞)함은 차(此) 사리심(私利心)이 역(亦) 일대원인(一大原因)이라.
고(故)로 동포(同胞)가 차(此) 사리심(私利心)을 통혁(痛革)함이 가
(可)하며,

(이(二)) 미신(迷信)을 타파(打破)함이 가(可)하도다— 미신(迷信)은 역(亦) 일동포(一同胞)의 폐습(弊習)이라 차(此)를 분설(分說)하면 (가) 잡술(雜術)의 미신(迷信)이니, 즉(卽) 무복(巫卜)·풍수(風水)·일가 (日家)·기술(奇術) 등(等)이 시(是)라. 차(此) 개(皆) 무계(無稽)의 망행(妄行)이요 병민(病民)의 악습(惡習)이며, (나) 운명(運命)의 미신(迷信), (다) 자연현상(自然現象)의 미신(迷信)이니, 차역(此亦) 국가(國家) 에 화(禍)를 태(胎)함이 불소(不少)한 자(者)라. 고(故)로 동포(同胞)가 차(此) 미신(迷信)을 타파(打破)함이 가(可)하도다.

(정(丁)) 의용(毅勇)

여하(如何)한 이상(理想)이 유(有)하여도 오직 의용(毅勇)을 대(待) 한 후(後)에야 실행(實行)하며, 여하(如何)한 경륜(經綸)이 유(有)하여 도 오직 의용(毅勇)을 대(待)한 후(後)에야 성공(成功)하나니, 오호(嗚呼)라. 의용(毅勇)은 국민(國民)의 간성(干城)이로다.

황(況) 차(此) 세계(世界)는 분투극열(奮鬪劇烈)의 세계(世界)라, 시랑(豺狼)이 지(地)에 전(戰)하며 풍운(風雲)이 천(天)을 감(憾)하나니 의용(毅勇)이 무(無)하면 열패(劣敗)를 불면(不免)할지며, 우황(又況) 차(此) 한국동포(韓國同胞)는 의용(毅勇)이 최결핍(最缺乏)한 국민(國民)이라, 고(故)로 겁나번뇌(怯懦煩惱)에 이리(易罹)하며, 고(故)로 퇴궁패괴(退窮敗壞)를 이작(易作)하나니, 연즉(然則) 동포(同胞)는 차(此) 의용(毅勇)을 선양(善養)하여 위험진취(冒險進取)하며 강장인내(强壯忍耐)하여 국민(國民)의 정신기력(精神氣力)을 대발휘(大發揮)함이 가(可)하며,

(무(戊)) 공공(公共)

한국동포(韓國同胞)는 공공심(公共心)이 태무(殆無-)한 국민(國民)이라, 개인(個人)이 유(有)한 줄만 지(知)하고 사회(社會)가 유(有)한 줄은 부지(不知)하며, 가족(家族)이 유(有)한 줄만 지(知)하고 국가(國家)

가 유(有)한 줄은 부지(不知)하나니, 차(此) - 어찌 지자(志者)의 통탄(痛嘆)할 바 아닌가, 유아동포(惟我同胞)는 공공심(公共心)을 분흥(奮興)하여

(일(一)) 단체(團體)에 선(善)하며

(이(二)) 공익(公益)을 면(勉)하여 동포(同胞)를 자신(自身)으로 시(視)하며 국가(國家)를 자가(自家)로 시(視)하라.

연(然)이나 한국(韓國)은 자래(自來)로 사기심(私己心)이 고(固)하며 배제성(排擠性)이 다(多)한 국(國)이라, 공덕(公德)이 멸(滅)하고 상잔(相殘)이 참(慘)하여 금차(今此) 천참지암(天慘地暗)한 노굴중(奴窟中)에서도 오히려 형제상식(兄弟相食)의 연(演)이 부절(不絶)하나니 비부(悲夫)라.

오호(嗚乎)라, 동포(同胞)여. 동포(同胞)는 차(此) 평등(平等)·자유(自由)·정의(正義)·의용(毅勇)·공공(公共)의 사상(思想)을 분휘(奮揮)하여 신국민(新國民)의 기초(基礎)를 축(築)하라. 차(此)는 오제(吾儕)가 동포(同胞)에게 심망(深望)하는 바며,

삼(三), 국민(國民)과 무력(武力)

이십세기(二十世紀)의 세계(世界)는 군국세계(軍國世界)라, 강병(强兵)이 향(向)하는 처(處)에 정의(正義)가 불령(不靈)하며 대포(大砲)가 도(到)하는 처(處)에 공법(公法)이 무용(無用)하여 오직 강권(强權)이 유(有)할 뿐이니 참름(慘懍)하도다.

사세(斯世)여, 시간(試看)하라. 피(彼) 육대강국(六大强國)이 양양(揚揚)한 의기(意氣)로 우주(宇宙)에 횡행(橫行)함은 하고(何故)오, 왈(曰) 무력(武力)이 강(强)한 소이(所以)며, 피(彼) 아세아(亞細亞)·아불리가중(阿弗利加中) 중방(衆邦)이 타인(他人)의 태타(笞打)를 감수(甘受)함은 하고(何故)요, 왈(曰) 무력(武力)이 약(弱)한 소이(所以)니, 오호(嗚呼)라. 차(此) 군국세계(軍國世界)에 생(生)한 자(者) - 어찌 차

(此)를 불사(不思)하리요. 시이(是以)로 목하(目下) 열국(列國)이 소위
(所謂) 무장평화설(武裝平和說)을 자(藉)하고 군비(軍備)에 급급(汲汲)
하여 혹(或) 전함(戰艦)이 수백척(數百隻)에 달(達)하며 혹(或) 정병(精
兵)이 수백만(數百萬)에 달(達)하는지라.

피(彼) 열국(列國)이 여사(如斯)히 강대(強大)한 전투력(戰鬪力)을
옹유(擁有)함은

(일(一)) 국민(國民) 개병(皆兵)의 주의(主義)로 병제(兵制)를 편(編)
하여 기(其) 국민(國民)된 자(者)는 반드시 병역(兵役)을 복(服)하며,
반드시 병기(兵技)를 연(鍊)하여 기(其) 국민(國民)이 모두 강병정졸
(強兵精卒)인 소이(所以)며

(이(二)) 물질문명(物質文明)의 진보(進步)를 수(隨)하여 병기(兵器)
가 익신(益新)하는 등(等) 소이(所以)라.

피(彼) 열국(列國)이 상(尙) 차(此) 무력(武力)을 일익분려(日益奮勵)
하여, 피(彼) 육군(陸軍)·해군(海軍)으로 세계(世界)에 독보(獨步)하
는 영(英)·법(法)·덕(德)·로(露) 등(等) 국(國)도 오히려 군비(軍備)
의 확장(擴張)을 경쟁(競爭)하여 기(其) 지(止)가 무(無)하도다.

우(又) 피(彼) 열국(列國)이 여사(如斯)히 물질적(物質的) 무력(武力)
만 강대(強大)함이 아니라 정신적(精神的) 무력(武力)이 역유(亦愈) 발
발(勃勃)히 흥(興)하여 기(其) 국민(國民)을 양성(養成)함에 반드시 군
국민(軍國民)으로 이(以)하며 기(其) 국민(國民)을 개도(開導)함에 반
드시 군국민(軍國民)으로 이(以)하여 의협(義俠)·충용(忠勇)·강의
(強毅)·견인(堅忍)의 미덕(美德)이 국민뇌중(國民腦中)에 인(印)한 바
된 고(故)로 백절불굴(百折不屈) 유진무퇴(有進無退)의 정신기력(精神
氣力)을 포유(抱有)하여 국가(國家)의 위번(衛藩)을 작(作)하나니, 오
호(嗚呼)라. 금(今) 세계무대(世界舞臺)에는 국국(國國)이 스파르타국
(國)이요, 인인(人人)이 스파르타인(人)이로다.

한국(韓國)은 무력(武力)의 쇠퇴(衰頹)가 극도(極度)에 달(達)한 국(國)이라 기(其) 원인(原因)을 추구(追究)하건대, 유래(由來) 소상(所尙)이 실개(悉皆) 피(彼) 열강(列强)과 배치(背馳)한 고(故)니

(일(一)) 열강(列强)은 문(文)도 숭(崇)하고 무(武)도 숭(崇)하거늘, 한국(韓國)은 문(文)만 숭(崇)하고 무(武)는 억(抑)하였으며

(이(二)) 열강(列强)은 인민(人民)이 병역(兵役)을 의무(義務)로 하는 동시(同時)에 영광(榮光)으로 하거늘, 한국(韓國)은 인민(人民)이 병역(兵役)을 노역(奴役)으로 지(知)하였으며

(삼(三)) 열강(列强)은 기(其) 민기(民氣)를 고발(鼓發)하거늘, 한국(韓國)은 민기(民氣)를 최절(摧折)한 등(等) 소이(所以)라.

시이(是以)로 정신계(精神界)와 물질계(物質界)를 물론(物論)하고 무력(武力)의 쇠퇴(衰頹)가 차(此) 극(極)에 지(至)한지라, 금일(今日) 동포(同胞)가 과연(果然) 무대(舞臺)의 일석(一席)을 참(叅)코자 할진대, 불가불(不可不) 정신계(精神界)와 물질계(物質界)로 차(此) 무력(武力)을 장(長)할지요.

사(四), 국민(國民)과 경제(經濟)

오제(吾儕)의 항언(恆言)과 여(如)히 차(此) 세계(世界)는 경제분투(經濟奮鬪)의 세계(世界)라, 피(彼) 열강(列强)이 문명(文明)은 일번(日繁)하고 인구(人口)는 일식(日殖)하여 자국(自國)의 토지(土地)만으로 기(其) 생활(生活)을 득(得)키 난(難)하며, 자국(自國)의 산물(産物)만으로 기(其) 발전(發展)을 도(圖)키 난(難)하여, 어시호(於是乎) 기(其) 국외(國外)의 광대(曠大)·다리(多利)·개척미발달(開拓未發達)의 지(地)를 구(求)하여 자가욕망(自家慾望)을 충(充)할새, 열약(劣弱)한 국(國)과는 물론(勿論), 혹(或) 동등(同等)의 국(國)에 대(對)하여서도 경제(經濟)의 전(戰)을 호시(互試)하여 승부(勝負)를 결(決)하는지라, 피(彼) 구미인(歐美人)이 자주(自洲)에서는 확리(攫利)할 처(處)가 무(無)

하므로 어시호(於是乎) 아세아(亞細亞)·아미리가(亞美利加)·아불리가(阿弗利加)·대양주(大洋洲) 등(等) 대륙(大陸)에 향(向)하여 기(其) 공(功)을 주(奏)할새, 아불리가(阿弗利加)·대양주(大洋洲)는 물론(勿論), 아세아(亞細亞)도 기(其) 경제분투(經濟奮鬪)의 교집장(交集場)을 작(作)하였도다.

연(然)이나 왕석(往昔)에 재(在)하여는 열강(列强)의 무역정책세력(貿易政策勢力)이 군사정책세력(軍事政策勢力)보다 유소(猶少)하더니, 만근(挽近)으로는 무역정책(貿易政策)의 필요(必要)를 유감(愈感)하여 갑국(甲國)이 을국(乙國)에 대(對)함에 반드시 경제(經濟)의 경쟁(競爭)을 선(先)하며 강국(强國)이 약국(弱國)에 대(對)함에 반드시 경제(經濟)의 장악(掌握)을 선(先)함에 지(至)한지라.

차(此) 분투(奮鬪)가 맹렬(猛烈)한 간(間)에 입(立)하여 열패(劣敗)한 자(者)는 필경(畢竟) 기(其) 국(國)이 도(倒)하며 기(其) 민(民)이 복(覆)하나니, 오호(鳴呼)라. 금일(今日) 경제(經濟)의 분투(奮鬪)는 기(其) 세(勢)의 혹렬(酷烈)이 간과(干戈)의 화(禍)에 불하(不下)하도다.

회원(回願)하라. 지금(只今) 한국경제(韓國經濟)의 상황(狀況)이 하경(何境)에 지(至)하였는가. 경제(經濟)의 사상(思想)이 심핍(甚乏)하고 경제(經濟)의 능력(能力)이 심미(甚微)하여 외인(外人)의 발호(跋扈)을 유임(惟任)하고 광구(匡救)의 책도(策道)가 부작(不作)하여 전국(全國)의 혈맥(血脉)이 기진(幾盡)하니, 비부(悲夫)라.

개(盖) 경제(經濟)의 곤핍(困乏)이 차(此) 극(極)에 지(至)함은 기(其) 고(故)가 하(何)에 재(在)한가.

(일(一)) 생산(生産)의 부족(不足) - 한국(韓國)이 통상(通商)된 이후(以後)로 외래화물(外來貨物)의 수용(需用)이 일광(日廣)하되 생산(生産)의 발달(發達)은 차(此)에 전연(全然) 불반(不伴)하여 오직 천연산물(天然産物)을 시뢰(是賴)할 뿐이며 오직 구식산물(舊式産物)을 시지(是

知)할 뿐이요, 우(又) 천연산물(天然産物)도 타인(他人)에 양취(揚取)될 뿐이며, 구식산물(舊式産物)도 퇴폐(頹廢)에 자귀(自歸)할 뿐이라.

시간(試看)하라. 금일(今日) 한인중(韓人中)에 양모(洋帽)·양복(洋服)을 호착(好着)하는 자(者) - 심중(甚衆)하되 차(此)를 제(製)하는 자(者) - 무(無)하며, 양등(洋燈)·인촌(燐寸)을 불용(不用)하는 자(者) - 기희(幾希)하되 차(此)를 제(製)하는 자(者) - 무(無)하며, 사당(砂糖)을 불식(不食)하는 자(者) - 무(無)하며, 양지(洋紙)를 불수(不需)하는 자(者) - 무(無)하되 차(此)를 제(製)하는 자(者) - 무(無)하나니, 생산력(生産力)의 부족(不足)이 여시(如是)하고야 어찌 차(此) 생존경쟁(生存競爭)의 추(秋)에 득립(得立)하리요. 시(試)하여 각종(各種) 생산(生産)을 일론(一論)하건대, (가) 농산(農産)은 한인(韓人)은 유일(惟一)한 산업(産業)이나 차역(此亦) 개량(改良)은 무(無)하고 쇠퇴(衰退)할 뿐이며 (나) 삼림(森林)은 괘론(掛論)할 것도 무(無)하고 (다) 광물(礦物) (라) 수산(水産)은 외인(外人)에게 전귀(全歸)하였다 운(云)하여도 가(可)하며 (마) 공업(工業)은 사소유치(些少幼穉)가 자심(滋甚)한지라, 어시호(於是乎) 생산물(生産物)의 한국(韓國)은 고사(姑舍)하고 한인(韓人)의 물(物)로 한인(韓人)의 용(用)에 공(供)하는 물(物)도 수곡이외(水穀以外)에는 태무(殆無)함에 지(至)하였도다.

(이(二)) 상업(商業)의 부진(不振) - 한인(韓人)은 자래(自來) 상업(商業)에 능력(能力)이 무(無)하고 우(又) 상업권리(商業權利)가 무(無)한 인(人)이라. 고(故)로 해륙무역(海陸貿易)의 대상(大商)은 물론(勿論), 국내(國內) 소소상업(小小商業)도 일익퇴폐(日益頹廢)하여 외(外)로는 수출입(輸出入)의 역조(逆潮)가 극(極)하여 금전(金錢)이 갈(竭)하며, 내(內)로는 외국인(外國人)의 경쟁(競爭)이 열(烈)하여 정복(征服)이 급(急)한지라, 시(試)하여 한국(韓國) 수출입(輸出入)의 상황(狀況)을 일람(一覽)하라.

작년도(昨年度) 한국수출입액(韓國輸出入額)

수출(輸出) 약(約) 일천오백만원(一千五百萬圓)

수입(輸入) 약(約) 삼천오백만원(三千五百萬圓)

여사(如斯)히 수입(輸入)이 수출(輸出)의 삼배(三倍)에 태지(殆至)하며 우(又) 구주(歐洲) 최소국(最小國)의 수출(輸出)과 교간(較看)하건대

천구백이년(千九百二年) 정말(丁抹)과 비리시(比利時)의 수출(輸出)

정(丁) 말(抹) 수출액(輸出額) 약(約) 사억오천만(四億五千萬) 크로네(일(一) 크로네 약(約) 육십전(六十錢))

비리시(比利時) 수출액(輸出額) 삼십사억칠천만법(三十四億七千萬法)(일법(一法) 약(約) 삼십오전(三十五錢))

희(噫)라. 피(彼) 정말(丁抹)은 인구(人口)가 불과(不過) 이백여만(二百餘萬)(약(約) 한국(韓國) 십분(十分)의 일(一))이요 지방(地方)이 불과(不過) 일만오천방리(一萬五千方哩)(약(約) 한국(韓國) 오분(五分)의 일(一))이며, 피(彼) 비리시(比利時)는 인구(人口)가 불과(不過) 육,칠백만(六,七百萬)이요 지방(地方)이 불과(不過) 일만일천방리(一萬一千方哩)로대, 기(其) 수출액(輸出額)이 여피(如彼)히 거대(巨大)하거늘, 이약(以若) 한국(韓國) 토지인구(土地人口)로 수출액(輸出額)이 근(僅)히 일천오백만원(一千五百萬圓)에 불과(不過)하니, 차(此) 조사(調査)의 정조(精粗)는 오제(吾儕)가 질언(質言)키 난(難)하거니와 기(其) 사소유치(些少幼穉)가 어찌 차(此)에 지(至)하는가. 어시호(於是乎) 금융(金融)의 핍(乏)이 익심(益甚)하고 산업(産業)의 패(敗)가 일혹(日酷)하며

(삼(三)) 유민(遊民)의 다수(多數) - 한국(韓國)에는 자래(自來)로 유민(遊民)이 심중(甚衆)하여 서생(書生)·환족(宦族)·토호(土豪)·향신(鄕神) 등(等)으로 시(始)하여 협잡자(挾雜者)·잡술자(雜術者)·부랑자(浮浪者) 등(等)에 지(至)하기까지 하등노동(何等勞働)도 무(無)하며, 하등항산(何等恒産)도 무(無)하고, 기(其) 일가일문(一家一門)이 유

의유식(遊衣遊食)을 시사(是事)하여 미미무력(微微無力)한 농상공가 (農商工家)의 이(利)를 박취(剝取)하여 국민(國民)의 좀(蠹)을 작(作)하는 자(者)— 다수(多數)하며

(사(四)) 정치(政治)의 영향(影響)—정치상(政治上) 영향(影響)이 간접(間接)으로 급(及)함은 물론(勿論), 직접(直接)으로 급(及)하는 영향(影響) 즉(卽) 재정(財政)·교통(交通) 등(等) 영향(影響)이 역(亦) 불소(不少)하니라.

차외(此外)에도 다소(多小) 원인(原因)이 유(有)할지나 차(此)에서 지(止)하노라.

오호(嗚乎)라. 한국(韓國)이 기후(氣候)로든지, 지세(地勢)로든지, 토지력(土地力)으로든지, 천산물(天産物)로든지 실(實)로 경제(經濟)의 부성(富盛)을 치(致)할지어늘, 내자(乃者) 여사(如斯)히 생산부족(生産不足)·상업부진(商業不振)·유민다수(遊民多數)·정치영향(政治影響) 등(等)의 비운(悲運)이 경제계(經濟界)에 창익(漲溺)함은 하고(何故)요. 왈(曰) (일(一))근면력(勤勉力) 부족(不足) (이(二))진취력(進取力) 부족(不足) (삼(三))정치상권리(政治上權利) 부족(不足) (사(四)) 사회정책(社會政策) 등(等)의 시설(施設)이 결(缺) (오(五))기백년(幾百年) 유정(莠政)의 악과(惡果)가 지(至) (육(六))인민(人民)의 국민경제적(國民經濟的) 사상능력(思想能力)이 핍(乏)한 등(等) 고(故)라.

연즉(然則) 국민동포(國民同胞)가 여하(如何)히하면 가(可)히 경제(經濟)의 운명(運命)을 만회(挽回)할까. 피(彼) 정치상권리(政治上權利)는 일,이일(一,二日)에 가복(可復)할 바 아니며, 사회정책(社會政策) 등(等)은 차(此) 정부(政府)에 가망(可望)할 바 아니라. 연(然)이나 지약(至若) 근면력(勤勉力)을 분발(奮發)하며, 진취력(進取力)을 분발(奮發)하며, 국민경제(國民經濟)의 사상능력(思想能力)을 분발(奮發)함은 불위(不爲)언정 불능(不能)은 아니니, 차(此)야 어찌 조조면려(早早勉勵)

할 바 아닌가.

대저(大抵) 국민경제(國民經濟)는 현세인(現世人)이 역(力)을 주(注)하는 바라, 한인(韓人)은 차(此)에 심(甚)히 냉담(冷談)한 고(故)로 전국민(全國民)의 이(利)를 해(害)할지라도 아(我) 일신(一身)이나 이(利)케 하고자 하며, 전국민(全國民)의 이(利)를 해(害)할지라도 아(我) 일가(一家)나 이(利)케 하고자 하여 국민경제(國民經濟)와는 하등(何等) 통량(痛癢)의 관계(關係)가 무(無)한 자(者) 다(多)하나니, 차(此) 실(實) 가탄(可嘆)할 바라.

연즉(然則) 동포(同胞)는 하종(何種)의 경제사업(經濟事業)을 영(營)하든지 반드시 국민경제(國民經濟)로 목적(目的)을 입(立)하고 전진(前進)하여 경제(經濟)에 관(關)한 문명적(文明的) 지식기술(知識技術)을 발달(發達)하여 경제사업(經濟事業)을 속(速)히 개량(改良)하며 경제사업(經濟事業)을 속(速)히 분흥(奮興)할지어다.

시사(試思)하라. 불선(不善)·불미(不美)·불완전(不完全)한 고립적(孤立的) 경제(經濟)로는 내(內)로 자국(自國)의 발달(發達)을 기(起)치 못하며 외(外)로 열국(列國)의 쟁형(爭衡)을 대(對)치 못할지며, 우(又) 재사(再思) 삼사(三思)하라. 금일(今日) 한반도(韓半島)에 맹풍괴랑(盲風怪浪)이 여하(如何)한가. 피(彼) 일인(日人)의 경제계(經濟界) 세력(勢力)이 삼천리강산(三千里江山)을 회양(懷襄)하여 피(彼)의 정부(政府)는 장려(裝勵)하며 피(彼)의 인민(人民)은 분약(奮躍)하여 대조(大潮)의 횡행(橫行)같이 기(其) 세(勢)가 참장(慘壯)하니, 금일(今日) 한국동포(韓國同胞)는 하방법(河方法)으로든지 가(可)히 국민경제(國民經濟)의 도현(倒懸)을 해(解)하며, 가(可)히 국민경제(國民經濟)의 발전(發展)을 계(啓)할 수가 유(有)할진대, 설혹(設或) 아(我) 일신(一身)에는 목전(目前)의 소리(小利)가 무(無)하더라도, 아(我)의 체력(體力)·지력(智力)·재력(財力)을 낙손(樂損)하여 국민경제(國民經濟)의 공(功)을 성(成)하여야 가(可)히 피(彼) 외래(外來)의 세력(勢力)을 대치(對峙)하고 동포(同胞)의 생명(生命)을 유지(維持)할지니, 면(勉)하라 동포(同胞)여. 차(此)가 동포(同胞)의 대리(大利)며 차(此)가 동포(同胞)의 천직(天職)이라, 오호(嗚呼)라. 금세계(今世界)에 생(生)한 자(者)는 경제계(經濟界)에 임(臨)하되 반드시 국민자격(國民資格)으로 이(以)치 아니함이 불가(不可)하니라.

인(因)하여 동포(同胞)의 경제사업상(經濟事業上) 시급(時急)한 자(者)로 인(認)하는 바 일,이(一,二)의 방법(方法)을 진(陳)하노니

(일(一)) 국가적경제상(國家的經濟上) 직접방법(直接方法)을 국민동포(國民同胞)가 실행(實行)함이 가(可)하도다.

차(此)는 의당(宜當)히 정부(政府)에서 행(行)할 사(事)나 금일(今日) 한국(韓國)에는 불가불(不可不) 차(此)를 국민동포(國民同胞)가 실행(實行)할지니, 즉(卽) 국민동포(國民同胞)가 자력(資力)을 합(合)하여 혹(或) 내지(內地)에 대규모(大規模)의 실업학교(實業學校), 공장(工場) 등(等)을 설시(設施)하여 외국인(外國人) 교사(教師)·기술가(技術家) 등(等)을 빙래(聘來)하며 혹(或) 해외(海外)에 유학생(留學生)을 파견(派遣)하여 국민(國民)으로 하여금 실제적(實際的)으로 실업상(實業上) 기술지식(技術知識)을 발달(發達)케 하여 실업개발(實業開發)의 기초(基礎)를 작(作)하며

(이(二)) 개량발달(改良發達)을 실행(實行)함이 가(可)하도다.

피(彼) 외인(外人)이 한인(韓人)을 소매(笑罵)하여 왈(曰), 한인(韓人)은 공론(空論)에 망(亡)한다 하니, 즉(卽) 공론(空論)만 장(長)하고 실행(實行)이 단(短)하다 함이라. 차실(此實) 동포(同胞)의 일경(一警)할 바로다.

시사(試思)하라. 한국(韓國)의 개항(開港)이 기년(幾年)고. 지금(至今)까지 일(一) 인촌제조자(燐寸製造者)가 불현(不現)하며, 일(一) 초

자제조자(硝子製造者)가 불현(不現)하고 우혹(又或) 사소(些小)한 물품제조자(物品製造者)가 유(有)하더라도, 기(其) 원료(原料)의 품(品)은 제(製)치 못하며, 기(其) 정묘(精妙)의 법(法)은 지(知)치 못하여, 가령(假令) 일(一) 권련초제조자(券煙草製造者)가 유(有)하다 하면, 기(其) 절초(切草)를 일인(日人)에게 매래(買來)하며, 기(其) 기계(器械)를 일인(日人)에게 매래(買來)하며, 기(其) 권지(卷紙)를 일인(日人)에게 매래(買來)하니, 오호(嗚呼)라. 아무리 자본(資本)이 핍(乏)하며 아무리 정부(政府)가 장려(裝勵)치 아니한들, 피(披) 철도(鐵道)·기선(氣船)·전력(電力)·와사(瓦斯) 등(等)은 제조(製造)치 못할지언정 어찌 차(此) 인촌(燐寸)·초자(硝子) 권련초(券煙草) 등(等)이야 완전제조(完全製造)치 못하리요. 차(此)는 불가불(不可不) 국민동포(國民同胞)의 책(責)이라 할지니, 동포(同胞)는 아무쪼록 실행(實行)을 극무(亟務)할지며

(삼(三)) 세계인(世界人)과 무역(貿易)을 대장(大張)하여 한국(韓國)으로 하여금 세계적국가(世界的國家)의 본능(本能)을 발휘(發揮)하며 세계적시장(世界的市場)의 이익(利益)을 박(博)할 등(等)이 시(是)라.

쾌미(快美)하다. 한국(韓國) 경제계(經濟界)는 비관(悲觀)이 아니요 낙관(樂觀)이로다. 한국(韓國)의 자연력(自然力) 급(及) 자연물(自然物)로 관(觀)하든지 인민노동력(人民勞動力)으로 관(觀)하든지 생산력(生産力)(이상(以上) 소위(所謂) 생산(生産)이 개(皆) 유형생산(有形生産)을 지칭(指稱)함이라)의 망(望)이 대(大)하며, 우(又) 아세아(亞細亞) 태평양(太平洋) 요충(要衝)에 당(當)한 반도국(半島國)으로 장래(將來) 해륙무역(海陸貿易)의 패왕(霸王)이 될지니 동포(同胞)여 면(勉)할지어다.

오(五), 국민(國民)과 정치(政治)

오인(吾人)은 정치적(政治的) 동물(動物)이라 차(此)에 의(倚)하여

입(立)하며 차(此)에 의(倚)하여 장(長)하나니 시간(試看)하라. 피(彼)
튜톤족(族)이 번산악동천지(翻山岳動天地)의 세(勢)로 동서(東西)를
횡절(橫絶)함은 하고(何故)요. 왈(曰) 정치사상(政治思想)이 부(富)하
고 정치능력(政治能力)이 강(强)한 고(故)요, 피(彼) 슬라브족(族)이 동
일(同一)한 구주민(歐洲民)이요 동일(同一)한 대국민(大國民)으로도
오히려 로국전제(露國專制)의 염(熖)이 불식(不熄)하며, 피(彼) 지나족
(支那族)이 사억만(四億萬) 인구(人口)로도 오히려 청국(淸國) 유신(維
新)의 업(業)이 불거(不擧)함은 하고(何故)요. 왈(曰) 정치사상(政治思
想)이 소(少)하며 정치능력(政治能力) 약(弱)한 고(故)니라.

오호(嗚呼)라. 한인(韓人)의 정치사상(政治思想)과 정치능력(政治能
力)이 결핍(缺乏)함은 지자(志者)의 동성민탄(同聲悶嘆)하는 바라, 지
금(只今) 한인중(韓人中) 정치사상(政治思想)과 정치능력(政治能力)을
유(有)한 자(者)가 전무(全無)함은 아니나, 차(此)는 소수인민(小數人
民)에 불과(不過)하나니, 시간(試看)하라. 금일(今日) 차경(此境)에 재
(在)하였어도 유왈(猶曰) 오배(吾輩)는 농(農)·상(商)·공(工)의 우민
(愚民)이라 국사(國事)를 하지(何知)리요 하며, 천일(天日)이 무광(無
光)한 노굴중(奴窟中)에서 격괴(擊壞)의 한인(閒人)을 작(作)하는 자
(者)─ 다(多)하나니, 차(此)는 정치사상(政治思想) 결핍(缺乏)의 일례
(一例)요, 우(又) 하등(何等) 정당사회(政黨社會)를 조직(組織)하더라
도 열결(裂缺)이 다(多)하며 진취(進就)가 소(少)함은 즉(卽) 정치능력
(政治能力) 결핍(缺乏)의 일례(一例)라.

연(然)이나 한인(韓人)의 정치사상(政治思想)과 정치능력(政治能力)
이 여사(如斯)히 결핍(缺乏)함은 결(決)코 한인(韓人)의 선천적(先天
的) 성질(性質)이 아니라, 즉(卽)

(일(一)) 전제(專制)의 독(毒)이 극(極)하며

(이(二)) 경제(經濟)의 곤(困)이 심(甚)하며

(삼(三)) 지식(知識)이 핍(乏)한

등(等) 소이(所以)로 차(此)를 순치(馴致)한 바니, 과연(果然)인데 한인(韓人)의 정치사상(政治思想)을 분흥(奮興)하며 정치능력(政治能力)을 장양(長養)함은 실(實)로 불가능(不可能)의 사(事)가 아니라.

오호(嗚呼)라, 동포(同胞)여. 동포(同胞)는 정치사상(政治思想)을 분흥(奮興)하며 정치능력(政治能力)을 장양(長養)하여 독립적(獨立的) 국민(國民)의 천능(天能)을 장(張)하며, 입헌적(立憲的) 국민(國民)의 자격(資格)을 구(具)하여 국가(國家)의 명(命)을 유지(維持)하며 민족(民族)의 복(福)을 확장(擴張)하라.

육(六), 국민(國民)과 교육(教育)

금일(今日) 한국(韓國)의 자유(自由)를 복(復)하며 문명(文明)을 개(開)할 법문(法門)은 즉(卽) 교육(教育)이라. 연(然)이나 피(彼) 국가(國家)에 이(利)가 무(無)하거나 혹(或) 해(害)가 유(有)한 교육(教育) 즉(卽) 무정신교육(無精神教育)·구식교육(舊式教育)·마교육(魔教育)은 결(決)코 이십세기(二十世紀) 신국민(新國民)의 교육(教育)이 아니니, 연즉(然則) 금일(今日) 교육계(教育界)에 국가정신(國家精神)·민족주의(民族主義)·문명주의(文明主義) 등(等)으로 표치(標幟)를 입(立)할 것은 물론(勿論)이어니와, 오제(吾儕)는 상무교육(尙武教育) 사자(四字)를 대성(大聲)으로 창(唱)하노니, 하고(何故)요 하면 전절(前節)에 논(論)함과 여(如)히 차(此) 세계(世界)는 군국세계(軍國世界)라, 세계(世界) 열국(列國)이 실개(悉皆) 상무교육(尙武教育) 즉(卽) 군국민교육(軍國民教育)을 진흥(振興)하는 고(故)로 피(彼)와 여(如)히 복리(福利)를 획득(獲得) 우(又) 확장(擴張)하나니, 오호(嗚呼)라. 상무교육(尙武教育)이 아니고는 결(決)코 국가정신(國家精神)·민족주의(民族主義)·문명주의(文明主義)를 유지(維持) 발휘(發揮)치 못할지며, 우황(又況) 한국(韓國)과 여(如)히 무력(武力)의 쇠퇴(衰頹)한 국(國)으로 상무교육(尙武教育)이 아니고는 결(決)코 회천(回天)의 도(道)를 망(望)키 난(難)하리니, 국민동포(國民同胞)는 반드시 상무교육(尙武教育)을 확장(擴張)하여 군국민(軍國民)의 정신(精神)을 수양(修養)하며, 군국민(軍國民)의 능력(能力)을 구비(俱備)케 할지어다.

연(然)이나 현재(現在) 한국(韓國)의 교육제도(教育制度)로는 결(決)코 보급(普及)을 망(望)치 못할 뿐 아니라 우(又) 금융(金融)의 핍(乏)이 익심(益甚)한즉 교육계(教育界)의 비운(悲運)이 익추(益追)할지니 어찌 가탄(可嘆)할 자(者) 아닌가.

오제(吾儕)가 이왕(已往)에도 일론(一論)하였거니와 국민동포(國民同胞)가 자의(自意)로 의무교육제도(義務教育制度)를 방용(倣用)함이 가(可)할진저.

칠(七), 국민(國民)과 종교(宗教)

종교(宗教)는 국민(國民)에게 양감화(良感化)를 여(與)하는 일대기관(一大機關)이라, 국민(國民)의 정신기개(精神氣槪)가 차(此)에서 기(基)하는 자(者) ─ 다(多)하며, 국민(國民)의 정의도덕(政義道德)이 차(此)에서 발(發)하는 자(者) ─ 다(多)하나니, 피(彼) 구미열강(歐美列強)이 종교(宗教)와 교육(教育)을 자매(姉妹)의 관계(關係)로 보호확장(保護擴張)함이 차(此)를 이(以)함이라.

연(然)이나 종교(宗教)의 노예(奴隷)가 될 뿐이요, 국가(國家)의 관념(觀念)이 무(無)하며 종교(宗教)의 신도(信徒)가 될 뿐이요, 국민(國民)의 정신(精神)이 무(無)한 자(者)는 결(決)코 이십세기(二十世紀) 신국민(新國民)의 종교(宗教)가 아닌저.

목하(目下) 한국(韓國) 종교계(宗教界)에 혹(或) 국가적(國家的) 종교(宗教)의 정로(正路)를 심(尋)하는 자(者)가 무(無)함은 아니나, 단지(但只) 종교(宗教)의 노예(奴隷)가 되며 종교(宗教)의 모적(蟊賊)이 되는 자(者) ─ 역(亦) 불소(不少)한지라. 시(試)하여 일론(一論)하건대 유교(儒敎)는 수백년(數百年) 한국(韓國) 종교계(宗敎界)에 대세(大勢)을 유(有)한 자(者)나, 연(然)이나 지금(只今)은 대개(大槪) 포니(抱泥)가 심(甚)하며 부패(腐敗)가 극(極)하였고, 불교(佛敎)는 세력(勢力)이 심미(甚微)하여 족론(足論)할 것도 무(無)하고, 천도교(天道敎)는 신도(信徒)가 파성(頗盛)하나, 오제(吾儕)는 단(但) 기(其) 장래(將來)를 조망(眺望)할 뿐이며, 기독교(基督敎)는 발발(勃勃)의 세(勢)가 유(有)하나, 연(然)이나 차역(此亦) 근일(近日)에는 일종(一種)의 저해력(沮害力)이 침입(侵入)한다 하니 어찌 가경(可驚)할 바 아닌가.

연(然)이나 지금(只今) 한국(韓國) 종교계(宗敎界)에 재(在)하여 최(最)히 진력(盡力)할 것은

(일(一)) 유교(儒敎)를 개량(改良)하는 동시(同時)에 기(其) 발달(發達)을 여도(勵圖)하며

(이(二)) 야소교(耶蘇敎)를 확장(擴張)하는 동시(同時)에 기(其) 정신(精神)을 보전(保全)함이니

오제(吾儕)는 사언(斯言)이 하고(何故)요 하면 유교(儒敎)는 한인(韓人)에게 부흥(敷興)한 바 감화력(感化力)이 심대(甚大)한지라, 고(故)로 차(此)를 양법(良法)으로 발휘(發揮)하여 현세계(現世界) 국민적(國民的) 종교(宗敎)의 지위(地位)를 득(得)케 하며, 야소교(耶蘇敎)는 각방면(各方面)으로 한국(韓國) 종교계(宗敎界)의 제일위(第一位)를 점령(占領)하여, 과연(果然) 이십세기(二十世紀) 신국민적(新國民的) 종교(宗敎)의 가치(價値)가 유(有)하나니, 차(此)를 확장(擴張)하는 동시(同時)에 기(其) 교도중(敎徒中) 무정신자(無精神者)를 경기(警起)하며, 우(又) 외래(外來)의 침력(侵力)을 구제(驅除)하면 가(可)히 국민전도(國民前途)의 대복음(大福音)을 작(作)할 줄로 사(思)하는 고(故)니라.

논(論)을 차(此)에 결(結)하리로다.

오제(吾儕)가 이십세기(二十世紀) 신국민(新國民)이라고 제(題)한

제일일(第一日)부터 국민동포(國民同胞)에게 하언(何言)을 정(呈)하였는고, 왈(曰)

오제(吾儕)가 국민(國民)의 각오(覺悟)를 논(論)할 시(時)에 세계추세(世界趨勢)·문명진보(文明進步)·한국지위(韓國地位)를 논(論)하였으며,

오제(吾儕)가 국민(國民)의 도덕(道德)을 논(論)할 시(時)에 평등(平等)·자유(自由)·정의(正義)·의용(毅勇)·공공(公共)을 논(論)하였으며,

오제(吾儕)가 국민(國民)의 무력(武力)을 논(論)할 시(時)에 정신계(精神界)와 물질계(物質界)의 무력발흥(武力發興)을 논(論)하였으며,

오제(吾儕)가 국민(國民)의 경제(經濟)를 논(論)할 시(時)에 근면(勤勉)·진취(進取)·국민경제(國民經濟)를 논(論)하였으며,

오제(吾儕)가 국민(國民)의 정치(政治)를 논(論)할 시(時)에 사상(思想)·능력(能力)을 논(論)하였으며,

오제(吾儕)가 국민(國民)의 교육(敎育)을 논(論)할 시(時)에 상무교육(尙武敎育)·의무교육(義務敎育)을 논(論)하였으며,

오제(吾儕)가 국민(國民)의 종교(宗敎)를 논(論)할 시(時)에 국가적(國家的) 종교(宗敎)를 논(論)하였나니,

오호(嗚呼)라 동포(同胞)여. 동포(同胞)는 시(試)하여 사론(斯論)을 청(聽)하라, 청(聽)하여 사론(斯論)이 가(可)하거든 시(試)하여 행(行)하라, 행(行)하여 이십세기(二十世紀) 신국민(新國民)이 될지어다.

최종(最終)에 오제(吾儕)는 한국(韓國)에 대(對)한 희망(希望)을 일론(一論)하노니, 모학자(某學者)가 망국(亡國)의 이유(理由)를 설명(說明)하여 왈(曰)

(일(一)) 국토(國土)가 협(狹)하고 국민(國民)이 소(少)한 국(國)은 필망(必亡)하고

(이(二)) 국민적(國民的) 국가(國家)가 아닌 국(國)(입헌국(立憲國)이 아니오 일,이인(一,二人)이 전제(專制)하는 국(國))과 세계대세(世界大勢)를 역(逆)하는 국(國)은 필망(必亡)한다.

한지라. 금차(今此)) 한국(韓國)은 삼천리(三千里) 산하(山河)가 유(有)하니 기(其) 국토(國土)가 대(大)하며, 이천만(二千萬) 민족(民族)이 유(有)하니 기(其) 국민(國民)이 중(衆)한지라, 연즉(然則) 국민동포(國民同胞)가 단지(但只) 이십세기(二十世紀) 신국민(新國民)의 이상기력(理想氣力)을 분흥(奮興)하여 국민적(國民的) 국가(國家)의 기초(基礎)를 공고(鞏固)하여 실력(實力)을 장(長)하며, 세계대세(世界大勢)의 풍조(風潮)를 선응(善應)하여 문명(文明)을 확(擴)하면 가(可)히 동아일방(東亞一方)에 흘립(屹立)하여 강국(强國)의 기(基)를 과(誇)할지며, 가(可)히 세계무대(世界舞台)에 약등(躍登)하여 문명(文明)의 기(旗)를 양(揚)할지니, 오호(嗚呼)라 동포(同胞)여. 어찌 분려(奮勵)치 아니하리오.

(1910, 2, 22~3, 3 대한매일신보(一九一○, 二, 二二~三, 三 大韓每日申報)

제4장 고구려 영웅과 역사의 발견
-「을지문덕」과 「꿈하늘」을 중심으로-

1. 서론

근대의 억압이 해소되지 않은 현 시점에서 식민지하의 어떤 작가보다 근대를 치열하게 사유한 신채호 문학의 성격을 재검토하는 연구는 여전히 중요하다. 근자에 이르러 신채호는 '식민지 문제가 민족 사이의 문제로만 국한되지 않는다는 깨달음에서 근대 일반의 억압성에 주목하면서 근대에 대한 치열한 대결 의식을 견지한 작가'[1], '예술의 정치화라는 미학적 계몽 기획을 제시하며 탈식민 문학의 기원을 열어간 작가'로 인정받고 있다.[2] 이처럼 한국근대문학의 논쟁적인 사례로 부각된 신채호 문학은 다층적이며 역동적인 양상으로 전개된 한국근대문학의 성장 행로를 해명하기 위해서는 반드시 읽어야 할 텍스트로 연구자들에게 받아들여지고 있다.

본고는 신채호 문학을 기본적으로 역사를 이야기하고 창조하는 문학이라는 점에서 역사를 발견한 문학, 그럼으로써 역사를 한국근대문

---

1 최원식, 「단재 신채호의 「용과 용의 대격전」」, 『한국계몽주의문학사론』, 소명출판, 2002.
2 하정일, 「급진적 근대기획과 탈식민 문학의 기원」, 민족문학사연구소 기초학문연구단, 『한국근대문학의 형성과 문학 장의 재발견』, 소명출판, 2004.

학의 핵심 개념으로 정초하는 데 기여한 문학으로 독해할 계획이다. 그렇기에 역사를 이야기하는 신채호의 방식과 이 방식이 일제가 강요한 근대에 어떻게 대응하고 있는가를 밝히는 연구는 신채호 문학의 성격을 재검토하는 데 적지 않은 도움을 줄 것이다.

그러면 본고가 신채호 문학의 어떤 측면에 주목하며 연구를 진행할 계획인가를 자세히 설명해 보기로 하겠다. 흔히 전통적인 보수주의자들은 빈번히 과거를 이야기한다는 비판을 받지만 신채호에게 이런 비판은 적절하지 않다. 왜냐하면 신채호는 복고주의적 태도로 과거를 이야기하는 게 아니기 때문이다. 신채호의 서사는 과거를 이야기하면서 동시에 현재와 미래를 이야기하는 특징을 구현하고 있으며 궁극적으로는 근대 극복을 강렬하게 모색하고 있다. 신채호가 설령 한국사의 진실과 사건들 혹은 어떤 인물들에 대해 이야기하더라도 그 이야기는 어디까지나 당대의 진실과 삶의 전망, 즉 역사를 이야기한다는 것을 유념해야 한다는 말이다. 요컨대 신채호는 전설과 민담을 이야기하는 강담사가 아니라 역사를 이야기하는 근대작가라는 것이다.

당대의 신문학을 연애문학이라고 강하게 비판[3]한 신채호는 일제가 강요하는 식민 질서와는 다른 어떤 새로운 세계를 창조하겠다는 열망을 그의 소설에 표현했다. 이 열망이 곧 역사소설 창조의 열망일수 있는데, 이 열망의 주체인 영웅들의 출현을 우리는 주시할 필요가 있다. 신채호가 호출한 영웅들은 구국 열망을 촉발시키는 윤리와 도덕 그리고 열정을 독자들에게 전해주면서 '비아'에 대한 '아'의 투쟁을 고취하는 인간상으로 흔히 이해된다. 외부의 '비아'만이 아니라 내부의 '아'에 대해서도 과감하게 반기를 들며 헌신과 충직의 길을 걷는

---

3 대표적인 글이 「낭객의 신년만필」이다.

이 영웅들은 역사의 주체로 흔히 이해된다. "국민의 영혼을 웅혼하게 하는 대시인과 대영웅 그리고 대위인을 갈망했던" 신채호이기에 그의 문학에 "강건한 신체와 숭고한 민족혼을 두루 갖춘" 영웅이 등장하는 것은 자연스럽다. 그런데 이 영웅이 자기 동일적 논리로 신채호 문학 전반에 반복 등장하지 않는다는 것을 주목해야 한다. 신채호 문학의 영웅은 숭고의 이미지를 영원히 반복하는 자기 동일적 영웅 같지만 실제로는 자기 한계를 노출하는 고뇌하는 영웅이다.

그렇기에 이들이 이야기하는 역사 역시 그 성격이 동일하게 표현되지 않는다. 이들에 의해 역사는 근대적 개념과 비유의 수사학으로 이야기되기도 하며 환상과 허구의 수사학으로 이야기되기도 한다. 이런 까닭에 신채호가 이야기하는 역사의 범주는 근대와 전근대, 탈근대를 두루 포함한다는 말이 나올 정도로 그 성격이 다층적이다. 결코 박제화된 기호로 볼 수 없는 이 근대의 양상들은 신채호 문학을 역사의 의미와 양상을 다층적으로 탐구한 텍스트로 독해하도록 하는 내적 근거를 마련해 놓고 있다.[4]

그런데 신채호가 호출한 영웅 중에 특히 독자들의 관심을 끄는 영웅은 그가 영웅 중의 영웅으로 지목한 고구려 영웅[5]이다. 영웅의 전

---

4 주지의 사실이지만, 『이태리건국삼걸전』을 번역한 신채호는 이에 비견할 만한 영웅들을 한국사에서 발견하게 되는데, 그들이 바로 을지문덕·이순신·최도통 등이다. 특히 이들 중에서 신채호가 영웅 중의 영웅으로 평한 인물이 을지문덕이다. 신채호에 따르면 을지문덕은 "영양왕 때의 을지문덕이 아니라 단군의 자손 을지문덕이며, 고구려의 을지문덕이 아니라 조선 민족의 을지문덕이며, 한때의 을지문덕이 아니라 동국 만만세의 을지문덕"이다.

5 1910년 4월 신민회 간부로서 만주로 망명한 신채호는 대종교의 후원을 받으며 북방중심의 민족사 연구에 몰두한다. 신채호는 고구려를 민족의 기원인 단군과 부여의 역사를 계승하며 그와 동시에 발해와 백제의 역사를 태동시킨 국가로 인식한다. 고구려를 민족사의 대주체로 파악하는 신채호는 한편으로는 고구려에서 근대민족국가의 이미지를 또 다른 한편으로는 국수주의 국가의 이미지를 발견한다. 신채호에게 있어 고구려는 다층적인 역사가 발견되는 역사의 창고로 비유될 수 있다.

범으로 추앙받는 고구려 영웅은 유교주의 기율에 구애받지 않는 상무적 능력이 출중한 영웅으로 신채호 문학에서 일종의 대주체로 존재한다. 역사를 이야기하고 논평하는 대주체 역할을 고구려 영웅 을지문덕이 신채호 문학에서 수행하고 있다는 말이다. 본고는 이 고구려 영웅이 역사의 의미와 양상을 다양한 층위에서 이야기하는 방식과 이 영웅들이 발견한 역사가 일제가 강요하는 근대에 어떻게 대응하는가를 면밀하게 살필 것이다. 본고의 이러한 연구가 궁극적으로 신채호 문학이 한국근대문학의 성장 행로에 어떻게 관여하는가를 해명해줄 수 있다고 본다. 이 논문에서는 논의의 효율을 기하기 위해 신채호의 여러 소설 중 고구려 영웅이 등장하는 「을지문덕」과 「꿈하늘」⁶을 연구 대상으로 선택하고자 한다.⁷

2. 「을지문덕」의 영웅과 근대국민국가의 역사

"단순한 회고적인 취미라든가 강사적인 의의로서가 아니라 각 민족의 영웅들의 투쟁을 수용하고 찬양하는 문학" 혹은 "역사적 정치적 환경과의 유사성 즉 경험 문법의 보편적 상관성을 파악하고 그것을 현실 해결의 실마리로 삼는"⁸ 문학의 한 예로 거론되는 「을지문덕」에

---

6 김주현이 편한 범우비평판한국문학 텍스트를 연구대상으로 하고 있다. 김주현 편, 『백세 노승의 미인담(외)』, 범우, 2004. 인용면수는 괄호에 기입한다.
7 신채호 문학 중 이 두 편에만 영웅이 등장하는 것은 아니다. 「이순신전」, 「최도통전」 모두 영웅전기소설이다. 그리고 이 두 편은 「을지문덕」에 비해 좀 더 허구적인 성격이 강하다는 장점을 보여준다. 그렇지만 본고는 고구려 영웅들이 등장한 작품을 중심으로 연구를 진행할 계획이다. 영웅의 성격과 범주를 넓힌 연구는 후일의 과제로 돌리고자 한다. 또한 「용과 용의 대격전」, 「백세 노승의 미인담」, 「유화전」, 「일목대왕의 철퇴」, 「박상희」, 「이괄」, 「일이승」, 「구미호와 오제」 등으로도 연구 영역을 확대할 계획이다.

대한 연구는 결코 적은 편이 아니다.[9] 그런데 이미 서론에서 밝힌 바와 같이, 본고는 이 작품에서 고구려 영웅 을지문덕이 어떤 역사를 어떻게 이야기하는가를 중점적으로 살피며 「을지문덕」이 발견한 역사의 성격을 정리하고자 한다.

「을지문덕」을 발표하기 이전 신채호는 캉유웨이 제자로 변법자강운동을 주도한 량치차오의 『이태리건국삼걸전』 번역을 통해 이탈리아에서 민족국가 수립을 견인한 근대 영웅들의 행적을 당대 독자들에게 적극적으로 소개했다. 지역 분열과 대립을 마감하고 통일된 민족국가 수립을 위해서는 마치니, 카리발디, 카브르 같은 영웅들이 우리들에게도 필요하며 이러한 영웅들의 활약을 인정하는 국민 각성이

---

8 이재선, 『한국소설사』, 민음사, 2000, 195쪽.

9 이 논문을 작성하며 참고한 논문과 저서를 정리하면 다음과 같다.

김인환, 「신채호의 근대성 인식」, 『민족문화연구』 제30집, 민족문화연구소, 1997.

김주현, 「신채호 문학 연구」, 구중서 최원식 편, 『한국근대문학연구』, 태학사, 1997.

김현주, 「신채호의 역사 이념과 서사적 재현 양식의 연관성에 대한 연구」, 『상허학보』 제14집, 상허학회, 2005.

이동재, 「단재 신채호 소설의 문학사적 계보와 변천과정 연구」, 『현대문학이론연구』 제20권, 현대문학이론학회, 2003.

이승원 오선민, 정여울, 『국민국가의 정치적 상상력』, 소명출판, 2003.

정선태, 「국수의 발견과 윤리적 미의식」, 『심연을 탐사하는 고래의 눈』, 소명출판, 2003.

채진홍, 「신채호 소설에 나타난 근대인관」, 『한국언어문학』 제5집, 한국언어문학회, 2005.

최현주, 「신채호 문학의 탈식민성 고찰」, 『한국문학이론과 비평』 제20집, 한국문학이론과 비평학회, 2003.

상기한 연구 사례 중 이승원 오선민 정여울의 『국민국가의 정치적 상상력』은 6장 「국가구현의 이미지들」에서 근대계몽기 담론이 표상하는 영웅의 이미지와 계열 및 성적 영향의 차이를 분석하고 있다. 이 논문의 전반적인 주지에 대해서는 동의하는 입장이지만 본고는 이 논문의 구도와는 달리 근대계몽기 이후의 영웅으로까지 연구 영역을 확장하고 있다. 근대계몽기의 영웅과 이후의 영웅 사이에는 세심하게 살펴야 할 틈새와 균열이 잠복해 있으며, 이로 인해 이들이 이야기하는 역사 역시 그 성격이 동일하지 않다는 점을 본고는 주목하고 있다.

요청된다는 메시지를 신채호는 『이태리건국삼걸전』 번역에 수록하고 있다. 『이태리건국삼걸전』 번역 이후 신채호는 특히 한국사의 영웅을 발견하며 역사전기소설을 발표하는 작업에 몰두하는데, 「을지문덕」도 그러한 문제의식으로 서술된 소설이다.

그런데 을지문덕은 신채호가 인정하듯 그 일대기가 상세하게 알려진 인물, 즉 확연하게 그 행적을 실증할 수 있는 인물이 아니다.[10] "웅위한 인물의 위대한 공업"을 예증하는 영웅의 표상으로 등장하는 을지문덕이 사실은 자명한 실체가 아닐 수 있다는 것을 신채호도 인정하고 있다. 을지문덕이 역사적 실존 인물이기는 하지만 그 일대기가 상세하게 기록되어 전해지지 않는 까닭에 「을지문덕」의 을지문덕은 어디까지나 신채호에 의해 새롭게 창조된 영웅이라는 점을 간과해서는 안 된다. 「을지문덕」은 마치 을지문덕을 자명한 실체처럼 진술하지만 그 을지문덕은 신채호가 역사 다시 쓰기의 일환으로 새롭게 탄생시킨 인물이라는 것이다.[11]

먼저 주목해야 할 대목은 「을지문덕」의 주인공이 왕이 아니라 무장 영웅으로 설정되었다는 점이다. 왕이 전의 주인공으로 등장하지 않는다는 것은 신채호의 전이 충군적인 봉건 논리를 더 이상 이야기하지 않는다는 것을 의미한다. 신채호의 전은 근대국민국가의 탄생을 위해 사심 없이 헌신하는 영웅들의 논리인 근대적 애국 논리를 들려준다. 이렇듯 「을지문덕」에서의 을지문덕은 왕에게 복종하는 봉건 영웅이 아니라 고구려라는 한 국가에 복종하는 근대 영웅으로 존

---

10 "이 몇 줄 역사가 오히려 유전하였으니 다행하도다. 을지문덕이여! 또한 다만 이 몇 줄 되는 역사만 유전하였으니 불행하도다. 을지문덕이여!"(14)

11 을지문덕은 개별화된 작중 인물은 아니다. 그렇기에 을지문덕이 논평적 소설자와 분리되어 어떤 서사를 이야기하는 주체로 나온다는 것은 아니다. 을지문덕은 이 작품에서 마치 내포 작가로 존재하며 고구려 전쟁사를 이야기하고 있으며 그런 점에서 본고는 을지문덕이 역사를 이야기한다는 표현을 쓰고 있다.

재하고 있다. 요컨대 신채호는 을지문덕을 봉건적 충군 개념에 예속된 봉건 영웅이 아니라 근대국민국가를 수호하는 근대적인 애국론을 실천하는 근대 영웅으로 창조하고 있다.

여기서 근대적인 애국론을 실천한다는 말의 의미를 되새길 필요가 있다. 이 소설을 정독한 독자라면 누구나 알겠지만 「을지문덕」의 을지문덕은 고소설의 영웅들처럼 기이한 능력을 펼치는 초월적 존재로 등장하지 않는다. 또한 을지문덕이 마주하는 환경 역시 환상적이거나 비합리적인 환경이 아니다. 을지문덕이나 을지문덕의 주변 환경이나 구체적인 역사 시대에서 연유하는 인물이며 환경이라는 것을 우리는 주목해야 한다. 이 구체적인 역사 시대는 어떤 시대를 말하는가? 그 시대는 표면적으로는 당과 수나라의 전쟁이 전개된 고대이지만 그 고대는 제국주의를 추종하는 근대국민국가들의 격돌이 전개된 시대의 비유이다.[12] 신채호가 「을지문덕」에서 발견한 역사는 근대의 격돌과 파란이 점철되는 역사이며 이 파란과 격돌을 제어할 근대적인 애국론의 실천적 투사인 전쟁 영웅이 요청되는 역사이다.

을지문덕이 주로 이야기하는 역사는 고구려와 수나라의 격돌, 즉 고구려의 전쟁사이다. 왜 하필 전쟁사인가? 이 전쟁을 고대의 전쟁으로 볼 수는 없다. 이 전쟁은 영토를 둘러싼 근대국민국가의 격돌과 욕망을 표현하는 까닭이다. 이 전쟁은 고구려와 수나라 사이의 과거 전쟁이 아니라 한국과 제국주의 열강 간의 현재적인 투쟁을 표현한다.[13] 그 현재적인 투쟁을 압축하는 표현이 자강주의이다. 수나라와

---

12 「을지문덕」은 '자주', '통합', '통일' 등과 같은 근대적 개념으로 역사를 이야기하는 바, 「을지문덕」이 발견한 역사는 근대국민국가의 역사라 할 수 있다.

13 동아시아 고대에서 동아시아의 근대국민국가 이야기를 읽은 이는 이성시다. 이성시에 따르면 동아시아의 고대는 홉스봄적 의미의 만들어진 전통이다. 이성시의 관점을 그대로 인정한다면, 을지문덕이 이야기하는 역사 역시 만들어진 전통에 가깝다. 문제는 만들어진 전통의 정치적 효과이다. 을지문덕이 이야기하는 역사에서 독자들은

의 전쟁 승리의 주역인 을지문덕에게서 신채호는 영웅의 본질이 자강주의의 실천에 있음을 간파하는바, 그는 자강주의의 실현을 을지문덕주의로 정의한다.

이렇게 을지문덕이 이야기하는 역사는 자강주의의 실현을 위해 고구려가 투쟁하는 역사이며 그러한 투쟁이 전쟁으로 표출되는 역사이다. 정확히 말하자면 을지문덕이 이야기하는 전쟁사는 타국가의 위협을 극복하고 탄생하는 독립된 근대국민국가의 역사이며 더 나아가서는 타국가의 영토로 확장해 들어가는 근대 제국주의의 역사이다. 「을지문덕」이 이야기하는 역사에는 제국주의 열강들의 논리를 역설적으로 승인하는 욕망이 숨어 있으며[14] 이 욕망을 격정적으로 드러낸 인물이 바로 을지문덕이다. 이런 「을지문덕」에서 근대국민국가의 역사를 읽어내는 것은 결코 어려운 일이 아니다. 아래 단락을 보기로 하자.

그러나 저희는 춘추전국 때로부터 대륙의 형세가 점점 통일하여 가고 우리 한국은 마한의 말년과 삼국이 일어나던 처음까지 오히려 통일이 되지 못하여 무수한 작은 나라들이 땅을 찢어 점령하여 피차에 자웅을 다투며 서로 간과를 쉴 날이 없었으니 무슨 겨를에 외국과 다툴 힘을

식민화의 징후와 이 징후를 타개하기 위한 저항의 열정을 확인할 수 있다. 이성시의 발상법이 고대를 좀 더 문제적인 시각으로 보게 하는 건 사실이나 식민화와 저항의 관계라는 정치적 효과에 대해서는 고려하지 않는 것은 논리의 한계로 보인다. 이성시, 『만들어진 고대』, 삼인, 2001.

14 「을지문덕」은 제국주의를 동경하는 욕망을 보여준다. 이 욕망은 제국주의를 바탕으로 형성된 근대국민국가의 욕망이기도 하다. "여진 부락이 나의 식민지가 되고, 강대한 중국 황제가 거의 나의 손에 사로잡힐 뻔하였으니, 오호라! 토지의 광대함으로 그 나라가 큰 것도 아니요, 인민의 많음으로 그 나라가 강한 것도 아니라. 오직 스스로 크게 하고 스스로 강하게 하는 자라야 그 나라가 크고 강하나니 을지문덕 주의는 진실로 흠앙할 만하도다. 을지문덕주의는 무슨 주의인가? 이는 곧 제국주의이라."(26)

저축하였으리요? (……) 삼국 중년에 이르러 모든 작은 나라들이 점점 서로 합병이 되어 통일할 기틀이 가까우매 가락, 가야, 부여, 옥저, 예맥 들이 모두 삼국의 통합한 바가 되고(16)

여기서 '통일', '통합' 등의 표현을 주목하기로 하자. 이 단락에서 '통일'과 '통합'은 긍정적인 의미를 선취하는 근대적 개념들이다. 신채호는 중국의 형세를 점점 통일되어가는 형세로 묘사하는 반면 한국을 분열되어가는 형세로 묘사한다. 통일 중국이 좀 더 우월한 지위에 있다면 그렇지 않은 한국은 열등한 지위에 있다고 이 단락은 구분하고 있다. 그런데 이러한 묘사와 구분은 이 단락에만 해당하는 게 아니라 「을지문덕」 전체에 적용된다. 본래 '통일'과 '통합'은 가락, 가야, 부여, 옥저, 예맥 같은 고대 부족들에 적용할 수 없는 개념이다. 이는 기본적으로 근대국민국가에 적용할 수 있는 개념인바, 이 인용 단락에서도 우리는 신채호가 영토의 통일과 지역의 통합을 중시하는 근대국민국가의 역사를 이야기한다는 것을 간파할 수 있다.[15]

바로 이 점이다. 을지문덕이 이야기하고 발견한 역사는 근대국민국가의 욕망과 투쟁이 비상하는 당대의 시간과 공간으로 수렴된다. 그리고 그 역사는 국민의 이름으로 명명될 당대 독자들에게 근대적 개념과 의식들을 끊임없이 주지시킨다. 영토의 통일, 통합 개념도 그

---

15 신채호가 논설위원으로 일한 『대한매일신보』의 영토 관념과 을지문덕의 영토 관념은 상동 관계를 보여준다. 박태호에 따르면, "『대한매일신보』에서는 임금이나 종묘사직과 단절된 외연적인 영토 개념과 대지적 수사학을 동반하는 '조국'이라는 내포적인 영토 개념이, '나라혼'을 통해서 통합된 유기적 전체로서 국민이란 개념과 결합되어 근대 민족주의(국민주의) 운동의 자장을 형성하는 영토적 공간을 전형적인 형태로 보여준다." 「을지문덕」에도 이러한 민족주의적 영토 관념이 나타나고 있다. 박태호, 「근대계몽기 신문에서 영토적 공간 개념의 형성」, 이화여대 한국문화연구원, 『근대계몽기 지식의 발견과 사유 지평의 확대』, 소명출판, 2006, 187쪽.

렇고 이와 연관된 독립 개념도 그렇다. 근대국민국가의 영토 개념은 곧 독립 개념의 정당성을 자연스럽게 환기시킨다. 여기서의 독립은 개인 독립보다는 국가 독립에 비중을 둔 개념으로 을지문덕은 국가의 독립 개념을 담지한 영웅으로 표상되고 있다. "나라의 크기가 저보다 10배나 미치지 못하며 인민의 많음이 저보다 100배나 미치지 못하는 고구려"였지만 수나라를 이길 수 있는 저력은 을지문덕의 독립 정신에 연원한다고 「을지문덕」은 밝히고 있다. 이렇게 을지문덕은 '자강', '독립', '통합', '통일'과 같은 근대적 개념을 활용하며 근대국민국가의 역사를 이야기한다. 「을지문덕」이 이야기하는 역사는 결코 고대에 머무는 게 아니라는 말이다.

그리고 을지문덕이 이 파란과 격돌의 근대에서 외교에 능한 영웅으로 묘사되고 있다. 외교라는 용어 자체가 근대적 개념이거니와 을지문덕은 수나라의 주변국들을 대상으로 능란한 외교를 펼치는 근대적인 외교관의 형상으로 등장한다. "신라도 수나라이요, 백제로 수나라이요, 거란 말갈 돌궐도 또한 다 수나라"라고 말해도 좋을 정도로 고구려 주변국들이 수나라에 복종하는 형국이지만 을지문덕의 출중한 외교수단으로 고구려는 주변국들의 침략을 사전에 제어할 수 있었다고 신채호는 논평한다. 이 뿐만이 아니다. 을지문덕은 "카부르의 백성을 달래고 부세를 더함과 이성의 성첩을 수축하고 곡식을 저축하던 그 열성과 그 충성심과 그 근로함을" "모두 겸하여" 품은 인물로 "외교에도 부족한 바가" 없고 "내치에도 흠절이" 없는 정치가, 즉 근대국민국가가 요구하는 정치적 경륜과 역량을 구현하는 정치가로 표상되기도 한다.

근대정치인의 표상으로 반복적으로 확정되는 을지문덕은 독립 개념을 대단히 중시한다. 그 까닭은 무엇일까? 독립이 국민들의 권리를 보장하는 전제 조건인 까닭이며 독립 상실이 국민들의 권리 상실과 직결되는 조건인 까닭이다. 이 권리의 의미를 살펴봐야 한다. 이 권리는 어느 특정 계층의 권리가 아니라 민족 전체의 권리이자 국민의 권리이며 궁극적으로는 국가의 권리이다. 이러한 권리를 잃게 되면 "단군 이후에 4천 년을 전래하던 중심 기지까지 남에게 사양"하게 되고 "우리집 형제들은 발을 디딜 곳이" 없어지는 수모를 받을 수밖에 없다는 메시지를 「을지문덕」은 표명한다. 그렇기에 '자주', '독립', '통합', '통일' 등의 개념을 주체적으로 구현하는 을지문덕은 이러한 권리를 상실하지 않기 위해 누구나 예외 없이 자강주의자가 되어야 한다는 것을 역설하며 고구려와 수나라의 전쟁의 역사, 궁극적으로는 국가 존립에 긴요한 영토의 확장을 둘러싼 역사인 근대국민국가의 역사를 독자들에게 이야기한다.

을지문덕의 주의는 적국의 크고 강하며 사납고 용맹함을 따지지 않고 반드시 앞으로 나아가되 한 걸음 물러가면 땀이 젖으며 한 터럭이라도 사양하면 창자에 피가 끓어서 이로써 자기를 경계하며 이로써 동료를 권하고 이로써 전국 인민을 고동하여 죽고 사는 것을 반드시 조선으로서 하며 먹고 쉬는 것을 반드시 조선으로서 하게 한 까닭에 필경 여진 부락이 다 나의 식민지가 되고 강대한 중국 황제가 거의 나의 손에 사로잡힐 뻔하였으니, 오호라! 토지의 광대함으로 그 나라가 큰 것도 아니요, 인민의 많음으로 그 나라가 강한 것도 아니라. 오직 스스로 크게 하고 스스로 강하게 하는 자라야 그 나라가 크고 강하나니 을지문덕 주의는 진실로 흠양할 만하도다. 을지문덕주의는 무슨 주의인가? 곧 제국주의라.(26)

이 대목에서 더욱 분명하게 확인되고 있지만 신채호는 을지문덕을 고대사의 시간 속에 머물게 하지 않고 제국주의 열강들이 벌이는 패권쟁탈의 현장으로 호출해 근대의 투쟁과 욕망이 배인 근대국민국가의 역사를 이야기하도록 한다. 호출된 을지문덕은 내포 작가의 역할을 수행하며 고구려와 수나라와의 전쟁사를 이야기하지만 그 전쟁사의 시간은 근대의 긴장이 표출되는 당대로 귀환한다. 이 대목에서의 을지문덕은 독립된 근대국민국가의 건설만이 아니라 타국가를 식민화하는 제국주의의 영웅으로도 표상되고 있으니 「을지문덕」에서 독자들은 영토를 놓고 전개된 파란과 격돌의 근대국민국가의 역사를 목도할 수 있다.

아이러니하게도, 을지문덕이 이야기하는 역사는 일제가 강요하는 폭압적인 근대에 대한 대응 방법으로 자강만이 아니라 제국주의까지 옹호한다. 신채호는 『이태리건국삼걸전』에서 발견한 근대국민국가의 역사를 「을지문덕」에서 다시 쓰면서 근대국민국가들의 욕망인 제국주의를 동경한다. 그러나 그는 더는 제국주의를 동경하지는 않는다. 그는 근대국민국가의 역사만을 배타적으로 설파하는 작가로 머물지 않는다. 그는 근대국민국가의 역사를 뒤로 하고 또 다른 역사를 「꿈하늘」에서 이야기한다.

3. 「꿈하늘」의 영웅과 기원으로서의 역사

1910년 신채호는 신민회 간부들과 만주로 망명한다. 신채호에게 망명은 애국계몽과 개신유학의 논리만이 아니라 그 이상의 논리를 모색하는 계기로 다가온다. 신채호는 블라디보스토크, 서간도, 상해, 북경 등을 오가는 동안 여러 독립운동 단체를 조직하는 한편 조선사 연구에 매진한다. 그리고 망명지에서 신채호는 「유화전」, 「백세 노승의 미인담」, 「일목대왕의 철퇴」, 「꿈하늘」 등 여러 편의 작품을 남긴다. 이렇게 신채호에게 망명은 도피가 아니라 근대 극복의 논리를 모색하는 치열한 투쟁의 도정이었다.

망명지에서 신채호는 조선사 연구에 전념 하는 바, 특히 조선사 연구의 최종적인 귀착지는 기원으로서의 고대사였다. 왜 고대사인가? 독립된 근대국민국가의 탄생이 완전하게 좌절된 상황에서 결여와 훼손이 없는 역사의 기원을 보고 싶은 까닭에 신채호는 고대사 연구에 전념한다. 더 이상 「을지문덕」 같은 작품을 빌려 근대국민국가의 형성을 희구할 수 없는 상황이었다. 그렇기에 이 기원의 현장에서 훼손되지 않은 영광된 역사를 목격하고 싶은 까닭에 신채호는 기원으로서의 고대사 연구에 전념한다.

그런데 한국고대사를 탐구하는 작업이 신채호에게 언제나 보람으로 나타난 것은 아니었다. 역설적이게도 그 작업은 한국고대사가 명료하게 재현될 수 없는 증명 불능의 세계라는 것을 확인시키는 역정의 과정이었다.[16] 이럴 때 신채호는 한국고대사를 구체적인 증거로 증명하는 실증의 세계가 아니라 주관과 욕망의 감각으로 구성된 환상의 세계로 받아들일 수 있으니 그 사례가 바로 「꿈하늘」이다.

그렇다면 「꿈하늘」의 을지문덕은 어떤 방식으로 어떤 역사를 이야기하는가? 먼저 이 점부터 말해 보기로 하자. 「꿈하늘」의 을지문덕과 「을지문덕」의 을지문덕은 구국 영웅의 계보에 속하는 인물들이지만,

---

16 단재는 망명 이후 만주 지방의 고적을 답사하며 고대사에 이해를 넓혀나가지만 그 고대사의 현장이 사멸되어가는 것에 대해 안타까워한다. 그에게 고대사는 존재하는 세계이기도 했지만 사멸되어 감으로써 증명이 되지 않는 부재의 세계이기도 했다. "내가 아령지방과 만주지방에 있었을 때에는 우리의 사적을 찾기에 거의 전력을 다하다시피 하였는데 여간 많은 것이 아닙니다. 그 중에는 우리의 자랑이 되는 훌륭한 것도 많았는데, 저 무지한 중국인의 손에서 자꾸자꾸 없어져가고 맙니다. 이를 생각하면 통곡할밖에 없습니다." 이만열, 『단재 신채호의 역사학 연구』, 문학과지성사, 1990, 34쪽.

이 둘은 자기 동일적 논리로 형성된 인물이 아니다. 그럴 만한 이유가 있다. 중국 망명 이후의 신채호는 민족 시조의 상징인 단군을 추앙하는 대종교 영향[17]을 받으며 좀 더 열정적으로 한국사의 기원을 탐색하는 민족주의자로 변모했다. 1908년 「을지문덕」의 신채호가 근대의 논리를 인정한 개신유학자였다면 망명 이후의 신채호는 근대와 거리를 두며 기원으로서의 고대사를 탐구한 민족주의적 사학자의 면모를 더 보여주었다. 그렇기에 이 시기 신채호의 시선은 아득한 기원으로 향하고 있었다. 문제는 고대사의 불확실성이다. 그리고 이 불확실성은 「꿈하늘」에서도 확인된다.

「꿈하늘」의 을지문덕은 논평적 서술자와 분리된 작중인물로 등장한다. 물론 노블적 의미의 작중인물, 즉 입체적인 성격을 보여주는 을지문덕은 아니다. 그렇지만 「꿈하늘」의 을지문덕은 자신의 목소리로 작가의 대리적 자아인 한놈과 말을 주고받는 분화된 작중인물로 등장한다는 점에서 내포작가의 지위를 행사한 「을지문덕」의 을지문덕과 그 성격이 다르다는 게 분명히 확인된다. 그런데 더 주목해야 할 차이점이 있다. 「꿈하늘」의 을지문덕은 「을지문덕」의 을지문덕과는 달리 결여와 한계를 드러내는 영웅으로 나온다. 「꿈하늘」의 을지문덕은 영웅은 영웅이되 근대국민국가의 탄생을 갈망한 「을지문덕」의 을지문덕을 그대로 모방하지 않는다. 이 결여와 한계를 보여주는 을지문덕이 객관 세계가 아닌 작가가 창조한 환상의 세계에서 역사를 이야기한다는 점도 주목할 현상이다. 이 환상의 세계에서 을지문덕은 한놈에게 한국고대사를 이야기해주는데, 그 고대사는 근대적 개념으로 비유되는 고대사가 아니다. 그 고대사는 예언과 비결과 같은

---

17 "단재는 만주에서 대종교 제3대 종사인 윤세복을 접촉하고 단군을 비롯한 고대사 연구에 있어서 대종교적인 자극을" 받는다. 이만열, 위의 책, 35쪽.

비근대적 비유와 언어로 이야기되는 세계이다.

「꿈하늘」은 두 가지 이야기로 구성되어 있다. 하나는 을지문덕과 한놈의 대화로 구성된 이야기이며 또 하나는 을지문덕이 사라진 이후 전쟁에 참여하는 한놈의 여정으로 구성된 이야기이다. 이 두 이야기에 다함께 등장하는 인물이 한놈으로 한놈은 "일찍 내 나라 역사에 눈이 뜨자 을지문덕을 숭배하는 마음이 간절하나 그에 대한 전기를 짓고 싶은 마음이 바빠 미처 모든 글월에 고구하지 못하고 다만 동사강목에 적힌 바 의거하여 필경 전기도 아니요 논문도 아닌 사천재 제일 위인 을지문덕이라 한 조그마한 책자를 지어 세상에 발표한 일이 있다"고 고백하는 인물이다. 작가의 대리적 자아로 추정되는 한놈은 「꿈하늘」의 시작장면부터 등장하는데, 이 장면에서의 한놈은 자기 기원을 모를 뿐만 아니라 향후 전망을 전혀 예측하지 못하는 인물로 등장하고 있다. 이러한 한놈과 대화를 주고받으며 한놈의 정체성과 정신을 각성시키는 스승이 바로 을지문덕이다. 한놈과 만난 을지문덕은 스스로를 이렇게 소개한다.

그대가 나의 칭호에 서슴느냐? 곧 선배라 부름이 가하니라. 대개 단군 할아버지께서 태백산에 내리어 삼신오제를 위하시며 삼경오부를 베푸시고 이를 만세 자손으로 하여금 지키게 하려 하실새 삼부 오계 윤리를 세우시며 삼랑오가로 교육을 맡게 하시니 이것이 우리나라 종교적 무사혼이 발생한 처음이니라. (……) 고구려는 군자스러운 무사를 사랑하여 선배라 이름하니 삼국사기에 적힌 바 선인이 그 음과 뜻을 아울러 한 번역이니라. 이제 나는 고구려의 사람이니 그대가 나를 선배라 부르면 가하리라.(128)

을지문덕은 자기를 선배로 정의한다. 을지문덕에 따르면, "신라는 소년 무사를 사랑하여 도령이라 부르고 백제는 장년 무사를 사랑하여 수두라 부르고 고구려는 군자다운 무사를 사랑하여 선배라고 부른다"고 한다.[18] 단군 할아버지의 태백산이 우리나라의 종교적 무사혼이 발생한 신성 공간으로, 이 혼이 3국 시대에 와서 "드디어 꽃 피듯 불 붙는 듯하여 사람마다 무사를 높이며 절하고 서로 아름다운 이름을 자랑하는" 풍속을 을지문덕은 한놈에게 환기시키며 자기를 선배로 부르도록 한다. 자기를 선배로 정의하는 을지문덕은 근대국민국가의 논리에서 이탈되어 민족의 원형적 정체성을 담지한 신화적 영웅으로 부각된다. 이 을지문덕은 '독립', '자주', '통일'과 같은 근대적 개념을 전유하는 근대인의 면모를 보여주기보다는 '단군'과 '우리나라 최초'의 표현 등이 환기하듯 민족의 원형적 정체성을 풍요롭게 구현하는 신화적 영웅의 면모를 보여준다. 이렇다고 해서 「꿈하늘」의 을지문덕이 현실주의적 성격을 탈피했다는 것은 아니다. 아래 인용을 보기고 하자.

　　영계는 육계의 사영이니 육계에 싸움이 그치지 않는 날에는 영계의 싸움도 그치지 않느니라. 대저 종교가의 시조된 석가나 예수가 천당이니 지옥이니 한 말은 별로이 우의한 곳이 있거늘 어리석은 사람들이 그 말을 집어 먹고 소화가 못 되어 망국멸족 모든 병을 앓는도다.(129)

영계와 육계가 결코 분리된 영역이 아니라고 주장하는 을지문덕은 "사람이 죽으면 착한 이의 넋은 천당으로 가며 모진 이의 넋은 지옥으로" 간다는 한놈의 종교적 이원론을 교정해준다. 자신은 "일찍 살수 싸움의 승리자 되므로 오늘 영계에서도 항상 승리자의 자리

를 차지하고, 저 수주 양광은 그때의 전패자이므로 오늘도 이같이"
패한다는 현실적 일원론을 한놈에게 주지시킨다. 이 현실적 일원론
의 바탕은 약육강식의 제국주의적 대결 국면이라고 할 수 있으니,
을지문덕이 한놈에게 전하는 메시지에는 당대적 현실주의의 맥락이
실려 있다.

그럼에도 불구하고 을지문덕은 근대적 개념에 의탁하며 역사를 이
야기하지 않으려는 태도, 즉 근대와 거리를 두며 창조된 환상 세계에
서 역사를 이야기하는 태도를 지속적으로 취해 나간다. 그가 의탁하
는 것은 근대적 개념이 아니라 선조들의 비결과 예언이며 작가의 환
상적 상상력이다. 그렇기에 「꿈하늘」은 근대의 욕망과 파란을 이야
기하는 「을지문덕」의 방식을 거부하면서 또 다른 역사를 이야기하고
있다. 작가는 아예 소설의 서두에서 이렇게 말하고 있다.

글을 짓는 사람이 흔히 배포가 있어 먼저 머리는 어떻게 내리라, 가운
데는 어떻게 버리리라, 꼬리는 어떻게 마르리라는, 대의를 잡은 뒤에 붓
을 댄다지만, 한놈의 이 글은 아무 배포 없이 오직 붓끝 가는 대로 맡기
어 붓끝이 하늘로 올라가면 하늘로 올라가며, 땅 속으로 들어가면 땅
속으로 따라 들어가며(122)

이렇게 신채호는 「꿈하늘」이 경계에 얽매이지 않는 자유로운 상상
력에 의해 창조된 작품임을 밝히고 있으니 역사는 「꿈하늘」에서 리
얼리티의 개념으로 이야기되는 대상이 처음부터 될 수 없었다. 그렇
다면 「꿈하늘」을 「을지문덕」보다 퇴행한 사례인 몽유록 소설의 계승
으로 볼 독자들도 없지 않다. 「꿈하늘」은 양식적으로 몽유록 소설의
계승이라는 구도를 취하지만 그 문제적 가치는 그리 간단한 게 아니
다.[19] 그렇다는 것은 「꿈하늘」이 역사를 이야기하는 방식과 역사의

성격에서 확인된다.

「꿈하늘」이 이야기하는 역사는 근대국민국가의 역사가 아니다. 「을지문덕」이 근대국민국가의 이념에 부합하는 역사를 이야기한다면 「꿈하늘」은 그렇지 않다. 근대국민국가의 형성이 봉쇄된 시점에서 「꿈하늘」은 근대국민국가 이전의 역사인 기원으로서의 고대사에 눈을 돌린다. 신채호는 근대국민국가의 논리를 이탈한 고대의 시간에서 근대의 충격에도 마모되지 않는 불멸과 재생의 역사를 보고자 했다. 그런데 이 고대사는 객관적 리얼리티로 재현되는 게 아니다. 이 고대사는 작가의 상상력으로 창조되는 세계로 이 세계는 설명한 바와 같이 환상의 형식으로 창조된다.

여기서 다시 두 을지문덕을 비교해 보기로 하자. 「을지문덕」의 을지문덕이 '자강', '독립', '통합'과 같은 근대적 개념을 전유하는 근대인으로 등장하며 역사를 이야기한다면 「꿈하늘」에서의 을지문덕은 환상 세계에서 투쟁하고 발언하는 신화적 영웅으로 등장한다는 점을 구분해 볼 필요가 있다. 다시금 강조하지만, 「을지문덕」의 을지문덕은 고대인이 아니다. 그는 고대에서 부활한 근대인으로 근대국민국가의 역사를 이야기했다.

그렇지만 「꿈하늘」의 을지문덕은 그렇지 않다. 「꿈하늘」의 을지문덕은 양광과 재격돌하는 고대의 시간, 혹은 선배로 불리는 고대의 시간으로 순간순간 되돌아간다. 그런데 이 고대의 시간은 신채호가 실증하거나 입증할 수 있는 세계가 아니다. 실증하거나 입증할 수 없는 세계, 라깡의 용어를 빌자면 실재(the Real)로서의 고대사를 을지문

---

19 「꿈하늘」은 현실을 배제하는 소설 작품이 아니라 현실을 포섭하는 소설이기에 그 형식은 몽유적이라 하더라도 현실을 적극적으로 포섭한다는 점을 간과해서는 안 된다. 이에 대해서는 이도연 논문을 참고. 이도연, 「낭만적 정신의 현실적 구조: 신채호의 『꿈하늘』론」, 『민족문화연구』 제37집, 민족문화연구소, 2002.

덕은 이야기한다. 그렇기에 「꿈하늘」의 을지문덕은 해결하기 어려운 딜레마에 봉착하고 만다. 그 고대사를 명료하게 이야기하기 어렵다는 딜레마이다. 그렇기에 을지문덕이 신뢰하는 것은 선조들의 예언과 비결이다.

옛적에 단군선조께서 모든 적국을 깨치고 그 땅을 나누어 서울을 세울새, 첫 서울은 태백산 동남 조선땅에 두니 가로되 부소요 다음 서울은 태백산 서편 만주땅에 두니 가로되 백아강이요 셋째 서울은 태백산 동북 만주 및 연해주 땅에 두니 오덕이라. 이 세 서울에 하나만 잃으면 후세자손이 쇠약하리라고 하사 그 예언을 적어 신지에게 주신 바이거늘 오늘에 그 서울들이 어디인지 아는 이가 없을뿐더러 이 글까지 잊었도다.(133~134)

을지문덕은 한놈에게 고조선의 서울이 부소, 백아강, 오덕 등 세 군데였으며 이 중 하나만 잃어도 후세 자손이 쇠약해진다는 예언이 신지에 전해지지만 오늘날 그 누구도 이 장소들을 모른다고 안타까워한다. 오늘날 고조선의 세 서울이 어디인가를 아무도 모르기에 을지문덕은 아쉽게도 고대사의 진실을 확인할 수 없다는 절망과 체념에 빠져있으니 이는 전쟁 영웅의 당당한 형상과는 거리가 멀다. 선조들의 예언을 신뢰하는 을지문덕의 형상은 「을지문덕」의 을지문덕과는 현격하게 달라 보인다. 이 대목에서의 을지문덕은 예언의 비합리성을 비판하는 근대인이 아니다. 이 대목에서의 을지문덕은 예언의 비합리성에도 불구하고 기원으로서의 한국고대사를 보고 싶은 갈망에 휩싸여 있다. 그렇지만 그러한 을지문덕도 그 기원을 보고 있는 것은 아니다. 그 기원을 을지문덕은 확연하게 자신의 앎으로 이해하고 있는 게 아니라는 말이다.

이렇게 된 이유로 을지문덕은 유교의 덕목인 인후를 지목한다. "인후 두 자가 우리를 쇠하게 한 원인"이며 "동족에 대한 인후는 흥하는 원인도 되거니와 이족 적국에 대한 인후는 망하게 하는 원인"이라는 점을 을지문덕은 강조한다. 또한 "공자의 언문수문이며 맹자의 사대낙천이 차차 세력을 박으며 더욱 그 주의에 심취한 최치원 등이 중국에서 유학하고 돌아와 사설로 인심을 매혹하여 드디어 우리 한아배의 주신 역사의 상무정신을 배척하게 되니 이것이 고대 역사의 잔결된 원인"이라고 을지문덕은 한탄한다.

을지문덕이 밝히는 한국고대사의 망실 원인은 상무정신을 배척하는 공맹의 유교이며 유교의 인후 논리이다. 이러한 을지문덕의 유교 비판에 동감하는 한놈은 한국고대사의 진실과 관련된 열 가지 항목을 질문한다. 그런데 흥미로운 점은 을지문덕이 한놈의 질문에 직접적으로 대답하지 않는다는 것이다. 그 대신 을지문덕은 한놈에게 고대사의 흔적들이 재현되는 거울을 보여준다. 한국고대사의 흔적들을 비추어주는 거울을 꺼내 든 을지문덕은 한놈에게 어떤 장면이 보이느냐고 묻지만 한놈은 어떤 장면도 보이지 않는다고 말한다.

여기서 우리는 「꿈하늘」이 역사를 이야기하는 방식을 다시 주목할 필요가 있다. 망실된 고대사의 흔적을 거울로 보여준다는 발상법 자체가 비합리적이거니와 이는 전해지지 않는 역사를 작가의 상상력으로 이야기하는 의미를 띤다. 역사를 거울로 재현한다는 비유 자체가 흥미롭지만 문제는 이 거울의 비대칭성에 있다. 이 거울에서 한놈은 고대사를 볼 수 없었다. 을지문덕은 고대사의 흔적과 풍경들을 순간순간 재현하는 거울을 한놈에게 보여주지만, 한놈은 그 거울에서 고대사를 명료하게 볼 수 없었다. 이러한 장면에서 기원으로서의 고대사는 한놈만이 아니라 국민들에게 명료하게 알려지지 않는 미지의 영역으로 남아버리고 만다. 역설적이게도 고대사의 부재가 확인되는 순간 을지문덕은 한놈 앞에서 고대부터 기원하는 최종적 진리를 계시한다. 한국사는 국수와 외화의 싸움이라는 진리이다.

을지문덕에 따르면, 단군 2100여 년에 우리 종족의 중심이 되는 진국이 붕괴한 이후부터 국수와 외화의 싸움은 치열하게 진행 중이다. 그리고 이 싸움은 정법, 예교, 풍속, 윤리, 문물 등 모든 국면에 걸쳐 진행되고 있으며 이 싸움이 국수의 패배로 귀결된다는 암울한 비관적 전망을 을지문덕은 한놈에게 말해주고 있다. "위로 하늘에서 비롯하여 아래로 땅에 이르러 그 사이에 변치 않는 것이 없도록 국수가 무너지니 소위 조선 사람은 이름 뿐이요 그 실상은 모두 조선에 떠난 사람"이라고 을지문덕은 안타까워한다. 그렇지만 "고통이 깊음에 따라 근본으로 돌아가게 되나니 이는 차츰차츰 국수주의로 돌아오는 순국"이라고 말하며 언젠가는 국수주의가 도래하리라고 을지문덕은 역설한다.[20]

그런데 국수주의의 도래를 예언하는 대목에서 을지문덕은 사라진다. 국수주의의 도래를 설파하던 을지문덕은 "동편 하늘이 딱 갈라지며 그 속으로 돌칼 불활 불돌 불총 불대포 불화로 불솥 불범 불사자 불개 불고양이떼들이 쏟아지자 무지개를 타고 그 속으로 자취를 감추고 만다. 이 예기치 않은 을지문덕의 실종으로 국수주의는 물론이고 한국고대사는 더는 이야기되지 않는다. 그리고 이어지는 것은 눈물과 참회, 유혹과 각성을 수반하는 한놈의 고된 여정이다. 그렇다면 한놈은 한국고대사의 기원을 보게 될까? 그렇지는 않다. 이어지는 이야기는 투쟁의 장도에 오른 한놈의 행적에 초점을 맞춘다. 그렇기에

---

20 이 대목에서의 국수주의는 확정된, 명료한 진리처럼 읽히지 않는다. 이 대목에서의 국수주의는 패배하는 국수주의이며 고통 받는 국수주의이다. 언젠가는 국수주의가 도래할 날이 오리라 을지문덕은 예언하지만 이 예언은 역설적으로 국수주의의 결여를 반증한다.

이 두 번째 이야기에서 한국고대사는 이야기 되지 않는 부재의 세계로 자취를 감추고 만다. 한국고대사는 을지문덕의 갑작스런 실종과 함께 아예 흔적마저 감추고 만다. 「꿈하늘」은 기원으로서의 역사를 이야기하지만 그 이야기는 완료되는 게 아니라 도중에 실종된다.

이러한 내적 한계에도 불구하고 「꿈하늘」은 역사를 사실과 실증의 범주에 한정시키지 않고 환상의 범주로 확장해 기원으로서의 역사를 당대를 초극하는 대안으로 탐색하는 성취를 보여준다. 앞서 설명한대로, 「꿈하늘」은 근대국민국가의 역사 그 자체를 이야기하지 않는다. 「꿈하늘」이 이야기하는 역사에서 근대국민국가는 결락되어 있다. 물론 「꿈하늘」의 심층적 구조는 당대의 현실적 구조이다. 그런데 「꿈하늘」은 이 현실적 구조의 논리를 이탈해 환상의 세계를 이야기해주고 있으며 이 환상의 세계에서 역사는 근대적 개념으로 비유되는 게 아니라 예언과 비결, 거울 등으로 비유되거나 조명된다. 이는 근대국민국가의 형성이 철저하게 봉쇄된 시점에서 신채호가 전념한 초극의 대안이었으니, 우리는 근대국민국가의 논리에 호응하는 역사와는 다른 기원으로서의 역사를 「꿈하늘」에서 주시할 수 있다. 「꿈하늘」이 발견한 역사는 초극의 대안으로서의 기원으로서의 고대사였다.

4. 결론

식민지 하의 누구보다 근대를 치열하게 고민하며 역사를 이야기한 신채호 문학을 다시 읽고 연구하는 일은 연구자들의 중요한 과제 중 하나이다. 그리고 최근 몇 년 신채호를 다시 읽고 평가하는 연구 논문이 눈에 띄게 증가하면서 신채호 문학은 근대문학 연구의 중요한 과제로 자리매김 되었다. 본고는 서론에서 밝힌 바와 같이 신채호의 두 소설을 놓고 고구려 영웅이 어떤 역사를 어떻게 이야기하며 당대에 대응하는가의 문제를 집중적으로 검토했다.

한국근대문학의 성장 행로에 신채호가 기여한 바가 한 둘이 아니겠으나 그 중 하나가 역사에 대한 실천적 성찰이다. 역사를 실천적으로 사유하지 않은 이광수 중심의 신문학과는 다르게 신채호는 역사를 자기 문학의 중심 화두로 설정하고 치열하게 사유하며 다층적인 역사를 발견하고 이를 작품에 실현하는 성과를 내놓는다. 이 점을 주목해 본고는 고구려 영웅이 등장하는 「을지문덕」과 「꿈하늘」을 대상으로 영웅들이 어떤 역사를 어떻게 이야기하며 당대에 대응하는가를 살펴보았다.

본고의 논지가 좀 더 설득력을 얻기 위해서는 신채호 문학만이 아니라 당대의 역사담론들을 동시적으로 읽고 이 관계를 고찰하는 연구가 필요하다. 또한 연구 대상을 고구려 영웅이 등장하는 작품만이 아니라 영웅 전반, 특히 좌절한 영웅들이 등장하는 작품들로도 확장할 필요가 있다. 그렇기에 본 논문은 신채호 소설 전반을 놓고 진행된 연구가 아니라는 점에서 시론적 차원의 연구에 머무는 문제점을 지닐 수밖에 없다. 이런 점을 감안하고 본고의 연구 결과를 정리하면 다음과 같다.

흔히 신채호가 영웅 중의 영웅으로 지목한 고구려 영웅은 자기 동일적 논리로 형성된 영웅으로 이해되지만 실제로는 그렇지 않다. 「을지문덕」의 을지문덕이 내적 결여가 없는 영웅이라면 「꿈하늘」의 을지문덕은 내적 결여가 분명해 보인다. 전자의 을지문덕이 근대국민국가의 역사를 이야기한다면 후자의 을지문덕은 근대와 거리를 두며 기원으로서의 민족 고대사를 이야기한다. 또한 전자의 을지문덕이 근대국민국가의 역사를 중점적으로 이야기하면서 제국주의를 동경한다면 후자의 을지문덕은 근대의 논리와 거리를 두고 예언과 비결, 원형과 신화로 비유된 원형적 민족의 역사를 이야기하면서 국수주의를 동경한다. '통합', '통일'과 같은 근대적 개념으로 비유되는 「을지문덕」의 역사가 영토 확정과 확장의 근대국민국가의 논리를 추인한다면 예언과 비결의 개념을 인용하며 이야기되는 「꿈하늘」의 역사는 환상으로 창조된 고대를 인정한다.

이처럼 신채호 문학에서의 역사는 단지 배경이 아니다. 그 역사는 신채호 문학의 동력으로, 신채호 문학을 자기 동일적 범주에서 탈피해 새로운 세계로 나아가게 하는 역동적인 힘을 내장하고 있다. 근대계몽기의 신채호가 근대국민국가의 역사를 이야기한다면 만주 망명 이후의 신채호는 고대의 역사를 이야기한다. 그런데 이 두 역사는 일제가 강요하는 제국주의적 근대에 저항하는 차원에서 이야기된 역사라는 점에서 현실적 성격을 내포한다. 전자의 역사가 제국주의를 모방하며 제국주의와 대결한다면 후자의 역사는 국수주의의 도래를 갈망하며 제국주의와 대결한다.

바로 이 점이 신채호 문학의 특장이다. 우리 근대 문인 중 신채호처럼 역사를 이렇게 다층적이고 실험적으로 그리고 실천적으로 사유한 문인은 그리 많지 않다. 신채호로 인해 한국근대문학은 역사와 본격적으로 대화할 수 있었기에 우리는 그의 문학이 어떤 역사를 어떻게 이야기하며 어떤 성격의 역사를 발견하는가를 세심히 살필 필요가 있다.

5. 읽기 자료

일(一), 사(史)의 정의(定義)와 조선역사(朝鮮歷史)의 범위(範圍)
역사(歷史)란 무엇이뇨. 인류사회(人類社會)의 「아(我)」와 「비아(非

我)」의 투쟁(鬪爭)이 시간(時間)부터 발전(發展)하며 공간(空間)부터부터 확대(擴大)하는 심적(心的) 활동(活動)의 상태(狀態)의 기록(記錄)이니, 세계사(世界史)라 하면 세계인류(世界人類)의 그리 되어 온 상태(狀態)의 기록(記錄)이며, 조선사(朝鮮史)라면 조선민족(朝鮮民族)의 그리 되어 온 상태(狀態)의 기록(記錄)이니라.

무엇을 「아(我)」라 하며, 무엇을 「비아(非我)」라 하느뇨. 깊이 팔 것 없이 얕게 말하자면, 무릇 주관적(主觀的) 위치(位置)에 선 자(者)를 「아(我)」라 하고, 그 외(外)에는 「비아(非我)」라 하나니, 이를테면 조선인(朝鮮人)은 조선(朝鮮)을 아(我)라 하고, 영(英)·미(美)·법(法)·로(露)…… 등을 비아(非我)라 하지만, 영(英)·미(美)·법(法)·로(露)…… 등은 각기 제 나라를 아(我)라 하고, 조선(朝鮮)은 비아(非我)라 하며, 무산계급(無産階級)은 무산계급(無産階級)을 아(我)라하고, 지주(地主)나 자본가(資本家)……등을 비아(非我)라 하지만, 지주(地主)나 자본가(資本家)……등은 각기 제 붙이를 아(我)라 하고, 무산계급(無産階級)을 비아(非我)라 하며, 이뿐 아니라 학문(學問)에나 기술(技術)에나 직업(職業)에나 의견(意見)에나 그밖에 무엇에든지, 반드시 본위(本位)인 아(我)가 있으면, 따라서 아(我)와 대치(對峙)한 비아(非我)가 있고, 아(我)의 중(中)에 아(我)와 비아(非我)가 있으면 비아(非我) 중(中)에도 또 아(我)와 비아(非我)가 있어, 그리하여 아(我)에 대(對)한 비아(非我)의 접촉(接觸)이 번극(煩劇)할수록 비아(非我)에 대(對)한 아(我)의 분투(奮鬪)가 더욱 맹렬(猛烈)하여, 인류사회(人類社會)의 활동(活動)이 휴식(休息)될 사이가 없으며 역사(歷史)의 전도(前途)가 완결(完決)될 날이 없나니, 그러므로 역사(歷史)는 아(我)와 비아(非我)의 투쟁(鬪爭)의 기록(記錄)이니라.

아(我)나 아(我)와 상대(相對)되는 비아(非我)의 아(我)도, 역사적(歷史的)인 아(我)가 되려면 반드시 양개(兩個)의 속성(屬性)을 요(要)하

나니,

(일(一)) 상속성(相續性)이니, 시간(時間)에 있어서 생명(生命)의 부절(不絶)함을 위(謂)함이요,

(이(二)) 보편성(普遍性)이니, 공간(空間)에 있어 영향(影響)의 파급(波及)됨을 위(謂)함이라.

그러므로 인류(人類) 말고 다른 생물(生物)의 아(我)와 비아(飛蛾)의 투쟁(鬪爭)도 없지 않으나, 그러나 그 「아(我)」의 의식(意識)이 너무 미약(微弱)(혹 절무(絶無))하여 상속적(相續的) 보편적(普遍的)이 못되므로, 마침내 역사(歷史)의 조작(造作)을 인류(人類)에 뿐 양(讓)함이라. 사회(社會)를 떠나서 개인적(個人的)인 아(我)와 비아(非我)의 투쟁(鬪爭)도 없지 않으나, 그러나 그 아(我)의 범위(範圍)가 너무 약소(弱小)하여 또한 상속적(相續的) 보편적(普遍的)이 못되므로, 인류(人類)로도 사회적(社會的) 행동(行動)이라야 역사(歷史)가 됨이라. 동일(同一)한 사건(事件)으로 양성(兩性) ─ 상속(相續)・보편(普遍) ─ 의 강약(强弱)을 보아 역사(歷史)의 재료(材料)될 만한 분량(分量)의 대소(大小)를 정(定)하나니, 이를테면 김석문(金錫文)이 삼백년(三百年) 전(前)에 지원설(地圓說)을 창도(唱道)한 조선(祖先)의 학자(學者)이지만, 이를 「후루노」(부르노)의 지원설(地圓說)과 같은 동양(同樣)의 역사적(歷史的) 가치(價値)를 쳐주지 못할 것은, 피(彼)는 그 학설(學說)로 인(因)하여 구주(歐洲) 각국(各國)의 탐험열(探險熱)이 광등(狂騰)한다, 아메리카의 신대륙(新大陸)을 발견(發見)한다 하였지만, 차(此)는 그런 결과(結果)를 가지지 못함이라. 정여립(鄭汝立)은 사백년(四百年) 전(前)에 군신강상설(軍臣綱常說)을 타파(打破)하려 한 동양(東洋)의 위인(偉人)이지만, 이를 〈민약론(民約論)〉을 저작(著作)한 「루소」와 동등(同等)되는 역사적(歷史的) 인물(人物)이라 할 수 없음은, 당시에 다소간 정설(鄭說)의 영향(影響)을 입은 일계(釰稧)나 양반살육계(兩

班殺戮稷) 등의 전광일섬(電光一閃)의 거동(擧動)이 없지 않으나 마침 내「루소」이후(以後)의 파도(波濤) 장활(壯濶)한 프랑스혁명(革命)에 비길 수 없는 까닭이라.

비아(非我)를 정복(征服)하여 아(我)를 표창(表彰)하면 투쟁(鬪爭)의 승리자(勝利者)가 되어 미래(未來) 역사(歷史)의 생명(生命)을 이으며, 아(我)를 소멸(消滅)하여 비아(非我)에 공헌(貢獻)하는 자는 투쟁(鬪爭)의 패망자(敗亡者)가 되어 과거(過去) 역사(歷史)의 진적(陳跡)만 끼치나니, 이는 고금(古今) 역사(歷史)에 바꾸지 못할 원칙(原則)이라. 승리자(勝利者)가 되려 하고 실패자(失敗者)가 되지 않으려 함은 인류 (人類)의 통성(通性)이어늘, 매양 예기(豫期)와 위반(違反)되어 승리자 (勝利者)가 아니되고 실패자(失敗者)가 됨은 무슨 까닭이뇨. 무릇 선 천적(先天的) 실질(實質)부터 말하면 아(我)가 생긴 뒤에 비아(非我)가 생긴 것이지만, 후천적(後天的) 형식(形式)부터 말하면 비아(非我)가 있은 뒤에 아(我)가 있나니, 말하자면 조선민족(朝鮮民族)-즉 아(我) -이 출현(出現)한 뒤에 조선민족(朝鮮民族)과 상대(相對)되는 묘족 (苗族)·지나족(支那族) 등-비아(非我)-이 있었으리니, 이는 선천적 (先天的)인 것에 속한 자이다.

그러나 만일 묘족(苗族)·지나족(支那族) 등-비아(非我)-의 상대 자(相對者)가 없었더면 조선(朝鮮)이란 국명(國名)을 세운다, 삼경(三 京)을 만든다, 오군(五軍)을 둔다, 하는 등-아(我)-의 작용(作用)이 생기지 못하였으리니, 이는 후천적(後天的)인 것에 속한 자라. 정신 (精神)의 확립(確立)으로 선천적(先天的)의 것을 호위(護衛)하며, 환경 (環境)의 순응(順應)으로 후천적(後天的)의 것을 유지(維持)하되, 양자 (兩者)의 일(一)이 부족(不足)하면 패망(敗亡)의 임(林)에 귀(歸)하는 고로, 유태(猶太)의 종교(宗敎)나 돌궐(突厥)의 무력(武力)으로도 침륜 (沉淪)의 화(禍)를 면(免)치 못함은 후자(後者)가 부족(不足)한 까닭이며, 남미(南美)의 공화(共和)와 애급(埃及) 말세(末世)의 흥학(興學)으로도 쇠퇴(衰頹)의 환(患)을 구(救)치 못함은 전자(前者)가 부족한 까닭이니라.

이제 조선사(朝鮮史)를 서술(敍述)하려 하매, 조선민족(朝鮮民族)을 아(我)의 단위(單位)로 잡고,

(가) 아(我)의 생장발달(生長發達)의 상태(狀態)를 서술(敍述)의 제일(第一) 요건(要件)으로 하고, 그리하여

일(一), 최초(最初) 문명(文明)의 기원(起源)이 어디서 된 것,

이(二), 역대(歷代) 강역(疆域)의 신축(伸縮)이 어떠하였던 것,

삼(三), 각(各) 시대(時代) 사상(思想)의 변천(變遷)이 어떻게 되어 온 것,

사(四), 민족적의식(民族的意識)이 어느 때에 가장 왕성(旺盛)하고, 어느 때에 가장 쇠퇴(衰退)한 것,

오(五), 여진(女眞)·선비(鮮卑)·몽고(蒙古)·흉노(匈奴) 등이 본디 아(我)의 동족(同族)으로, 어느 때에 분리(分離)되며, 분리(分離)된 뒤의 영향(影響)이 어떠한 것,

육(六), 아(我)의 현대(現代)의 지위(地位)와 흥부(興復) 문제(問題)의 성부(成否)가 어떠할 것인가의 등(等)을 분서(分叙)하며,

(나) 아(我)와의 상대자(相對者)인 사린각족(四隣各族)의 관계(關係)를 서술(敍述)의 제이(第二)의 요건(要件)으로 하고, 그리하여

일(一), 아(我)에서 분리(分離)한 흉노(匈奴)·선비(鮮卑)·몽고(蒙古)며, 아(我)의 문화(文化)의 강보(襁褓)에서 자라온 일본(日本)이, 아(我)의 거(巨)×(실(室))이 되던 것이 아니 되어 있는 사실(事實)이며,

이(二), 인도(印度)는 간접(間接)으로, 지나(支那)는 직접(直接)으로, 아(我)가 그 문화(文化)를 수입(輸入)하였는데, 어찌하여 그 수입(輸入)의 분량(分量)을 따라 민족(民族)의 활기(活氣)가 여위어 강토(疆

土)의 범위(範圍)가 줄어졌으나,

삼(三), 오늘 이후(以後)는 서구(西歐)의 문화(文化)와 북구(北歐)의 사상(思想)이 세계사(世界史)의 중심(中心)이 된 바, 아(我) 조선(朝鮮)은 그 문화사상(文化思想)의 노예(奴隷)가 되어 소멸(消滅)하고 말 것인가? 또는 그를 저작(詛嚼)하며 소화(消化)하여 신문화(新文化)를 건설(建設)할 것인가? 등을 분서(分叙)하여 우(右)의 (가) (나) 양자(兩者)로 본사(本史)의 기초(基礎)로 삼고,

(다) 언어(言語)·문자(文字) 등 아(我)의 사상(思想)을 표시(表示)하는 연장의 그 이둔(利鈍)은 어떠하며, 그 변화(變化)는 어떻게 되었으며,

(라) 종교(宗敎)가 오늘 이후(以後)에는 거의 가치(價値) 없는 폐물(廢物)이 되었지만, 고대(古代)에는 확실히 일민족(一民族)의 존망성쇠(存亡盛衰)의 관건(關鍵)이었으나, 아(我)의 신앙(信仰)에 관한 추세(趨勢)가 어떠하였으며,

(마) 학술(學術)·기예(技藝) 등 아(我)의 천재(天才)를 발휘(發揮)한 부분(部分)이 어떠하였으며,

(바) 의식주(衣食住)의 정황(情況)과, 농상공(農商工)의 발달(發達)과, 전토(田土)의 분배(分配)와, 화폐(貨幣)의 제도(制度)와, 기타 경제조직(經濟組織) 등이 어떠하였으며,

(사) 인민(人民)의 천동(遷動)과 번식(繁殖)과, 또 강토(疆土)의 신축(伸縮)을 따라 인구(人口)의 가감(加減)이 어떻게 된 것이며,

(아) 정치제도(政治制度)의 변천(變遷)이며,

(자) 북벌진취(北伐進取)의 사상(思想)이 시대(時代)를 따라 진퇴(進退)된 것이며,

(차) 귀천빈부(貴賤貧富) 각계급(各階級)의 압제(壓制)하며 대항(對抗)한 사실(事實)과, 그 성쇠소장(盛衰消長)의 대세(大勢)며,

(카) 지방자치제(地方自治制)가 태고(太古)부터 발생(發生)하여, 근세(近世)에 와서는 형식(形式)만 남기고 정신(精神)이 소망(消亡)한 인과(因果)며,

(타) 자래(自來) 외력(外力)의 침입(侵入)에서 받은 거대(巨大)의 손실(損失)과, 그 반면(反面)에 끼친 다소(多少)의 이익(利益)과,

(파) 흉노·여진(女眞) 등의 일차(一次) 아(我)와 분리(分離)한 뒤에 다시 합(合)하지 못한 의문(疑問)이며,

(하) 종고(從古) 문화상(文化上) 아(我)의 창작(創作)이 불소(不少)하나, 매양 고립적(孤立的) 단편적(斷片的)이 되고, 계속적(繼續的)이 되고 계속적(繼續的)이 되지 못한 괴인(怪因),

등을 힘써 참고(參考)하며 논열(論列)하여, 우(右)의 (다) (라) 이하(以下) 각종 문제로 본사(本史)의 요목(要目)을 삼아, 일반(一般) 독사자(讀史者)로 하여금 거의 조선(朝鮮) 면목(面目)의 만분(萬分)의 일(一)이라도 알게 될까 하노라.(『조선상고사』 발췌)

제5장 영웅의 호출과 민족의 상상
-망명 이후 신채호 소설을 중심으로-

1. 서론

한국근대문학사의 전개 과정에서 영웅은 그 문학적 위상이 약화되거나 아예 삭제된 기호로 보이지만 실제로는 그렇지 않다. 영웅이 단지 고전문학의 주인공으로만 존재하지는 않았다는 말이다. 그 대표적인 예가 1930년대 역사소설에 전면적으로 등장한 영웅들의 극적인 활약이다. 홍명희의 『임꺽정』은 물론이거니와 김동인, 박종화, 이광수, 현진건의 역사소설들은 저마다 불세출의 영웅을 호출해 기층 민중들의 연대와 저항, 궁중 내부의 권력 투쟁, 민족사의 성취와 좌절을 이야기하고 있다. 그리고 이 영웅들은 자신의 생명을 갱신하면서 해방 이후의 현대문학에도 심심치 않게 등장한바, 그 단적인 예가 황석영의 『장길산』과 김주영의 『객주』이다. 이 두 소설의 배경과 시간은 조선시대로 설정되어 있지만 등장인물의 민중적 성격은 '현대적'이라는 점에서 영웅은 오로지 고전문학이 전유했던 과거 인물이 아니라는 것을 한국근현대문학사는 입증하고 있다.

주지의 사실이지만, 영웅의 호출을 통한 서사의 기획과 전개는 근대계몽기 문학의 특징적인 현상이었다. 특히 역사전기문학의 영웅은 서사를 진행하고 완료시키는 프로타고니스트로 이야기되어도 좋을 만큼 영웅은 근대계몽기 문학의 한 장을 장식한 주인공이었다. 비유하자면, 역사전기문학은 영웅이 열고 영웅이 완성시킨 영웅의 문학인 것이다.[1] 이런 까닭에 영웅은 역사전기문학의 장르적 성격을 해명하는 해석적 코드로 이해될 수 있으며, 영웅을 읽는 일은 역사전기문학 그 자체를 이해하는 것과 등가적 의미를 지니기도 한다.[2]

그렇다면 근대계몽기 작가 중에서 영웅이라는 이 문제적 인물을 적극적으로 혹은 민감하게 사유하며 자신의 문학을 전개시킨 작가는 누구일까? 여러 작가를 거론할 수 있겠지만 단연 신채호가 이에 부합한다고 말할 수 있다. 물론 박은식, 장지연도 이에 부합하지만 근대계몽기 작가 중에서 신채호처럼 영웅을 매개로 자신의 작품을 역동적으로 구성한 작가는 그리 많지 않다. 흔히 "근대 전환기의 양식 가운데 하나였던 역사전기소설의 대표적 작가"이자 "한국근대소설사의 흐름 속에서 매우 특이한 자리를 차지하는" 「꿈하늘」과 「용과 용의 대격전」을 남긴 작가로 주목받는 신채호는[3] 영웅이라는 문제적 인물로 자신의 문학을 기획, 전개, 재구성하며 노블 위주의 한국근대문학의 범주를 확장시킨 작가로도 연구자의 주목을 받고 있는 것이다.[4]

---

1 흔히 개화기 역사전기문학은 "고구려의 웅혼성의 상징으로서 을지문덕을 위시하여 강감찬, 이순신, 곽재우 같은 영웅들의 전기를 서술한" 문학이자 "식민지화의 위난에 현재의 구제를 위한 선구자적인 모델"을 제시하는 문학으로 평가 받는다. 이재선, 『한국소설사』, 민음사, 2000, 202쪽.

2 신채호는 『대한매일신보』(1908)에서 영웅을 "其人의 手中에 劍을 執하였든지 砲를 執하였든지 筆을 執하였든지 文簿를 執하였든지 是는 皆 不問하고 唯 其 所執한 長物로 風雲을 叱咤하며 山河를 轉移하여 耳目手足을 具有한 靈物로 一切 其 膝下에 屈伏케 하는 能力"을 지닌 자로 정의한다. 영웅을 이처럼 정의한 신채호는 "世界 중에 獨立"을 선포하기 위해서는 영웅의 출현이 반드시 요청된다고 말하고 있다.

3 김영민, 『한국근대소설사』, 솔, 1997, 297쪽.

4 필자는 「고구려 영웅과 역사의 발견」이라는 논문을 발표한 바 있다. 이 논문에서 필자는 신채호가 영웅 중의 영웅으로 지목한 "고구려 영웅이 역사의 의미와 양상을 다양한 층위에서 이야기하는 방식과 이 영웅들이 발견한 역사가 일제가 강요하는 근대에 어떻게 대응하는가를 면밀하게" 살펴보고자 했다. 그런데 필자는 이 논문의 연구

본고는 이처럼 영웅을 매개로 식민지 근대에 대응하며 민족을 사유하는 신채호 문학의 독특한 현상을 주시하며 작성되고 있다. 신채호 문학에서의 영웅은 단지 인물론적 차원의 해명 대상이 아니라는 말이다. 신채호 문학에서의 영웅은 한국근대문학의 핵심 주제인 민족을 발견하고 재현하는 역할, 즉 민족을 상상하는 매개적 역할을 수행하는 까닭이다. 이처럼 본고는 영웅이 신채호 문학의 서술 동력이 된다[5]는 점을 감안해 그의 작품이 어떤 성격의 영웅을 호출하며 그에 연동되어 호출된 영웅이 어떤 민족을 상상하는가의 문제를 주의 깊게 살피는 일이 근대문학 연구자에게 중요한 과제라고 파악하고 있다. 영웅은 신채호 문학의 중심 화두인 민족을 집중적으로 사유하는 키워드로 간주되어도 무방하다고 필자는 생각한다는 말이다.[6]

대상을 「을지문덕」과 「꿈하늘」로 제한했다. 필자는 이 논문에서 영웅의 성격과 범주를 더 넓힌 연구가 필요하다고 제안하면서 「용과 용의 대격전」, 「백세 노승의 미인담」, 「유화전」, 「일목대왕의 철퇴」, 「박상희」, 「이괄」, 「일이승」, 「구미호와 오제」 등으로 연구 대상을 향후에 확장하겠다고 했다. 양진오, 「고구려 영웅과 역사의 발견」, 『어문학』 제95집, 한국어문학회, 2007, 502쪽.

5 흔히 신채호 문학의 내적 변별성을 영웅사관, 민중사관, 민족사관의 개념으로 구분해 파악하려는 시각이 없지 않다. 이와 같은 시각이 나름대로 타당성을 지니고 있지만 신채호 문학이 대개 한국 역사의 영웅형 인물을 매개로 서술된다는 점을 주목해야 한다. 이러한 현상에 대해 채진홍은 다음과 같이 지적한다. "신채호는 작품의 등장인물들을 거의 한국 역사에서 일정한 의미를 지닌 과거의 실제 인물들을 택해, 당대 의미로 재구성했다. 서양 중심의 근대인관에서 벗어나야 하고, 유교, 불교, 기독교 등 과거나 당대의 모든 외세의 이념들과 극복해야 하고, 그러기 위해서는 당시의 모든 국민의식을 세우고 이끌어갈 진정한 영웅이 필요하다는 것이 그 재구성의 근본 취지였다." 채진홍, 「신채호 소설에 나타난 근대인관」, 『한국언어문학』 제55집, 한국언어문학회, 2005, 436쪽.

6 흔히 신채호는 국외 망명 이후 민족주의자에 머물지 않고 아나키즘과 공산주의를 수용하거나 탐구한 사상가로 평가받지만 그의 사상의 기저에는 민족의 생존을 일급 문제로 이해하는 인식이 자리 잡고 있었다. 그리고 이러한 인식은 국외 망명 이후에도 지속된다. 이런 점에서 필자는 "그의 사상은 국가주의와 동일시되지 않는 범위에서의 민족주의 장 안에 항시 자리잡고 있었고, 아나키즘을 받아들이고 있었을 때에도 그 점은 변함없었다"는 김영범의 진술에 동의한다. 김영범, 「신채호의 '조선 혁명'의 길」,

그런데 여기서 좀 더 논의해야 할 문제가 있다. 당대 제국주의와 대결하는 영웅을 호출해 민족을 상상하는 신채호 문학은 궁극적으로는 이광수 중심의 한국근대문학사를 반성케 하거나 한국근대역사소설의 기원과 성격을 새롭게 고찰케 한다는 점에서 그 문학사적 의의가 예사롭지 않다. 신채호 문학은 일본 식민주의 논리를 문화적으로 승인한 이광수 문학과는 달리 식민지 근대의 병리적 현상을 치열하게 비판하며 근대의 대안을 고민한 흔적이 역력한바, 바로 이런 이유 때문에 신채호 문학은 연구자들의 여전한 관심을 촉발하고 있다.

문제는 신채호 문학의 영웅이 자기 동일적 논리로 존재하지 않는다는 데 있다. 신채호 문학의 영웅은 독자들의 일반적인 예상과는 달리 '고귀한' 민족을 환기시키는 '성공한' 영웅의 계보로만 형상화되지 않는다. 특히 망국의 비극이 조감되는 국외 망명지에서 신채호는 한국사가 실패한 영웅으로 규정한 인물들을 각별하게 발굴하며 자신의 소설을 새롭게 기획한다. 본고는 이와 같이 신채호 문학의 영웅이 국외 망명을 전후로 내적 변이를 일으킨다는 점에 주목하고 있다.[7] 신채호 문학의 전체적인 구성 방식을 체계적으로 고찰하기 위해서는 영웅의 내적 변이를 면밀하게 살펴야 한다고 본고는 판단하거니와,

---

『한국근현대사연구』 제18집, 한국근대사학회, 2001.

7 1910년에 결행된 신채호의 국외 망명의 의미를 간단히 살피기로 하자. 1910년 신채호는 신민회 간부들과 함께 중국으로 망명한다. 신채호에게 망명은 애국계몽과 개신유학의 논리를 초극케 하는 사건과 경험으로 이해된다. 망명 이후의 신채호는 블라디보스토크, 서간도, 상해, 북경 등을 왕래하며 여러 독립운동 단체에 관여하는가 하면 자주독립사상을 고취하는 『권업신문』, 『청구신문』 발행에 참여하기도 한다. 그리고 대종교의 자극을 받으며 조선사 및 한국 고대사 연구에 전념하는 등 망명 이후의 신채호는 세계와 역사, 문학을 바라보는 시선을 거듭 갱신한다. 또한 망명지에서 신채호는 노블 중심으로 재편되는 국내 문학 질서를 비판하며 「유화전」, 「백세 노승의 미인담」, 「일목대왕의 철퇴」, 「꿈하늘」, 「용과 용의 대격전」과 같은 이채로운 작품을 적지 않게 남기는 바, 신채호의 국외 망명은 역사전기에 고착된 자신의 소설을 갱신하는 계기로 작용한다.

특히 영웅의 성격과 정체성이 분화된 국외 망명 이후의 작품들을 집중적으로 고찰할 필요가 있다고 보고 있다.

여기서 잠시 「일목대왕의 철퇴」를 보기로 하자. 망명 이전의 역사전기인 「을지문덕」, 「강감찬전」, 「이순신전」 등은 외세와의 대결에서 승리하는 남성 영웅을 등장시켜 민족사의 성취를 이야기하는 서사 구도를 반복한다. 이 작품들에서 영웅은 구국과 애국의 표상으로 형상화된 공적 세계의 주역들이다. 이들은 사적 욕망을 철저하게 통제한 민족의 화신으로 통합된 민족의 생존을 보장하는 활약을 펼친다. 반면에 중국 망명 이후에 발표된 「일목대왕의 철퇴」의 일목대왕은 자기 정념에 사로잡힌 반영웅적 영웅으로 등장한다. 일목대왕의 성격과 행동 방식은 역사전기의 주인공들과 전적으로 구분되는바, 그는 극단적인 광기로 백성들을 살육하는 파행을 연출하기도 한다.

사정이 이렇다면 과연 망명 이후 형상화된 신채호 문학의 영웅을 우리는 어떻게 이해해야 하며 그 영웅들은 어떤 민족을 상상하고 있다고 말해야 할까? 본고는 바로 이 문제를 자세히 고찰할 계획이다. 그런데 본고는 영웅의 극적인 변이를 보여주는 작품임에도 불구하고 출처 불명이나 작품 미완성 등의 이유로 연구 대상에서 제외된 「백세 노승의 미인담」과 「일목대왕의 철퇴」를 중심으로 영웅의 성격과 상상[8]되는 민족의 성격을 논의하고자 한다.[9] 이에 대한 연구는 역사전

---

8 본고는 민족의 상상이라는 표현을 민족의 이미지, 성격, 정체성 등 민족을 총체적으로 재현하거나 발견하는 일련의 정신적 사유 행위를 포괄하는 의미로 사용한다.

9 필자는 본고에서 거론하지 않는 신채호의 또 다른 작품들, 예컨대 「유화전」, 「박상희」, 「이괄」, 「일이승」, 「구미호와 오제」 등도 별도로 고찰할 계획에 있다. 본고에서는 먼저 영웅의 새롭고도 극적인 변모를 보여주는 「백세 노승의 미인담」과 「일목대왕의 철퇴」를 중심으로 논의를 전개하고자 한다. 연구 대상 텍스트는 『단재신채호문학전집』에 수록된 텍스트로 한다. 인용면수는 괄호로 처리한다. 단재신채호기념사업회, 『단재신채호전집』 하, 형설출판사, 1975.

기류와 「꿈하늘」, 「용과 용의 대격전」 등에 한정된 신채호 문학 연구를 확장시키는 의의를 지니는 것과 동시에 영웅을 매개로 기획, 전개된 신채호 문학의 독특한 구성 방식 내지는 문학적 성격의 정치성을 탐구하는 의의를 지닌다.

2. 민중영웅과 분열적인 민족의 상상: 「백세 노승의 미인담」

신채호 소설 중에는 출처가 명확하지 않거나 결말이 불완전하게 마무리된 사례가 적지 않다.[10] 「백세 노승의 미인담」도 그런 사례에 속한다. 그렇지만 바로 이러한 이유 때문에 「백세 노승의 미인담」을 신채호 문학 연구에서 제외시키는 것은 바람직하지 않다. 근대문학 전공자들에게 익히 알려진 「꿈하늘」도 미완성 작품이거니와 「백세 노승의 미인담」은 형식적 결함에도 불구하고 본 논문의 연구주제와 관련되어 연구대상으로 논의할 만한 작품이라고 본고는 보고 있다. 특히 「백세 노승의 미인담」이 국외 망명 이후 변모된 유형과 성격의 영웅을 매개로 민족의 디스토피아를 이야기하는 소설이라는 점을 감안할 때, 이 소설에 대한 정치한 독해는 분명히 필요하다.

「백세 노승의 미인담」은 세 가지 이야기로 구성된 중층적 액자 소설이다. 이 소설의 일차적인 층위에는 남이 장군이, 이차적인 층위에는 노승이, 삼차적인 층위에는 예쁜이라는 여성이 등장한다. 그런데

---

10 『단재신채호전집』 하권 및 별집에 수록된 소설로는 「고락유수」, 「유화전」, 「백세 노승의 미인담」, 「일목대왕의 철퇴」, 「박상희」, 「이괄」, 「○○○ 부원군으로 견자」, 「구미호와 오제」, 「철마 코를 내리치다」, 「일이승」 등이 있다. 이 중 대다수가 출처가 분명하지 않으며 그 집필 시기 역시 분명하지 않다.

이 세 인물 중에서 소설의 전체적인 의미를 응집시키는 영웅의 위상을 점유하는 인물은 남성인물인 남이 장군과 노승이 아니라 여성 예쁜이다. 예쁜이는 역사전기의 남성 영웅과는 그 성격이 지극히 대조적이다. 역사전기의 남성 영웅들이 하나같이 전쟁을 승리로 이끈 영웅들로 민족을 통합하는 절대적 권위를 누린다면 예쁜이는 민족 통합의 권위를 표상하는 영웅이 아니다.

그럼에도 불구하고 이 소설에서 예쁜이는 아내의 미색에 매료된, 즉 가족주의적 사고에 갇힌 두 남성과는 달리 국수주의적 태도[11]로 외세에 저항한다는 점에서 돋보이는 영웅임에는 분명하다. 그렇다면 예쁜이는 과연 어떤 성격의 영웅인가? 예쁜이는 고려를 침략한 몽고군에게 포로로 붙들려 북경에 체류 중인 여성 노예라는 대단히 불리한 구속적 조건에 놓인 인물이다. 즉 이 소설은 처음부터 민족의 생존이 원천적으로 무효화된 상황을 설정하고 서사를 진행시키는바, 소설은 예쁜이를 매개로 민족의 분열을 상상하면서 그 분열을 극복하는 저항의 실천을 중점적으로 이야기한다. 그러면 좀 더 구체적으로 예쁜이의 영웅적 성격과 예쁜이를 매개로 상상되는 민족의 문제를 살펴보기로 하겠다.

이 소설의 일차적인 이야기 층위에는 한국사에서 역적 내지 실패한 영웅으로 기억되는 남이 장군이 등장한다. "서울 東大門 밖 護國寺"로 유람 나온 남이 장군은 동행한 친구들에게 자기 아내의 미색을

---

11 국수는 신채호 민족주의의 핵심 개념이다. 한국인에게는 가족적 관념과 지방적 관념이 있으나 민족적 관념과 국가적 관념은 결여되었다고 비판하는 신채호는 국수의 회복이 민족 생존에 대단히 긴요하다고 말한다. 본고의 국수주의는 신채호적 맥락과 의미로 사용되고 있다. 최현주는 국수를 배타적 민족주의 개념과는 구분된 "일제의 식민주의적 배치의 의도를 간파해내고 궁극적으로 그것을 분쇄"하는 탈식민주의적 개념으로 이해하고 있다. 최현주, 「신채호 문학의 탈식민성 고찰」, 『한국문학이론과 비평』 제20집, 한국문학이론과비평학회, 2003, 333쪽.

자랑한다. 이러한 발언이 빌미가 되어 남이 장군의 친구들도 자기 아내의 미색을 자랑하게 되는데, 그 순간 "나이 몇인지 모르나 중으로 그 절에 와서 六十餘年을 지냈으니, 적어도 百 살은 되었겠다고 하는 늙은 중" 하나가 나타나 "남자가 잘나면 역적질을 하고 여자가 어여쁘면 서방질을" 하기에 "서방들은 어여쁜 아내를 믿지" 말라고 충고한다. 정체불명의 노승이 갑작스럽게 출현해 아내의 미색을 자랑하는 사내들에게 충고하는 이 장면은 가족주의적 사고에 갇힌 한국 남성들을 비판하는 의미를 띤다. 남이 장군의 양해를 얻은 노승은 일행들에게 자살이라는 충격적인 방식으로 외세 저항의 의지를 실천한 한 무명 여성의 수난을 들려주게 되었으니, 소설은 본격적으로 한 범상치 않은 영웅의 탄생을 이야기하기 시작한다. 노승이 이야기하는 서사의 중심 항목을 정리하면 다음과 같다.

① 노승은 고려 부귀가의 아들이었다. 노승은 17세에 재상 황씨의 딸과 결혼했다. 당시 고려는 "문무당 싸움 끝이요, 최씨가 세도하는 판"으로 "문신과 무신이 서로 잡아먹으려 하며 황실과 최씨가 서로 잡아먹으려 하여 마침내 서로 몽고의 세력을 끌어 자기 미운 파를" 없애려는 상황이었다. 몽고 황제는 고려인 여자를 자주 약탈했는데, 이 사건으로 말미암아 고려인들은 고통스러워한다. 노승의 아내도 미인이라는 소문이 자자해 노승이 대단히 걱정한다.

② 노승은 "재산 얼마를 팔아 금은 주옥같은 경보 등속을 만들어" 중국 북경으로 떠난다. 노승은 1년 여 북경에 체류하면서 몽고인들에게 붙들린 아내의 행방을 수소문한다.

③ 10월 초순 어느 날 노승은 큰 길에서 여종 예쁜이를 만난다. 예쁜

이에 따르면 노승의 부인은 "당시에 황제의 충신으로 유명한 몽고 장수 차손다다의 부인이 되어 고국 생각을 잊을 만큼" 여유롭게 살고 있다. 그러면서 여종은 "계집이 그렇게 아깝거든 계집을 빼앗길 때에 당장에 칼을 빼어 계집 빼앗아 가는 놈의 목을 찌르거나, 그렇지 못하면 그 칼로 자살함이 사나이의 일이거늘" "네가 무슨 사나이냐"며 노승을 꾸짖는다.

④ 노승은 차손다다 장군의 집에 몰래 들어가 아내를 만나지만 아내는 노승을 협실에 감금시킨 후 문을 닫아 버린다. 노승을 배반한 아내는 차손다다 장군에게 노승의 출현을 알리며, 장군은 당장 노승을 죽이고자 한다.

⑤ 예쁜이의 도움을 받아 탈출한 노승은 차손다다 장군과 그의 아내를 죽인다. 예쁜이는 노승과 함께 차손다다의 집을 탈출하던 중 자결한다. 노승은 탈출에 성공한다.

⑥ 나졸에게 붙잡힌 노승은 북경으로 압송된다. 그런데 본래 고려인이었던 나졸은 노승의 사연을 듣고 난 후 노승을 풀어준다. 노승은 돈을 주는 조건으로 나졸의 집에 숨는다.

①에서 노승이 중점적으로 이야기하는 내용은 고려 몰락의 내적 요인이며 그에 따른 민족의 분열 양상이다. "몽고가 아무리 강하다 하나 만일 상하가 화목하여 방어를 잘하여 왔으면 나라가 안전하였을는지" 모르지만 고려의 내부 사정은 그와는 반대로 분열적이었다는 것을 노승은 『고려사』를 인용하며 이야기한다. 문무당의 싸움, 황실과 최씨의 싸움 등 민족의 내부 분열이 몽고 침략을 자초한 원인이라고 노승은 주장하고 있다. 여기서 좀 더 주목해야 할 내용은 반복

되는 민족 분열이 외세 침입보다 더 무서운 결과를 낳는다는 전언이다. 실제 이 소설은 외세 침입의 구체적인 양상을 묘사하지는 않는다. 특히 ①에서 이야기되는 중심 내용은 당대 한국사회의 분열과 몰락을 환기시키는 고려의 내부 분열로, 이와 같은 내용은 「백세 노승의 미인담」이 외세의 외적 강요 그 자체보다는 분열되고 반목하는 민족을 상상하는 소설로 읽히게 한다. 요컨대 「백세 노승의 미인담」은 민족 외부를 상상하는 소설이라기보다는 민족 내부의 혼돈과 착종을 상상하는 소설로 읽힐 수 있다는 것이다. 이 소설이 상상하는 민족의 영역은 외부의 억압이 아니라 내부의 혼돈이라는 말이다.

그런데 분열된 민족의 내부를 상상하는 이 소설은 서로 다른 태도로 식민 상황에 순응하거나 저항하는 두 여성의 대비적 설정을 통해 궁극적으로는 민중의 저항을 긍정적으로 조명한다. 노승의 아내였으나 몽고 차손다다 장군의 첩이 되어 행복을 누리는 상류층 여성과 노예 신분이지만 국수주의적 열정으로 외세에 저항하는 예쁜이의 대비를 통해 이 소설은 민중적 저항의 정당성을 이야기한다.

그러면 이 대목을 상세히 살펴보기로 하자. 『고려사』를 인용하며 민족 분열 현상을 비판하던 노승은 ②, ③ 항목에서는 민족 문제를 고민하지 않는 몰주체적인 가족주의자로 비판받는다. ②와 ③에서 확인되듯, 노승은 아내를 되찾고자 자금을 마련하여 북경에 체류했는데, 이 사실을 인지한 예쁜이는 노승이 과거 몽고군에게 보여준 무저항적 태도를 신랄하게 비판한다. 그리고 예쁜이는 이러한 비판에 그치지 않고 노승에게 노예적 삶을 청산하고 외세에 과감히 항전하라는 메시지를 전한다. 노승에게 "계집이 아무리 중대하지만 네 계집보다 중대한" 시대의 진실이 있음을 환기시키는 예쁜이는 노예적 삶에 구속된 노승을 적극 비판한다.

이처럼 노승에게 가족 문제만이 아니라 민족 문제를 고민해 주기

를 바라는 예쁜이는 고려의 평장사였던 노승의 아버지가 입양한 고
아로 그녀는 본원적으로 여성과 고아, 노예라는 중첩적인 결여를 자
신의 내부에 축적한 인물이다. 이런 점에서 예쁜이는 자신의 결여에
도 불구하고 생존 그 이상의 전망을 모색하는 존재, 즉 자각한 민중
을 표상한다고 할 수 있다. 이런 까닭에 예쁜이는 자기 결여가 전혀
보이지 않는 역사전기의 남성 영웅들과는 그 성격이 구분된다. 예쁜
이의 결여는 명백히 보이지만 그녀는 자신의 결여에 갇히지 않고 하
위 시선으로 민족 문제를 투시하는 민중영웅의 면모를 보여주고 있
다. 그렇지만 이 민중영웅은 성공하는 영웅이 아니다. 이 민중영웅은
분열된 민족을 치유하는 영웅이 아니라 그 분열 현상에 좌초하는 실
패하는 영웅이다. 북경 체류 이전 예쁜이는 분열 현상이 치유된 민족
의 통합을 희망하며 아래와 같은 방책을 노승의 부친에게 제시하기
도 한다.

① 전국의 노예문서를 없애며 노예도 공을 세우면 등용해야 한다.
② 귀인의 토지를 백성에게 나누어주면 백성들이 몽고 방어에 힘을
쓴다.
③ 연해에 해군을 설치하고 바다를 건너 중국 남방으로 들어가야 한다.
④ 북방의 여진과 함께 몽고를 협공해야 한다.

예쁜이가 제안하는 이 네 가지 안 중에서 특히 주목을 끄는 것은
①이다. "몽고 사람 백만 명이 있다하면 그 백만 명이 다 몽고"라고
간주해도 될 만큼 몽고는 내적 대립과 분열이 없지만 고려는 분열과
반목을 거듭하고 있다고 예쁜이는 판단한다. "우리 고려는 백만 명이
있다 하면, 그 중에 양반이 있고 노예가 있고 상놈이 있고 잡색이 있
어 百萬名 중에 九十九萬名은 고려가 아니오 겨우 一萬名이 고려"라고

예쁜이는 비판한다. 이처럼 고려를 민족의 내부 분열이 심화된 국가로 간주하는 예쁜이는 노예 제도 폐지라는 민족 통합의 방책을 제시한다. ②에서도 그렇다. ②에서 토지의 균등 배분을 역설하는 예쁜이는 백성들의 단결, 즉 민족 통합이 몽고와의 전쟁을 승리로 이끄는 원동력이 된다고 보고 있다.

흥미롭게도 이 소설은 예쁜이를 통해 ③과 ④처럼 몽고를 협공하며 대외로 진출하는 승리하는 민족을 상상하기도 한다. 그런데 남으로는 해군을 파견해 중국 남방을, 북으로는 여진과 연합해 몽고를 공략해야 한다는 예쁜이의 제안은 이 소설에서 정교한 논리로 더 이상 천착되지 않는다. 이미 지적했듯, 이 소설에서 예쁜이는 노승과 함께 차손다다 장군의 집을 탈출하는 과정에서 자결하는 까닭에 더는 서사를 이어가는 인물로 등장하지 않는다. 예쁜이가 제안한 민족 통합의 방책들이 의미 있는 주제로 서술되지 않는다는 말이다.

예쁜이는 성공한 영웅이 아니라 실패한 영웅이다. 예쁜이는 역사 전기의 영웅들처럼 외세와의 대결을 승리로 이끈 전쟁 영웅이 아니다. 예쁜이의 저항은 개인적 차원이었으며 그 저항은 민족 통합이라는 대승적 결과를 낳지는 않는다. 예쁜이는 자살이라는 충격적인 방식으로 자신의 의지를 표명했지만 다수 대중들은 그의 자살을 기억하는 게 아니다. 그렇지만 예쁜이의 실패는 역설적으로 민중 혁명의 가능성을 탐색하는 의미를 띠고 있으며 동시에 노예적 삶에 안주하는 몰주체적인 고려인, 조선인을 강력하게 비판하는 의미를 띤다. 예쁜이의 실패는 그 내부에 진정한 혁명의 아우라를 내포하고 있는 것이다. 예쁜이는 자신의 전 존재를 역사의 전망에 투기한 민중영웅이다.[12] 예쁜이는 식민 상황과 완전히 절연하고 자신을 완전히 소진하

---

12 김주현에 따르면, "그녀는 비록 자신의 뜻을 펴지 못하고 죽은 여영웅이었지만,

는 방식으로 외세에 대응한 혁명가이다.

3. 반영웅과 사대적인 민족의 상상: 「일목대왕의 철퇴」

「일목대왕의 철퇴」는 「백세 노승의 미인담」처럼 그 출처가 명확하지 않다. 또한 「일목대왕의 철퇴」 역시 「백세 노승의 미인담」처럼 결말이 완전하게 마무리된 작품이 아니다. 바로 이런 형식적 결함 때문에 애초부터 「일목대왕의 철퇴」는 신채호 문학의 주요 연구대상으로 거론되지는 않았다. 「일목대왕의 철퇴」라는 작품 자체가 신채호 문학 독자들에게도 대단히 생소한 작품이었다는 말이다. 그렇지만 「일목대왕의 철퇴」는 한국사에서 좌절한 영웅을 등장시켜 실패의 역설을 천착하는 신채호 문학의 의미를 확인시키는 작품이라는 점에서 논의할 만한 가치가 많다. 특히 「일목대왕의 철퇴」는 본고의 논제인 영웅의 호출과 민족의 상상과 관련되어 독해할 만한 소설로 본고는 이 문제를 논의하고자 한다.

소설의 여러 대목에서 확인되지만, '일목대왕'은 신라인의 후예로 후고구려를 건국한 궁예의 별칭이다. 이 작품에서 궁예를 고려를 창건한 왕건은 물론이고 주변 국가의 알현을 받는 대왕으로 설정되어 있지만 한국사는 궁예를 성공한 영웅이 아니라 실패한 영웅으로 규정[13]하는바, 궁예는 전래되는 여러 전설과 민담에서 기형적인 인물로

그녀의 사상은 진취적이고 혁명적"이었으며 "자신의 능력이 쓰임을 받지 못하고 장렬하게 죽은 비극적 영웅은 그 이전 영웅전기에서 보여주던 것과는 사뭇 다른 점이 있다." 김주현, 「신채호—계몽과 저항, 전복으로서의 글쓰기」, 『백세 노승의 미인담(외)』, 범우, 2004, 349쪽.

13 김부식의 『삼국사기』에 따르면, 궁예는 자신을 따르지 않는 승려와 부인 강씨, 벼슬아치, 장수들, 백성들을 무고하게 도륙한 공포 정치의 폭군이다. 삼국사기가 정의

형상화되어 있다. 그런데 「일목대왕의 철퇴」에서 신채호는 허구적으로 재창조된 궁예를 새롭게 등장시킨다. 신채호가 허구적으로 재창조한 궁예는 무능한 폭군의 이미지와는 거리가 멀다.[14] 『삼국사기』가 전무후무한 폭군으로 규정한 궁예를 신채호는 자신의 소설에서는 자주적 종교의 창조를 고뇌하는 영웅으로 설정한다.

　일목대왕의 역사를 볼 때에 누구든지 대왕의 얼굴이 검고, 붉고, 뻐드렁 이에, 외퉁이 눈에, 매부리 코에 구척 장신에 기재하고 흉악하게 생긴 것을 그리겠지만 실제는 아주 이와 정반대로 얼굴이 옥같고 이마가 탁 트이고 입술이 자칫 얇고 코가 높고 키는 호리호리한 중키에 지나지 못하며 눈도 처음에는 외퉁이가 아니라 샛별같이 뚜렷한 두 눈이요, 신체도 골고루 발달하여 보기에 사랑스러운 미남자였다.(320)

　그렇다면 이와 같이 "사랑스러운 미남자"의 전형으로 묘사되는 궁예를 우리는 어떤 성격의 영웅으로 고찰해야 하는 것일까? 이 소설에서 궁예는 외래문화의 표상인 불교와 유교를 대체하는 자주적 종교, 즉 국수적 종교를 창조하기 위해 고뇌하는 문화영웅의 면모를 보여준다.[15] 궁예는 단지 영토와 경계를 합치시키는 정치영웅이 아니라

하는 궁예는 학정과 폭정의 대명사이다. 궁예의 전기에 대해서는 『삼국사기』를 참고. 김부식, 『삼국사기』 II, 이강래 옮김, 한길사, 1998.

14 반면에 왕건의 이미지는 부정적으로 묘사된다. "王建이 그제야 大王의 말하는 속 뜻을 대강 짐작하였다. 하나 왕건은 음흉한 사람이다. 매양 대왕 앞에서는 부러 바보의 수작을 잘하는 사람이다. 그래서 이 때에도 두 눈을 휘둥그래이 뜨고 대왕더러 묻기를 『석가여래와 공자가 지금까지 살아 있습니까? 그러면 신도 해군을 거느리고 대왕의 뒤를 따라서 싸우러 가겠습니다.』"(302)

15 한 사회의 지체와 오염을 극복하기 위해 쇄신의 문화를 창조하는 영웅을 문화영웅으로 볼 수 있다. 문화영웅의 의미와 그 사례에 대해서는 김열규를 참고. 김열규, 『한국문학사』, 탐구당, 1983. 김열규는 이 책에서 자신을 미륵으로 비유한 궁예를 대

외래문화에 대응하는 국수적 종교의 창조와 전개를 도모하는 문화영 웅으로 이 소설에서 존재한다는 말이다.[16] 이 점을 상세히 설명해 보 기로 하자.

자신을 "단군 고주몽 박혁거세 부여온조 진흥대왕 남랑 술랑 모든 조선의 성인"의 후예로 간주하는 궁예는 이 소설에서 신라, 백제, 중 국 등 동북아시아를 제압한 패권적 제왕으로 등장하고 있다.[17] 그런 데 일목대왕은 영토 확장의 외면적 중흥과는 달리 좀 더 근본적인 위기에 직면해 있다. 그 위기는 백성들의 삶을 규율하는 유교와 불교 등의 외래문화가 심화시키는 문화적 위기로서 일목대왕의 백성들은 외래문화를 추종하는 사대적인 백성으로 표상된다. 다시 한 번 강조 하지만, 일목대왕은 민족 통합을 훼손하는 문화적 요인으로 불교와 유교를 지목하는바, 이 소설에서 불교와 유교는 보편적 종교가 아니 라 국수와 대립되는 식민의 개념으로 계열화된다.[18]

그런데 문화영웅으로서 일목대왕이 마주한 환경은 일목대왕에게 유리하지 않다. 일목대왕은 불교와 유교를 대체하는 자주적 종교를

표적인 문화영웅으로 지목한다.

16 신채호는 궁예를 장보고의 후예로 해석한다. 『삼국사기』의 저자 김부식은 궁예 를 신라 47대 헌안왕 또는 경문왕의 아들로 서술하지만 신채호는 궁예를 신라 왕실과 관련이 없는 인물로 창조한다. 즉 신채호는 궁예를 외래문화의 표상인 불교를 추앙하 는 신라의 후예가 아니라 고구려 후예로 재창조한다.

17 "一目大王의 管轄 안에 있는 各道 各鎭 各郡은 물론이요, 新羅 百濟 渤海 契丹 中國 모든 나라의 帝王들은 大王의 위세에 눌리어 使臣을 보내어 參觀하는 동시에 그 나라의 各敎 敎徒들은 따라 온 이가 많고 인도 페르시아 大食의 모든 나라 장사들도 구경으로 모여들어 三萬名 內外의 사람들이 풍천원 서울 문안 문밖에 가득하게 되었 다."(311)

18 신채호의 기성 종교 비판은 「꿈하늘」에도 나타나고 있다. "나라야 망하였건 말 았건 예수나 잘 믿으면 천당에 간다 하며, 공자의 글이나 잘 읽고 산림에 독선기신 한다 하여 조상의 역사가 결난담도 모르며, 부모나 처자가 모두 남의 종이 된지는 생각 도 않고 오히려 선과 천당을 찾는 놈들은 똥물에 튀기여 쇠가죽을 씌우나니 이는 똥물 지옥이니라."(209)

모색하지만 일목대왕의 백성은 이미 불교와 유교의 규율에 완전히 압도된 몰주체적인 신자들이다. 이런 까닭에 일목대왕과 백성은 내적으로 통합된 민족 단위로 재현되는 관계는 아니다. 그들은 국수를 공유하는 민족이 아니라 국수와 외세, 주체와 몰주체의 항목으로 배치되는 갈등 관계의 민족으로 재현되고 있다. 일목대왕은 외래문화에 종속된 백성들을 다음과 같이 힐난한다.[19]

이 때는 新羅 歷代의 帝王들이 佛敎를 擴張하여 兩班이나 常民을 가릴 것 없이 집집마다 부처를 위하던 때라, 외눈퉁이大王 계신 서울 안도 가는 곳마다 阿彌陀佛을 부르는 소리가 아니면 釋迦如來를 讚頌하는 소리다. 大王이 闕門 밖에 나오시며 이 소리를 들으시고는

「아아 이 나라가 弓裔의 나라가 아니요 釋迦如來의 나라로구나.」

近臣과 함께 마람맘마람맘 儒敎 하는 자의 講堂을 찾아 갔다. 간즉, 거기는 孔子 밖에는 다른 것은 모르는 사람들이 둘러 앉아
『孔子가 아니 나셨다면 사람들이 모두 아비고 어미도 모르는 짐승과 같았으리라.』
『孔子가 아니 나셨다면 임금이니 臣下니 하는 名分도 없었으리라.』
하는 孔子에 대하여 찬송하는 소리뿐이요, 한 놈도 弓裔王의 功德을 노래하는 놈은 없다.(300)

일목대왕의 판단에 따르면 궁예의 나라는 석가여래의 나라이거나

---

19 유교와 불교에 대응하는 일목대왕의 대응 방식은 지나치게 폭력적이다. 신채호는 유교와 불교를 맹종하는 백성들도 문제이지만 이를 강제적으로 교정하고자 하는 일목대왕의 방식도 문제라고 말하고 있다.

공자의 나라이다. 즉 일목대왕이 창건한 나라는 국수 개념이 구현되는 나라가 아니라는 말이다. 일목대왕의 백성들은 불교와 유교로 대변되는 외래문화의 위세와 규율에 종속된 식민화된 백성으로 부각되는바, 이처럼 일목대왕을 매개로 상상되는 민족은 자신의 고유문화보다는 외래문화를 추종하고 절대시하는 사대적 민족이다. 일목대왕을 매개로 상상되는 민족은 자신의 정체성을 구현하는 민족이 아니라 외래문화를 무비판적으로 수용하는 몰주체적인 민족의 성격을 띤다는 말이다.

불교와 유교를 민족 통합을 훼손하는 요인으로 파악하는 일목대왕은 우리글을 창시하고 이 글로써 궁예대왕경을 제작해 백성들에게 배포한다. 우리글을 창시하고 궁예대왕경을 제작하는 궁예는 불교와 유교의 문화적 권위에 도전하는 열정적인 문화영웅으로 보인다. 그리고 민족 정체성을 표상하는 영웅으로서 일목대왕은 「백세 노승의 미인담」의 예쁜이보다는 상대적으로 우월한 지위를 차지하고 있다. 그러나 일목대왕은 일관되게 문화영웅으로 자신의 정체성을 규정하지는 않는다. 그는 자신이 제작한 궁예대왕경이 백성들로부터 천대를 받는 그 순간부터 백성과의 물리적 대결을 서슴지 않는다. 이 점을 살펴보기로 하자.

大王이 석 달 동안 齊戒하며 새 글 二十八 子母를 만들어, 그 글로 經文 二十卷을 지어 이름을 「弓裔 大王經」이라 하고 十一월 冬至 날에 大王이 황금 고깔을 쓰고 시방포를 위봉루에 좌기하사 百官과 萬民을 모아 勅令을 내리어 그 글과 經文을 頒布한다.(305)

궁예대왕경을 제작한 일목대왕은 모든 백성들에게 이 경전을 배포하지만 백성들은 궁예대왕경의 가치를 인정하지 않는다.[20] 이 소설에서 궁예대왕경은 일목대왕의 희망과는 달리 읽히는 경전이 아니라 배척되는 경전으로 백성들에게 받아들여지는바, 궁예대왕경이 표상하는 국수주의는 백성들의 호응을 받는 게 아니다. 그렇다면 일목대왕은 이러한 노예 근성의 백성들에게 어떤 태도를 보여주고 있을까? 흥미롭게도 일목대왕은 백성들을 회유하거나 설득하는 게 아니라 극단적인 폭력을 행사한다. 일목대왕은 문화영웅의 정체성을 포기하고 백성들을 공격적으로 처단하기 시작하니, 이 장면에서의 일목대왕은 영웅의 일반적 역할을 전복하는 반영웅으로 급격하게 변모한다. 그리고 반영웅으로서의 일목대왕은 백성들을 처벌해야 할 적으로 상정하고 살육한다.

大王이 鐵杖을 들어

『오냐 阿謟 잘하는 너를 살릴진대 차라리 석총이를 살리었겠다.』하고 또 한 골을 깨여 죽이다.

석총과 이경을 죽인 뒤에 一目大王이 한참 눈을 감고 앉았다가 다시 佛敎에 道統하였다는 『혜오』를 불러

『네가 전날에 「弓裔大王經」을 보고 속으로 魔鬼의 말이라고 욕하지 않았으냐?』

『없습니다.』

『이 놈아, 없는 것이 무엇이여!』

하고, 鐵杖으로 처죽이고 儒敎에 엄지손 꼽는 學者 박홍을 불러

『네가 마침 속으로 孟子의 『不耆殺人者能一之』란 句節을 외우지 않았느냐?』

---

20 최택균에 따르면 궁예대왕경은 낭가사상의 전통을 집대성한 역사서이자 민족의 진취적 기상을 고취하는 역사서이다. 최택균, 「단재, 신채호 소설 연구」, 『어문학교육』 제22집, 한국어문교육학회, 2000, 17쪽.

『안하였습니다.』

『이놈아, 누구를 속여. 나는 눈을 감으면 남의 마음을 본다는데
도……』

하고 또 鐵杖으로 쳐죽이고 별안간 자기의 뒤에 선 侍臣 하나를 불러

『이놈! 네가 어찌 나의 철장이 너무 맵다고 욕하였느냐?』하고 또 철장
으로 쳐죽이고 군사를 명령하여 大王의 손가락 가리키는 대로 모여 선
사람 중에서 六百여 명을 잡아 내어

『이놈들이 다 지금에 가만히 釋迦나 孔子의 글을 외우고 「弓裔大王
經」을 毁謗하였으니, 刑場에 잡아 가지고 가서 處斬하여라!』하니 그 명
령을 받은 군사가 六百名의 사람을 잡아 가니 痛哭하는 소리에 땅이 깨
질 듯하나 사람 피에 목마른 一目大王은 눈도 깜짝하지 안한다.(314)

궁예대왕경을 수용하지 않는 백성은 국수 개념이 무화된 식민지
노예로 비판되거니와, 일목대왕은 이러한 백성을 격정적으로 처형한
다. 이 장면에서의 일목대왕은 노예적 삶에 연루된 백성들을 구원하
기 위해 쇄신의 문화를 창시하려는 문화영웅으로 보이지 않는다. 이
장면에서의 일목대왕은 죽음의 사신처럼 백성들을 처단하고 또 처단
한다. 그는 영웅 일반이 요구하는 도덕과 윤리를 준수하기보다는 그
자신의 폭력적 욕망으로 백성들과 대결한다. 이 장면에서 우리는 민
족 영웅의 일반론을 전복시키는 괴물로서의 반영웅을 만나고 있다.[21]
백성들을 무참하게 처형하는 일목대왕은 구국과 애국의 논리를 전
파하는 역사전기의 영웅과는 그 성격이 전적으로 다르다. 역사전기
의 영웅들이 외부의 적과 투쟁하며 전쟁을 승리로 이끈다면 일목대

---

21 신채호 문학에서의 괴물은 "주장은 없고 복종만 있는" 노예에 상극되는 개념
이다.

왕은 내부의 적과 투쟁하지만 그 투쟁은 승리로 귀결되지 않는다. 역사전기의 영웅들이 승리하는 영웅이라면 일목대왕은 실패하는 영웅이라는 말이다. 백성들의 국수 회복이 불가능하다고 판단한 일목대왕은 백성들을 처형하는 극단적인 방식으로 이 문제를 해결하고자 하지만 소설의 결말을 자기 한계를 명백히 노출하는 일목대왕을 보여준다.

결말에서의 일목대왕은 "임금이 하나가 되자면 임금이란 이름은 없이 임금의 實權을 가진 佛敎도 滅 하고 儒敎도 滅하여야 할 것"이라는 자신의 발언을 성공적으로 구현하는 영웅으로 형상화되지는 않고 있다. 결말에서의 일목대왕은 백성을 포용하라는 왕후의 전언을 수용하면서 더 이상의 폭력을 격정적으로 행사하지 않는다. 결말에서의 일목대왕은 문화영웅으로서의 일목대왕도 아니며 반영웅으로서의 일목대왕도 아니다. 그렇기에 그의 열정과 격정은 민족의 전체적인 갱신을 촉구하는 문화혁명의 차원으로 진전되지는 않는다. 바로 이 점이 일목대왕의 한계이며 일목대왕의 좌절이다.

그럼에도 불구하고 자신의 백성과 대결하는 일목대왕의 정치에서 우리는 민족 위기의 원인이 외부의 억압이 아니라 내부의 사대성에 있는 진실을 환기하게 된다. 「일목대왕의 철퇴」 역시 「백세 노승의 미인담」처럼 민족 내부의 카오스를 조명하는 소설, 즉 민족 내부의 지체와 타락을 중점적으로 상상하는 소설이다. 아니 「일목대왕의 철퇴」는 「백세 노승의 미인담」보다 민족 내부의 문제적 현상에 대해 전면적인 상상을 전개하고 있다. 「일목대왕의 철퇴」가 상상하는 민족의 내부에는 식민 규율을 자발적으로 수용하는 백성들이 만연하고 있었다. 이 점이 바로 「일목대왕의 철퇴」의 비극적 성격이다.

4. 결말

흔히 신채호는 중국 망명을 계기로 민족주의자에서 아나키스트로 변모했다는 평가를 받는다. 이러한 평가가 일면 타당하기는 하지만 국외 망명 이후 신채호가 민족 문제를 포기했다고는 단언하기는 어렵다. 신채호의 일급 문제는 민족의 생존 문제였으며, 이 민족 문제는 그가 아나키즘을 수용한 상황에서도 지속적으로 성찰된 화두였다.

민족 문제를 성찰하는 신채호의 전략은 영웅을 매개로 한 민족의 상상이다. 신채호 문학에서의 영웅은 단지 인물론적 차원의 해명 대상이 아니라 민족을 상상하고 이야기하는 서술 주체로 존재한다. 그런데 본고는 신채호 문학의 영웅이 자기 동일적 논리로 지속하는 절대적 개념이 아니라 역동적으로 변모하는 유동적 개념으로 파악하고 있다. 특히 망국이 현실화된 1910년대 이후, 그러니까 망명 이후의 신채호는 더 이상 영웅을 애국과 계몽의 논리로 확고하게 형성된 역사전기의 개념으로만 형상화하지는 않는다.

주지의 사실이지만 망명 이전의 신채호는 주로 외세와의 전쟁에서 승리한 영웅을 그의 소설에 설정해 통합된 민족을 상상하는 방식으로 소설을 기획한다. 을지문덕, 이순신, 강감찬 등이 그 비근한 예가 되거니와 그들은 전쟁을 승리로 이끌며 독자들에게 애국하는 민족, 통합하는 민족을 상상케 한다. 그러나 신채호 문학이 승리하는 영웅을 매개로 통합된 민족만을 상상하며 전개되지는 않는다.

망명 이후의 신채호는 역사전기의 개념과는 구분되는 영웅을 창조한다. 신채호는 고아 여성 출신의 민중영웅을 창조하는가 하면 『삼국사기』가 폭군의 전형으로 정의한 영웅을 새롭게 부활시킨다. 본고의 연구대상 작품인 「백세 노승의 미인담」과 「일목대왕의 철퇴」도 이렇게 새롭게 창조된 영웅을 등장시키는 소설로 이 영웅들은 열정의 감각으로 외세에 저항하거나 내부의 적과 대결한다.

이 두 작품의 주인공인 예쁜이와 일목대왕은 현실 경쟁에서 패배한 영웅들이다. 이들은 국수의 회복을 위해 비상한 결의와 신념으로 외부 및 내부의 적들과 대결하지만 그 대결은 성공적인 결과를 낳지는 않는다. 그렇다면 이와 같은 영웅을 우리는 어떻게 이해해야 하는 것일까? 분열적이며 사대적인 민족을 상상케 하는 이 영웅들은 실패한 영웅들이지만 그들의 실패는 실패 그 이상의 의미를 성취한다. 왜냐하면 이 영웅들의 실패는 노예적 삶을 강요하는 식민 상황을 부정하며 민족 내부의 자발적인 식민 규율을 극복하는 쇄신의 가능성을 강력하게 함축하는 까닭이다. 이 영웅들의 실패 속에는 혁명의 아우라가 내포되어 있으며, 또한 이 영웅들의 실패 속에는 역사의 전망이 내포되어 있는 것이다. 이들의 실패는 거룩한 실패이며 위대한 실패라는 말이다.[22]

신채호 문학은 이와 같이 실패한 영웅을 매개로 하여 민족의 내부를 상상한다. 바로 이 대목을 주목해야 한다. 이 두 편의 소설은 민족의 외부, 즉 외세의 억압을 중점적으로 상상하는 소설이 아니다. 이 두 편의 소설은 민족 내부의 혼돈과 노예적 상태, 만연된 갈등 등을 중점적으로 이야기하며 민족 문제는 외부가 아니라 내부에서 시작된다는 진실을 독자들에게 제시한다. 요컨대 이 두 편의 소설은 민족

---

22 신채호는 『실패』라는 글에서 "成功한 자"를 "實仁 實勇을 가진 小人"으로 비판하고 "失敗한 자"를 "매양 仁勇의 兩者를 兼備한" 자로 정의한다. 신채호는 실패의 긍정성을 전복적으로 고찰하며 예쁜이나 일목대왕과 같은 영웅을 창조하고 있다. 또한 김영범에 따르면 "신채호는 역사상의 실패자들 가운데서 다수를 발굴하여 사화와 전기소설, 우화소설들을 통해 제시했다. 이를테면 연개소문, 우온달, 복신, 궁예, 최영, 이지백, 곽원, 왕가도, 정인홍, 이활, 박의상 등이 그런 군에 속했다. 그들은 비록 역사서 속에는 패배자들로 기록되어 있지만, 관인과 관용을 유감없이 발휘하여 실패자의 신성을 체현해 보여주었다는 의미에서 진정한 혁명가들이었다." 김영범, 앞의 논문, 58쪽.

내부의 디스토피아를 상상하는 성격이 농후하다는 말이다. 이런 점에서 우리는 신채호 문학이 민족을 상상하는 방식이 대단히 반성적이며 발본적이라는 사실을 깨닫게 된다. 망명 이후 신채호 문학은 여전히 민족 문제를 집중적으로 상상하고 있지만 그 상상은 교조주의적으로 전개되지 않는다.

이처럼 망명을 전후로 신채호 문학은 민족의 내부를 좀 더 반성적으로 성찰하는 내적 계기를 마련하게 된다. 이 점이 바로 신채호 문학의 미덕이다. 이 미덕은 단지 신채호 문학의 미덕만은 아니며 한국 근대문학의 자산이기도 하다. 망국이 현실화된 그 지점에서 신채호 문학은 더욱 깊어지며 독특해지고 있다.

5. 읽기 자료

조선사역사상(朝鮮歷史上) 일천년래(一千年來) 제일대사건(第一大事件)

일(一), 서론(緖論)

민족(民族)의 성쇠(盛衰)는 매양 그 사상(思想)의 추향(趨向) 여하(如何)에 달린 것이며, 사상(思想) 추향(趨向)의 혹좌(或左) 혹우(或右)는 매양 모종(某種) 사건(事件)의 영향(影響)을 입는 것이다. 그러면 조선(朝鮮) 근세(近世)에 종교(宗敎)나 학술(學術)이나 정치(政治)나 풍속(風俗)이 사대주의(事大主義)의 노예(奴隷)가 됨이 무슨 사건(事件)에 원인(原因)함인가. 어찌하여 효(孝)하며 어찌하여 충(忠)하라 하는가. 어찌하여 공자(孔子)를 높이며 어찌하여 이단(異端)을 배척(排斥)하라 하는가. 어찌하여 태극(太極)이 양의(兩儀)를 낳고 양의(兩

儀)가 팔괘(八卦)를 낳는다 하는가. 어찌하여 신수(身修) 연후에 가제(家齊)요, 가제(家齊) 연후에 국치(國治)인가. 어찌하여 비록 두통(頭痛)이 날지라도 관망(冠網)을 끄르지 안하며 티눈이 있을지라도 버선을 신는 것이 예(禮이)었던가. 선성(先聖)의 말이면 그대로 좇고 선대(先代)의 일이면 그대로 행(行)하여 일세(一世)를 몰아 잔약(殘弱) 쇠퇴(衰退) 부자유(不自由)의 길로 들어감이 무엇에 원인(原因)함인가. 왕건(王建)의 창업(創業)인가 위화도(威化島)의 회군(回軍)인가, 임진(壬辰)의 왜란(倭亂)인가, 병자(丙子)의 호란(胡亂)인가, 사색(四色)의 당파(黨派)인가, 반상(班常)의 계급(階級)인가, 문귀무천(文貴武賤)의 폐(弊)인가, 정주학설(程朱學說)의 유독(遺毒)인가. 무슨 사건(事件)이 전술(前述)한 종교(宗敎) · 학술(學術) · 정치(政治) · 풍속(風俗) 각방면(各方面)에 노예성(奴隸性)을 산출(産出)하였는가. 나는 일언(一言)으로 회답(回答)하여 가로되, 고려(高麗) 인종(仁宗) 십삼년(十三年) 서경전역(西京戰役) 즉(卽) 묘청(妙淸)이 김부식(金富軾)에게 패(敗)함이 그 원인(原因)이라 한다.

서경전역(西京戰役)의 양편(兩便) 병력(兵力)이 각수만(各數萬)에 불과(不過)하며 전역(轉役)의 수미(首尾)가 양개년(兩個年)에 불만(不滿)하였지만, 그 전역(轉役)의 결과(結果)가 조선사회(朝鮮社會)에 영향(影響)을 끼침은, 서경전역(西京戰役)이 이전(以前)에 고구려(高句麗)의 후예(後裔)요 북방(北方)의 대국(大國)인 발해(渤海) 멸망(滅亡)의 전역(轉役)보다도, 서경전역(西京戰役) 이후(以後) 고려(高麗) 대(對) 몽고(蒙古)의 육십년(六十年) 전역(轉役)보다도, 몇 갑절이나 돌과(突過)하였으니, 대개 고려(高麗) 지(至) 이조(李朝) 일천년간(一千年間)에 서경전역(西京戰役)에 지날 대사건(大事件)이 없을 것이다. 서경전역(西京戰役)을 역대(歷代)의 사가(史家)들이 다만 왕사(王師)가 반적(反賊)을 친 전역(轉役)으로 알았을 뿐이었으나, 이는 근시안(近

視眼)의 관찰(觀察)이다. 그 실상(實狀)은 이 전역(轉役)이 즉(卽) 낭(郎)·불(佛) 양가(兩家) 대(對) 유가(儒家)의 전(戰)이며, 국풍파(國風派) 대(對) 한학파(漢學派)의 전(戰)이며, 독립당(獨立黨) 대(對) 사대당(事大黨)의 전(戰)이며, 진취사상(進取思想) 대(對) 보수사상(保守思想)의 전(戰)이니, 묘청(妙淸)은 곧 전자(前者)의 대표(代表)요 김부식(金富軾)은 곧 후자(後者)의 대표(代表)이었던 것이다. 이 전역(轉役)에 묘청(妙淸) 등이 패(敗)하고 김부식(金富軾)이 승(勝)하였으므로 조선사(朝鮮史)가 사대적(事大的) 보수적(保守的) 속박적(束縛的) 사상(思想) – 유교사상(儒敎思想)에 정복(征服)되고 말았거니와, 만일(萬一) 이와 반대(反對)로 김부식(金富軾)이 패(敗)하고 묘청(妙淸) 등이 승(勝)하였더라면 조선사(朝鮮史)가 독립적(獨立的) 진취적(進取的) 방면(方面)으로 진전(進展)하였을 것이니, 이 전역(轉役)을 어찌 일(一)[이(二)]천년래(千年來) 제일대사건(第一大事件)이라 하지 아니하랴. 좌(左)에 전역(轉役) 발생(發生)의 원인(原因)과 동기(動機)를 먼저 서술(敍述)하고, 다음 전역(轉役)으로 하여 생긴 영향(影響)을 논(論)하려 한다.

이(二), 낭(郎)·유(儒)·불(佛) 삼가(三家)의 원류(原流)

서경전역(西京戰役)의 원인(原因)을 말하려면 당시 낭(郎)·유(儒)·불(佛) 삼가(三家)의 정치(鼎峙)한 대세(大勢)부터 논술(論述)할 필요(必要)가 있다.

일(一) 「낭(郎)」은 곧 신라(新羅)의 화랑(花郎)이니, 화랑(花郎)은 본래 상고(上古) 소도제단(蘇塗祭壇)의 무사(武士) 곧 그때에 「선비」라 칭(稱)하던 자(者)인데, 고구려(高句麗)에서는 조의(皂衣)를 입어 「조의선인(皂衣仙人)」이라 하고 신라(新羅)에서는 미모(美貌)를 취(取)하여 「화랑(花郎)」이라 하였다. 화랑(花郎)을 국선(國仙)·선랑(仙郎)·풍류도(風流徒)·풍월도(風月徒) 등으로도 칭(稱)하였다 〈삼국사기(三國史記)〉는, 그 저자(著者) 김부식(金富軾)이 화랑(花郎)을 구시배척(仇視排斥)하는 유교도(儒教徒) 중에도 가장 협애엄혹(狹隘嚴酷)한 인물(人物)이므로, 본국(本國) 전래(傳來)의 〈선사(仙史)〉 〈화랑기(花郎記)〉 같은 것은 모두 말살(抹殺)하고 다만 외국(外國)에까지 전파(傳播)된 화랑(花郎)의 일(一), 이사실(二事實)과 〈화랑세기(花郎世紀)〉의 일(一), 이구(二句) 곧 당인(唐人)이 지은 〈신라국기(新羅國記)〉 〈대중유사(大中遺史)〉 등에 쓰인 화랑(花郎)에 관(關)한 문구(文句)를 초록(抄錄)하여, 그 원류(原流)를 혼란(混亂)하며 연대(年代)를 전도(顚倒)하고, 허다한 화랑(花郎)의 미사(美事)를 매몰(埋沒)하였으니, 이 얼마나 가석(可惜)한 일인가. 이에 관한 곡절(曲折)은 타일(他日)에 전서(傳書)로 상론(詳論)하려 하니 여기에는 약(略)하거니와, 화랑(花郎)은 곧 신라(新羅) 이래 국풍파(國風派)의 중전(重顚)이 되어 사회사상계(社會思想界)의 일위(一位)를 점령(占領)하던 자(者)이다.

(이(二)) 「유(儒)」는 공자(孔子)를 존봉(尊奉)하는 자(者)니, 왕석(往昔)에 사가(史家)들이 매양 존화주의(尊華主義)에 취(取)하여 역사적 사실(歷史的事實)까지 위조(僞造)하여 가며 태고(太古)부터 유교적(儒教的) 교의(教義)가 조선(朝鮮)에 횡피(橫被)한 줄로 말하였으나, 「비치」나 「불구레」로 왕(王)을 호(號)하며 「말치」나 「쇠뿔한」으로 관(官)을 명(名)하던 시대(時代)에는, 공자(孔子)・맹자(孟子)의 이름을 들은 이도 전국(全國)에 기인(幾人)이 못되었을 것이다. 대개 유교(儒教)는 삼국(三國) 중(中)・말엽(末葉)부터 그 경전(經傳)이 얼마큼 수입(輸入)되어, 예(禮)를 강(講)하며 춘추(春秋)를 독(讀)하는 이가 있어 뿌리를 박아, 고려(高麗) 광종(光宗) 이후(以後)에 점차 성(盛)하여 사회사상(社會思想)에 영향(影響)을 끼치게 된 것이다.

(삼(三)) 「불(佛)」은 인도(印度)로부터 중국(中國)을 지나 조선(朝鮮)에 수입(輸入)된 석가(釋迦)의 교(敎)니, 삼국(三國) 말엽(末葉)부터

성행(盛行)하여 조정(朝廷)이나 민간(民間)에서 일절(一切)로 숭봉(崇奉)하고, 불교(佛敎)가 비록 세사(世事)에 관계(關係)없는 출세적(出世的) 종교(宗敎)이나 그 교종(敎從)가 문득 정치상(政治上) 지위(地位)를 가지게 된 것이다.

당초(當初)에 신라(新羅) 진흥대왕(眞興大王)이 사회(社會)와 국가(國家)를 위(爲)하여 만세(萬世)의 책(策)을 정(定)할 때, 각교(各敎)의 경알(傾軋)을 려(慮)하여 유(儒)·불(佛) 양교(兩敎)는 평등(平等)으로 대우(待遇)하며, 화랑(花郎)은 삼교(三敎) 교지(敎旨)를 포함(包含)한 자(者)라 하여 각교(各敎)의 상(上)에 위(位)케 하며, 각교도(各敎徒)의 호상(互相) 출입(出入)을 허(許)하였다. 그래서 신라사(新羅史)를 보면 전밀(轉密)(금흠운전(金歆運傳)에 보임)은 유교(儒敎)에 승(僧)으로 화랑(花郎) 문노(文努)의 제자(弟子)가 되고, 안상(安詳)[안상(安常)](〈삼국유사(三國遺事)〉[백률사(栢栗寺)]에 보임)은 화랑(花郎)인 영랑(永郎)의 고제(高弟)로 승통(僧統)의 국사(國師)가 되고, 최치원(崔致遠)은 유(儒)·불(佛) 양교(兩敎)에 출입(出入)하는 동시(同時)에 또한 화랑도(花郎道)의 대요(大要)를 섭렵(涉獵)함이 있었었다. 그러나 세상사(世上事)가 매양 시세(時勢)를 따라 변천(變遷)하고 사람의 기망(期望)대로 되지 아니하는데야 어찌하랴. 진흥대왕(眞興大王)의 각교(各敎) 조화책(調和策)도 불과(不過) 수백년(數百年)에 무효(無效)에 귀(歸)하고 고려(高麗) 인종(仁宗) 십삼년(十三年)에 서경전역(西京戰役)이 일게 된 것이다.

삼(三), 랑(郎)·유(儒)·불(佛) 삼교(三敎)의 정치상(政治上) 투쟁(鬪爭)

고려태조(高麗太祖) 왕건(王建)이 불교(佛敎)로 국교(國敎)를 삼고 유교(儒敎)와 화랑(花郎)도 또한 참용(參用)하더니, 그 후사(後嗣)에 지(至)하여는 왕왕(往往) 중화(中華)를 존모(尊慕)하여, 광종(光宗)은 중국(中國) 남방인(南方人) 쌍기(雙冀)를 써서 과학(科學)를 설(設)하고 더욱 유학(儒學)을 장려(獎勵)할 새, 만일 유교(儒敎)의 경전(經傳)을 통(通)하는 중국인(中國人)이 이르면, 대관(大官)을 시키며 후록(厚祿)을 주며 또 신하(臣下)의 미려(美麗)한 제택(第宅)을 빼앗아 준 일까지 자주 있었고, 성종(成宗) 때에 지(至)하여는 최승로(崔承老) 등 유자(儒者)를 등용(登用)하여 재상(宰相)을 삼아, 낭교도(郞敎徒)나 불교도(佛敎徒)는 모두 압박(壓迫)하고 오직 유교(儒敎) 뿐을 존상(尊尙)하기에 이르렀다. 불교(佛敎)는 원래 출세(出世)의 교(敎)일 뿐터러 어느 국토(國土)에 수입(輸入)되던지 매양 그 나라 풍속(風俗) 습관(習慣)과 타협(妥協)하기를 잘하고 타교(他敎)를 심히 배척(排斥)하지 않지만, 유교(儒敎)는 그 의관(衣冠)·예악(禮樂)·윤리(倫理)·명분(名分) 등으로 그 교(敎)의 중심(中心)을 삼아 전도(傳道)되는 곳에는 반드시 표면(表面)까지의 동화(同化)를 요구(要求)하며 타교(他敎)를 배척(排斥)함이 비상(非常)히 격렬(激烈)하므로, 이 때의 유교장려(儒敎獎勵)는 낭파(郞派)와 불파(佛派)를 불평(不平)히 여길 뿐 아니라 곧 전국인민(全國人民)의 불악(不樂)하는 바이었다. 이런 관계(關係)는 대개 공자(孔子) 〈춘추(春秋)〉의 「필즉필(筆則筆) 삭즉삭(削則削)」 주의(主義)를 존봉(尊奉)하는 사가(史家)들의 삭제(削除)를 당하여 상세(詳細)한 전말(顚末)은 기술(記述)할 수 없으나 불명불비(不明不備)한 사책(史冊) 속에 끼친 일(一), 이(二) 사실(事實)을 미루어 그 전체(全體)를 대약(大約) 상상(想像)할 수 있다.

　〈고려사(高麗史)〉와 〈동국통감(東國通鑑)〉을 거(據)하매, 성종(成宗) 십이년(十二年)에 거란대장(契丹大將) 소손녕(蕭遜寧)이 입구(入寇)하여, 북계(北界)를 공(攻)하며 또 격문(檄文)을 이(移)하여 팔십만병(八十萬兵)이 장차 계속(繼續)하여 이르리라 통갈(恫喝)하니, 거조(擧朝)가 황겁(惶怯)하여 서경(西京) 이북(以北)을 할양(割讓)하여 걸화(乞和)하자는 의론(議論)이 일어났는데, 그때 홀로 서희(徐熙) · 이지백(李知白) 양인(兩人)이 있어 그 비계(非計)임을 박론(駁論)하여, 이지백(李知白)은 주(奏)하기를 『선왕(先王)의 연등(燃燈) · 팔관(八關) · 선랑(仙郎) 등(等) 회(會)를 회복(恢復)하고 타방(他方)의 이법(異法)을 배척(排斥)하여, 국가태평(國家太平)의 기(基)를 보(保)하며 신명(神明)에 고(告)한 연후에, 전(戰)하다가 불승(不勝)하면 화(和)함이 늦지 않다』하였다.

이는 이지백(李知白)이 성종(成宗)의 중화문물(中華文物)만 악모(樂慕)하여 국민감정(國民感情)에 위(違)함을 기(譏)한 것이라고 운(云)하였다. 이지백(李知白)이 가르친「선왕(先王)」은 고려(高麗)의 선대(先代)요「선랑회(仙郎會)」는 화랑회(花郎會)니, 태조(太祖) 이래(以來)로 대개 신라(新羅)의 화랑회(花郎會)를 중흥(中興)하여 연등(燃燈) · 팔관(八關) 등회(等會)와 병행(並行)하다가 성종(成宗)이 유교(儒敎)를 독신(篤信)하고 화풍(華風)을 숭상(崇尙)하여 낭(郎) · 불(佛) 양가(兩家)의 회(會)를 혁파(革罷)하였던 것이 명백하다. 이제 외국(外國)의 입구(入寇)를 당하여, 같이 숭중(崇重)의 예대(禮待)를 받던 유교(儒敎)의 제신(諸臣)들이 외구(外寇)를 물리칠 계책(計策)은 추호(秋毫)만치도 안출(案出)치 못하고 도리어 할지매국(割地賣國)의 거(擧)로 국왕(國王)을 권(勸)하는 고로, 이지백(李知白)의 차주(此奏)는, 제일(第一)로 유신(儒臣)의 유약(儒弱)을 열매(熱罵)코, 제이(第二)로 낭(郎) · 불(佛) 양가(兩家)를 위하여 원(冤)을 명(鳴)하고, 제삼(第三)으로 국풍파(國風派)를 대표(代表)하여 중화숭배자(中華崇拜者)를 질타(叱咤)함이니, 여기에서 낭(郎) · 불(佛) 양가(兩家)의 국풍파(國風派)들이 유교도(儒敎徒)에 대한 불평(不平)의 온양(醞釀)이 이구(已久)함을 볼 수 있다.

이 뒤로 부터 조신(朝臣)의 정론자(廷論者)가 드디어 양파(兩派)로

분(分)하였으니, 낭가(郎家)는 매양 국체상(國體上)에는 독립(獨立)·자주(自主)·칭제(稱帝)·건원(建元)을 주장(主張)하며, 정책상(定策上)에는 흥병북벌(興兵北伐)하여 압록(鴨綠) 이북(以北)의 구강(舊疆)을 회복(恢復)함을 역창(力倡)하고, 유가(儒家)는 반드시 존화주의(尊華主義)의 견지(見地)에서 국체(國體)는 중화(中華)의 속국(屬國)됨을 주장(主張)하고, 따라서 그 정책(政策)은 비사후폐(卑辭厚幣)로 대국(大國)을 사(事)하여 평화(平和)로 일국(一國)을 보(保)함을 역창(力倡)하여, 피차(彼此) 반대(反對)의 지위(地位)에 서서 항쟁(抗爭)하였었다. 예(例)를 들면 현종(顯宗) 말년(末年)에, 발해(渤海)의 중흥(中興)을 보조(輔助)하여 거란(契丹)을 쳐서 구강(舊疆)을 회복(恢復)하자는 곽원(郭元)이 있는 반면에, 본토(本土)를 근수(謹守)하여 생민(生民)을 보(保)하자는 최사위(崔士威) 등이 있으며, 덕종초년(德宗初年)에, 압강교(鴨江橋)의 훼철(毁撤)과 구류(拘留)된 아방사신(我邦使臣)의 회환(回還)을 거란(契丹)에게 요구(要求)하다가 불청(不聽)하거던 절교(絶交)하자는 왕가도(王可道) 등이 있는 반만에, 외교(外交)를 근신(勤愼)히 하여 병화(兵禍)가 없도록 하자는 황보유의(皇甫兪義) 등이 있으며, 기타 려조(麗朝) 역대외교(歷代外交)에 매양 자존(自尊)의 경론(硬論)을 발(發)한 자(者)는 거의 낭파(郎派)나 혹 간접(間接)으로 낭파(郎派)의 사상(思想)을 받은 자(者)요, 비사(卑辭)와 후폐(厚幣)의 사대론(事大論)을 집(執)한 자(者)는 대개 유교도(儒敎徒)들이었고, 불교(佛敎)는 자체(自體)의 성질상(性質上) 정치문제(政治問題)에 관하여 낭가(郎家)와 같이 격렬(激烈)히 계통적(系統的) 주장(主張)을 가지지는 아니하였으나, 대개는 낭가(郎家)와 접근(接近)하였었다.

팔관회(八關會)를, 〈삼국사기(三國史記)〉에는 불씨(佛氏)의 법회(法會)라 하고, 〈해동역사(海東繹史)〉에는 한시(漢詩)의 대포(大酺)와 같은 가례(嘉禮)의 경회(慶會)라고 하고, 근자(近者) 이능화(李能和)의 저(著)한 〈불교통사(佛教通史)〉에는 〈고려사(高麗史)〉 태조(太祖) 천수원년(天授元年)에 『설팔관회(設八關會)…기사선악부(其四仙樂部)와 태조(太祖) 유훈(遺訓)에 『팔관(八關) 소이사천(所以事天) 급산천룡신(及山川龍神)』과 의종(毅宗) 삼십이년(三十二年)에 『자금(自今) 팔관회(八關會) 예택량반가산요족자(豫擇兩班家産饒足者) 정위선가(定爲仙家)』 등의 어(語)를 인(引)하여, 팔관회(八關會)를 사선(事仙)의 회(會)로 불사(佛事)를 겸섭(兼攝)한 자(者)라 하였다.

그러나 「사선(四仙)」은 〈삼국유사(三國遺事)〉에 거(據)하면 화랑(花郎)의 사성(四聖) 영랑(永郎)·부례랑(夫禮郎) 등의 겸칭(謙稱)이요, 「선가(仙家)」는 그 상하문(上下文)을 참조(參照)하여 또한 화랑(花郎)을 가리킨 자(者)인데, 대개 낭(郎)·불(佛) 양가(兩家)의 관계(關係)가 접근(接近)한 이래로 낭가(郎家)의 소도대회(蘇塗大會)에 불가(佛家)의 팔관계(八關戒)를 쓴 것이니, 팔관(八關)을 대포(大酺)의 류(類)라 함도 망단(妄斷)이어니와 팔관(八關)의 선가(仙家)를 지나선교(支那仙教)의 선(仙)으로 인(認)함도 대오(大誤)다.

고려(高麗) 초·중엽(初·中葉)에는 화랑(花郎)이 그 사상(思想)으로만 사회(社會)에 전(戰)할 뿐 아니라 실재 그 회(會)가 존속(存續)하여 왔으므로, 화랑(花郎)을 반대(反對)하는 유가(儒家)에서도 그 명칭(名稱)과 의식(儀式)을 많이 도취(盜取)하였으니, 그 일(一), 이(二)의 예(例)를 들면 최공도(崔公徒)·노공도(盧公徒) 등은 화랑(花郎)의 원랑도(原郎徒)·영랑도(永郎徒) 등을 방(倣)한 것이며, 학교(學校)의 청금록(靑衿錄)은 화랑(花郎)의 풍류(風流) 황권(黃卷)을 방(倣)한 것이다. 그러나 사가(史家)의 삭제(削除)를 당하여 화랑(花郎)의 사적(事蹟)이 망매(茫昧)하니 어찌 차탄(嗟嘆)할 바가 아니랴.

사(四), 예종(睿宗)과 윤관(尹瓘)의 대(對) 여진전쟁(女眞戰爭)

고려(高麗) 일대(一代)에 화랑(花郎)의 사상(思想)을 실행(實行)하려던 군신(君臣)의 양인(兩人)이 있으니, 예종(睿宗)과 윤관(尹瓘)이다.

예종본기(睿宗本紀)에 거(據)하면 그 십일년(十一年) 사월(四月)에 『사선지적(四仙之跡) 소의가영(所宜加榮)……국선지사(國仙之事) 비래사로다문(比來仕路多門) 의령대관자손(宜令大官子孫) 행지(行之)』의 조(詔)를 하(下)하였다.

예종(睿宗)이 만일 화랑(花郞)의 중흥(中興)에 동경(憧憬)하는 인군(人君)일진댄, 하고(何故)로 그 즉위(卽位)한 지 십여년(十餘年)만에야 비로소 영랑(永郞)·부례랑(夫禮郞) 등 사성(四聖)의 유적(遺跡)을 가영(加榮)하고 국선(國仙)의 사로(仕路)를 개(開)하였을까. 본조(本詔)는 서경(西京) 신궐(新闕)에서 하(下)한 자(者)인데, 서경(西京) 신궐(新闕)의 창작(創作)한 사실이 예종본기(睿宗本紀)에는 불견(不見)하였으나, 오연총전(吳延寵傳)에 거(據)하면 예종(睿宗)이 참(讖)에 의하여 서경(西京) 신궐(新闕)을 건(建)하므로 연총(延寵)이 간(諫)하나 불청(不聽)하였다 하였는데, 이는 곧 여진정벌(女眞征伐) 이전(以前)의 사(事)이니, 그런즉 서경(西京) 신궐(新闕)의 창작(創作)은 여진정벌(女眞征伐) 이전(以前)의 사(事)인 동시(同時)에 화랑중흥책(花郞中興策)과 밀절(密切)한 관계가 있는 자(者)이며 또한 여진(女眞) 정벌(征伐)과 관련(關聯)된 자(者)이니, 당시(當時) 사책(史冊)에 반드시 상세(詳細)한 기록(記錄)이 있었을 것이나, 후래(後來) 김부식파(金富軾派) 사가(史家)가 서경(西京) 신궐(新闕)의 창작(創作)이 묘청(妙淸) 천도계획(遷都計劃)의 선구(先驅)이므로, 이를 삭제(削除)하는 동시에, 그의 구시(仇視)하는 화랑(花郞)에 관한 기록(記錄)도 물론 존류(存留)치 아니하였을 것이다. 십일년(十一年) 조칙(詔勅)의 국선(國仙) 운운(云云)은, 피등(彼等)의 화랑(花郞) 전고(典故)의 무식(無識)한 사가(史家)들이 국선(國仙)이 곧 화랑(花郞)임을 아지 못하고 무의중(無意中)에 삭제(削除)치 아니함이니, 이는 마치 『여지승람(輿地勝覽)》에 「선

(仙)」을 도교(道敎)의 「선(仙)」으로 오인(誤認)하여 다수(多數)한 화랑(花郎)의 유적(遊跡)을 존류(存留)함과 일반(一般)이다.

여하간 예종(睿宗)은 화랑사상(花郎思想)을 가진 인군(人君)으로 여진정벌(女眞征伐)도 이 사상(思想)을 실행(實行)함인 것은 명백하며, 윤관(尹瓘)은 신라화랑(新羅花郎) 김유신(金庾信)을 숭배(崇拜)하여 위국기도(爲國祈禱)의 충성(忠誠)과 유월빙하(六月氷河)의 열신(熱信)을 가진 인물(人物)로, 예종(睿宗)과 동의(同意)하여 여진(女眞)을 벌정(伐征)하여 북변(北邊)을 개척(開拓)하고 구성(九城)을 건설(建設)하였다. 구성(九城)은 〈고려사(高麗史)〉에 거(據)하면, 구사(舊事)에 있는 영(英)·웅(雄)·복(福)·길(吉)·함(咸)·의(宜) 육주(六州)와 공험(公嶮)·통태(通泰)·평융(平戎) 삼진(三鎭)이라 다가, 철환(撤還)할 때에 의주(宜州)와 공험(公嶮)·평융(平戎) 이전(二顚)이 없고 숭녕(崇寧)·진화(眞化)·의화(宜化) 삼진(三鎭)이 돌현(突現)함이 가의(可疑)며, 또 의주성(宜州城)은 정주(定州)(금(今) 정평(定平)) 이남(以南)에 있은즉 여진(女眞)을 격축(擊逐)하기 이전(以前)에도 축(築)한 자(者)라 하여 구성(九城)의 수목(數目)을 의(疑)하였으며, 함주(咸州)는 금(今) 함흥(咸興)이요, 영주(英州)·웅주(雄州)는 길주(吉州)에 합병(合倂)한 자(者)요 복주(福州)는 금(今) 단천(端川)이요, 의주(宜州)는 금(今) 덕원(德源)이라 하고, 공험진(公嶮鎭)·통태진(通泰鎭)·평융진(平戎鎭) 등의 지계(地界)를 명기(明記)치 못하여, 구성(九城) 거리(距離)의 원근(遠近)을 모호(模糊)히 하여, 지금껏 사가(史家)의 쟁송(爭訟)하는 바이 되었으나, 이따위 구구(區區)한 문제(問題)는 아직 차치(且置)하고 구성(九城)의 건설(建設)과 철환(撤還)한 사실(事實)의 전말(顚末)이나 약론(略論)코자 한다.

여진(女眞)은, 삼한시대(三韓時代)의 예맥(濊貊)이요 삼한시대(三韓時代)의 말갈(靺鞨)이니, 고구려(高句麗)가 망(亡)하매 발해(渤海)에 속(屬)하고, 발해(渤海)가 망(亡)하매 고려(高麗)에 속(屬)하였으나, 또 일변(一邊)으로는 거란(契丹)을 사(事)하는 고로, 〈문헌통고(文獻通考)〉에 『여진(女眞) 신사계란(臣事契亂) 노사고려(奴事高麗)』라 하고, 예종 사년(睿宗四年) 여진사자(女眞使者)의 어(語)에도 『여진(女眞) 이대방(以大邦)(고려(高麗)) 위부모지방(爲父母之邦) 조공부절(朝貢不絶)』이라 함이다. 예종(睿宗)의 부(父) 숙종(肅宗)이 여진(女眞)의 점점 강대(强大)함을 악(惡)하여 이를 정복(征服)하려 하였으나, 다만 헌종(獻宗)의 유당(遺黨)이 내란(內亂)을 작(作)할까 공(恐)하여 흥병(興兵)에 주저(躊躇)하였다가, 및 그 죽을 때에 여진정복(女眞征服)할 밀지(密旨)를 예종(睿宗)과 윤관(尹瓘)에게 내리었었다. 예종(睿宗)과 윤관(尹瓘)이 대병(大兵) 십칠만(十七萬)으로 여진(女眞)을 정벌(征伐)하여, 누천여급(累千餘級)을 참(斬)하고 불과 수삭(數朔)의 내(內)에 구성(九城)의 지(地)를 득(得)하였다. 고려(高麗) 지리지(地理志)에 두만강외(豆滿江外) 칠백리(七百里) 선춘령하(先春嶺下)에 『지차위고려지경(至此爲高麗之境)』 칠자(七字)를 새긴 윤관(尹瓘)의 비(碑)가 있다 하니, 윤관(尹瓘)의 개척(開拓)이 이조(李朝) 김종서(金宗瑞)보다 원과(遠過)함을 보겠다.

윤관(尹瓘)의 성공(成功)은 낭도(郎徒)의 흔약(欣躍)하는 바이나 유도(儒徒)의 불락(不樂)하는 바이라. 출병(出兵)의 초(初)에도 벌써 유신(儒臣) 김연(金緣) 등이 상소(上疏)하여 출병(出兵)을 반대(反對)하더니, 및 구성(九城)을 설(設)한 뒤에 여진(女眞)이 그 실지(失地)를 회복(恢復)코자 번갈아 침입(侵入)하니, 아군(我軍)이 비록 연승(連勝)하나 수년(數年) 동안에 인부(人夫)의 징발(徵發)과 재물(財物)의 손해(損害)가 적지 아니한 것은 면(免)치 못할 일이라. 유도(儒徒)들이 더욱 이를 기회(機會)삼아 공박(攻駁)하니, 예종(睿宗)이 마침내 초지(初志)를 견수(堅守)하지 못하고 구성(九城)을 철(撤)하여 여진(女眞)에게 환귀(還歸)하였다.

〈금사(金史)〉에 고(考)하면, 이때 여진군(女眞君)의 참모장(參謀長)
된 자(者)는 금태조(金太祖)라. 거란(契丹)은 점점 쇠약(衰弱)하고 여
진(女眞)이 발흥(勃興)하는 때니, 만일 예종(睿宗)이 초지(初志)를 견
수(堅守)하여 일시(一時)의 곤란(困難)을 잊고 윤관(尹瓘)을 전임(專
任)하였더라면, 고려(高麗)의 국세(國勢)가 흥익(興益)하여 후세(後世)
에 외국(外國)의 피정복자(被征服者)될 치욕(恥辱)을 면(免)할 뿐 아니
라, 곧 거란(契丹)을 대(代)하여 흥(興)한 자(者)가 금(金)이 아니요 고
려(高麗)일지 몰랐을 것이다. 그러나 여진(女眞)은 구성반환(九城返還)
의 은(恩)을 감(感)하여, 자금(自今)으로 세세자손(世世子孫)이 세공
(世貢)을 수(修)하고 와력(瓦礫)으로라도 고려경상(高麗境上)에 투(投)
치 아니하겠다고 맹서(盟誓)하였다.

이 뒤에 여진(女眞)이 강대(强大)하여 대금국(大金國)이 되매, 비록
고려(高麗)에 바치던 조공(朝貢)은 폐(廢)하였으나, 금(金) 일대(一代)
에 한번도 고려(高麗)를 침입(侵入)한 일이 없었으니, 이는 윤관일전
(尹瓘一戰)의 공(功)이다. 관(瓘)의 때에 사필(史筆)을 집(執)한 자(者)
가 관(瓘)을 구시(仇視)하던 김부식(金富軾)의 도당(徒黨)이었으니 관
(瓘)의 전공(戰功)을 그대로 적지 아니하였으리라. 이것도 독사자(讀
史者)의 알아둘 바이다.

오(五), 묘청(妙淸)과 윤언이(尹彦頤)의 칭제북벌론(稱帝北伐論)의
발생(發生)

전술(前述)과 같이 윤관(尹瓘)이 비록 금태조(金太祖)를 전승(戰勝)
하였으나, 고려(高麗)의 유신(儒臣)들이 이를 반대(反對)하여 더 진취
(進取)함을 막을 뿐 아니라 기득(旣得)한 구성(九城)까지 환귀(還歸)하
더니, 금태조(金太祖)가 이에 고려(高麗)와 청화(請和)하고 서북(西北)
에 전력(專力)하여, 제위(帝位)에 즉(卽)한 지 십년(十年) 안에 거란(契

丹)을 멸(滅)하고, 만주(滿洲)로부터 중화(中華)의 양자강(楊子江) 이북(以北)을 병탄(倂呑)하여 대금제국(大金帝國)을 건설(建設)하였다.

생면부지(生面不知)의 원처(遠處) 사람은 졸지(卒地)에 흥(興)하거나 망(亡)하거나 이를 심상(尋常)히 볼 뿐이지만, 자가(自家) 행랑(行廊)의 하인배(下人輩)가 돌연(突然)히 천상인(天上人)이 된다 하면, 이를 볼때 신경(神經)의 앙분(昂奮)을 면(免)치 못할 것이니, 이는 거의 보통(普通)의 인정(人情)이다. 수천년래(數千年來) 중화대륙(中華大陸)을 차지하는 자(者)가, 악마(惡魔)같은 진시황(秦始皇)이거나, 비적괴수(匪賊魁首)의 한고조(漢高祖)이거나, 야만종족(野蠻種族)의 거란태조(契丹太祖)이거나, 모두 그다지 조선인(朝鮮人)의 두뇌(頭腦)를 자극(刺戟)할 것이 없었으나, 오직 금태조(金太祖)가 중국황제(中國皇帝)됨에 이르러는 거의 예시(睨視)의 태(態)를 가지게 되었다, 금태조(金太祖)가 원래 고려(高麗)에 조공(朝貢)하던 여진종(女眞種)으로, 더구나 윤관(尹瓘)에게 패(敗)하여 구성(九城) 등 천여리지(千餘里地)를 빼앗기던 만추(蠻酋)로서, 일조(一朝)에 중국황제(中國皇帝)가 되어 작일(昨日)의 정복자(征服者)인 고려(高麗) 군신(君臣)을 도리어 압박(壓迫)하기에 이르니, 고려(高麗)의 군신(君臣)이 어찌 분개(憤慨)치 않을 것인가.

예종(睿宗)이 구성(九城)의 철환(撤還)을 후회(後悔)하는 동시에, 국선(國仙)의 중흥(中興)을 장려(奬勵)하며, 서경(西京)의 이도(移都)를 계획(計劃)하며, 또 성종(成宗) 이래(以來)의 비사후폐적(卑辭厚弊的) 외교정책(外交政策)을 개(改)하고, 왕왕 금태조(金太祖)에게 보내는 국서중(國書中)에 『여국(汝國)의 원(原)이 오토(吾土)에서 발(發)하였으니 여(汝)서 원래 오국(吾國)의 속국(屬國)』이니 하는 문구(文句)로, 금국(金國) 군신(君臣)의 노(怒)를 독(獨)하여 하마하마 국교상(國交上) 대결렬(大缺裂)이 발생(發生)케 된 때가 허다하였건마는, 금태조

(金太祖)는 전일(前日)의 맹약(盟約)에 구속(拘束)되어 거연(遽然)히 고려(高麗)를 침범(侵犯)치 않고, 예종(睿宗)은 구성(九城)의 역(役)에 제신(諸臣)의 반대(反對)를 징(懲)하여 경홀(輕忽)히 금(金)과 대항(對抗)치 못하므로, 피차 평화(平和)를 유지(維持)함이러니, 및 예종(睿宗)이 승하(昇遐)코 인종(仁宗)이 즉위(即位)하매, 낭가(郎家)와 불가(佛家)와 기타 무장(武將)과 시인배(詩人輩)가 분기(奮起)하여 칭제(稱帝)코 북벌(北伐)키를 강경(强硬)히 주장(主張)함에 이르렀다.

칭제북벌론(稱帝北伐論)의 영수(領袖)는,

일일(一日) 윤언이(尹彦頤)니, 윤언이(尹彦頤)는 곧 윤관(尹瓘)의 자(子)로 유일(惟一)한 낭가(郎家)의 계통(系統)이라. 본론(本論)의 영수(領袖)됨이 필연(必然)코 당연(當然)한 일이나, 윤언이(尹彦頤)가 칭제북벌론(稱帝北伐論)을 주장(主張)할 때의 상소(上疏)와 건의(建議)는 〈고려사(高麗史)〉 본전(本傳)에 모두 삭제(削除)를 당하고 오직 서경전역후(西京轉役後) 자명소(自明疏)만 게재(揭載)되어, 후인(後人)으로 하여금 윤언이(尹彦頤)가 칭제북벌론자(稱帝北伐論者)의 일인(一人)임만 알고 그 상세(詳細)는 아지 못하니 어찌 가석(可惜)치 않는가.

이일(二日) 묘청(妙淸)이니, 묘청(妙淸)은 서경(西京) 승도(僧徒)로, 도참(圖讖)의 설(設)을 부회(傅會)하여 서경(西京)에 천도(遷都)하고 제호(帝號)와 연호(年號)를 칭(稱)한 후(後), 북(北)으로 금(金)을 벌(伐)하자는 자(者)이며,

삼일(三日) 정지상(鄭知常)이니, 정지상(鄭知常)은 칠세(七歲)에 『하인파신필(何人把新筆) 을자사강파(乙字寫江波)』의 「강부(江鳧)」시(時)를 영(咏)하던 신동(神童)으로 당시(當時)에 천명(擅名)하던 시인(詩人)이요, 근세(近世) 임백호(林白湖)와 같이 강토(疆土)의 확대(擴大)를 몽상(夢想)하던 인물(人物)이다.

차(此) 삼인(三人)이 칭제북벌(稱帝北伐)에 대한 의견(意見)은 동일

(同一)하나, 다만 묘청(妙淸)과 정지상(鄭知常)은 서경천도(西京遷都)까지를 주장(主張)하였고, 윤언이(尹彦頤)는 거기 부동의(不同意)하던 바이다. 묘청전(妙淸傳)에는 묘청(妙淸) · 백수한(白壽翰) · 정지상(鄭知常) 삼인(三人)이 다 서경인(西京人)이므로 서경인(西京人) 김(金) 안(安) 등이 존봉(尊奉)하여 「서경삼성(西京三聖)」이라 칭(稱)하였다 하나, 백수한(白壽翰)은 묘청(妙淸)의 제자(弟子)라 따로 일파(一派)를 칠 것이 없어 차(此)에 거론(擧論)치 아니한다.

육(六), 묘청(妙淸)의 광망(狂妄)한 거동(擧動) – 서경(西京)의 거병(擧兵)

〈고려사(高麗史)〉에 묘청(妙淸)을 요적(妖賊)이라 하였다. 이는 묘청(妙淸)이 음양가(陰陽家)의 풍수설(風水說)로 평양천도(平壤遷都)를 창(唱)함에 인(因)함이라 한다.

대개 신라(新羅) 말엽(末葉)부터 평양(平壤) 임원역(林原驛)은 대화(大華)의 세(勢)라, 여기에 천도(遷都)하면 삼십육국(三十六國)이 내조(來朝)하리라는 비결(秘訣)이 유행(流行)하였었다. 아마, 고구려(高句麗)가 망(亡)하고 평양(平壤) 구도(舊都)가 황폐(荒廢)하매, 신라(新羅)의 비열(卑劣)한 외교(外交)를 분(憤)히 아는 불평가(不平家)들이 차(此) 일단(一段)의 비결(秘訣)을 조작(造作)하여, 거연(居然)히 세간(世間)의 일종(一種) 미신(迷信)이 되었던지도 모를 것이다. 그러므로, 신라(新羅) 헌덕왕십사년(憲德王十四年)의 김헌창(金憲昌)과 십칠년(十七年)의 김범문(金梵文)이 모두 평양건도(平壤建都)에 탁(托)하여 반병(叛兵)을 거(擧)하였으며, 그 뒤 궁예(弓裔)도 이상(理想)의 신도(新都)는 평양(平壤)이었으며, 고려(高麗) 태조(太祖)도 그 「훈요(訓要)」에 평양(平壤)은 지덕(地德)의 근본(根本)이라 하여 후왕(後王)의 사중순주(四仲巡駐)를 권(勸)하였으며, 혜종(惠宗)은 아주 평양(平壤)에 굉대(宏大)한 궁궐(宮闕)을 짓고 도읍(都邑)을 옮기려 하였으며, 예종(睿

宗)도 전술(前述)한 바와 같이 평양(平壤)에 신궐(新闕)을 창작(創作)하였다. 이같이 평양(平壤) 건도(建都)가 역대왕조(歷代王朝)의 기도(企圖)하던 바이나, 기실(其實)은 평양(平壤)에 천도(遷都)하면 북구(北寇)에 밀이(密邇)하니, 만일 적기(敵騎)가 압록강(鴨綠江)을 건너는 때에는 도성(都城)이 먼저 병화(兵火)의 요충(要衝)이 되므로, 중앙(中央)의 근본(根本)이 동요(動搖)하여 일번(一番)의 소좌(少挫)만 잊어도 전국(全國)이 진경(震驚)할 것이라.

평양(平壤)은 실로 당시 도성(都城)될 지점(地點)에 만만(萬萬) 불의(不宜)하거든, 칭제북벌론자(稱帝北伐論者)가 매양 평양천도(平壤遷都)를 전제(前提)로 함은 비상(非常)한 실책(失策)이니, 윤언이(尹彦頤)가 전자(前者)를 주장(主張)코 후자(後者)에 부동의(不同意)함은 과연 탁견(卓見)이라 이를 것이다. 그러나 비결(秘訣)과 풍수설(風水說)로 평양천도(平壤遷都)를 주(主)함은 묘청(妙淸)으로써 시(始)함이 아니니, 이로써 묘청(妙淸)을 요적(妖賊)이라 함은 너무 억굴(抑屈)한 판결(判決)이다. 묘청(妙淸)이, 풍백(風伯)과 운사(雲師)를 능(能)히 지휘(指揮)한다 이르며, 대동강저(大同江低)에 유병(油餠)을 침(沉)하고 신룡(神龍)의 토연(吐涎)이라 하여 백관(百官)의 표하(表賀)를 청(請)함이, 어찌 요적(妖賊)의 일이 아닐까. 그러나 이러한 일은 고려(高麗) 이전(以前) 상유(常有)한 일이니, 고대(古代)에 종교상(宗敎上) 정치상(政治上) 인물(人物)들이 매양 망연(茫然)한 천신(天神)을 탁(託)하여 군중(群衆)을 농락(籠絡)하던 것이라, 이것으로 묘청(妙淸)을 죄(罪)함도 또한 공언(公言)이 아닐 것이다. 그러면 어찌하여 묘청(妙淸)을 광망(狂妄)타 하였는가.

예종본기(睿宗本紀)나 묘청전(妙淸傳)으로 보면, 당시 칭제북벌론(稱帝北伐論)에 경향(傾向)한 자(者)가 거의 전국인(全國人)의 반(半)이 지나며, 정치세력(政治勢力)의 중심(中心)인 군주(君主) 인종(仁宗)도

십(十)의 구분(九分)은 묘청(妙淸)을 신(信)하였다. 비록 김부식(金富軾)·문공유(文公裕) 등 기개인(幾個人)의 반대자(反對者)가 외구(外寇)의 형세(形勢)를 성(盛)히 포장(鋪張)하며 그 전통적(傳統的) 사대주의(事大主義)의 보루(堡壘)를 고수(固守)하려 하나, 이를 공파(攻破)함이 그다지 어려운 일이 아니어늘, 이제 이같이 성숙(成熟)한 시기(時機)를 선용(善用)치 못하고 문득 김부식(金富軾)의 일소(一疏)로 인종(仁宗)이 천도(遷都)의 계(計)를 정지(停止)함을 노(怒)하여, 서경(西京)에서 병(兵)을 거(擧)하고 『천견충의군(天遣忠義軍)』이라 자칭(自稱)하며 국호(國號)를 「대위(大爲)라 하고 연호(年號)를 「천개(天開)」라 하고 평양(平壤)을 상경(上京)으로 정(定)하고, 인종(仁宗)에게 상경신궐(上京新闕)로 이어(移御)하여 그 국호(國號), 그 연호(年號)를 받기를 구(求)하니, 그 시대(時代) 인신(人臣)의 예(禮)로 그 얼마나 발호(跋扈)한 행동(行動)인가. 이같이 발호(跋扈)한 행동(行動)을 취할 것 같으면 반드시 그 내부(內部)가 공고(鞏固)하고 실력(實力)이 웅후(雄厚)한 뒤에 발표(發表)할 것이 아닌가. 묘청(妙淸)의 거병(擧兵)한 밀모(密謀)에 윤언이(尹彦頤)와 정지상(鄭知常)이 공참(共參)치 못하였을 뿐더러, 묘청(妙淸)의 심복제자(心腹弟子)인 백수한(白壽翰)까지도 송도(松都)에 있어 진행(進行)의 내막(內幕)을 막연(漠然)히 알지 못하고, 그 공모자(共謀者)가 불과(不過), 서경(西京)에 우류(偶留)하던 병부상서(兵部尙書) 유(柳) 참(昆), 분사시랑(分司侍郞) 조광(趙匡) 등 뿐이요, 돌연히 서경병마편(西京兵馬便) 이중(李仲)을 집수(執囚)하고 그 병(兵)을 탈(奪)하여 거사(擧事)하였으니, 인종(仁宗)이 비록 나약(懦弱)하나 어찌 대위국황제(大爲國皇帝)의 허명(虛名)을 탐(貪)하여 발호(跋扈)한 인신(人臣)의 근거지(根據地)인 서경(西京)으로 즐기어 이어(移御)하였을 것인가. 윤언이(尹彦頤)가 비록 묘청(妙淸)의 칭제북벌론(稱帝北伐論)에는 동의(同意)하던 일인(一人)이나, 어찌 이같이 광망(狂妄)한 거동(擧動)에야 일치(一致)할 수 있을 것인가. 윤언이(尹彦頤)의 일파(一派)는 고사(姑捨)하고 묘청(妙淸)의 친당(親黨)인 문공인(文公仁) 등도 거병(擧兵)의 보(報)가 처음 송도(松都)에 이르렀을 때에는 거의 차사(此事)의 절무(絶無)를 신(信)함에 지(至)하였다. 그러나 사실(事實)이 차차 적확(的確)하여 오매, 칭제북벌론자(稱帝北伐論者)는 모두 와해(瓦解)되고 반대자(反對者) 등이 작약(雀躍)하여 김부식(金富軾)이 원수(元帥)로 묘청토벌(妙淸討伐)의 도(途)에 상(上)하며, 정지상(鄭知常)·백수한(白壽翰) 등은 출병전(出兵前)에 김부식(金富軾)에게 피살(被殺)되며, 윤언이(尹彦頤)은 묘청(妙淸)과 같은 칭제북벌론자(稱帝北伐論者)임에 불구하고 김부식(金富軾)의 막하(幕下)가 되어 묘청토벌자(妙淸討伐者)의 일인(一人)이 되게 되었다.

정지상(鄭知常)은 시재(詩才)가 고금(古今)에 절륜(絶倫)하여 문예가(文藝家)의 숭배(崇拜)를 받다가 김부식(金富軾)에게 죽었음으로 후래(後來)의 시인(詩人)들이 불평(不平)히 여기어 그에 대(對)한 일화(逸話)가 많이 유행(流行)한다. 그 일(一), 이(二)를 들겠다. 김부식(金富軾)이 정지상(鄭知常)의 『임궁격경파(琳宮擊磬罷) 천색정류리(天色淨琉璃)』 양구(兩句)를 달라다가 지상(知常)이 허(許)치 아니하므로 살해(殺害)하였다고도 하며, 혹은 정지상(鄭知常)의 『그대가 술 있거든 부디 나를 부르소서. 내 집에 꽃피거든 나도 또한 청하오리. 그래서 우리의 백년세월(百年歲月)을 술과 꽃사이에서』. 이 시조(時調) 일수(一首)를 지었더니, 김부식(金富軾)이 보고 이놈이 시조(時調)도 나보다 잘한다 하여 살해(殺害)하였다고도 한다. 이와 같은 문예(文藝)의 시기(猜忌)도 한 원인(原因)이 될지 모르나 대체는 김부식(金富軾)은 사대주의(事大主義)의 괴(魁)요 정지상(鄭知常)은 북벌파(北伐派)의 건장(健將)이니, 만일 정지상(鄭知常)을 살리어 그 작품(作品)의 유행(流行)을 허(許)한다면 혹 그 주의(主義)가 부활(復活)할지 모르는 것이라. 이것이 김부식(金富軾)으로서 정지상(鄭知常)을 살해(殺害)한 최대(最大)의 원인(原因)이다.

칠(七), 묘청(妙淸)의 패망(敗亡)과 윤언이(尹彦頤)의 말로(末路)

인종(仁宗) 십삼년정월(十三年正月)에 묘청(妙淸)이 서경(西京)에서 거병(擧兵)하매, 인종(仁宗)이 김부식(金富軾)으로 토역원수(討逆元帥)를 배(拜)하고 김정순(金正純)·윤언이(尹彦頤) 등이 부(副)가 되어 중군(中軍)을 졸(帥)하고, 김부식(金富軾)·김 단(金 旦) 등은 좌우양군(左右兩軍)을 거느리어 왕정(往征)할 새, 불과(不過) 수십일(數十日)에 조 광(趙 匡)이 묘청(妙淸)을 참(斬)하여 걸항(乞降)하거늘, 광(匡)의 사자(使者) 윤 첨(尹 瞻)을 하옥(下獄)하니, 광(匡)이 다시 항수(抗守)하여 그 익년(翌年) 십이월(十二月)에야 비로소 성(城)을 함(陷)하고, 조 광(趙 匡)을 참(斬)하였다.

처음에 김부식(金富軾)이 행군(行軍)하는 중로(中路)에, 보산역(寶山驛)에 지(至)하여 군사회의(軍事會議)를 개(開)하고 공격완급(攻擊緩急)의 가부(可否)를 제장(諸將)에게 물었다. 윤언이(尹彦頤) 등 제장(諸將)은 모두 급공(急攻)을 주장(主張)하나, 김부식(金富軾)은 묘청(妙淸)의 흉모(凶謀)를 회포(懷抱)함이 오(五), 육년(六年)인 즉 그 수비(守備)가 완고(完固)하니 기개일간(幾個日間)에 공발(攻拔)할 바 아니라 하여 완공(緩攻)을 정(定)하였다.

그러나 묘청(妙淸)은 실상 음모(陰謀)를 쌓아온 것이 아니요, 다만 그 광망(狂妄)한 생각에, 서경(西京)을 거(據)하고 거병(擧兵)하여 인종(仁宗)의 천도(遷都)를 촉(促)하면 김부식(金富軾) 등 사대주의파(事大主義派)는 자연(自然) 경산(驚散)하고 인종(仁宗)은 하릴없이 내림(來臨)하리라 한 것이, 의외(意外)에 토벌군(討伐軍)이 이르매 그 도당(徒黨)의 묘청(妙淸)에 대한 신망(信望)이 돌락(突落)하여 드디어 묘청(妙淸)을 참(斬)하여 걸항(乞降)함이니, 이는 사실(事實)의 명증(明證)

하는 바이다. 조 광(趙 匡) 등이 묘청(妙淸)을 참(斬)한 뒤에 조정(朝廷)의 사의(赦意) 없음을 보고 이에 창졸(倉卒)히 반(叛)하여 거전(據戰)하였으니, 김부식(金富軾)이 만일 윤언이(尹彦頤)를 신용(信用)하였으면 시일간(時日間)에 토평(討平)하였을 것이어늘, 부식(富軾)이 종시(終是) 언이(彦頤)를 시의(猜疑)하여 완공(緩攻)의 계(計)를 쓰다가 말내(末乃)에 양년(兩年)에 긍(亘)토록 승산(勝算)이 없어, 내(內)로 인종(仁宗)의 의구(疑懼)가 적지 않고 외(外)로 금국내침(金國來侵)의 염려(念慮)가 급(急)하매, 언이(彦頤)의 말을 들어 공인(工人) 조 언(趙彦)이 제(製)한 석포(石砲)로 성문(城門)을 부수고 화구(火毬)를 던지어 함성(陷城)의 공(功)을 주(奏)하였으니, 〈고려사(高麗史)〉의 묘청(妙淸)·윤언이(尹彦頤)·김부식(金富軾) 삼전(三傳)을 상찰(詳察)하면, 본전역(本戰役)의 성공(成功)은 모두 윤언이(尹彦頤)의 책(策)에서 출(出)함이요 김부식(金富軾)은 촌공(寸功)이 없음이 명백하다. 윤언이(尹彦頤)가 묘청(妙淸)과 동일(同一)한 칭제북벌론자(稱帝北伐論者)로서 이제 도리어 묘청토벌(妙淸討伐)에 진력(盡力)하니, 주의(主義)를 부(負)함이 아닌가. 그러나 이는 묘청(妙淸)의 구(咎)요, 윤언이(尹彦頤)의 책(責)이 아니라 할 것이다.

묘청(妙淸)의 행동(行動)이 광망(狂妄)하여 그 동당(同黨) 정지상(鄭知常) 등을 속이어 사지(死地)에 빠지게 하고, 기타(其他) 모든 동주의자(同主義者)를 진퇴양난(進退兩難)의 경(境)에 서게 하여 칭제북벌(稱帝北伐)의 명사(名詞)까지도 세인(世人)의 기휘(忌諱)하는 바가 되게 하였으니, 윤언이(尹彦頤)가 비록 천재(天才)인들 어찌할 것인가. 그러나 개선후(凱旋後)에 김부식(金富軾)이 윤언이(尹彦頤)을 정지상(鄭知常)의 친우(親友)라 하여 구살(構殺)코자 하여, 전공(戰功)의 상(賞)을 받지 못할 뿐 아니라 도리어 육개년(六個年) 원적(遠謫)에 처(處)하였다가 간신히 생환(生還)하였다.

윤언이(尹彦頤)의 자명표(自明表)에 『재임자년서행시(在壬子年西幸時) 상청입원칭호(上請立元稱號)……예시입원지칭(繄是立元之稱) 본호존주지성(本乎尊主之誠) 재아본조(在我本朝) 유태조(有太祖)·광종지고사(光宗之故事) 계제왕첩(稽諸往牒) 수신라(雖新羅)·발해이득위(渤海以得爲)』라 하여, 입원(立元)(연호(年號)) 일사(一事)만 변명(辨明)하고 칭호(稱號)(제호(帝號))의 일건(一件)은 묵과(默過)하였으니, 칭제북벌(稱帝北伐)의 논자(論者)로 사대주의(事大主義)의 조정(朝廷)에서 구활(苟活)하려 하니, 그 신세(身勢)의 거북함과 언론(言論)의 부자유(不自由) 함을 상견(想見)할 수 있다.

윤언이전(尹彦頤傳)에 거(據)하면, 윤언이(尹彦頤)가 만년(晩年)에 불법(佛法)을 혹호(酷好)하여 승(僧) 관승(貫乘)과 공문우(空門友)가 되어, 관승(貫乘)이 일찍 일포단(一蒲團)을 제작(製作)하여 언이(彦頤)와 누구든지 양인중(兩人中) 선사자(先死者)가 포단(蒲團)을 쓰기로 상약(相約)하였더니, 일일(一日)은 언이(彦頤)가 관승(貫乘)을 찾고 돌아오매 관승(貫乘)이 포단(蒲團)을 보내었거늘, 언이(彦頤)가 웃으며 『사(師)가 약(約)을 부(負)치 아니한다』 말하고 일서(一書)를 벽(壁)에 써 가로되 『춘복추혜(春復秋兮) 화개엽락(花開葉落) 동복서혜(東復西兮) 선양진군(善養眞君) 금일도중(今日途中) 반관차신(反觀此身) 장공만리(長空萬里) 일편한운(一片閑雲)』이라 하고 포단(蒲團)에 좌(座)하여 영면(永眠)하였다. 그 벽(壁)에 쓴 글이 표면(表面)으로는 일개(一個)의 불게(佛偈)와 같으나, 기실(其實)은 주의상(主義上) 실패(失敗)한 분노(憤怒)가 언외(言外)에 넘친다. 일불이살육통(一不而殺六通)은 천하(天下)의 지통(至痛)한 일이라.

묘청(妙淸)이 비록 그 행동(行動)이 광망(狂妄)하였으나, 그 주의상(主義上) 불후(不朽)의 가치(價値)는 김부식(金富軾) 류(類)에 비(比)할 자(者)가 아니어늘, 전사(前史)에 폄사(貶辭)만 있고 살린 말은 전무

(全無)하니, 이는 공론(公論)이 아니다.

팔(八), 본전역후(本戰役後) 〈삼국사기(三國史記)〉편찬(編撰)

묘청(妙淸)이 패망(敗亡)하여 서경전역(西京戰役)이 결말(結末)되매, 김부식(金富軾)이 드디어 수충정난정국찬화동덕공신(輸忠定難靖國贊化同德功臣) 휘호(徽號)에 개부의동삼사(開府儀同三司) 검교태사(檢校太師) 수태보(守太保) 문하시중(門下侍中) 판상서사(判尙書事) 겸이예부사(兼吏禮部事)의 영직(榮職)에 또 집현전태학사(集賢殿太學士) 감수국사(監修國史)의 문임(文任)을 맡아, 고려(高麗) 당시(當時)의 국사(國史)를 감수(監修)하는 동시(同時)에 라(羅)·려(麗)·제(濟) 〈삼국사기(三國史記)〉를 편찬(編撰)하였다.

선유(先儒)들이 말하되, 삼국(三國)의 문헌(文獻)이 모두 병화(兵火)에 없어져 김부식(金富軾)이 고거(考據)할 사료(史料)가 부족하므로 그의 편찬(編撰)한 〈삼국사기(三國史記)〉가 그렇게 소루(疏漏)함이라 하나, 기실(其實)은 역대(歷代)의 병화(兵火)보다 김부식(金富軾)의 사대주의(事大主義)가 사료(史料)를 분멸(焚滅)한 것이다.

부식(富軾)의 때에 단군(檀君)의 〈신지(神誌)〉나 부여(扶餘)의 금간옥첩(金簡玉牒)이나 고구려(高句麗)의 〈유기(留記)〉나 〈신집(新集)〉이나 백제(百濟)의 〈서기(書記)〉나 거칠부(居柒夫)의 〈신라사(新羅史)〉 같은 것이 남아 있었던 여부(與否)는 알 수 없으나, 이제 〈삼국사기(三國史記)〉 인용서목(引用書目)으로 보면 〈해동고기(海東古記)〉 〈삼한고기(三韓古記)〉 〈고려(高麗)(고구려(高句麗)고기(古記)〉 〈신라고사(新羅古事)〉 〈선사(仙史)〉 〈화랑세기(花郞世記)〉 등은 다 부식(富軾)의 급견(及見)한 것이며, 고구려(高句麗)와 백제(百濟)가 멸망(滅亡)하여 신라(新羅)와 발해(渤海)가 병치(並峙)한지 불과 이백년(二百年)만에 고려(高麗) 왕씨조(王氏朝)가 되었은즉, 려(麗)·제(濟)·라(羅)·발(渤)의 고비(古碑) 유문(遺文)과 민간(民間) 전설(傳說)이 많이 유전

(遺傳)되었을 것인즉, 이것도 모두 채집(採集)할 수 있을 것 아닌가.
그뿐 아니라, 김부식(金富軾) 이후(以後) 오(五),육백년(六百年)만에
외국인(外國人)의 수(手)로 저작(著作)한 〈성경지(盛京志)〉 〈직례통지
(直隷通志)〉 등(等) 서(書)에도 고구려(高句麗) 대(對) 수(隨)·당전쟁
(唐戰爭)의 고적(古蹟)인 고려성(高麗城)·고려영(高麗營)·개소둔(蓋
蘇屯)·당태종함마처(唐太宗陷馬處)·황량대(謊糧臺) 등이 다수(多數)
히 기재(記載)되었은즉, 부식(富軾)의 당시(當時)에는 사료(史料)될 만
한 고적(古蹟)이 더욱 풍부(豊富)하였을 것이니, 부식(富軾)의 요
(遼)·송(宋)에 왕래(往來)할 때에 마음대로 수습(收拾)할 수 있을 것
이며, 부식(富軾) 이후(以後) 수백년(數百年) 곧 고려말엽(高麗末葉)에
저작(著作)한 〈삼국유사(三國遺事)〉에는 이두문(吏讀文)의 시가(詩歌)
를 다수(多數) 게재(揭載)하였고, 이조초엽(李朝初葉)에 편찬(編撰)한
〈고려사(高麗史)〉에는 고구려(高句麗)의 「내원성(來遠城)」과 백제(百
濟)의 「무등산(無等山)」(양종(兩種)도 다 이두문(吏讀文)의 시가(詩
歌))을 그 의의(意義)를 해독(解讀)한 증거(證據)가 있은즉, 부식(富軾)
의 때에는 이보다 풍부(豊富)한 삼국(三國)의 국시(國詩)인 이두문(吏
讀文)의 시가(詩歌)를 망라(網羅)할 수 있을 것이언만, 이는 다 부식
(富軾)의 구수시(仇讎視)하는 바이요 채록(採錄)코자 하는 사료(史料)
가 아니다. 하고(何故)이뇨 하면, 부식(富軾)의 이상적(理想的) 조선사
(朝鮮史)는 (일(一)) 조선(朝鮮)의 강토(疆土)를 바싹 줄이어, 대동강
(大同江) 혹 한강(漢江)으로 국경(國境)을 정(定)하고, (이(二)) 조선(朝
鮮)의 제도(制度)·문물(文物)·풍속(風俗)·습관(習慣) 등을 모두 유
교화(儒敎化)하여 삼강오륜(三綱五倫)의 교육(敎育)이나 받고, (삼(三))
그런 뒤에, 정치(政治)란 것은 오직 외국(外國)에 사신(使臣) 다닐 만
한 비열(卑劣)한 외교(外交)의 사령(辭令)이나 감임(堪任)할 인(人)을
양성(養成)하여, 동방군자국(東方君子國)의 칭호(稱號)나 유지(維持)하

려 함이다. 그러나 부식(富軾) 이전(以前)의 조선사(朝鮮史)는 거의 부식(富軾)의 이상(理想)과 배치(背馳)되어, 강토(疆土)는 요하(遼河)를 건너 동몽고(東蒙古)까지 연접(連接)한 때가 있으며, 사회(社會)는 낭가(郎家)의 종교적(宗敎的) 무사풍(武士風)을 받아 공(孔)·맹(孟)의 유훈(遺訓)과 다른 방면(方面)이 많으며, 정치계(政治界)에는 왕왕(往往) 광개토왕(廣開土王)·동성대왕(東城大王)·진흥대왕(眞興大王)·사법명(沙法名)·을지문덕(乙支文德)·연개소문(淵蓋蘇文) 같이 외국(外國)과 도전(挑戰)하는 인물(人物)이 간출(間出)하여, 부식(富軾)의 두통(頭痛)꺼리가 일(一)이 이(二)뿐만이 아니러니, 이제 천재일시(千載一時)로 서경전역(西京轉役)의 승리(勝利)한 뒤를 기회(機會)삼아 그 사대주의(事大主義)를 근거(根據)하여 〈삼국사기(三國史記)〉를 작(作)할새, 그 주의(主義)에 합(合)하는 사료(史料)는 부연찬탄(敷演讚嘆) 혹 개작(改作)하며, 불합(不合)하는 사료(史料)는 논폄도개(論貶塗改) 혹 산제(刪除)하였다.

나의 말을 불신(不信)하거든 〈삼국사기(三國史記)〉를 보라. 부여(扶餘)와 발해(渤海)를 발거(拔去)할 뿐 아니라, 백제(百濟)의 위례(慰禮)는 직산(稷山)이라 하고, 고구려(高句麗)의 주군(州郡)을 태반(太半)이나 한강(漢江) 이남(以南)에 옮기고, 신라(新羅)의 평양주(平壤州)를 삭제(削除)하여 북방강토(北方疆土)를 외국(外國)에 할양(割讓)함에 그 이상(理想)을 맞추려 함이 아닌가. 조선(朝鮮)의 고유(固有)한 사상(思想)으로 발전(發展)한 화랑(花郎)의 성인(聖人)인 영랑(永郎)·부례랑(夫禮郎) 등은 성명(姓名)도 기재(記載)하지 않고, 당조(當朝) 유학생(留學生)으로 거의 당(唐)에 동화(同化)한 최치원(崔致遠) 등을 숭배(崇拜)하며, 당(唐)과 혈전(血戰)한 부여복신(扶餘福信)은 열전(列傳)에 올리지 않고 투항(投降)한 흑치상지(黑齒常之)를 특재(特載)함이, 그 이상(理想)에 맞추려 함이 아닌가. 기타(其他) 이같은 종류(種類)가 허다(許多)하여 매거(枚擧)할 수 없다.

대개 자가(自家)의 이상(理想)과 배치(背馳)되는 시대(時代)의 역사(歷史)에서 자가(自家)의 이상(理想)에 부합(符合)하는 사실(事實)만을 수습(收拾)하려 한즉, 그 사료(史料)도 간핍(艱乏)하려니와 또 부득이(不得已) 공구씨(孔丘氏)의 필삭주의(筆削主義)를 써, 그 사실(史實)을 가감(加減) 혹 개작(改作)할 밖에 없을 것이다. 그중 가장 산삭(刪削)당한 자(者)는 유교도(儒敎徒)의 사대주의(事大主義)의 정반대(正反對)되는 독립사상(獨立思想)을 가진 낭가(郎家)의 역사(歷史)인 것이다. 희(噫)라. 이적(李勣)과 소정방(蘇定方)이 려(麗)·제(濟)의 문헌(文獻)을 소탕(掃蕩)하였다 하지만, 그 사학계(史學界)의 겁운(劫運)이 어찌 김부식(金富軾)의 서경전역(西京戰役)의 결과(結果)에 급(及)하랴.

김부식(金富軾)이 화랑(花郞)의 역사(歷史)를 증오(憎惡)하였을진대, 하고(何故)로 〈삼국사기(三國史記)〉 중(中)에 그 사실(史實)을 전삭(全削)치 아니하였는가. 부식(富軾)은 대개 중국사(中國史)를 존중(尊重)히 여기는 자(者)라, 화랑(花郞)의 사실(事實)이 당인(唐人)의 〈신라국기(新羅國記)〉〈대중유사(大中遺事)〉 등(等) 서(書)에 기재(記載)된 고로 부식(富軾)이 부득이(不得已) 몇 줄의 낭가(郎家) 전고(典故)를 적어 줌이다. 낭가(郎家)에서 여교사(女敎師)를 원화(源花)라 하고 남교사(男敎師)를 화랑(花郞)이라 한 것이어늘, 〈삼국사기(三國史記)〉에는 원화(源花)와 화랑(花郞)의 구별(區別)을 혼동(混同)하였으며, 사다함전(斯多含傳)에 사다함(斯多含)이 진흥왕(眞興王) 이십육년(二十六年)에 화랑(花郞)이 되었거늘, 본기(本紀)에 진흥왕(眞興王) 이십칠년(二十七年)에, 원화(源花)·화랑(花郞)이 시(始)하였다 하여 그 연대(年代)를 착오(錯誤)하였으며, 화랑(花郞)은 고구려(高句麗) 조의선인(皂衣仙人)을 모방(模倣)한 자(者)어늘, 그 내역(來歷)을 말살(抹殺)하였으니 가석(可惜)한 일이 아닌가.

내가 일찍 〈고려도경(高麗圖經)〉을 열(閱)한즉 그 목록(目錄)에 「선랑(仙郎)」이 있거늘, 매우 반갑게 그 편(篇)을 피람(披覽)하니 전부(全部)가 일자(一字)도 없이 결혈(缺頁)이 되고 말았다. 중화인(中華人)의 삼국(三國)과 발해(渤海)에 관한 기사(記事)로 〈동번지(東藩志)〉〈발해국지(渤海國志)〉 등이 허다(許多)하였지만 일권(一卷)도 전(傳)한 것이 없고, 그 전(傳)하여 온 서적(書籍)에도 우리의 요구(要求)하는 바 조선(朝鮮)의 자랑할만한 사실(事實)로 〈삼국사기(三國史記)〉나 〈고려사(高麗史)〉에 빠진 기사(記事)는 맹양 결혈(缺頁)되어, 남제서(南齊書)에 적힌 동성대왕(東城大王)과 사법명(沙法名)의 전사(戰史)가 이혈(二頁)이 결(缺)하고 〈고려도경(高麗圖經)〉에 선랑(仙郎) 전고(典故)의 수혈(數頁)이 결(缺)하였다. 이 어찌 후(後)의 고의(故意)로 한 자(者)가 아닌가.

구(九), 〈삼국사기(三國史記)〉가 유일(唯一)한 고사(古史)된 원인(原因)

모든 고기(古記)인 〈선사(仙史)〉와 〈화랑세기(花郎世記)〉 등은 모두 멸종(滅種)되고 오직 〈삼국사기(三國史記)〉란 일서(一書)가 세간(世間)에 전(傳)하였으니, 이는 피등(彼等) 제사(諸史)의 가치(價値)가 모두 〈삼국사기(三國史記)〉보다 열(劣)한 명증(明證)이 아닌가. 그러나 그것은 본서(本書)의 우열(優劣)로 생긴 결과(結果)가 아니라 대개 이하(以下) 수종사건(數種事件)에서 원인(原因)함이다.

(일(一)) 서경전역(西京戰役)의 뒤에 다시 제이(第二)의 남경전역(南京戰役)이 나지 못하여, 윤언이(尹彦頤)·정지상(鄭知常) 등 일류(一流)의 인물(人物)은 주사(誅死)가 아니면 찬축(竄逐)을 당(當)하여 다시 그 주의(主義)로 사회(社會)에 제공(提供)치 못하게 되매, 낭(朗)·불(佛) 제가(諸家)의 저사(著史)는 다시 독자(讀者)의 요구(要求)가 못될 뿐더러, 또는 김부식(金富軾)이 〈삼국사기(三國史記)〉를 편찬(編

撰(찬)한 뒤에 일절(一切)의 사료(史料)(곧 전술(前述)한 고기(古記) 등)를 궁중(宮中)에 비장(秘藏)하여 타인(他人)의 열람(閱覽)할 길을 끊어, 자기(自己)의 박학자(博學者)인 명예(名譽)를 보전(保全)하는 동시에 국풍파(國風派)의 사상전파(思想傳播)를 금지(禁止)하는 방법(方法)을 삼은 것이다. 그리하여 〈삼국사기(三國史記)〉가 홀로 당시 사회(社會)의 유일(惟一)한 유행(流行)의 역사(歷史)가 된 것이오.

(이(二)) 〈삼국사기(三國史記)〉가 유행(流行)된 이후(以後)에 고려(高麗)의 국세(國勢)가 더욱 쇠약(衰弱)에 향(向)하여, 불과(不過) 백여년(百餘年)만에 몽고(蒙古)가 발흥(勃興)하여 그 세력(勢力)이 구(歐)·아(亞) 양대륙(兩大陸)에 횡절(橫絶)하여 중화(中華)를 병합(倂合)하매, 고려(高麗)가 오직 비사후폐(卑辭厚幣)로 그 국호(國號)를 유지(維持)하게 되다가 마침내 피(彼)의 압박(壓迫)이 정치이외(政治以外) 각방면(各方面)에 미쳐, 「황도(皇都)」 「황궁(皇宮)」 등의 명사(名詞)를 폐(廢)하게 되며, 심지어 팔관회(八關會)에 쓰는 악부시가(樂府詩歌)까지 가져다가 「천자(天子)」 「일인(一人)」 등의 구어(句語)를 고치게 하고, 왕건태조(王建太祖) 이래(以來)의 실록(實錄)을 가져다가 허다(許多)한 찬삭(竄削)을 행(行)하니, 이에 오직 〈삼국사기(三國史記)〉 같은 사책(史冊)에 거(據)하여 우리가 자고(自古)로 사대(事大)의 성의(誠意)가 있다는 자랑을 하게 된 때, 궁중비장(宮中秘藏)의 고사(古史)가 더욱 심장(深藏)하게 된 것이오.

(삼(三)) 몽고(蒙古)의 세력(勢力)이 병축(屛逐)되매 고려조(高麗朝)의 운명(運命)도 고종(告從)하였다. 이씨조(李氏朝)가 창업(創業)하매 비록 내정(內政)과 외교(外交)를 다 자주(自主)하여 타방(他方)의 철주(掣肘)를 받지 아니하였으나, 다만 그 창업(創業)의 시인(始因)이 위화도(威化島)의 회군(回軍)으로 되므로, 〈삼국사기(三國史記)〉 이외(以外)의 역사(歷史)를 세상(世上)에 공포(公布)할 의기(意氣)가 없어,

송도(松都)의 비장(秘藏)이 다시 한양(漢陽)의 비장(秘藏)이 될 뿐이었다. 정도전(鄭道傳)이 〈고려사(高麗史)〉를 편찬(編撰)할 새, 〈삼국사기(三國史記)〉의 서법(書法)을 봉승(奉承)하여 몽고제조(蒙古帝朝)에서 미처 다 찬개(竄改)치 못한 나머지까지 찬개(竄改)하더니, 그 뒤에 세종(世宗)이 김종서(金宗瑞)·정인지(鄭麟趾) 등을 명(命)하여, 태조(太祖) 이래 실록(實錄) 가운데 「조(詔)」「짐(朕)」 등 자(字) 곧 정도전(鄭道傳)의 「교(教)」「여(予)」 등 자(字)로 개(改)한 자(者)를 다시 원문(原文)대로 회복(恢復)하였다. 그러나 그 전부(全部)가 거의 정도전(鄭道傳)의 찬개(竄改)한 원본(元本)이었으니, 하물며 몽고제조(蒙古帝朝)의 찬삭(竄削)을 당(當)한 자(者)야 어찌 회복(恢復)하였으랴. 그런즉 고려(高麗)의 사료(史料)도 사료(史料)될 만한 사료(史料)는 삼국(三國)의 사료(史料)와 같이 모두 비장(秘藏)속에 갇히어 있게 된 것이오.

(사(四)) 중국(中國)서는 본조사(本朝史)를 자유(自由)로 저작(著作)치 못하는 악습(惡習)이 있었거니와, 우리 조선(朝鮮)에는 전술(前述)과 같이 전대사(前代史)까지도 관사(官史)나 준관사(準官史) 이외(以外)에는 마음대로 보거나 쓰거나 하지 못하는 괴습(怪習)이 있었다. 그러므로 회재(晦齋) 이언적(李彥迪)이 일찍 「사벌국전(沙伐國傳)」을 지어서 비밀(秘密)히 가장(家藏)하였다가, 우연(偶然)히 친우(親友)의 휴거(携去)한 바가 되어 대화(大禍)를 당할 뻔한 일이 있었다. 그래서 상고이래(上古以來) 역대(歷代)의 비장(秘藏)이 수백년래(數百年來) 경복궁중(景福宮中)에 숨어, 내외(內外)하는 처녀적(處女的) 서적(書籍)이 되었다가 임진란(壬辰亂)의 병화(兵火)에 장(葬)하고 말았을 것이니, 삼국(三國)의 사료(史料)될 제사(諸史)가 모두 멸종(滅種)되고 오직 〈삼국사기(三國史記)〉만 전(傳)하여 온 것이 상술(上述)한 수종(數種) 원인(原因)에 불출(不出)할 것이다. 혹은 말하기를, 그러면 〈삼국

유사(三國遺事)〉는 어찌 유전(流傳)하였는가. 이는, 다만 불교(佛敎)의 원류(原流)를 서술(敍述)하고, 정치(政治)에는 혹 어급(語及)하였어도 대체(大體)가 〈삼국사기(三國史記)〉를 의방(依倣)할 뿐이요 사대주의(事大主義)의 의견(意見)과 충돌(衝突)된 곳이 없는 까닭이다. 대각국사(大覺國師)의 〈삼국사(三國史)〉는 김부식(金富軾) 〈삼국사기(三國史記)〉 이전(以前)의 저술(著述)인데, 〈이상국집(李相國集)〉 가운데 동명왕편(東明王篇) 주(註)에 인용(引用)한 자(者)로 보면 그 사료(史料)될 가치(價値)가 〈삼국유사(三國遺事)〉보다 배승(倍勝)할 것이나, 이것도 마침내 멸종(滅種)됨은 김부식(金富軾)의 〈삼국사기(三國史記)〉와 취지(趣旨)가 같지 아니한 까닭이다. 〈고려사(高麗史)〉는 정도전(鄭道傳)이 찬(撰)하다가 역주(逆誅)하고, 김종서(金宗瑞)가 이어서 완성(完成)하였으나 그도 또한 정변(政變)에 죽으므로 세조(世祖)가 드디어 정인지(鄭麟趾)의 찬(撰)이라 명(名)하여 행세(行世)한 것이다.

십(十), 결론(結論)

이상(以上) 서술(敍述)한 바를 다시 간략(簡略)히 총괄(總括)하여 말하면, 조선(朝鮮)의 역사(歷史)가 원래 낭가(郞家)의 독립사상(獨立思想)과 유가(儒家)의 사대주의(事大主義)로 분립(分立)하여 오더니, 돌연(突然)히 묘청(妙淸)이 불교도(佛敎徒)로서 낭가(郞家)의 이상(理想)을 실현(實現)하려다가 그 거동(擧動)이 너무 광망(狂妄)하여 패망(敗亡)하고, 드디어 사대주의파(事大主義派)의 천하(天下)가 되어, 낭가(郞家)의 윤언이(尹彦頤) 등은 겨우 유가(儒家)의 압박하(壓迫下)에서 그 잔명(殘命)을 구보(拘保)하게 되고, 그 뒤에 몽고(蒙古)의 난(亂)을 지나매 더욱 유가(儒家)의 사대주의(事大主義)가 득세(得勢)하게 되고, 이조(李朝)는 창업(創業)이 곧 이 주의(主義)로 성취(成就)되매 낭가(郞家)는 아주 멸망(滅亡)하여 버리었다.

정치(政治)가 이렇게 되매 종교(宗敎)나 학술(學術)이나 기타(其他)가 모두 사대주의(事大主義)의 노예(奴隷)가 되어, 불교(佛敎)를 신(信)하면 의양(衣樣)의 봉갈(棒喝)을 전수(傳授)하는 태고(太古)나 보우(普愚)가 날지언정 평지(平地)에서 돌기(突起)하는 원효(元曉)가 날 수 없으며, 유교(儒敎)를 종(從)한다 하면 정주(程朱)의 규구(規矩)를 각준(恪遵)하는 퇴계(退溪)나 율곡(栗谷)이 될지언정 문로(門路)를 자립(自立)하는 정죽도(鄭竹島)는 존립(存立)할 곳이 없으며, 비록 세종(世宗)의 정음(正音)이 제조(製造)된 뒤 일지라도 원랑도(原郎徒)의 송가(頌歌)가 나지 않고 당인(唐人)의 월로(月露)를 음(吟)하는 한시가(漢詩家)가 충척(充斥)하며, 비록 갑년(甲年)·을미(乙未)의 시기(時機)를 제우(際遇)할지라도 진흥대왕(眞興大王) 같은 경세가(經世家)가 일지 않고 외세(外勢)를 따라 전이(轉移)하는 사회(社會)될 뿐이니, 아아, 서경전역(西京戰役)의 지은 원인(原因)을 어찌 중대(重大)하다 아니하랴.(『조선사 연구초』 발췌)

제6장 영웅 개념의 주체적 모색과 신채호 문학
-신채호의 『이태리건국삼걸전』 읽기-

1. 서론

한국근대문학의 기원에 관한 연구가 현대문학 연구의 주요 의제로
대두되기 시작한 지난 1990년 이래 근대계몽기 역사전기의 문제적
성격을 새롭게 밝혀낸 연구 성과가 적지 않게 학계에 제출되어 왔다.
이 연구 성과들을 본고에서 일일이 예시하는 것이 쉽지는 않지만, 오
늘날 역사전기는 미적 근대성이라는 서구적 개념으로 기술된 한국근
대문학사를 반성적으로 재구성하기 위해서는 반드시 독해해야 하는
텍스트, 더 중요하게는 한국문학의 근대성을 재해석하고 이를 통해
한국근대문학의 특수한 성격을 파악하기 위해서는 반드시 읽어야 하
는 텍스트로 이해되고 있다.[1]

---

1 역사전기의 문제적 성격 혹은 이를 새롭게 읽어내는 독법을 제시한 연구 성과로
는 김영민, 정선태, 김찬기, 이승원 등의 저서가 주목된다.
　김영민, 『한국근대소설사』, 솔, 1997.
　김영민, 『한국근대소설의 형성과정』, 소명출판, 2005.
　김찬기, 『한국근대소설의 형성과 전』, 소명출판, 2004.
　송명진, 『역사·전기소설의 수사학』, 서강대학교출판부, 2013.
　이승원·오선민·정여울, 『국민국가의 정치적 상상력』, 소명출판, 2003.
　정선태, 『심연을 탐사하는 고래의 눈』, 소명출판, 2003.
　정선태, 『한국근대문학의 수렴과 발산』, 소명출판, 2008.

필자는 제국주의, 식민주의, 사회진화론, 민족주의, 애국주의 등 20세기 근대의 논리가 첨예하게 길항하던 1900년대 초반의 한국사회를 배경으로 등장한 역사전기를 당대의 어떤 장르보다 근대를 치열하게 상상한 장르로 간주하고 있으며, 그런 차원에서 역사전기의 독해는 그 자체로 한국문학의 근대성을 읽어내는 의의를 띤다고 생각하고 있다. 흔히 역사전기는 그 외형적 형식이 동아시아의 전통적인 서사체인 전을 표방하거나 미적 근대성의 개념으로 구조화된 서구적 의미의 노블이 아니라는 점에서 근대의 결여 장르처럼 보일 수 있지만 필자는 이 장르처럼 '국가', '민족', '국민', '국수', '주체', '인종', '영웅', '역사', '여성' 등 20세기 근대의 문제적 개념들을 치열하게 상상한 장르도 드물다고 보고 있다.[2] 더 주목해야 할 대목은 이 장르가 서구의 근대에 반응하면서도 그 근대 극복의 대안을 모색한 세기 전환기 한·중·일의 경계를 가로지르며 진화한 장르로 간주해도 좋을 만큼 그 형성의 계기가 국제적이라는 점이다.

더 설명하자면, 역사전기는 그 형성의 계기가 근대와 무관해 보이지만 실제로는 서구 국가들이 창안한 근대 개념들을 국내에 유입시키면서 동시에 그 개념의 한국적 적용을 모색하는 등 전면적으로 근대의 계기와 만나며 형성된 장르로 정의되어도 무방해 보인다는 것이다. 이와 같이 필자는 역사전기를 근대의 결여 장르가 아니라 근대가 구성한 장르로 이해하고 있으며 더 중요하게는 한국문학이 근대를 어떤 수준에서 상상하는가의 문제를 탐구하는 자료로서의 의미를 지닌다고 보고 있다. 이럴 때 필자는 근대계몽기 문학 중 신채호 문학, 그 중에서도 신채호의 역사전기를 다시 읽는 연구가 긴요하다고

---

2 필자는 개념의 의미를 "현실에서 벌어지는 정치, 사회, 문화적 사건이 구성하는 언어적 지표로 간주하면서도 동시에 그 사건들을 특정 방향으로 몰아가는 구성력을 지닌 것"으로 이해하고 있다. 나인호, 『개념사란 무엇인가』, 역사비평사, 2011, 57쪽.

판단하고 있다. 물론 신채호만이 아니라 박은식, 장지연, 현채 등의 역사전기를 다시 읽는 작업도 중요하지만, 신채호는 그 문학적 여정이 근대계몽기를 뛰어넘어 1910, 20년대를 횡단하면서 자신의 사상, 언어, 문학을 근본적으로 성찰하는 취지에서 자신의 변화를 추동하고 있고 이 추동이 한국근대문학의 문제적 성격을 깊게 한다는 점에서 다시 읽는 작업이 요구된다고 하겠다. 즉 식민 전야의 계몽문사로서 신채호는 압도적인 위력으로 다가오는 서구의 근대와 정면으로 마주한다는 차원에서 역사전기를 자신의 문학을 구성하는 주요 항목으로 받아들였다 하겠는데, 이 때 주목해야 하는 개념이 영웅이다.

비단 신채호만이 아니라 당대의 내로라하는 계몽 문사들은 영웅을 자신의 문학을 기획하는 핵심 개념으로 간주했다. 당대의 계몽 문사들은 "수동적 존재에 머물러 있던 일반인민에게 적극적이고 자발적인 주인의식과 참여정신을 불어넣으려는 계몽의 기획"[3]으로 영웅 개념을 이해하고 있었거니와, 특히 신채호는 제국이 강요하는 식민의 현실 앞에서 누구보다 이 개념의 필요성을 절감했다. 흥미로운 점은 신채호가 이 개념을 자신의 문학적 자산으로 활용될 수 있도록 주체적으로 해석하고 변용했다는 것이고 또한 이러한 신채호의 모색은 자연스럽게 그의 문학이 민중 개념을 전면적으로 받아들이는 한 요인으로 작용했다는 것이다. 본고에서 필자는 번역본이라는 한계에도 불구하고 『이태리건국삼걸전』을 신채호가 영웅 개념을 주체적으로 모색한 사례로 독해할 계획이다. 요컨대 필자는 서구적 근대 개념의 한 사례로 유입된 영웅이 『이태리건국삼걸전』에서 어떤 의미로 새롭게 재구축되며 이것이 신채호 문학에서 어떤 의의를 지니는가의 문

---

3 이헌미, 「대한 제국의 영웅 개념」, 『세계정치』 제25집 제2권, 서울대학교 국제문제연구소, 2004, 165쪽.

제를 고찰할 계획이다.⁴

4 최근 학계에 제출된 신채호 문학 연구 성과 중 주목되는 것은 신채호 텍스트의 원전 발굴과 확정을 시도한 김주현의 논문이다. 이 외에 신채호 역사전기의 문학적 성격을 재해석하는 성과가 제출되어 왔으니 정리하면 다음과 같다.

김주현, 「신채호의 자료 발굴 및 원전 확정 연구」, 『한국현대문학연구』 제20집, 한 국현대문학회, 2006.

김주현, 「상해판 『독립신문』 소재 신채호의 작품 발굴 및 의의」, 『어문학』 제97집, 한국어문학회, 2007.

김주현, 「『황성신문』 논설과 단재 신채호」, 『어문학』 제101집, 한국어문학회, 2008.

김주현, 「『월남망국사』와 『이태리건국3걸전』의 첫 번역자」, 한국현대문학회 2009 년 제3차 전국학술발표대회, 2009.10.

김주현, 「신채호의 『신대한』 발행과 독립운동」, 『한국독립운동사연구』 제36집, 독 립기념관 한국독립운동사연구소, 2010.

김성수, 「신채호의 영웅 전기와 근대적 글쓰기 기획」, 『민족문학사연구』 제41집, 민족문학사학회, 2009.

손성준, 「국민국가와 영웅서사 : 『이태리건국삼걸전』의 서발동착과 그 의미」, 『사 이』 제3집, 국제한국문학문화학회, 2007.

송명진, 「신문연재 역사전기소설의 대중성 연구」, 『우리말글』 제41집, 우리말글학 회, 2007.

송명진, 「민족 그리고 역사전기소설의 기원과 쇠퇴」, 『우리말글』 제46집, 우리말글 학회, 2009.

송명진, 「역사전기소설의 국민 여성, 그 상상된 실체」, 『한국문학이론과 비평』 제46 집, 한국문학이론과비평학회, 2010.

송명진, 「민족 영웅의 발명과 저항적 남성성의 전통 만들기」, 『한국문학이론과 비 평』 제48집, 한국문학이론과비평학회, 2010.

윤영실, 「근대계몽기 역사적 서사의 사실, 허구, 진리」, 『한국현대문학연구』 제34 집, 한국현대문학회, 2011.

이정석, 「신채호 문학, 억압된 근대의 원사」, 『어문연구』 제147집, 우리어문학회, 2010.

장경남, 「신채호의 역사전기의 형상화 방식과 의미」, 『민족문학사연구』 제41집, 민 족문학사학회, 2009.

정환국, 「근대전환기 언어질서의 변동과 근대적 매체 등장의 상관성」, 『대동문화연 구』 제48집, 성균관대학교 대동문화연구원, 2004.

2. 이태리, 근대의 제국에서 영웅들의 국가로

통상적으로 1910년 중국으로 망명하기 이전의 신채호를 설명할 때 우리는 그를 '이순신', '을지문덕', '최도통'처럼 한국사가 기억하는 민족영웅의 일대기를 전기로 발표한 근대계몽기의 대표 작가로 통칭한다. 이와 같은 설명은 큰 하자가 없거니와, 1910년대 이전의 신채호는『황성신문』논객과『대한매일신보』주필로 재직하며 한국을 식민지로 포섭하려는 일본 제국에 대응하는 차원에서 영웅 개념을 매개로 일련의 역사전기를 발표한 작가로 우리는 이해하고 있다. 그런데 우리는 여기서 「수군제일위인 이순신전」, 「을지문덕」, 「동국거걸 최도통전」 등이 확인시켜 주듯 1910년대 이전의 신채호가 영웅 개념을 매개로 자신의 문학을 기획한 것은 자명한 사실이지만 본래 이러한 기획 역시 신채호의 독창적인 창안이 아니라 서양의 근대를 욕망한 당대 한·중·일의 대표적 계몽 문사들이 공유한 방식이었다는 점을 새삼스럽게 상기할 필요가 있다.[5]

주지의 사실이지만, 근대계몽기의 문사들은 근대국민국가의 완성과 식민지 진출 등으로 요약되는 서구의 근대를 주도한 주체를 영웅으로 인식하면서 저마다의 방식으로 영웅 서사를 생산했다. 물론 그 생산의 내용이 계몽 문사들에 따라서 상이하게 나타나기는 했지만, 동아시아 계몽 문사들 대다수가 영웅 개념을 매개로 서양 근대의 논

---

5 이헌미에 따르면 "근대 초 동아시아의 영웅론에서의 영웅 개념은 사회진화론과 내셔널리즘의 영향 하에 국가 발전의 원동력으로서 근대적 주체의 새로운 모습을 담고 있다. 그런 의미에서 영웅론은 사회 변혁을 주도할 대안 세력의 출현을 논한 정치 담론이자 지배의 대상으로 수동적 존재에 머물러 있던 일반 인민에게 적극적이고 자발적인 주인의식과 참여정신을 불어넣으려는 계몽의 기획"으로서의 의미를 지닌다. 필자는 근대 초기 동아시아에서의 영웅 개념을 사회진화론과 내셔널리즘의 영향 하에 요청된 계몽의 기획이라는 이헌미의 지적에 동의하고 있다. 이헌미, 앞의 논문, 165쪽.

리를 학습하거나 그 근대의 논리를 자국에 이식코자 하는 다양한 문화적 실천을 공유, 시도한 것은 사실이다. 이는 우리나라도 예외는 아니어서 나폴레옹 전기가 1895년 11월 『한성신보』에 게재된 것을 계기로 1910년까지 『독립신문』, 『제국신문』, 『황성신문』, 『대한매일신보』, 『태극학보』, 『대한학회월보』, 『서북학회월보』, 『대한흥학보』 등에 지속적으로 다양한 서구 영웅들이 등장한다. 이 매체들에는 잔다르크, 나폴레옹, 비스마르크, 글래드 스톤, 워싱턴, 피터 대제, 카부르, 넬슨 제독, 웰링턴 장군 등 서양의 근대를 주도한 정치가, 군인, 혁명가의 일대기를 기록한 서사들이 게재되었으니, 영웅은 근대계몽기 한국사회를 풍미한 일급의 근대 개념으로서 당대의 계몽문사인 신채호가 이를 주목한 것은 자연스럽다 하겠다.

그런데 여기서 우리는 서양의 근대를 주도한 영웅들의 이야기를 발굴하고 국내 매체에 소개하려고 한 계몽 문사들의 노력과 함께 당대 매체들이 모범적인 근대국가의 대표 사례로서 이태리를 집중 재현하고 있다는 점을 상기할 필요가 있다. 1876년 강화도조약 체결 이후 본격화된 서구의 충격을 계기로 『한성순보』, 『한성주보』, 『황성신문』, 『대한매일신보』 등 근대계몽기 매체들은 미국, 영국, 프랑스, 독일, 이태리 등 서구 국가들을 부국강병의 사례로 재현하는 것을 주요 과제로 설정하고 있었다. 특히 이 매체들은 이태리를 프랑스와 오스트리아 등 주변 열강의 억압과 내부의 분열을 극복하고 건국된 모범적인 근대국가로 재현하고 있으니, 그만큼 이태리는 건국의 열망과 망국의 우려가 교차하는 근대계몽기를 배경으로 당대 한국인들의 지대한 관심을 받았던 것이다. 그렇다면 이태리는 과연 어떤 개념과 연결돼 근대국가의 전형으로 재현되고 있는가?

모범적인 근대국가로서 이태리 재현의 예는 『한성순보』에서 어렵지 않게 확인할 수 있다. 『한성순보』는 '各國近事'라는 표제 하에 부국, 국부, 부강의 표상으로서 이태리, 영국, 프랑스, 독일 등의 '近事'를 중국과 일본 등의 신문기사를 전재하는 방식으로 서구 국가의 근황을 보도하고 있다. 이 매체에서의 이태리는 "지금으로부터 25년 전에 이 나라에는 각종 인민들이 제각기 일당을 수립하여 서로 단결되지" 못했으나 "정부에서 단합에 마음을 쏟고 거친 국민을 달래어 한 사람의 통치자의 명령에 순응케 하여 점차 개화로 나가게 하고, 각방으로 부강을 꾀하였더니 오늘날에는 드디어 모든 국가들과 어깨를 같이"[6] 하는 근대국가로 재현되고 있다. 이외에도 『한성순보』는 「土意關涉事件」(1883.11.20), 「奧普意三國同盟」(1883.11.10), 「意國郵音」(1884.6.4) 「意國增兵」(1884.7.22), 「伊國財政」(1884.8.11) 등의 기사를 통해 이태리를 '터키의 속방인 트리폴리 관리가 이태리 영사관에게 실례하자 이태리 조정에서 철갑선을 트리폴리에 파견'한 군사대국(「土意關涉事件」), '안으로는 인방과의 우의를 돈독히 하고 밖으로 힘을 합쳐 적국을 방어'할 목적으로 오스트리아·독일 등과 동맹 조약을 체결한 외교대국(奧普意三國同盟) '미국과의 통상 조약 체결과 재정 증대를 도모하는 무역대국'(「伊國財政」) 등으로 재현하고 있다. 요컨대 『한성순보』에서 이태리는 군대, 동맹, 조약, 재정, 통상 등의 개념으로 재현되는 모범적인 근대국가이자 부국강병을 욕망하는 당대 한국인들이 본받아야 할 국가 모델로 재현되고 있다.

이와 같이 이태리를 모범적인 근대국가의 모델로 재현하는 방식은 『한성주보』에도 그대로 반복되고 있다. 「歐洲各國水雷船一覽表」(1886.2.22), 「伊國海軍進步」(1886.5.24), 「伊國滋事」(1886.5.31), 「各國東洋軍艦」(1886.8.23) 「歐洲諸國陸軍總額」(1887.2.7), 「伊國陸軍改正

---

6 「伊國日盛」(1884.3.27). 『한성순보』의 기사와 번역은 카인즈의 고신문 검색을 참고. 이외에 「土意關涉事件」, 「奧普意三國同盟」, 「意國郵音」, 「意國增兵」, 「伊國財政」의 기사 내용에 대해서도 카인즈를 참고. http://www.kinds.or.kr

案速報」(1887.7.11), 「伊國更鑄」(1887.7.18), 「伊軍遠略」(1887.7.25), 「伊國海防費」(1887.8.1), 「各國海軍比較」(1888.2.6) 등에서 이태리는 무엇보다도 육군과 해군 등의 '軍制 革新'을 지속적으로 단행하고 식민지 확보를 목적으로 아프리카를 '征略'하는 군사대국으로 재현되고 있다.[7] 『한성순보』가 이태리를 부국강병의 모델로 재현한다면 『한성주보』는 더 나아가 그 부국강병의 방법론으로서 이태리의 군사력을 자세하게 예시하고 있다. 예를 들자면, "이태리의 해군력은 점점 강성해져서 2년 전부터 새로 건조한 65척의 군함"이 있다거나(「伊國海軍進步」) "아프리카를 정략하고 있는 이태리군의 총수는 보병이 29소대이고 저격병이 4소대 산보병이 3소대 대장포병이 3소대 공병이 3소대 기병이 1대대"(「伊軍遠略」) 등의 보도 내용과 같이 『한성주보』는 이태리 경쟁력의 원동력을 군사력으로 확정하고 있다.[8]

그런데 『한성순보』와 『한성주보』가 재현하는 이태리는 본질적으로 서구의 사회진화주의를 추종하는 국가라고 해도 지나치지 않다. 이 두 매체를 통해 전쟁, 군대, 동맹, 조약, 재정, 통상 등의 개념으로 재현되는 이태리는 사실 우승열패의 논리인 사회진화주의를 구현하는 국가로 그 성격이 정리될 수 있다는 말이다. 이태리를 사회진화주의의 성공 모델로 재현하는 방식은 1900년대 이후 구체적인 영웅을 매개로 근대 이태리의 기원을 추적, 구성하는 인물기사 그리고 궁극적으로는 인물전기의 방식으로 전환된다. 이 전환을 주도적으로 이끈 인물이 바로 신채호이며 이 전환 과정에서 신채호가 서구적 근대

---

7 「歐洲各國水雷船一覽表」, 「伊國海軍進步」, 「伊國滋事」, 「各國東洋軍艦」, 「歐洲諸國陸軍總額」, 「伊國陸軍改正案速報」, 「伊國更鑄」, 「伊軍遠略」, 「伊國海防費」, 「各國海軍比較」의 원문과 내용은 카인즈를 참고.

8 『한성순보』와 『한성주보』가 당대 서구 근대국가의 본질을 사회진화주의와 연결시키지 못한 것은 이 매체들의 주요 편집자들이었던 박영효, 김윤식 등 당대 개화파들의 세계인식의 한계로 보인다.

의 개념인 영웅을 주체적으로 받아들이려는 했다는 것은 이미 지적한 바와 같다.[9] 그런데 이 모색이 중요한 이유는 사회진화주의로 대변되는 서구적 근대와의 결별과 식민 현실에 대한 대응 등 신채호 자신이 자신의 언어, 개념, 사유, 문학 등을 총체적으로 성찰하는 계기가 되기 때문이다. 신채호는 이태리에서 단지 우승열패의 신화만 본 게 아니라 그러한 신화를 생산할 수 없는 자국의 망국적 현실을 확인하고 있는 것이다.[10]

근대 이태리의 기원을 영웅 개념을 매개로 국내에 본격 소개한 사례가 신채호의 『이태리건국삼걸전』이라면 여기서 우리는 1902년 12월 상해 광지서국에서 발간한 량치차오의 『음빙실문집』을 기억할 필요가 있다.[11] 근대 이태리를 재현하는 방식이 국가 그 자체에 대한 재현에서 그 국가를 건국한 영웅들에 대한 재현으로 바뀌게 된 데에는 량치차오의 저작이 상당한 영향을 미쳤거니와, 특히 『대한매일신보』와 『황성신문』 등은 『이태리건국삼걸전』이 출간되기 이전에 「이

---

9 김주현에 따르면 「독의대리건국삼걸전」의 저자는 신채호로 추정된다. 김주현은 그 추정의 근거로 특히 문체를 주목하며 있으며 필자는 김주현의 추정이 상당한 타당성을 지닌 것으로 보고 있다. 이런 점을 감안할 때 신채호는 『이태리건국삼걸전』의 출간 이전부터 이태리 건국 영웅들의 전기를 당대 매체들에 기고하는 작업에 대단한 성의를 보였다고 할 수 있다. 김주현, 「〈월남망국사〉와 〈이태리건국3걸전〉의 첫 번역자」, 한국현대문학회 2009년 제3차 전국학술발표대회, 2009.10.

10 계몽 문사로서 신채호에게 이태리는 영웅만이 아니라 제국, 독립, 자유, 통일, 애국 등 근대적 개념을 발견하고 사유하며 재정의하는 영토로 이해되고 있다. 신채호는 『삼걸전』 번역을 통해 이태리를 근대국민국가의 모델로 재현한 이태리 전문가이기도 하지만 그 재현은 제국으로서의 이태리의 위상만을 나타내는 방식이 아니라 현실적으로 제국이 될 수 없는, 더 근본적으로는 제국의 사회진화주의를 반성하는 차원으로 나타나기도 한다.

11 백영서에 따르면 량치차오의 저술은 "1900년대 조선에서 '지식인 필독의 서'로 꼽힐 정도로 널리 번역 소개"되었으며, 대개 량치차오의 사상을 수용한 세력은 국학적 반일지식인으로 알려져 있다. 백영서, 「량치차오의 근대성 인식과 동아시아」, 『아시아문화』 제14호, 한림대학교 아시아문화연구소, 1998.

태리건국아마치전」(『대한매일신보』, 1905.12.14~12.21), 「독의국명신가부이전」(『대한매일신보』, 1906.5.27), 「독이태리건국삼걸전」(『황성신문』, 1906.12.18~28) 등을 게재하고 있어 주목을 요한다. 이 중에서 「이태리건국아마치전」과 「독의국녕신가부이션」이 삼걸 중에서도 아마치와 嘉富耳의 행적을 중점적으로 이야기한다면, 「독이태리건국삼걸전」은 瑪志尼, 加里波的, 加富爾 등 삼걸 모두의 행적을 이야기한다 하겠는데, 특히 「독이태리건국삼걸전」은 『이태리건국삼걸전』이 출간되기 이전 근대 이태리 영웅들의 계보와 성격을 사전 정리함으로써 이후 본격적인 『삼걸전』의 출현을 가능케 하고 있다. 그렇다면 『대한매일신보』와 『황성신문』 등은 이태리 건국 영웅들을 어떤 성격의 영웅으로 재현하고 있을까?

「이태리건국아마치전」은 『이태리건국삼걸전』이 번역 출간되기 두 해전인 1905년 12월 14일부터 21일까지 7회에 걸쳐 『대한매일신보』에 순한글체로 연재된 인물기사로서 아마치를 '백성의 자유', '이태리 통일', '정치 개명'을 위해 헌신한 영웅으로 재현한다. 더 자세히 말하자면, 「이태리건국아마치전」은 아마치가 '선능화' 지역의 군사를 돕다가 불란서로 피신한 사건, 망명객 신분으로 남아메리카를 전전한 사건, 고국 이태리를 공격한 오스트리아에 저항한 사건, 선능화 지방 군사의 도원수가 되어 이태리를 통일한 사건 등을 주요 사건으로 설정한 인물기사로, 여기서 이태리 왕이 아마치에게 대장군의 자리를 제공하지만 거절한다거나 불국왕이 높은 벼슬을 주려하지만 역시 거절한다는 아마치의 면모를 주목할 필요가 있다. 요컨대 「이태리건국아마치전」에서 영웅으로서 아마치는 자신의 사사로운 이익을 절제하고 오로지 근대 개념인 자유, 통일, 정치를 위해 헌신하는 구국 영웅으로 재현되고 있는 것이다.[12]

아마치가 과연 우림걸의 지적처럼 삼걸 중 하나인 마치니인가에 대한 논란은 뒤로 하더라도, 이 인물을 근대 개념들과 연결된 영웅으로 재현하는 방식은 「이태리건국아마치전」의 주목할 특징으로 보인다. 「이태리건국아마치전」이 재현하는 영웅은 봉건적 계약을 수행하는 영웅이 아니라 국민의 자유와 국가의 통일, 정치의 개명 등 근대 국민국가의 완성을 위해 기여하는 인물로 그 성격이 정리될 수 있다. 「독의국명신가부이전」도 이런 맥락에서 독해될 수 있다. 외교주의자 嘉富耳를 재현하는 「독의국명신가부이전」 역시 영웅은 기본적으로 근대국가의 건국에 기여해야 한다는 점을 중요한 메시지로 설정하고 있다. 이 인물기사에서 재현되는 嘉富耳는 '분열된 강토'와 '도탄에 빠진 인민'을 구제해 이태리를 '구주의 일 강국'으로 만든 '百難不撓와 '萬折不變'의 정신을 소유한 영웅, 국민의 통상을 장려하고 자주의 권리를 고취한 영웅이다. 嘉富耳 역시 아마치처럼 사적인 이익보다는 오로지 근대국가를 건국하기 위해 노고를 아끼지 않는 인물로 재현된다. 요컨대 「독의국명신가부이전」에서 嘉富耳는 정치, 통상, 경영, 자주, 통합 등의 개념과 연결된 영웅으로 재현되고 있고, 이는 아마치의 재현 방식과 전적으로 동일하다 하겠다.

「이태리건국아마치전」과 「독의국명신가부이전」에 재현된 근대 영웅들은 1906년 12월 18일부터 28일까지 『황성신문』 논설란에 연재된 「독이태리건국삼걸전」에 이르러 그 성격과 의미가 더욱 구체화된다. 26개 절로 구성된 량치차오의 『삼걸전』[13]을 23개절[14]로 편집 축약

---

12 「이태리건국아마치전」은 근대 이태리의 건국 영웅 중에서 마치니의 일대기를 요약 서술한 사례로 알려져 있지만 그렇게 보기는 어려워 보인다. 우림걸은 「이태리국 아마치전」을 "삼걸 중의 한 사람인 아마치, 즉 마치니의 삶을 간추려서 역술한 것"으로 소개하고 있지만 그 실제 내용은 공화주의를 꿈꾼 이론적 혁명가인 마치니보다는 의용대를 인솔해 외세와 싸우는 과정에서 중미를 전전하다가 귀국해 군사적 전략으로 통일 이태리 건국에 기여한 가리발디의 행적에 가깝다고 판단된다. 우림걸, 『한국개화기문학과 양계초』, 박이정, 2002, 52쪽.

한 「독의국명신가부이전」은 불충분하나마 량치차오의 『삼걸전』을 최초로 번역된 사례에 해당한다고 하겠다. 량치차오의 『삼걸전』을 축약하는 방식으로 연재된 「독이태리건국삼걸전」은 '第六節'이 아예 빠지는 등 편집상의 실수를 보일뿐만 아니라 연재 후반부로 갈수록 상당한 축약이 가속화되고 있지만 전체적으로는 瑪志尼, 加里波的, 加富爾 등과 연관된 소년이태리 결성 사건, 瑪志尼와 加里波的 망명 사건, 로마공화국 수립, 加富爾 외교정책 등을 근대 국민국가의 건국이라는 주제에 부합하는 방향에서 서술함으로써 이태리 영웅들의 존재를 당대 독서계에 각인시킨다.[15] 여기서 주목할 대목은 「독이태리건국삼걸전」의 기고자로 추정되는 신채호의 독후감으로서 그 내용은

---

13 發端, 第一節 三傑以前意大利之形勢及三傑之幼年, 第二節 瑪志尼創立「少年意大利」及上書撒的尼亞王, 第三節 加爾富之躬耕, 第四節 瑪志尼加里波的之亡命, 第五節 南美洲祉加里波的, 第六節 革命前之形勢, 第七節 千八百四十八年之革命, 第八節 羅馬共和國之建設及滅亡, 第九節 革命後之形勢, 第十節 撒的尼亞王之賢明及加富爾之入相, 第十一節 加富爾改革內政, 第十二節 加富爾之外交政策第一段, 第十三節 加富爾之外交政策第二段, 第十四節 加富爾之外交政策第三段, 第十五節 意奧開戰之準備, 第十六節 意奧戰爭及加富爾之辭職, 第十七節 加里波的之辭職, 第十八節 加富爾之再相與北意大利之統一, 第十九節 當時南部意伊大利之形勢, 第二十節 加里波的之戡定南伊太利, 第二十一節 南意大利之合併, 第二十二節 第一國會, 第二十三節 加富爾之長逝及其未竟之志, 第二十四節 加里波的之下獄及遊英國, 第二十五節 加里波的再入羅馬及再敗再被逮, 第二十六節 意大利定鼎羅馬大一統成, 結論

14 第一節 三傑以前意大利之形勢, 第二節 三傑之幼年, 第三節 瑪志尼의枏立少年意大利와及上書國王, 第四節 少年意大利綱領趣旨, 第五節 加富爾之躬耕, 第七節 南美洲之加里波的, 第八節 革命前之形勢, 第九節 千八百四十八年之革命, 第十節 羅馬共和國之建設及滅亡, 第十一節 革命後之形勢, 第十二節 撒的尼亞王의賢明, 第十三節 加富爾改革內政, 第十四節 加富爾之外交政策第一段, 第十五節 加富爾之外交政策第二段, 第十六節 意奧開戰之準備

第十七節 意奧戰爭及加富爾之辭職, 第十八節 加里波的之辭職, 第十九節 加富爾之再相과 北意大利之統一, 第二十節 加里波的의戡定南意大利, 第二十一節 加富爾之長逝와及其未竟之志, 第二十二節 加里波的之下獄, 第二十三節 意大利之定鼎羅馬

15 『독의대리건국삼걸전』 연재 이후 『태극학보』, 『대한자강회월보』, 『서우』 등에는 이태리 건국 영웅들을 소개하는 논설이 심심치 않게 게재된다. 『독의대리건국삼걸전』의 연재가 근대 계몽기의 대표적 잡지들에 미친 영향으로 추정된다.

아래와 같다.

記者曰 有意大利之艱ᄒ고 無如三傑其人者ᄒ면 其國之前途를 其可復問
乎아 余讀此三傑傳ᄒ다가 掩卷而跳躍者我靑邱江山이 何如是寂寞이며 我
三韓民族이 何如是委靡오 今日而無三傑ᄒ고 明日而無三傑ᄒ야 如是幾十
年而無一人作者ᄒ면 我二千萬兄弟는 皆將陳列於枯魚肆者也로다. 然則何
以求三傑고 曰二千萬人이 皆求爲三傑而已니 二千萬人이 皆求爲三傑ᄒ면
雖不能得二千萬傑이나 卽可得二百萬傑이오 雖不能得二百萬傑이나 卽可
得二十萬或二萬傑이니 彼意大利之爲意大利도 豈但此三傑之力而已哉아
盖當日意大利民族에 主敎育暴動者는 人人이 皆瑪志尼加里波的也이오,
主外交政策者는 人人이 皆加富爾也니 彼三傑者는 特其民族中代表者三人
이라. 不然이면 雖三傑이나 將奈何오. 譯述意大利之三傑하야 以告我二千
萬兄弟하노니 奮起哉어다 我二千萬傑이여 勉勵哉어다 我二千萬傑이여[16]

'記者曰'로 시작하는 「독이태리건국삼걸전」의 결론은 '靑邱江山', 즉
우리나라를 삼걸이 존재하지 않는 적막한 나라로 규정하면서 "금일
과 명일 다 같이 삼걸이 없다면 우리는 어물전의 고기 신세가 된다"
고 우려한다. 그러면서 이 결론은 「이태리건국아마치전」과 「독의국
명신가부이전」보다 더욱 구체적으로 瑪志尼, 加里波的, 加富爾의 위상
을 정의하고 있으니 瑪志尼, 加里波的은 '主敎育暴動者'로 加富爾은 '主
外交政策者'로 소개되고 있다. 즉 「독이태리건국삼걸전」은 瑪志尼, 加
里波的을 민중계몽과 혁명의 영웅으로 加富爾를 외교의 영웅으로 최
종 확정하고 있다. 그런데 이 결론에서 인상적인 대목은 瑪志尼, 加里
波的, 加富爾를 이태리 국민 전체의 은유로 간주하는 수사법이다.

---

16 『황성신문』, 1906.12.28.

이 결론은 瑪志尼, 加里波的, 加富爾를 이태리 전체 국민과 분리된 개별적인 소수 영웅이 아니라 이태리 국민 그 자체를 표상하는 영웅으로 그 위상을 격상시키고 있다. 이와 같이 영웅 개념을 소수가 아닌 다수의 열린 개념으로 확장하려는 시도는 「독이태리건국삼걸전」에 이미 나타나고 있거니와, 이 대목은 향후 출간될 신채호『삼걸전』의 주요한 과제가 될 것이라는 것을 예고한다. 그렇다면 이제『이태리건국삼걸전』이 영웅 개념을 어떻게 새롭게 모색하는가를 논의해 보기로 하자.

3. 영웅, 민중과의 접속 혹은 민중으로의 전회

『이태리건국삼걸전』[17]의 번역 출간은 국내에 근대 이태리의 건국과 그에 수반된 이태리 영웅들의 헌신적 활약상이 본격적으로 소개되었다는 것으로 이해될 수 있지만 더 중요하게는 신채호의 영웅 개념의 새로운 모색이 일정한 성과로 나타난 것으로 이해될 수도 있다.[18] 여

---

17 본고에서는 류준범 등이 현대어로 옮긴 텍스트를 인용하며 논의를 진행하고 있다. 량치차오,『이태리건국삼걸전』, 신채호 번역, 류준범·장문석 현대어 옮김, 지식의 풍경, 2001.

18『이태리건국삼걸전』의 번역의 방식에 대해서 성현자는 "원전과 번역본의 비교에서 내용의 축약과 첨가와 개변의 정도를 보이고 있지만 전체적인 작품의 體裁는 그대로 유지하고 있어서 번안이라고 할 수는 없다. 그렇다고 량치차오의 작품에 토를 단 정도로 改修의 폭이 적은 것도 아니라"라고 했고 송성준은 더욱 구체적으로 신채호의 번역 방식을 "자신의 의도에 부합하는 내용은 남겨두고, 반하는 내용은 삭제하는 일종의 '검열' 형식"의 번역으로 설명하고 있다. 성현자, 송성준 모두 신채호의 번역이 본질적으로 량치차오가 아니라 신채호 자신의『삼걸전』을 만들어내는 의미를 띠는 것으로 보고 있다. 필자 역시 신채호의 번역이 량치차오의『삼걸전』을 모방하는 차원이 아니라 극복하는 차원으로 진행되었다고 보고 있다. 그리고 그 극복의 사례로 필자는 영웅 개념의 주체적 모색을 주목하고 있다. 성현자, 「단재 신채호의 역사전기소설연구」,『동방문학비교연구총서』3집, 1997; 송성준, 앞의 논문.

기서 주목해야 하는 점은 신채호가 량치차오의 『의대리건국삼걸
전』을 번역하는 과정에서 전체적인 서사 구성과 내용을 따르면서도
영웅 개념의 의미를 加富爾 중심에서 瑪志尼 중심으로 재정립하는 방
식으로 량치차오의 『삼걸전』이 아니라 자신의 『삼걸전』을 세상에 내
놓고 있는 것이다. 『이태리건국삼걸전』도 그렇지만 이것의 저본으로
알려진 량치차오의 『의대리건국삼걸전』 그리고 량치차오가 참고했다
는 히라타 히사시의 『이태리건국삼걸전』(1892) 그리고 이 근대 이태
리 영웅들의 일대기를 서구에서 최초로 편집한 영국의 정치가이자 역
사학자인 J.A.R Marriot의 『The Makers of Modern Italy』(1889) 모두
영웅 개념을 활용해 생산된 텍스트들이지만 이 텍스트들의 영웅 개념
은 미묘한 차이가 있다.[19]

　『이태리건국삼걸전』을 독해하는 과정에서 먼저 포착되는 현상은
삼걸 출현 이전의 이태리 형세와 삼걸 출현 이후의 이태리 형세를
구분하는 수사학이다. 먼저 '第一節 三傑以前의伊太利形勢'에서는 이태
리를 "율리우스 카이사르 이래로 아우구스투스 대제에 이르기까지
유럽 아시아 아프리카의 세 대륙을 병탄하고 대제국을 건설하여 세
계 문명의 종주"를 자처했으나 "오늘은 에스파냐, 다음날은 프랑스,
또 그 다음날은 게르만 등의 나라가, 마치 앞에는 호랑이, 뒤에는 이
리가 있어 하나가 물러서면 다른 하나가 공격하는" 나라, "급기야 19
세기 초에 이르러서는 산하는 산산히 부서져 그 참상이 극심"한 나라

---

19 유통되는 모든 『삼걸전』의 원전으로 알려진 Marriot의 『The Makers of Modern
Italy』이나 일본의 『삼걸전』이 기본적으로 근대국민국가의 규율에 부합하는 국가 영웅
을 재현하면서 입헌군주론인 카부르 중심으로 서술되고 있다면 신채호의 『삼걸전』
은 민중 혁명론자인 마쩌니를 중심으로 서술되고 있다. 제국의 『삼걸전』이 근대국민국
가의 성격에 부합하는 영웅을 재현한다면 식민지의 『삼걸전』은 민중의 기호와 연결된
영웅을 재현하는 미묘한 차이를 드러낸다. 량치차오의 『삼걸전』은 이 경향의 중간지대
에 놓여 있는 것으로 보인다.

로 재현하고 있다.[20] 요컨대 과거 이태리는 "유럽 아시아 아프리카의 지역을 병탄"한 대제국이었지만 "급기야 19세기초에 이르러서는" "존재한다고 해도 사실은 망한 것이나 다름없던 상황이 이제 천여 년에 이른" 망국에 다름없다는 것이 '第一節 三傑以前의伊太利形勢'의 주요 내용이다. 그런데 이러한 이태리가 "오십여 만의 우수한 병사와 이백육십여척의 군함, 육천여 마일의 철로, 십일만여 에이커의 면적과 이천구백여만의 동족 인민을" 보유한 근대국가 즉, 병사, 군함, 철로, 면적, 다수의 인구 등으로 재현되는 근대국가로 변화하기까지에는 시대가 만든 세 영웅인 瑪志尼, 加里波的, 加富爾의 연대와 협력이 절대적이라고 신채호의 『삼걸전』은 강조한다.[21]

사실 근대 이태리 역사가 입증하고 있듯, 이 세 영웅들은 자신들이 견지하는 정치적 노선의 차이로 말미암아 긴장과 충돌을 반복할 수밖에 없는 관계였고 신채호의 『삼걸전』에도 이러한 긴장과 충돌은 부분적으로 표출되고 있다.[22] 단적인 예로 瑪志尼, 加里波的이 민중 혁명을 지지하며 일체의 구체제를 청산코자 한 공화론자였다면 加富爾는 외교와 협상을 중시한 입헌군주론자로서 이들의 관계는 기본적으로 긴장 관계였다. 특히 보수 정치를 대변한 加富爾는 민중 세력과 연동된 瑪志尼, 加里波的의 방식에 불안과 공포를 느낄 수밖에 없었으니 이들은 공화제와 입헌군주제로 대별되는 국가의 형식을 놓고 근원적으로 갈등할 수밖에 없었다.

---

20 번역본 7쪽 인용.
21 번역본 8쪽 인용.
22 삼걸의 근원적인 갈등 관계를 확인할 수 있는 내용을 인용하면 다음과 같다. "카부르의 마음 속에는 첫째, 가리발디가 마찌니의 공화주의의 영향을 받아 남방에서 자립하면 분열의 화를 부르게 될 것이라는 우려와 둘째, 그들이 한 차례 진격하게 되면 프랑스의 간섭을 초래하게 될 것이니, 미약한 민간 의용대를 가지고 당국의 단련된 병사와 싸우게 되면 멸망만을 얻게 될 것이라는 생각이 있었다." 현대어 번역본, 99쪽.

그러나 량치차오의『삼걸전』도 그렇지만 신채호의『삼걸전』역시 궁극적으로는 이 영웅들 간의 협력과 연대가 근대 이태리의 탄생의 절대적 동력이라는 점을 이야기한다. 혁명과 반란, 외부 제국의 침탈에도 불구하고 근대 이태리가 탄생할 수 있는 원동력이 바로 영웅들의 연대로 독해될 수 있도록 신채호의『삼걸전』은 이들의 긴장과 갈등을 최소화한다. 그런데 신채호는 기본적으로 삼걸들의 관계를 협력과 연대의 관계로 재현하면서도 加富爾를 최고의 영웅으로 간주한 량치차오와는 달리 瑪志尼를 주목한다. 신채호의『삼걸전』에서 瑪志尼는 비록 그 출현 빈도가 제한되어 있지만 혁명단체 '청년 이태리'를 조직해 이태리를 "공화 정부 아래 통일"하는 노선을 견지하면서 "외교정책을 써서 다른 나라에게 원조를 구하는" 연락주의를 배격한 최고의 영웅으로 높게 평가된다. 요컨대 신채호의『삼걸전』에서 瑪志尼는 이태리 건국의 정신적 기초를 수립한 최고의 영웅으로 재현되고 있다.

더 설명하자면, 신채호의『삼걸전』에서 瑪志尼는 "혁명이란 국민의 타고난 직분으로 국민을 위해 국민에 의해 하는 것이니" "우리에게는 혁명이 없다면 학술도 없고 혁명이 없다면 종교도 없고 혁명이 없다면 성정도 없는" 것이라고 호소할 정도로 혁명의 논리를 대변한다. 이처럼 혁명을 국민의 직분으로 간주하는 瑪志尼의 전략은 1849년 2월 9일 로마 공화국 수립으로 일견 성공한 듯하지만, 이 공화국은 단명하고 瑪志尼의 혁명 실험도 더는 이어지지 않는다. 요컨대 신채호의『삼걸전』에서 瑪志尼는 그 출현 빈도의 제한과 실제 현실 정치의 실패라는 한계에도 불구하고 민중의 지지와 성원을 받는 영웅 중의 영웅으로 평가받는다.[23]

---

23 번역본 16쪽 인용.

이애 신채호의 『삼걸전』은 瑪志尼의 혁명 실패에도 불구하고 그를 실질적인 이태리 건국의 영웅으로 추앙한다. "혁명론자가 없는 나라는 결국 입헌을 이룰 수 없으니 오늘날 세계 입헌 군주국 중 혁명 풍조가 최고조이던 시대에 태어나지 않은 나라가" 없고 이런 까닭에 "이태리 건국의 가장 큰 공은 필시 瑪志尼의 것"으로 "瑪志尼가 밭을 갈고 加富爾가 수확했다"고 신채호의 『삼걸전』은 瑪志尼의 공헌을 높게 평가한다. 여기서 량치차오의 『삼걸전』과는 달리 瑪志尼의 위상을 격상시키는 신채호의 번역 방식을 주목할 필요가 있다. 신채호는 량치차오의 『意大利建國三傑傳』을 번역하는 과정에서 瑪志尼를 비난하는 량치차오의 문장이나 加富爾를 옹호하는 문장들을 축소, 생략하거나[24] '共和政府', '統一', '敎育과 暴動', '獨立統一', '自由平等', '時勢', '英雄' 등 瑪志尼와 관련된 어휘에 방점 처리를 하며 瑪志尼의 위상을 제고한다.[25]

그러나 신채호의 이와 같은 방식이 자신의 『삼걸전』에서 加富爾를 완전히 배제하는 결과를 낳는 것은 아니다. 신채호의 『삼걸전』에서

---

24 한 예로 량치차오는 자신의 『삼걸전』에서 瑪志尼를 국왕에게 대항한 반역자 내지는 국왕에게 진압당해 정계를 떠난 패배자로 규정(雖然天旣不欲以共和政定意大理施復被滅而瑪志尼此後送不得不隱於政界)하거나 그 지위가 加富爾에 종속된 듯 서술하는 대목이 있다. 그런데 신채호는 이와 같은 내용을 생략하면서 瑪志尼의 지위를 격상시킨다. 이외에도 신채호는 량치차오의 저본에 나타나는 加富爾를 공자와 석가로 비유하는 대목이나 그를 결단력과 온화함을 겸비한 정치가로 묘사한 대목도 삭제한다.(雖聖如孔子·佛如釋迦猶將不能無失望無憤激而況於憂國如焚之加富爾耶) (溫和忍耐者之實加富爾…) 이 외에도 신채호는 자신의 『삼걸전』을 마지니 중심의 『삼걸전』으로 만들어내기 위해 여러 대목에서 고쳐 쓰기를 시도한다. 이에 대한 자세한 내용은 성현자와 손성준의 논문을 참고. 성현자, 「단재 신채호의 역사전기소설연구 - 伊太利建國三傑傳과의 비교를 중심으로」, 『동방문학비교연구총서』 3, 한국동방문학비교연구회, 1997. 송선준, 앞의 논문.

25 한 예로 이와 같은 식이다. "殿下를 爲ᄒᆞ여 自由 獨立 統一의 三字로 旗上에 繡ᄒᆞ려 ᄒᆞᄂᆞ니 伏望殿下ᄂᆞᆫ 彼等國民의 馬首에 進立ᄒᆞ야 民權의 唱導者 保護者가 되오며 伊太利의 建設者 革新者가 되옵소셔"

도 공화주의자 瑪志尼와는 비교되는 외교주의자이자 입헌군주론자인 加富爾는 비중 있는 영웅으로 등장하고 있으니 그는 '식산'과 '홍업', 군비 확장, 세납 증가로 대변되는 내정 개혁과 크림전쟁, 파리회의, 프랑스와의 밀약으로 대변되는 외교 정책을 통해 근대국가로서의 이태리의 기초를 닦은 위로부터의 개혁주의자로 재현된다. 신채호의 『삼걸전』에서 재현되는 加富爾의 활약상은 "우리나라에 정부가 하나 있는데 그 이름이 가부이요 또 국회가 하나 있는데 그 이름도 가부이요 헌법이 하나 있는데 그 이름도 가부이"라고 할 정도로 높게 평가된다. 신채호는 자신의 『삼걸전』에서 瑪志尼를 삼걸 중 최고의 영웅으로 인정하면서도 加富爾의 존재를 마냥 외면하는 것은 아니다.

그러나 신채호의 『삼걸전』은 加富爾의 외교주의를 전적으로 지지하지 않는다. 신채호의 『삼걸전』은 외교주의자로서 加富爾의 탁월한 능력에 대해서는 높게 평가하면서도 외교에 치중하는 그의 접근 방식이 오히려 망국의 요인이 될 수 있다는 점을 우려한다. 신채호의 『삼걸전』은 자주, 독립, 통일을 지향하는 근대국가의 완성 그리고 이와 함께 연동된 민족의 탄생은 무엇보다도 내부 민중의 역량에 달려 있다고 강조한다. 그렇기에 신채호는 오스트리아와 화해한 에마누엘레 국왕에 실망해 재상에서 물러난 加富爾에 대해 "오호 그의 군건함과 인내심이 이와 같고 그의 뼈를 깎는 고통이 이와 같은데, 큰 희망과 좋은 결과를 바로 이 날에 얻고자 했다가 그동안 애써 이루어 놓은 공이 하루 아침에 무너져 버렸으니 어찌 실망하지 않을 수가 있겠는가 어찌 분격하지 않을 수가 있겠는가" "만일 이태리 전 인민의 뜨겁고도 진실한 힘이 아니면 이제 이태리도 망국사 한 가운데의 자리를 차지함에 불과하게 될 뿐"이라고 논평한다.[26]

---

26 번역본 81쪽 인용. 여기서 "이태리도 망국사 중에 일위를 차지할 수 있다"는

그렇지만 이미 지적했듯, 신채호의 『삼걸전』은 瑪志尼와 加富爾의 긴장 관계 그 자체를 주요 사건으로 이야기하지는 않는다. 신채호의 『삼걸전』이 실제 근대 이태리 건국을 놓고 경합한 삼걸들의 갈등을 아예 외면하는 것은 아니지만 그보다 더 중요하게 이야기하는 내용은 瑪志尼의 혁명 정신과 加富爾의 현실 정치가 모두 근대 이태리 건국에 긍정적으로 기여한다는 것이다. 더불어서 신채호는 군사적 개입을 주도한 加里波的 역시 근대 이태리 건국 과정에서 加富爾와 연대한 영웅으로 재현한다. 한 때 加里波的은 瑪志尼와 함께 "사르데냐의 왕 알베르토가 유약한 것을 보고는" "여러 동지와 책략을 세워 대제전의 밤을 틈타 봉기하여 왕을 축출하고 정부를 전복하여 오스트리아"에 저항을 계획한 사건으로 남아메리카까지 망명할 정도로 加富爾 노선에 대립적이었다. 그렇지만 신채호의 『삼걸전』에서 加里波的은 瑪志尼의 노선을 지지하면서도 궁극적으로는 근대 이태리 건국을 위해 加富爾에 협조하는 영웅으로 재현된다. 加里波的의 위상이 극적으로 재현되는 장면은 천인 의용대를 이끌고 시도한 이태리 남부 진출이다. 加富爾의 견제에도 불구하고 남부로 진출한 加里波的은 확보한 영토를 사르네냐의 왕 에마누엘레에게 헌정하게 되며 이를 기반으로 에마누엘레는 근대 이태리 탄생을 선포하게 되는데[27], 이 장면은 『삼걸전』의 영웅들이 근대 이태리 건국을 위해서라면 자신들의 정치적

내용은 량치차오의 저본에 없는 것으로 신채호가 삽입한 것으로 보인다.

27 "아아 동포여. 우리들이 수십 년 동안 백 번을 죽을 각오로 살기를 바라지 않고 힘써 왔던 과업이 이제야 성취되었다. 헤아릴 수 없는 어려움과 고통, 위험과 좌절을 겪고 마침내 이태리는 이태리로 돌아가게 하고 로마는 로마로 돌아가게 하였으니, 이제 수백 년 동안 갈기갈기 찢어져 떠돌았던 부모 형제가 지금 국회 의원의 명예로 이곳에 모여 한줄기 감격의 눈물을 닦고 우리들 아련히 꿈에 그리던 고향을 통쾌히 바라보는도다. (……) 세계 대국민의 반열에 서서 이태리의 명예와 로마의 명예를 대표할 책임이 있으니, 이 책임을 진 우리들은 이 책임에 따르는 실력을 양성하지 않을 수 없도다. 아아, 이태리 만세! 이태리 만세!"(118~119)

입장을 자중할 줄 아는 미덕을 지닌 인물이라는 것을 은연중에 말해 준다.

그런데 이 헌정 장면에서 확인되듯, 瑪志尼, 加里波的, 加富爾의 협력과 연대로 건국된 근대 이태리는 사르데냐의 왕 에마누엘레가 통치하는 입헌군주제 국가이다. 량치차오가 본래 중국의 공화혁명을 정서적으로 거부한 보수적 개혁주의자라는 배경과 본래『삼걸전』이야기의 원천이 입헌군주제의 국가인 영국이라는 사실 그리고『삼걸전』을 동아시아에서 최초로 유입한 일본이 천황제 국가라는 점을 감안하자면 국왕 에마누엘레의 연설로 마무리되는 신채호의『삼걸전』은 사실 전혀 이상해 보이지는 않는다. 그러나 이 대목에서 우리는 국가의 형식이 입헌군주제이든 공화제이든 근대국민국가를 완성할 수 없는 신채호의 고뇌와 역설을 거론하지 않을 수 없다.

이와 같은 역설에 마주한 신채호는『삼걸전』을 최종적으로 마무리하는 과정에서 영웅 개념을 극적으로 전유한다. 신채호는 이 결론에서 이태리 건국은 삼걸의 공이 아니라 '무명의 마찌니', '무명의 가리발디', '무명의 카부르'의 공으로 규정하면서 무명의 영웅들이 바로 건국의 주체가 되어야 한다는 논리를 제시한다.[28] 즉 신채호는『삼걸전』에서 瑪志尼, 加里波的, 加富爾 등을 이태리 건국을 주도한 영웅으로 재현하는데 그치지 않고 무명의 영웅들을 건국의 주체로 확장시키고 있으니 신채호는 이미『삼걸전』에서 영웅의 개념을 아래로부터의 혁명을 지지하는 민중과 접맥하는 가능성을 보여주었다고 할 수

---

28 "이태리의 건국이 어찌 다만 삼걸의 공이겠는가. 마찌니 당파 중에 무명의 마찌니가 몇 백 몇 천 명인지 알지 못할 것이며, 가리발디 슬하에 무명의 가리발디가 몇 백 몇 천 명인지 알지 못할 것이며, 카부르 막하에 무명의 카부르가 몇 백 몇 천 명인지 알지 못할 정도이다. 삼걸은 이태리 전 국민 중 그 대표자 세 사람일 뿐이니, 전국이 갈팡질팡하여 아픈 줄도 모르고 가려운 줄도 몰랐다면 비록 삼걸이 있었더라도 어찌 행할 수 있었겠는가."(121~122)

있다. 이런 점에서 신채호는 이미 1910년대 이전부터 영웅을 엘리트적 의미의 영웅이 아니라 무명의 민중까지 영웅으로 받아들이는 사고의 유연성을 보였다고 할 수 있다. 신채호가『삼걸전』을 통해 瑪志尼, 加里波的, 加富爾 중 민중의 지지와 후원을 받은 瑪志尼를 최고의 영웅으로 인정하고 있다는 점 그리고 이 결론에서 영웅의 범주를 민중과 연동된 무명의 영웅으로 확대하고 있다는 점에서 신채호는 영웅 개념의 열린 전유를 시도했다고 할 수 있다.

물론 신채호 문학에 있어 영웅 개념에서 민중 개념으로의 전회가 실질적으로 진행된 시기는 1910년 이후의 일이고 瑪志尼, 加里波的, 加富爾와 같이 시세를 뒤흔드는 영웅의 출현을 기대하기 어려운 현실이 유명 영웅에서 무명 영웅으로의 변화를 가능케 한 배경이기도 하지만 신채호는 1910년대 이전부터 민중과 연동된 영웅 개념의 정치성과 확장성을 치열하게 모색해온 것이 분명해 보인다. 이 모색의 성과가 바로『이태리건국삼걸전』이며, 이 텍스트는 량치차오의 번역본이라는 기존의 설명을 훨씬 뛰어넘는 신채호 문학의 자산에 속한다 하겠다.

4. 결론

한국근대문학사에서 신채호는 압도적인 위력으로 도래한 서구적 근대에 영향 받으면서도 그 근대를 뛰어넘고자 한 문제적 작가로 인정받고 있다. 서구적 근대에 대응하는 취지에서 신채호가 주목한 글쓰기 방식은 영웅 개념을 매개로 한 역사전기라 할 수 있겠는데, 본고의 연구대상인『이태리건국삼걸전』은 바로 그 역사전기의 전형적인 예에 해당한다. 흔히 신채호의『이태리건국삼걸전』은 량치차오의 지대한 영향을 받고 출간된 번역 전기로 설명하는 관행이 있지만 필자는 량치차오의 영향력보다 더 고려해야 할 대목이 량치차오의 영향력을 넘어서고자한 신채호의 주체적 모색이라고 본다. 그런 점에서 신채호의 『이태리건국삼걸전』을 놓고 량치차오적인 것을 독해하기보다는 신채호적인 것을 독해하는 게 한국근대문학 연구자들에게는 더 주요한 과제이지 않을까 생각하고 있다.

필자는 신채호의 『이태리건국삼걸전』을 독해하기 이전에 1900년대 이전의 매체들이 서구 근대국가로서의 이태리를 어떤 이미지와 성격의 국가로 재현하는가를 살펴보았다. 『한성순보』와 『한성주보』에서 이태리는 군대, 동맹, 조약, 재정, 통상, 해군, 육군 등의 개념과 연결된 모범적인 근대국가로 재현되고 있다. 특히 『한성주보』는 이태리를 월등한 군사력을 확보한 군사대국으로 재현하는바, 『한성순보』와 『한성주보』가 재현하는 이태리는 본질적으로 사회진화주의의 논리를 승인하는 근대 제국의 성격을 띠고 있다. 1900년대로 접어들며 이태리 재현은 국가 그 자체에 대한 재현에서 근대 이태리를 건국한 영웅들의 재현으로 전환되는데, 이 전환 과정을 이끈 계몽 문사가 바로 신채호라는 것은 주지의 사실이다.

신채호는 『이태리건국삼걸전』을 번역 출간하기 이전에 「독이태리건국삼걸전」을 『황성신문』에 연재한 전력이 있고 저자가 분명하지는 않지만 「이태리건국아마치전」, 「독의국명신가부이전」처럼 이태리 영웅을 주인공으로 한 인물전기가 『대한매일신보』에 연재되기도 했다. 이 사례들 중에서 「이태리건국아마치전」, 「독의국명신가부이전」 등은 건국의 주역으로서 아마치와 嘉富耳를 자유, 정치, 통상, 경영, 자주, 통합의 개념으로 재현하면서 동시에 이들이 봉건의 세계가 아닌 근대의 세계에 속한 영웅에 해당한다는 것을 자연스럽게 알리고 있다. 「독이태리건국삼걸전」 역시 이태리 건국의 주역인 瑪志尼, 加

里波的, 加富爾 등을 근대의 개념과 연결된 영웅으로 재현하면서도 이들을 소수의 영웅이 아니라 이태리 전체 국민과 연결되는 영웅으로 그 성격을 새롭게 정의한다. 그리고 이와 같은 정의는『이태리건국삼걸전』에 이르러 민중 개념과 연동된 무명 영웅의 호출로 확장되고 있으니 신채호 문학에서 영웅 개념의 변모는 본래 서구적 의미에서 정의된 소수 엘리트적 의미에서 식민 위기의 한국 현실에 부합하는 다수의 열린 개념으로 진행되어 간다고 할 수 있다.

『이태리건국삼걸전』의 저본에 해당하는 량치차오의『의대리건국삼걸전』은 외교주의자이자 입헌군주론자인 加富爾를 중심에 놓고 구성된 역사전기이다. 이와 같이 加富爾 중심으로 구성된 량치차오 저본을 신채호는 瑪志尼를 비방하는 량치차오 저본의 문장들을 생략하거나 瑪志尼와 연관된 어휘들에 방점을 처리하는 방식으로 瑪志尼 중심으로 재구성한다. 요컨대 신채호는『이태리건국삼걸전』본론에서 영웅의 서열을 보수적 고급관료인 加富爾에서 민중의 지지와 후원을 받는 瑪志尼로 바꿔내고 있고 더 나아가 결론에서는 영웅 개념을 유명 영웅에서 민중 범주까지 포괄된 무명 영웅으로 확장하고 있다. 여기서 다시 한 번 고찰해야 하는 것은『이태리건국삼걸전』에서의 무명 영웅의 성격이다.

사회진화론적 맥락에서 영웅은 시세를 결정적으로 주도하는 엘리트를 의미한다. 그리고 이러한 맥락에서 민중의 존재는 소수 엘리트의 지도를 받는 종속 변수에 해당한다. 물질 경쟁을 옹호하는 스펜서의 결정론적 사회진화주의를 받아들인 일본의 영웅론이[29] 더욱 그렇지만 기본적으로 사회진화론적 맥락에서 영웅은 경쟁을 주도하며 승

---

29 이에 대해서는 이헌미의 논문을 참고. 이헌미에 따르면 스펜서의 사회진화론에 기반한 일본의 영웅론은 시세를 잘 통찰하여 그에 적응하는 영웅이다. 이헌미, 앞의 논문, 147쪽.

리를 성취하는 소수의 선각자를 의미한다.

그러나 신채호는 『삼걸전』에서 이러한 의미의 영웅을 지속적으로 지지하지 않는다. 신채호는 결론에서 강조하기를 "삼걸은 이태리 국민 중 그 대표자 세 사람일 뿐이니, 전국이 갈팡질팡하여 아픈 줄도 모르고 가려운 줄도 몰랐다면 비록 삼걸이 있었더라도 어찌 행할 수 있었겠는가" 호소한다. 이태리 전국에 산재한 무명 영웅들의 지원과 성원이 있었기에 삼걸의 건국 투쟁이 성과를 낼 수 있었다는 논리다. 이 대목은 신채호의 영웅 개념이 내부 혁명을 지지하는 민중과 연동된다는 점에서 사회진화론적 맥락과 일정한 거리를 두고 새롭게 사유된다는 증거로 읽힐 수 있다. 이런 점에서 『이태리건국삼걸전』은 서구적 근대의 본질을 간파하지 못한 애국계몽지사 신채호의 한계를 반영하는 텍스트가 아니라 그 한계를 스스로 극복하려는 치열한 모색이 반영된 텍스트라고 할 수 있다.

5. 읽기 자료

동양이태리(東洋伊太利)

일인(日人) 모(某)의 논저(論著)한 바 지리학중(地理學中)에 「조선(朝鮮)의 위치(位置)」라 운(云)한 일편(一篇)이 유(有)하여 한국(韓國) 지리(地理)를 이태리국(伊太利國) 지리(地理)와 비교(比較)하였는데 기(其) 약(畧)이 좌(左)와 여(如)하니

『한반도(韓半島)의 면적(面積)은 희랍반도(希臘半島)에 교(較)하면 대(大)하고 이태리반도(伊太利半島)에 교(較)하면 차소(差小)한데, 기(其) 지형(地形)이 심(甚)히 이태리(伊太利)와 상류(相類)한 고(故)로 세인(世人)이 동양이태리(東洋伊太利)라 호(呼)하는 배라. 이태리반도

(伊太利半島)는 차(此)에 아라부(阿羅夫)(알프스)라는 대산(大山)이 유(有)하여 구주대륙(歐洲大陸)을 차(遮)하였는데, 한반도(韓半島)도 차(此)에 장백산(長白山)이 아주대륙(亞洲大陸)을 차(遮)하였고, 이태리반도(伊太利半島)의 지형(地形)은 해좌사향(亥坐巳向)으로 서면(西面)이 개(開)하여 구주중원(歐洲中原)을 공읍(拱揖)하였는데 한반도(韓半島)의 지형(地形)도 해좌사향(亥坐巳向)으로 서면(西面)이 개(開)하여 아주중원(亞洲中原)을 공읍(拱揖)하였고, 이태리반도(伊太利半島)는 기(其) 서측(西側)이 지중해(地中海) 해안(海岸)의 굴곡(屈曲)이 다(多)하고 도서(島嶼)가 역다(亦多)하여 선박(船舶)의 출입(出入)이 편리(便利)하고 인구(人口)가 번성(繁盛)하여 세인(世人)이 공지(共知)하는 진리애(眞利崖)(제노아) · 주애파(主埃坡)(스페지아) · 후리연서(候利然瑞)(플로렌스) · 리포례노(利布禮怒)(리보르노) · 라마(羅馬)(로마) · 나포리(拿布利)(나폴리)등(等) 도회(都會)와 개항장(開港場)이 유(有)하나, 기(其) 동측(東側) 아도리아(亞道利亞)(아드리아)해측(海側)에는 근(僅)히 원자지아(遠字志亞)(베네치아) · 부인지세(夫仁志細)(브린디시)등(等) 수처(數處)에 불과(不過)하여 동측(東側)의 발달(發達)이 항상(恒常) 서측(西側)에 양(讓)하는데, 한반도(韓半島)는 서측(西側)이 황해(黃海)라 해안(海岸)의 굴곡(屈曲)이 다(多)하고 인구(人口)가 번성(繁盛)하여 세인(世人)이 공지(共知)하는 미주(美洲) · 평양(平壤) · 진남포(鎭南浦) · 개성(開城) · 인천(仁川) · 경성(京城) · 군산(群山) · 목포(木浦) 등 도회(都會)와 개항장(開港場)이 유(有)하나, 기(其) 동측(東側)에는 근(僅)히 경흥(慶興) · 원산(元山) 등 수처(數處)에 불과(不過)하여 동측(東側)의 발달(發達)이 항상(恒常) 서측(西側)에 양(讓)하니, 희(噫)라. 한국(韓國)을 이태리국(伊太利國)에 교(較)하면 지형(地形)도 동일(同一)하며, 지세(地勢)도 동일(同一)하건마는 이태리(伊太利)는 여피(如彼)히 독립(獨立)의 국광(國光)을 발휘(發揮)하여 세계

(世界)의 치빙(馳騁)하는데, 한국(韓國)은 정치상(政治上)·학술상(學術上)·기예상(技藝上)·종교상(宗敎上)·군사상(軍事上)·실업상(實業上)에 사호(些毫)의 광휘(光輝)가 무(無)함은 하고(何故)이뇨.

시(試)하여 극동(極東)의 지도(地圖)를 번(翻)하여 한국(韓國)의 위치(位置)를 관(觀)하라. 한반도(韓半島)는 항상(恒常) (일(一))북방(北方)의 세력(勢力), (이(二))서(西)로 지나(支那)의 세력(勢力), (삼(三))남(南)으로 일본(日本)의 세력(勢力)이 교충(交衝)하는 지점(地點)이라. 차점(此點)에 입(立)한 한인(韓人)이 시종(始終) 좌우방어(左右防禦)에 피(疲)하여 북강(北强)하면 북(北)에 복(服)하며 서강(西强)하면 서(西)에 복(服)하였으니, 한무(漢武)·수양(隋煬)·당태(唐太)·계단(契丹)·몽고(蒙古)·신공황후(神功皇后)·풍신수길(豊臣秀吉) 등 왕사(往事)에 가증(可證)이라. 한국(韓國)의 타락(墮落)됨이 차(此)에 재(在)한 바며, 우(又) 한국(韓國) 수백년래(數百年來) 유일무이(唯一無二)의 교과서(敎科書)가 즉(卽) 〈동몽선습(童蒙先習)〉인데 기(其) 편말(篇末)에 운(云)하였으되, 「어희(於戱)(라(羅)[라]) 아국(我國)(이(伊)[이]) 수벽재해우(雖僻在海隅)(위야(爲也)[하야]) 양지편소(壤地褊小)(위나(爲那)[하나]) 예악법도(禮樂法度)(와(臥)[와]) 의관문물(衣冠文物)(을(乙)[을]) 실준화제(悉遵華制)(위야(爲也)[하야]) 화인(華人)(이(伊)[이]) 칭지왈(稱之曰) 소중화(小中華)(라위니(羅爲尼)[라하니]) 자기비기자지유화야(玆豈非箕子之遺化耶)(리오(里五)[리오]), 차이소자(嗟爾小子)(은(隱)[는]) 의기관감이흥기재(宜其觀感而興起哉)(인저(印底)[인제])」하였은즉, 풍속의관(風俗衣冠)을 중화(中華)에 의(擬)하여 소중화(小中華)의 명칭(名稱)을 득(得)함으로 자희(自喜)하는 국민(國民)이 하등(何等)의 광휘(光輝)를 치(致)하리오.』

하였더라.

기자왈(記者曰), 피(彼)의 양국(兩國) 지리(地理)를 비교(比較)함은 과연(果然) 정세(精細)하도다마는, 기(其) 열거(列擧)한 역사(歷史)는 하기무탄(何其誣誕)한가.

한무(漢武)의 사군(四郡)은 지시(只是) 기씨(箕氏)·위씨(衛氏)의 여얼(餘孽)을 구축(驅逐)함이라, 한인(韓人)의 조선(祖先)되는 부여국인(扶餘國人)에 무관(無關)(차의(此義)는 이왕본보(已往本報)[대한매일신보(大韓每日申報)]에 게포(揭布)한 〈독사신론(讀史新論)〉에 명언(明言)함)이거늘, 피(彼)가 차(此)를 인(引)하여 한국(韓國)이 이왕(已往) 강자(强者)에게 복(服)한 사실(事實)을 작(作)하였으니 차(此)가 (일(一)) 무탄(誣誕)이며, 수양(隋煬)·당태종(唐太宗)·계단(契丹) 등은 한국(韓國)에 내(來)하였다가 척축(斥逐)만 조(遭)하였거늘, 차(此)를 인(引)하여 한국(韓國)이 이왕(已往) 강자(强者)에게 복(服)한 사실(事實)을 작(作)하였으니 차(此)가 (이(二)) 무탄(誣誕)이요, 신공황후(神功皇后)의 침강사(侵彊事)는 일본(日本) 근사(近史)의 자창자화(自唱自和)한 바며, 인방(隣邦) 지나사(支那史)에도 불견(不見)한 바이어늘 차(此)를 인(引)하여 한국(韓國)이 이왕(已往) 강자(强者)에게 복(服)한 사실(事實)을 작(作)하였으니 차(此)가 (삼(三)) 무탄(誣誕)이로다.

희(噫)라. 한국(韓國)이 지리(地理)만 이태리(伊太利)와 동(同)할 뿐 아니라 왕사(往史)도 이태리(伊太利)와 다동(多同)하니, 광개토왕(廣開土王)의 웅략(雄略)이 「군사단정(君士但丁)(콘스탄티누스 대제(大帝))과 방불(彷佛)하며, 천개소문(泉蓋蘇文)의 무공(武功)이 씨사(氏蛇)(시이저)와 근사(近似)하고 중세(中世) 이래(以來) 누백년(累百年)을 타국(他國)의 패반(覇絆)을 수(受)함도 양국(兩國)이 혹유(酷類)하며, 우(又) 한국(韓國) 서남북(西南北) 삼세력(三勢力)의 교충(交衝)함이 이태리(伊太利)가 오지리(奧地利)·서반아(西班牙)·법란서(法蘭西) 삼세력간(三勢力間)에 누인(累因)함과 혹유(酷類)한데, 단(但) 근세(近世) 수십년(數十年) 이래사(以來事)를 비교(比較)하면 이태리(伊太利)는 천상(天上)에 등(登)하고 한국(韓國)은 지하(地下)에 함(陷)하였도다.

혹왈(或曰)

『한국(韓國)의 고대무강(古代武强)이 어찌 라마(羅馬)(이태리(伊太利)의 구명(舊名))에 득차(得此)하리요, 하나 차(此)는 불연(不然)하니, 한국(韓國) 고사(古史)의 탕잔(蕩殘)함은 당년(當年) 고구려(高句麗) 도성(都城) 즉(卽) 평양(平壤)이 이적(李勣)의 병화(兵火)를 조(遭)한 소이(所以)니 차(此)는 라마(羅馬) 고사(古史)가 가서사부(加西士府) 병화(兵火)에 소진(燒盡)함과 동(同)한데, 단(但) 라마(羅馬)는 후래(後來) 고고학자(考古學者)가 혹(或) 성읍유허(城邑遺墟) 급(及) 고총(古塚)을 굴(掘)하여 왕적(往蹟)을 험출(驗出)하며 혹(或) 야담패설(野談稗說)도 거(據)하여 고사(古事)를 보증(補證)하므로 라마문명사(羅馬文明史)가 세계(世界)에 전포(傳布)하였으니, 한국(韓國)도 타일(他日)에 고고가(考古家)가 출(出)하여 삼국유적(三國遺跡)을 수득(搜得)하여 당년(當年) 정치공전(政治攻戰)의 실상(實狀)을 구득(究得)하면 한국(韓國) 고대(古代)의 문화(文化) 무력(武力)이 현금(現今) 유행(流行)하는 삼국사(三國史)에 재(載)한 것뿐만 아니리하.』

하노라.

한국(韓國)이 금일(今日) 지하(地下)에 함(陷)한 원인(原因)은 과연(果然) 피(彼)의 논단(論斷)한 것과 여(如)히 수백년(數百年) 악교과서(惡敎科書) 즉(卽) 〈동몽선습(童蒙先習)〉중(中)의 비열(卑劣)한 구어(句語)가 인(人)의 지기(志氣)를 타락(墮落)케 함에 유(由)함이라. 시고(是故)로 현금(現今) 여차(如此) 비경(悲境)을 당(當)하고도 일향(一向) 의뢰(依賴)의 의미(意味)만 장(長)하여, 혹(或)은 왈(曰) 아국(我國)의 흥망(興亡)은 일본(日本) 선도여부(善導與否)에 재(在)하다 하는 자(者)도 유(有)하며, 혹(或)은 왈(曰) 아국(我國)은 서구열강(西歐列强)의 구조(救助)를 뇌(賴)한 후(後)에 가(可)하다 하는 자(者) 유(有)하며, 혹

(或)은 왈(曰) 아국(我國)은 하시(何時)에든지 청국(淸國)이 취흥(驟興)하여 일비력(一臂力)을 차(借)한 후(後)에 가위(可爲)라 하는 자(者)도 유(有)하니, 오호(嗚乎)라. 금일(今日) 팔역동포(八域同胞)가 독립(獨立) 자주적(自主的) 정신(精神)을 구(拘)한 자(者)도 고다(固多)하거니와 차등(此等) 의뢰인(依賴人)이 기호(幾乎) 반수(半數)에 과(過)하나니, 차(此)는 〈동몽선습(童蒙先習)〉 같은 비열적(卑劣的) 교과서(教科書)가 인심(人心)을 장적(戕賊)한 소이(所以)가 아닌가.

국사(國事)에 발분(發憤)하는 자(者)여, 장창대포(長槍大砲)는 유가무(猶可無)며 전선(電線) 철도(鐵道)도 유가무(猶可無)어니와 양교과서(良教科書)는 불가무(不可無)니, 양교과서(良教科書)에 무(無)하는 기일(其日)이 국망(國亡)하는 일(日)이니라. 하고(何故)로 양교과서(良教科書)가 무(無)하면 국망(國亡)하는 일(日)이라 하느뇨. 국민적(國民的) 교육(教育)이 퇴(退)하고 노예적(奴隷的) 교육(教育)이 흥(興)하는 고(故)니라.

수연(雖然)이나 피(彼) 일인(日人) 모(某)의 의(意)를 관(觀)하건대 한국(韓國)이 피등(彼等) 악교과서(惡教科書)의 여화(餘禍)를 수(受)하여 영영(永永) 자진(自振)치 못하고 포말(泡沫)같이 표진(飄盡)할 줄로 인(認)하였으니, 차(此)는 패리(悖理)됨을 불고(不顧)하고 사매(肆罵)만 발(發)코자 함이로다.

대저(大抵) 수십년전(數十年前) 이태리(伊太利) 국민(國民)들도 사상(思想)이 하등(何等) 비열(卑劣)하였던가마는 지시(只是) 단정(但丁)(단테)과 여(如)한 대시인(大詩人)이 출(出)하여 국치(國恥)를 애곡(哀哭)하며, 마지니(瑪志尼)(마찌니)와 여(如)한 대이상가(大理想家)가 작(作)하여 국수(國粹)를 절규(絕叫)한 이후(爾後)에 국민(國民)의 정신(精神)이 회성(回醒)하여 풍운(風雲)을 파롱(簸弄)하며 산하(山河)를 정돈(整頓)하였으니, 즉금(卽今) 한인(韓人)도 단정(但丁)·마지니(瑪

志尼)와 여(如)히 국(國)을 우(憂)하며 단정(但丁)·마지니(瑪志尼)와 여(如)히 동포(同胞)를 애(愛)하여, 혹(或) 교육(敎育)에 헌신(獻身)하며 혹(或) 실업(實業)에 헌신(獻身)하며 혹(或) 정치(政治)에 헌신(獻身)하여, 피등(彼等) 악교과서(惡敎科書)의 지배(支配)를 수(受)한 인심(人心)을 환성(喚醒)하여 국가사상(國歌思想)을 진작(振作)케 하면 한국(韓國)이 지리상(地理上)에만 동양이태리(東洋伊太利)를 작(作)할 뿐 아니라 인사상(人事上)에도 동양이태리(東洋伊太利)를 작(作)하리니 면(勉)할지어다, 한인(韓人)이여. 동양반도(東洋半島) 호지리(好地理)를 거(據)한 한인(韓人)이여.

면(勉)하고 우(又) 면(勉)하여 일인(日人)의 냉조자(冷嘲者)를 질퇴(叱退)하며 피(彼) 외외굉대(巍巍宏大)한 백두산(白頭山)으로 하여금 괴색(愧色)을 물대(勿帶)케 할지어다.

(19○9, 1, 28-29 대한매일신보, 一九○九, 二八-二九 大韓每日申報)

제7장 신채호 문학에서의 혁명 개념 연구

1. 서론

신채호 문학을 독해하는 방식과 관련해 이 방면의 연구자들은 오래전부터 신채호 문학의 변모 양상과 그것의 문학적 의미를 주목해왔다. 그 변모는 일반적으로 이렇게 정리된다. 근대계몽기, 더 정확하게 말해 대한제국이 일본의 식민지로 전락하기 이전의 신채호가 사회진화주의와 연계된 영웅 개념을 주목하며 문필 활동을 했다면 나라가 식민지로 전락한 이후의 신채호는 사회진화주의와 결별하고 아나키즘과 연계된 민중을 주목하며 또 다른 차원의 문학을 전개했다는 것이다. 이와 같은 논의의 대표적인 예가 강만길의 「신채호의 영웅, 국민, 민중주의」이다.

외세의 침략으로 민족적 독립을 위협받으면서도 정치, 경제, 군사, 외교, 문화의 각 부분에서 침략세력을 제어할 만한 조건에 있지 못했던 현실 앞에서 신채호는 이와 같은 민족적 위기를 타개할 수 있는 영웅의 출현을 열렬하게 희구했다. 그러나 그의 영웅대망론은 곧 국민주의로 바뀌었고, 그것이 달성되지 못한 채 식민지로 전락한 후에는 민족독립운동의 주체 및 민족사 발전의 주체로서의 민중을 발견하게 된다.[1]

신채호를 영웅대망론을 견지한 인물에서 민족사 발전의 주체로서 민중을 발견한 사상가 내지 작가로 변모했다고 보는 설명에는 그 변모를 긍정적으로 판단하는 전제가 깔려 있다. 널리 알려진 사실이지만, 신채호는 1910년 한국에 강요된 전면적인 식민통치를 계기로 중국, 러시아, 만주 등으로 망명한 작가로서 그의 망명은 자기 문학을 새롭게 기획, 구현하는 결과를 낳았다는 게 학계의 중론이다. 필자역시 신채호 문학을 노블로서의 근대소설과는 또 다른 차원의 성취로 독해해야 한다고 생각하고 있으며, 이런 배경에서 그의 변모를 주목하고 있다. 이 방면의 여러 연구자들이 밝히고 있듯, 1910년 이전의 신채호가 제국을 욕망한 사회진화주의에 영향 받았다면 그 이후의 신채호가 이를 극복하고자 한 것은 사실로 보이며 그 극복 과정에서 한국근대문학사가 기억하는 문제적 작품들이 탄생한 것 역시 사실인 까닭이다.

그런데 필자는 신채호 문학의 변모를 일면적으로 이해하기보다는 그 내적 계기들의 역학 관계와 동력을 복합적으로 고찰하는 게 중요하다고 생각하고 있다. 필자는 바로 이런 점에서 신채호가 사회진화주의를 욕망한 근대계몽기에 이미 사회진화주의의 한계와 모순을 예리하게 주시하는 혁명적 상상력을 사유하고 형상화한 작가였다는 것을 주목하고 있다. 신채호가 제국이 풍미한 근대계몽기에 누구보다도 사회진화주의를 욕망하면서도 동시에 그것의 한계를 사유할 수 있었던 배경에는 혁명적 상상력이 있었다고 필자는 파악하고 있으며 궁극적으로 이 혁명의 상상력이 신채호를 사회진화주의에 갇히게 하지 않을 뿐만 아니라 또 다른 세계로 나아가게 한 내적 동력이 되었

1 강만길, 「신채호의 영웅, 국민, 민중주의」, 『신채호』, 고려대학교 출판부, 1990, 51쪽.

다고 보고 있다.

이에 필자는 1900년대의 한국사회를 사회진화주의의 절대 시대로 이해하기보다는 사회진화주의를 포함, 서로 모순된 정치적 개념들, 즉 비대칭적 정치 개념들이 동시적으로 공존한 시대로 이해하면서 신채호가 어떤 경로와 수준으로 혁명 개념을 학습하며 이를 자기화하게 되었는가를 밝히는 게 중요하다고 보고 있다.[2] 다시 강조하자면, 한국의 1900년대를 제국을 추종하는 사회진화주의만이 아니라 제국을 비판하는 사상이라 할 사회주의, 아나키즘 등이 근대 지식의 한 사례로 소개되고 알려진 시대로 이해하자는 게 필자의 제안이며, 이런 배경에서 신채호를 어느 특정한 사상과 개념을 맹종한 '주의'의 신봉자가 아니라 일견 모순돼 보이는 사상이나 개념이라 하더라도 자신이 마주한 상황과 계기에 따라 그것들을 유연하게 선택하고 실천하는 열린 지식인으로 이해하자는 것이다. 즉 그 시대적 배경이 근대 계몽기이든 망국의 식민통치기이든 신채호를 단선적이고 일의적인 발전 도식에 얽매이지 않는 근대와 탈근대의 감각을 소유한 역동적인 지식인이자 작가로 이해하자는 것이다.[3] 이에 부합해 필자는 신채

---

2 앙드레 슈미드는 19세기 말과 20세기 초의 한국을 반대되거나 배타적인 개념들이 상호 보완적으로 작동한 시대로 이해하고 있다. 한 예로 슈미드에 따르면, "오늘날 민족주의와 세계화는 종종 서로 반대되거나 배타적인 과정으로 인식되지만 19세기 말에서 20세기 초 한국에서는 두 개념이 상호 보완적"이었다. 앙드레 슈미드, 『제국 그 사이의 한국』, 정여울 역, 휴머니스트, 2007.

3 김영범은 논문 「신채호의 조선혁명의 길」에서 신채호를 일면적 재단을 절대 불허하는 사상과 정신세계를 겸비, 단선적 일의적인 발전 도식으로 이해하기 어려운 실천적 지식인으로 소개하고 있다. 필자 역시 신채호를 단선적 일의적인 발전 도식으로 독해하는 방식과 연구에 대해서는 동의하지 않는 입장에 있다. 김영범, 「신채호의 조선혁명의 길」, 『한국근현대사연구』 제18집, 한국근현대사학회, 2001. 윤해동은 신채호를 "서구의 근대에 가장 민감하게 반응하기도 하였지만, 어떤 측면에서는 서구 근대를 창조적으로 수용할 것을 가장 고집했던 사상가"로 설명한다. 윤해동, 「신채호 사상 재론」, 성균관대학교 BK21 동아시아학 융합사업단편, 『근대 동아시아 지식인의 삶과 학문』, 성균관대학교출판부, 2009.

호가 근대계몽기에 학습하고 이해한 혁명 개념의 성격과 의미를 독해해야 한다고 생각하고 있으며, 바로 이 지점에서 그 변모의 진실이 밝혀질 것으로 기대하고 있다.

혁명 개념으로 신채호 혹은 신채호 문학을 이야기할 때 참고해야 할 텍스트가 의열단의 선언문으로 알려진 「조선혁명선언」이다. 이 선언문에서 신채호는 "일본 제국주의의 착취로 인한 풀뿌리 민중의 고통과 식민지 조선의 처참한 현실을" 폭로하며 민중을 혁명의 주체로 설정, 민중의 사명이 이상적 조선의 건설에 있음을 공언하고 있다. 더불어 이 선언문은 절대적 악의 표상으로서 일본 제국주의를 타파하기 위해서는 민중 주체의 파괴와 건설이 요구된다고 밝히고 있는데, 그 주요 내용은 다음과 같다.

이제 파괴(破壞)와 건설(建設)이 하나이요 둘이 아닌 줄 알진대, 민중적(民衆的) 파괴(破壞) 앞에는 반드시 민중적(民衆的) 건설(建設)이 있는 줄 알진대, 현재(現在) 조선민중(朝鮮民衆)은 오직 민중적(民衆的) 폭력(暴力)으로 신조선(新朝鮮) 건설(建設)의 장애(障礙)인 강도(强盜) 일본 세력(日本勢力)을 파괴(破壞)할 것 뿐인 줄을 알진대, 조선민중(朝鮮民衆)이 한편이 되고 일본(日本) 강도(强盜)가 한편이 되어, 네가 망(亡)하지 아니하면 내가 망(亡)하게 된 「외나무다리 위」에 선 줄을 알진대, 우리 이천만(二千萬) 민중(民衆)은 일치(一致)로 폭력(暴力) 파괴(破壞)의 길로 나아갈지니라.

민중(民衆)은 우리 혁명(革命)의 대본영(大本營)이다.

폭력(暴力)은 우리 혁명(革命)의 유일무기(唯一武器)이다.

우리는 민중(民衆) 속에 가서 민중(民衆)과 휴수(携手)하여

불절(不絶)하는 폭력(暴力) ― 암살(暗殺)·파괴(破壞)·폭동(暴動)으로써

강도(强盜) 일본(日本)의 통치(統治)를 타도(打倒)하고,

우리 생활(生活)에 불합리(不合理)한 일체(一切) 제도(制度)를 개조(改造)하여

인류(人類)로써 인류(人類)를 압박(壓迫)치 못하며, 사회(社會)로써 사회(社會)를 박삭(剝削)치 못하는 이상적(理想的) 조선(朝鮮)을 건설(建設)할지니라.[4]

흔히 신채호와 아나키즘의 친연적 관계의 증거로 읽히는 「조선혁명선언」에서 신채호는 파괴와 건설이 둘이 아닌 하나라는 명제 아래, 폭력이 민중 혁명의 유일 무기라고 선언하고 있다. 일본 제국의 통치를 끝내고 이상적 조선을 건설하기 위해서는 민중 주도의 폭력, 암살, 파괴, 폭동 등 혁명 활동이 필요하다고 신채호는 선언하는바, 「조선혁명선언」에서의 혁명은 제국 체제를 전복하고 이상적 조선을 건설하는 데 필수 불가결한 개념으로 제시되고 있다. 이처럼 「조선혁명선언」에서 제국 체제를 전복하고 더불어 이상적 조선을 건설하는 데 있어 긴요한 개념으로 정의되는 혁명은 신채호 문학의 문제적 성격을 깊게 할 뿐만 아니라 작가 자신을 진화시키는 내적 동력으로 간주될 수 있다.

그렇다면 과연 이와 같은 혁명 개념을 신채호는 어떤 방식으로 받아들였으며, 자신의 문학을 구성하는 주요 개념으로 해석하고 정의하게 되었을까? 필자는 신채호의 혁명 개념이 그가 아나키즘을 본격적으로 받아들인 1920년대에 형성된 개념이 아니라 1900년대 근대계몽기에 적극적으로 수용되고 인지되었다고 판단, 이 논문에서는 혁명 개념이 근대계몽기의 공론장에서 어떻게 재현되며, 여기서 재

---

4 「조선혁명선언」, 『단재신채호전집』 하, 45~46쪽.

현되고 정의된 혁명 개념을 신채호가 어떻게 자기화하는가를 논의하고자 한다.[5]

2. 근대 매체와 저서의 혁명 재현과 이론화

문명개화와 우승열패의 분위기가 고조된 1900년대의 근대계몽기는 새로운 근대 지식이 활발하게 논의되고 인지되고 이해된, 소위 근대 지식의 형성기로 알려져 있다. 특히 필자는 근대 매체로서의 신문과 한국, 일본, 중국 등 동아시아 근대 지식인들의 저서, 즉 근대계몽기의 매체와 저서 등이 당대의 주목할 만한 근대 개념들을 유입시키고 이를 토대로, 근대 지식들을 수립시키는 지식 형성의 공론장 역할을 수행했다는 점에 주목, 이 논의를 진행하고 있다.[6] 요컨대 필자는 신채호의 혁명 개념 역시, 그 의미의 형성이 근대계몽기의 매체와 저서들로 연계된 지식 형성의 공론장에서 기원하고 전개되었으며, 이런 배경에서 신채호가 혁명 개념을 인지하게 되었다고 보고 있다. 이런 점에서 필자는 2절에서는 신채호 문학의 내적 동력으로 간주되는 혁명 개념이 근대계몽기의 매체와 저서에서 어떻게 정의되는가의 문제

---

5 여기서 '자기화'는 혁명 개념에 대한 신채호의 주체적인 수용과 정의, 해석 등을 가리킨다.

6 본래 공론장은 하버마스의 개념으로서, 한 사회의 공개적이며 공적 토론과 표현 등이 제기되는 공중들의 장(sphere)으로 정의된다. 필자는 본고에서 공론장의 의미를 물리적인 공간의 개념으로 한정해 이해하지 않고 한 사회의 여론과 개념, 사상 등이 토론되고 형성되는 커뮤니케이션 담론과 구조의 전반으로 이해하고 있다. 공론장에 대해서는 조맹기와 전석환의 논문을 참고. 조맹기, 「하버마스의 공론장 형성과 그 변동: 공중의 생활세계를 중심으로」, 『스피치와 커뮤니케이션』 제8호, 한국소통학회, 2007. 전석환·이상임, 「공론장의 형성 과정 안에서 본 문학의 사회철학적 의미」, 『철학논총』 제68집, 새한철학회, 2012.

와 이렇게 정의된 혁명 개념을 신채호가 어떤 수준에서 받아들이는 가의 문제를 중점적으로 살피고자 한다.

1910년 이전의 신채호는 제국을 추종한 사회진화주의의 세례를 받은 게 사실이지만 그는 그런 상황에서도 사회진화주의와 전혀 다른 성격의 사상과 개념을 학습하고 사유하고 있었다. 그렇다는 것은 그의 공판 기록[7]에서 확인되거니와 신채호는 근대계몽기에 제국을 욕망하면서도 제국을 대상으로 전개된 파괴와 폭동, 암살 사건 즉 허무당[8] 내지 혁명당의 테러 활동을 인지, 주목하고 있었던 것으로 보인다. 이 허무당과 혁명당의 활약이 「조선혁명선언」에서 그가 격정적으로 밝힌 혁명과 등가적인 의미를 지니는 것은 아니겠으나 그는 사회진화주의의 논리에 반하는 혁명 운동과 사건의 사례들을 이 시기에 이미 주시하고 있었다.

아나키즘을 비롯한 사회주의 사상, 즉 사회진화주의와 대립하는 사상이나 그와 연동된 주의자 내지 혁명가들의 활약상은 1880년대 『한성순보』를 통해서 국내 독자들에게 알려지기 시작했다는 게 이 방면 연구자들의 견해이다.[9] "『한성순보』는 중국의 『호보(滬報)』,

---

[7] (裁) 被告는 그 동안 생활을 어떻게 하였는가?
(申) 新聞記者로 지냈소.
(裁) 어떤 新聞?
(申) 漢城新聞
(······)
(裁) 그 후 일본 無政府主義者 幸德秋水의 著作한 冊을 보고 共鳴하여 李弼鉉의 소개로 동방연맹에 가입하였던가?
(申) 幸德秋水의 저서가 가장 合理한 줄 알았으며, 동방연맹에 가입한 것은 李弼鉉의 소개가 아니었다.
『단재신채호전집』 하, 431쪽.

[8] 허무당은 아나키즘의 별칭으로 이해될 수 있다. 허재훈에 따르면, 일본의 메이지 10년대말인 1877년경에 니시가와가 『허무당 사정』에서 '무정부주의'라는 말을 사용한 이후 조선에서도 아나키즘을 '무정부주의'와 '허무당'으로 불렀다고 한다. 허재훈, 「대구·경북 지역 아나키즘 사상운동의 전개」, 『철학논총』 40집, 새한철학회, 2005.

『상해신보(上海新報)』, 『순환일보(循環日報)』 등과 일본의 『시사신보(時事新報)』 및 외국 근신(近信)과 서자보(西字報) 등의 보도를 인용하여 유럽의 사회당과 러시아 허무당에 대한 기사를 게재"했으니 국내에 허무당이 소개된 역사는 결코 일천한 게 아니다. 그런데 대한제국의 논리를 대변하는 『한성순보』는 관보라는 한계에 직면, 유럽의 사회당과 허무당을 정체를 혼란시키는 주범으로 독자들에게 소개할 수밖에 없었던바, 『한성순보』에서 사회당, 허무당 등은 주로 테러를 저지르는 불순 세력으로 재현된다. 이처럼 『한성순보』에 게재된 사회당, 허무당의 사상과 활약에 대한 소개 수준은 초보적인 게 틀림없지만, 소위 제국의 황제를 대상으로 행해진 이 테러 사건들은 당대 독자들의 관심을 끈 것으로 보인다.[10]

제국의 권력과 투쟁하는 허무당의 동향이 『한성순보』를 필두로 당대 매체에 등장했다는 것은 그 자체로 주목할 만한 현상이다. 사회당과 허무당의 동향, 즉 혁명의 동향은 『한성순보』에 보도된 이래 그 사례가 많지는 않더라도 『한성주보』, 『독립신문』 등에도 지속적으로 보도되는 등 근대 매체가 주시한 사건 중 하나이다. 그런데 신채호가 관여한 근대계몽기의 유력 매체인 『황성신문』과 『대한매일신보』 등에도 당대의 혁명 동향은 꾸준하게 보도되었으니 이 매체들에서 혁

---

9 고종은 1873년 친정을 선포하고 대외적인 수교, 통상 정책을 추진했다. 고종의 조선정부는 1883년 10월에 『한성순보』를 발간한다. 1884년 12월 갑신정변으로 신문 간행이 잠시 중단되었지만 정부는 재발간을 준비, 1886년 1월에 『한성주보』를 복간한다. 『한성순보』는 조선정부의 개화정책을 수립하기 위해 국제 열강들의 다양한 정보를 수집한 매체이다.

10 이호룡에 따르면, "『한성순보』는 러시아에는 허무당, 영국에는 아일랜드 변란당, 프러시아와 프랑스에는 모두 사회당이 있는데, 이 단체들은 모두 국법을 문란시키고 생민을 독해하는 단체들로 소개하고 있거나 러시아 허무당은 건달들로 구성되어 있고 거기에 관리와 군민들이 결탁해 황제가 그들에게 암살당할 정도로 행패가 심하다고 소개되고 있다." 이호룡, 『한국의 아나키즘』, 지식산업사, 2001, 82쪽.

명은 동아시아의 전통적 맥락, 즉 역성혁명의 맥락을 탈피한 근대적 개념으로 재현되고 있다.

이런 점에서 이 근대 매체들은 혁명 개념의 근대적 계기를 고취시키는 근대 지식 형성의 공론장 역할을 수행한 것으로 보인다. 물론 이 두 매체가 지향하는 논조가 다소 차이를 보이긴 하지만, 공교롭게도 신채호와 깊은 인연이 있는 이 두 매체는 공히 사회진화주의의 대타 세력이라 할 허무당의 동향을 비중 있게 소개하면서 자연스레 혁명 개념의 근대적 성격을 고취시킨다. 그 단적인 예가 '아국 허무당' 관련 기사들이다. 먼저 『황성신문』의 허무당 기사를 살펴보기로 하자. 『황성신문』에 게재된 허무당 기사들의 지은이를 무조건 신채호로 확정할 수는 없겠으나, 신채호가 1905년 6월, 7월경부터 『황성신문』 기자로 활약했다는 김주현의 논의를 감안하자면[11], '아국 허무당' 관련 기사들에 대한 신채호의 관심과 탐독은 지속적으로 추구된 것으로 보인다.

> 俄國虛無黨의 陰謀 : 俄京彼得堡에셔 曩日에 內部大臣푸레웨ㅇ가 被殺홈은 已報ㅎ얏거니와 美國新聞ㅇ據호 則俄國虛無黨等이 揚言ㅎ되 內部大臣外에 皇帝、芬蘭總督、皇帝의 寵臣等을 不可不殺害라ㅎ고 又內部大臣ㅇ暗殺혼 者가 爆發彈을 投홀ㅇ自由萬歲ㅇ崇呼ㅎ얏다ᄂᆞᆫ디 此黨類가 芬蘭人及俄國人中에 頗多혼지라(『황성신문』, 「俄國 虛無黨의 陰謀」, 1904.8.29)

> 俄國虛無黨員의 活動 : 目下日本長崎에셔 俄國의 革命運動을 援助하

---

11 김주현, 「『황성신문』 논설과 단재 신채호」, 『신채호문학연구초』, 소명출판, 2012, 50쪽.

는 俄國虛無黨員이 首領랏셰루 以下八名이니 其發行하는 新聞우으리아報의 發行張數가 二千張에 達하고 專히 海蔘威를 經하야 西伯利亞內地로 輸送혼다는디 俄國政府에셔 此에 對하야 其行動을 看檢하기 爲하야 長崎에 在혼 俄國領事舘內에 探偵一名을 特置하얏더라(『황성신문』, 「俄國 虛無黨員의 活動」, 1906.8.4)

俄國虛無黨의 惹擾 : 倫敦電을 據혼 則俄國虛無黨員이 曩日社會黨의 捕縛된 復讐로와루소 地에셔 警官을 攻擊하고 爆發藥을 投혼 故로 四十六名이 死傷하얏고 又波蘭부롯구、라쪼니 二州에셔도 爭鬪가 有하얏더라(『황성신문』, 「俄國 虛無黨의 惹擾」, 1906.8.21)

한 예로 『황성신문』에 게재된 「俄國 虛無黨의 陰謀」, 「俄國 虛無黨員의 活動」, 「俄國 虛無黨의 惹擾」에서 '俄國'은 아라사, 즉 러시아를 지칭하거니와 이 기사들은 1905년에 발발한 러시아 혁명을 배경으로 작성된 혁명 사건 기사들이다.[12] 1905년 전후 러시아에는 반민중적 짜르 체제에 저항하는 혁명 열기가 고조되었거니와[13], 이와 같은 혁명 열기가 러시아에만 그친 게 아니라 러시아의 지배를 받는 분란국(핀란드), 파란국(폴란드) 등 러시아 제국의 식민지에도 적지 않게 퍼

---

12 이외에 「俄國의 猶太人排斥」(1901.7.4.), 「俄京의 極督排斥」(1904.3.18.), 「行刺俄皇의 陰謀」(1904.7.26.), 「團體의 勸告壯」(1904.9.20.), 「大統領暗殺의 陰謀」(1906.6.9.), 「警吏의 被殺」(1906.7.9.), 「領事被殺의 宣言」(1906.9.7.), 「俄國政府와 虛無黨」(1906.9.17.), 「猶太人의 捕縛」(1906.9.21.), 「大統領暗殺陰謀」(1906.11.22.), 「虛無黨의 捕縛」(1907.1.18.), 「俄國虛無黨의 橫行」(1907.5.24.), 「俄國地方長官의被殺」(1907.7.23.), 「又一告暴動者」(1907.8.31.) 등의 기사들이 눈에 띤다.
13 1905년 1월 9일 뻬쩨르부르그에서 벌어진 유혈사태는 러시아 전국에 걸친 항의를 불러일으킴으로써 짜르 체제를 일찍이 볼 수 없던 위기로 몰아놓는 혁명의 기폭제가 되었다. 또한 이 사건은 러시아 역사상 처음으로 노동계급이 본격적으로 정치 무대에 등장하게 된 계기가 되기도 했다. 이채방,「1905~7년 러시아혁명과 러시아사회민주노동당」, 『서양사연구』 제12집, 한국서양사연구회, 1991.

져 나갔다고 『황성신문』은 보도하고 있다. 물론 이와 같은 기사가 혁명 개념을 깊이 있게 설명하거나 소개하는 것은 아니지만, 이 기사들은 허무당의 활약을 '암살', '피살', '살해', '공격', '폭발탄' 등의 언어로 재현함으로써 혁명을 황제와 총독, 내무대신 등 황제 중심의 제국 체제를 타파하는 정치 운동으로 자연스레 정의하고 있다. 『황성신문』은 혁명 개념을 '俄國'으로 대표되는 억압적인 근대 제국의 전복을 추구하는 허무당원의 활약과 연동시킴으로써 혁명의 성격을 제국과 그 제국에 저항하는 세력 간의 정치 투쟁으로 정의하고 있다는 것이다. 즉 『황성신문』에 등장하는 혁명은 억압적인 근대 제국의 정점이라 할 황제와 그를 대리하는 대신들이 구축한 정치 체제를 균열하는 반제국적 정치 투쟁으로 정의되고 있으니, 『황성신문』의 주요 필자이자 독자인 신채호 역시 혁명을 억압적인 근대 제국의 해체를 겨냥하는 저항적 정치 개념으로 이해했을 개연성이 크다. 그런데 이와 같이 러시아를 배경으로 전개된 혁명 사건의 재현은 『대한매일신보』에서도 확인되고 있다.

로국에 혁명운동 : 일본신문지에 계지혼 것을 본즉 오천명의 혁명당을 혹 포박도ᄒ며 호 유비도 ᄒ엿다 ᄒ며 그 혁명당들을 강력으로 압제홈으로 구쥬에서 미우 불평히 넉인다 ᄒ엿더라(『대한매일신보』, 「로국에 혁명운동」, 1905.2.8)

로국 내란 만연 : 네바에 잇는 제선소와 군물 제죠소는 다 정업ᄒ엿고 성 피득보에 잇는 혁명당들이 로국 남방에 잇는 로동 단쳬와 긔맥이 샹통ᄒ여 볼○히 안에 있는 정부 제죠소에서도 정공ᄒ고 그 영향이 다른 도회를 밋쳐서 만연ᄒ더라(『대한매일신보』, 「로국 내란 만연」, 1905.2.9)

셩피득보에셔 분란이 다시 급속히 만연ㅎ여 삼만명이 다시 분란에 가
입ㅎ고 병졍과 슌검이 혁명당들을 포박ㅎ노라고 분주ㅎ며 셩피득보ᄂᆞᆫ
혁명당의 출판ᄒ 셔ᄎᆡᆨ들이 ᄉᆞ방에 유힝ᄒ고 모스코에셔 셩피득보에 오
ᄂᆞᆫ 쳘로회사의 고용인들이 이러나셔 그 쳘로가 불통이라더라(『대한매일
신보』, 1905.3.1)

『대한매일신보』에셔도 '로국', 즉 러시아ᄂᆞᆫ 혁명 운동이 활성화된
제국으로 소개되고 있다. 1905년에 발발한 러시아 혁명을 배경으로
작성된 이 기사에셔 러시아ᄂᆞᆫ 정부의 탄압에도 불구하고 혁명당원들
의 혁명 운동이 치열하게 전개되ᄂᆞᆫ 나라로 소개되고 있다. 러시아 혁
명당원들은 오천 명이 포박될 정도로 그 규모가 상당하며, 또한 이들
은 네바의 제선소와 군물 제조소를 파업시킬 만큼 그 힘이 강력하다
고 『대한매일신보』ᄂᆞᆫ 보도하고 있다. 이런 까닭에 러시아ᄂᆞᆫ 파업과
태업이 적지 않고 혁명당의 셔ᄎᆡᆨ들도 널리 읽힌다ᄂᆞᆫ 식으로 이 기사
들은 러시아 혁명의 사건과 정황을 재현하고 있다. 이렇게 『황성신
문』이 상당한 관심을 할애하여 1905년 러시아 혁명을 재현하듯, 『대
한매일신보』 역시 러시아 혁명을 '혁명당', '포박', '노동', '분란', '불통'
등의 언어로 재현하면서 1900년대의 혁명이 제국 권력에 저항하ᄂᆞᆫ
근대적 사건이자 개념임을 주지시키고 있다. 그런데 『대한매일신
보』ᄂᆞᆫ 혁명이 발발하ᄂᆞᆫ 지역을 러시아에 한정하지 않고 중국 근대기
의 청조로까지 확대하고 있어 그 내용이 주목된다.

시로난 혁명당 : 혁명군이라 칭ᄒᄂᆞᆫ 당류가 청국 안휘셩에셔 니러낫
ᄂᆞᆫ되 그 디방 관리들은 진압ᄒ기 위ᄒ여 관병 파송 ᄒ기를 청ᄒ엿더라
(『대한매일신보』, 「시로난 혁명당」, 1907.7.11)

청국혁명당 : 근일에 청국 혁명당이 태서양에서 병선 오척과 슈뢰뎡 십척에 군긔를 실엇고 빅 부리는 사람은 유태인인디 각국긔를 쏫고 비밀히 장강으로 드러가 일졔히 각 디방으로 헤어지고져ᄒ며 쏘 혁명당 두령 량계초는 일본으로서 상희로 드러왓다가 탐정이 엄밀힌 ᄭᆞᄃᆞᆰ에 부하 이십여명을 ᄯᅡ라 교주만으로 피ᄒ엿다ᄒ며 또 혁명당이 도쳐에 잠복한 형젹이 잇슴으로 이 즈음에 일층이나 더 계엄ᄒᆞᆫ 소문이 잇셔 인심이 요동홀 상티가 잇ᄂᆞᆫ고로 경친왕과 순친왕이 량궁에 오래 류ᄒᆞ시지말고 속히 환궁하시기를 주달ᄒᆞ엿더라(『대한매일신보』, 「청국혁명당」, 1907.8.15)

이처럼 혁명이 러시아만이 아니라 중국 내부에서도 활성화된 상황이라고 『대한매일신보』는 소개하고 있거니와, 특히 량치차오를 중국 혁명당의 두령으로 지목한 사실은 이채롭다. 『대한매일신보』에 따르면, 량치차오는 일본에서 상해로 잠입했다가 그를 뒤따르는 탐정 때문에 부하들과 함께 교주만으로 피했다고 하는데, 구한말의 유력 매체인 『대한매일신보』가 한국근대 지식 형성의 주요 매개자로 간주되는 량치차오를 혁명당의 수령으로 표상하고 있다는 것은 그 뜻하는 바가 크다 하겠다. 요컨대 량치차오는 오래된 제국으로서의 청조를 정치적으로 혁신하고자 한 인물, 더 본질적으로는 중국의 근대 혁명을 기획하고 추구하는 혁명 지사로 『대한매일신보』에서 표상되고 있다. 『황성신문』에서도 확인되고 있지만 『대한매일신보』에서도 혁명은 전통적인 역성혁명이 아니라 제국의 질서와 권력을 상대로 투쟁하는 정치 개념으로 정의되고 있으니, 혁명에 대한 신채호의 이해도 이에 준해서 형성되었다고 할 수 있다.

혁명 개념에 대한 신채호의 이해는 매체 탐독이 아닌 저서 독해의 방식으로도 이뤄졌을 것으로 그 가능성을 추정할 수 있다. 여기서 주목해야 할 저서가 량치차오의 『飮氷室文集』이다. 주지의 사실이지만, 중국 근대기의 대표적인 계몽지식인으로서 변법운동을 주도한 량치차오의 정론이나 문학작품들은 한말 지식인들에게 강렬한 영향을 미친 것으로 알려져 있다. 신채호라고 해서 이 영향에서 예외일 수 없어서 신채호가 사회진화주의를 받아들이게 된 배경으로 량치차오의 영향을 지목하기도 하지만 역설적이게도 신채호가 사회진화주의 한계를 인식하는 데에도 량치차오의 영향은 실로 컸다 하겠다.[14]

량치차오의 계몽적 사상을 대변하는 『飮氷室文集』은 사실 우승열패의 사회진화주의 관련 논설이나 자료만을 집대성한 게 아니라 「러시아 혁명의 영향」(俄羅斯革命之影響), 「러시아 허무당의 대활동」(俄國虛無黨之大活動), 「러시아 혁명」(革命! 俄羅斯革命!)처럼 사회진화주의와 성격이 다른 러시아 혁명 사건이나 허무당의 활약을 이해시키고 소개하는 논설도 수록하고 있다.[15] 이런 점에서 『飮氷室文集』은 당대 계몽 지식인들에게 사회진화주의를 이해시키는 텍스트로만 독해된 게 아니라 러시아를 중심으로 전개된 당대의 근대 혁명을 이해시키는 혁명의 텍스트로도 독해되었다고 하겠다.[16]

---

14 신복룡에 따르면 신채호와 량치차오의 사상적 교류는 대단히 친밀했다. "학문의 도구로서의 한문학에 아무런 어려움이 없이 지식을 통교할 수 있었던 사실, 서로가 공간적인 만남은 없었지만 문명과 풍문으로 서로 알았을 사이였던 그들에게 사상적 교류는 당연히 있을 수 있는 일"로서 신채호를 비롯한 당시 유학자들의 『飮氷室文集』 탐독은 어려운 일이 아니었다. 신복룡, 「신채호의 무정부주의」, 『동양정치사상』 제7권 제1호, 한국동양정치사상사학회, 2007.

15 이외에 「俄國芬蘭總督之遇害」, 「俄國新內務大臣」, 「俄國立憲政治動機」, 「嗚呼俄國之立憲問題」 등의 논설이 수록되어 있다.

16 이호룡에 따르면 량치차오는 "1904년에는 러시아 허무당의 대활동과 러시아혁명의 영향을 저술하여 러시아 암살행위를 찬양하고 러시아혁명의 원인, 혁명의 동기와 그 방침, 혁명의 전도, 혁명의 영향 등에 대해 서술하였다. 이러한 분위기 속에서 중국에서는 1905년 이후 동맹회, 광복회 등에 의해 암살활동이 활발하게 전개되었다." 이호룡, 앞의 책, 85쪽.

한 예로 「러시아 허무당의 대활동」(俄國虛無黨之大活動)은 핀란드인의 자유를 박탈한 내무대신 布黎威의 암살 사건을 서술(俄國芬蘭總督波布里哥夫死後四十日 其內務大臣布黎威被刺之快報 復聞於吾前 布黎威之殺 芬蘭人殺之也)하고 있으며 「러시아 혁명」(革命! 俄羅斯革命!)은 러시아 전역에서 소수 귀족을 제외한 학생, 군인 모두 혁명에 참여한 사실을 서술하고 있다.(俄羅斯革命之動機之已數十年 其主動者不過學生耳 理想耳 今則工投思革命 軍人思革命 擧國之民 除宮中及最少數之高等貴族外) 특히 「러시아 혁명의 영향」(俄羅斯革命之影響)은 러시아 혁명의 원인, 혁명의 동기 및 전략, 혁명의 미래 등 러시아 혁명의 전체적인 성격과 의미를 이론적으로 고찰하는데, 이 논설을 포함 상기 논설들은 혁명을 소수 귀족 중심의 제국 체제에 저항하는 식민지 혹은 제국 내부의 정치 운동으로 정의하고 있다. 이처럼 당대 매체들이 혁명을 사건 보도의 방식으로 재현하면서 이를 제국 권력과 질서에 대한 정치적 저항 사건으로 정의한다면 『飮氷室文集』은 러시아 혁명의 사회적 성격을 심층적으로 분석하고 논증하는 이론적 고찰의 수준을 보인다고 하겠다.

여기서 주목해야 할 또 하나의 저서가 일본의 사상가 고토구 슈스이의 『장광설』이다.[17] 1902년 상해 상무인서관에서 중국어로 번역되어, 중국 독자들은 물론 조선인 독자들에게도 널리 읽힌 『장광설』의 영향력은 신채호라고 해서 예외이지는 않았다. 본래 『광장설』로 알

---

17 사회주의자로서 고토쿠 슈스이의 초기사상을 한마디로 요약하면 반전평화론이라고 할 수 있다. 그는 지구상의 모든 전쟁에 반대했고 각 나라의 군비 확장을 비난했으며 일본의 군국주의 정책에도 정면으로 대항했다. 또한 근대 시기 전쟁의 원인을 연구하는 과정에서 제국주의를 발견하고 이를 분석하는 데 몰두했다. 1901년 「20세기의 괴물, 제국주의」라는 글을 발표해 그 연구 성과를 알렸으며, 다음 해에 출간한 논문집 『광장설』에서도 반제국주의 사상을 전개했다. 조세현, 『동아시아 아나키즘, 그 반역의 역사』, 책세상, 2001, 27~28쪽.

려진 고토구의 논문집 『장광설』은 『사회주의 신수』와 함께 중국어로 번역되어 크게 읽힌 저서로 전해진다. 『장광설』은 당시 공화정을 도모한 중국의 혁명파들에게 혁명의 상상력을 크게 고무시킨 텍스트로서 여기에 수록된 「혁명이 도래한다」, 「파괴주의인가 폭도인가」, 「암살론」, 「무정부당 제조」 등은 중국과 신채호를 위시한 동아시아 지식인들에게 강렬한 영감을 던진다. 요컨대 고토구 슈스이의 『장광설』은 일본 내에서만이 아니라 근대 중국 그리고 한국의 지식인들에게 긴요하게 읽힌 혁명의 저작이라고 하겠다.[18]

혁명이 정말로 새 이념이 옛 제도를 대신하기 위하여 일어나는 것이라면, 오늘날 우리나라의 정황은 더욱더 일대 혁명의 기운에 놓인 것은 아닐까. 아니 일대 혁명이 이미 아주 평화롭게 일어나고 있는 것은 아닐까. (……) 이 현실을 보고 어찌 더욱 진보된 새 이념으로 대체하는 것이 시급하다고 느끼지 않겠는가. 그리고 이것을 이룩하는 것은 일대 혁명 사업이 아니겠는가.(「혁명이 도래한다」, 129)

암살을 죄악이라 하는 것은, 마치 분뇨를 더럽고 냄새난다고 하는 것과 마찬가지로, 결코 아무도 이의가 없는 사항이므로 논할 필요조차 없다. 분뇨는 원래 인체 조직상 자연스러운 결과로 나오는 것이니 아무리 냄새나고 더러운 것이 싫어서 막으려 해도 어쩔 수 없는데, 사회가 암살자를 낳는 것도 아마도 이와 마찬가지 흐름이 아닐까.(「암살론」, 157)

만국 평화 논의도 제창되었다. 공산주의도 설파되었다. 사회주의 운

---

18 본고는 임경화가 번역한 고토쿠 슈스이의 선집 『나는 사회주의자다』를 연구 텍스트로 하고 있다. 고토쿠 슈스이, 『나는 사회주의자다』, 임경화 역, 교양인, 2011.

동도 전개되었다. 이것들은 모두 앞길에 찬란한 희망을 크게 품고 지금의 병적인 현상을 고치고자 하는 것이다. 무정부당도 본래는 이와 마찬가지였다. 하지만 국가 사회의 타락과 죄악과 곤란한 생활이 날이 갈수록 격심해지는 것을 보고 그들은 결국 앞길의 희망을 포기했다. 그들은 완전히 절망한 자들이 되었다.(「무정부당 제조」, 163)

고토쿠 슈스이는 「장광설」에서 혁명을 옛 제도를 대신하는 진보된 새 이념과 제도의 성취로 정의하고 있다. 혁명을 '모반', '시해', '공화정치', '무정부', '크롬웰의 전유물', '워싱턴의 전유물', '로베스피에르의 전유물'로 생각하지 말자는 고토쿠 슈스이는 혁명을 옛 제도와 완전히 단절된 새로운 차원의 이념과 제도의 등장으로 정의한다. 그런데 이러한 새로운 차원의 이념과 제도의 등장으로서의 혁명을 위해서는 부득이하게 암살이 필요하다고 고토쿠 슈스이는 이야기한다. 나아가 고토쿠 슈스이는 헛된 명예를 이룩하기 위한 암살, 사적 원한에 의지하는 암살에는 동의하지 않지만 절망에 빠진 사회를 구원할 목적으로 수행하는 암살, 즉 대의적 암살에는 동의한다고 하면서 근대 사회주의가 실행되면 암살이 사라질 것이라 예견한다. 여기서 특히 고토쿠 슈스이의 '암살론'은 신채호에게 미친 영향이 커 보인다. 신채호는 훗날 「조선혁명선언」에서 "우리는 민중 속에 가서 민중과 손을 잡고 부절하는 폭력-암살, 파괴, 폭동으로써, 강도 일본의 통치를 타도"하자고 선언한 바 있는데, 이 「조선혁명선언」이 이야기하는 '부절하는 폭력'은 고토구 슈스이의 '암살론'과 그 내용이 상당히 일치해 주목을 요한다.

1900년대 근대계몽기의 한국사회는 일방적으로 사회진화주의를 수용한 게 아니다. 이 시기는 부국강병을 목적으로 사회진화주의를 수용하면서도 또 다른 한편에서는 사회진화주의에 반하는 혁명 운동과 사건의 사례들을 국내 독자들이 지속적으로 주목한 시기이기도 하다. 즉 1900년대의 한국사회는 근대 매체와 저서로 연계된 근대 지식 형성의 공론장을 통해 근대 혁명의 사례와 의미들을 지속적으로 고찰하고 이해하며 당대의 지식으로 받아들였다는 것이다.

한 예로 신채호가 관여한 『황성신문』과 『대한매일신보』가 혁명 개념을 사건 보도의 방식으로 재현하면서 이를 억압적인 근대 제국의 권력과 질서에 저항하는 근대적 사건으로 정의한다면 량치차오와 고토쿠 슈스이의 저서는 당대의 혁명을 이론적으로 고찰하는 방식으로 혁명의 배경과 원인 그리고 그 방법론을 분석, 제시한다고 하겠다. 이 근대 매체들과 저서들이 상호 교차하는 지식 형성의 공론장에서 혁명 개념은 역성 혁명과 같은 전통적 계기를 탈피, 근대적 의미를 가지게 되었으며, 이러한 혁명의 근대적 의미에 대해 신채호는 적극적으로 공감한 것으로 보인다. 요컨대 신채호는 근대 매체와 저서들의 공론장에서 그 의미가 새롭게 정의된 혁명 개념, 특히 혁명 개념의 근대적 의미를 누구보다 각별하게 이해하고 받아들였으며, 바로 이 지점에서 그의 문학적 사유는 시작했다고 할 수 있다.

3. 혁명 개념의 자기화, 정신 혁명의 선언

2절에서 확인했듯, 신채호는 혁명 개념을 『황성신문』, 『대한매일신보』를 비롯한 근대계몽기의 유력 매체와 량치차오와 고토쿠 슈스이를 비롯한 중국과 일본의 동아시아 지식인들이 출간한 저서 등 지식 형성의 공론장에서 인지하며 이해했을 개연성이 높아 보인다. 그는 이들 매체와 저서에서 전통적 맥락을 탈피한 혁명 개념을 인지하게 되었으며 이 과정에서 혁명을 억압적인 근대 제국과 그에 저항하는 세력 간의 정치 투쟁으로 이해한 것으로 보인다. 그런데 신채호는 이렇게 지식 형성의 공론장에서 인지하고 이해한 혁명 개념을 더욱 각별하게 자기화하는 작업에 착수하게 되었으니, 그 사례가 바로 역술의 방식으로 간행된 『이태리건국삼걸전』이다.[19]

널리 알려진 사실이지만, 량치차오는 스승 캉유웨이와 함께 한 변법유신 실패 후 보수파의 반격을 피해 1898년 일본으로 망명한다. 일본 망명 중의 량치차오는 소위 부국강병의 길을 모색하는 차원에서 『신민총보』를 발행하면서도 메이지 일본이 서구유럽에서 받아들인 근대 텍스트들을 적극적으로 중국어로 번역하는 작업에 몰두한다. 량치차오의 『의대리건국삼걸전』은 이와 같은 배경에서 탄생한 역사전기로서, 그는 1902년 6월부터 12월까지 『신민총보』에 『의대리건국삼걸전』을 연재한다. 여기서 주목해야 할 사실이 량치차오의 『의대리건국삼걸전』의 원전이 영국의 정치가 J.A.R Marriott의 『The Makers of Modern Italy』라는 것이다.[20] 량치차오는 J.A.R Marriot의 원전을 번역한 게 아니라 이 원전의 일본어 번역본인 히라타 히사시의 『이태리건국삼걸전』을 참고,[21] 자신의 『삼걸전』을 출간한 것으로

---

19 흔히 우리는 1910년대 이전의 신채호를 영웅 개념에 의탁, 역사전기를 저술한 계몽작가로 정의한다. 그런데 그의 역사전기는 실제로 예사롭지 않은 문제적 성격을 지니고 있다는 게 이 방면 연구자들의 견해이다. 이미 신채호의 대표적인 역사전기 3부작인 「을지문덕전」, 「이순신전」, 「최도통전」에 대한 연구가 꾸준하게 지속된 상황이거니와 필자는 이 세 편의 역사전기 못지않게 『이태리건국삼걸전』의 문제적 가치가 상당하다고 보고 있다. 특히 필자는 『이태리건국삼걸전』을 신채호가 상상하는 혁명의 의미를 확인할 수 있는 텍스트로 주목하고 있다.

20 J.A.R Marriot는 영국의 역사학자이자 교육가로서 1914년 Worcester College의 평의원에 선출되었고 1917년부터 28년까지 옥스퍼드와 요크에서 보수당 하원의원으로 재직한 보수주의 정치가이다.

21 히라타 히사시의 『이태리건국삼걸전』은 원전의 내용을 그대로 옮기는 순수 번역물이 아니라 일본의 정치 상황과 접목시키기 위한 첨삭을 가하는 등 청일전쟁 후 일본사회에 고조된 국가주의 사상을 고취할 목적 내지는 일본의 위상을 이탈리아와 동급이라는 것을 알릴 목적으로 만들어진 일본의 역사전기라고 할 수 있다.

알려져 있는데, 그는 중역 과정에서 보황제로 대변되는 자신의 정치적 입장을 고려해 이태리 건국 영웅 중 입헌군주론자인 카부르의 서술 비중을 확대한다.[22]

량치차오의 『의대리건국삼걸전』에 대한 한국근대 지식인들의 관심은 각별했다. 량치차오의 『삼걸전』에 대한 국내 독자들의 관심이 확대되면서 신채호의 역술본이 출간되기 이전에 이미 국내 매체에 이태리 건국 영웅들의 활약상을 이야기하는 이태리 영웅 서사가 등장할 정도였다. 『황성신문』과 『대한매일신보』 등에 수록된 「이태리건국아마치전」(『대한매일신보』, 1905.12.14. ~ 12.21), 「독의국명신 가부이전」(『대한매일신보』, 1906.5.27), 「독이태리건국삼걸전」(『황성신문』, 1906.12.18. ~ 28) 등이 그 대표적 예에 해당한다고 하겠는데, 이 서사들은 『삼걸전』의 일부 내지는 그 전체를 압축, 요약하는 방식으로 근대 이태리 건국의 영웅이나 건국의 과정을 이야기하고 있다. 요컨대 이태리 영웅 서사는 신채호의 『삼걸전』이 출간되면서 당대 독자들의 주목을 받은 게 아니라 그 이전부터 지속적인 주목을 받아 왔다는 것이다.

그렇다면 신채호는 자신의 『삼걸전』에서 혁명 개념을 어떻게 자기화하고 있을까? 서론과 26개의 절, 결론으로 구성된 신채호의 『삼걸전』은 량치차오의 『삼걸전』과 형식적 층위에서 큰 차이가 없어 보이고, 이런 점에서 신채호의 『삼걸전』은 량치차오 『삼걸전』의 단순 역술로 간주될 수도 있겠지만 실제는 그렇지가 않다. 신채호의 『삼걸

---

22 손성준에 따르면 량치차오의 『삼걸전』에서 카부르는 마찌니, 가리발디에 비해 핵심 인물로 다루어지고 있다. 마찌니가 "중국인민들로 하여금 무명의 영웅으로서의 삶을 결단하게 하는 수단이자 모델이었다면, 카부르는 개혁의 틀을 통합할 수 있는 정치적 입장 제시를 위한 대안"이라 할 수 있다. 손성준, 『『이태리건국삼걸전』의 동아시아 수용양상과 그 성격』, 성균관대학교 대학원 동아시아학과 석사학위논문, 2007, 106쪽.

전』은 량치차오의『삼걸전』을 저본으로 하는 게 틀림없지만, 신채호
는 량치차오의『삼걸전』과는 달리 자신의『삼걸전』을 혁명주의자 마
찌니 중심의『삼걸전』, 즉 혁명의『삼걸전』으로 재구성하고 있다. 신
채호는『삼걸전』의 재구성 과정에서 자신의『삼걸전』을 민중과 연대
하는 혁명 개념이 강조된 텍스트로 탄생시킨다. 즉 신채호는 입헌군
주론자 카부르를 중심으로 서술된 량치차오의『삼걸전』을 그대로 역
술한 게 아니라 제국과 투쟁하는 근대적 개념으로서의 혁명의 의미
를 당대 독자들에게 알릴 목적으로 혁명주의자 마찌니를 부각하는
방식으로『삼걸전』을 재구성하고 있다는 것이다. 신채호의『삼걸전』
역시 기본적으로 량치차오의『삼걸전』을 저본으로 재구성된 까닭에
전체적으로는 마찌니와 관련된 서술 분량이 적은 게 사실이지만[23],
신채호는 그런 한계 내에서도 혁명 개념을 새롭게 자기화하고 있다
는 것이다. 먼저 신채호의『삼걸전』이 마찌니를 어떻게 평가하는가
를 확인해 보기로 하자.

혁명론자가 없는 나라는 결국 입헌을 이룰 수 없으니 어디 한 번 보
라. 오늘날 세계 입헌 군주국 중 혁명 풍조가 최고조이던 시대에 태어나
지 않은 나라가 있었던가. 자연 발생이라 불리는 영국의 헌법도 장기간
에 걸친 국회의 투쟁이 없었더라면 이미 오래전부터 폐기되었을 것이다.
(……) 국민의 피와 눈물로 얻은 헌법이 아니면 군주가 비록 세 번 읍하
고 세 번 양보하여 함께한다 하더라도 또한 지킬 수 없는 것이니 이는

---

23 마찌니를 서술하는 장은 26개의 장 중 2장(瑪志尼의 少年伊太利○立함과 撒的尼
亞王께 上書한 事實), 4장(瑪志尼와 加里波의의 亡命), 8장(羅馬共和國의 建設과 滅亡),
9장(革命後의 形勢) 등이다. 그렇지만 이 네 개의 장에서도 4장, 8장은 마찌니만이 아
니라 가리발디를 포괄해 이야기하고 있는 까닭에 전체적으로 마찌니만을 서술하는 장
은 크게 적은 게 사실이다.

역사의 관례이다. 때문에 이태리 건국의 가장 큰 공은 필시 마찌니의 것으로 떠받들어야 할 것이니 마찌니가 밭을 갈고 카부르가 수확했다고 할 수 있다.[24]

신채호의 『삼걸전』에서 이태리 건국의 주역으로 칭송받는 최고의 영웅은 민중들의 지지를 받은 마찌니로 확정된다. 더 자세히 말해, 신채호의 『삼걸전』역시 입헌군주론자인 카부르의 존재와 역할을 외면하는 것은 아니지만, 이런 서술 구도 하에서도 마찌니는 영웅 중의 영웅으로 확정되고 있다. 신채호의 『삼걸전』은 "오늘날 세계 입헌 군주국 중 혁명 풍조가 최고조이던 시대에 태어나지 않은 나라"가 없었다는 논리로, 혁명을 근대 입헌 체제의 탄생 동력으로 간주하면서, 이태리 건국의 공은 혁명 풍조를 도래시킨 마찌니의 것으로 인정되어야 한다고 강조하고 있다. 이런 맥락에서 보황론자이자 미국 체류 이후 혁명파와 결별, 보수적 입장을 더욱 견지하게 된 량치차오가 자신의 『삼걸전』에서 혁명주의자 마찌니를 부정적인 이미지로 재현하고 있다면, 신채호의 『삼걸전』은 혁명주의자 마찌니를 민중과 연대해 이태리 건국을 주도한 영웅으로 재현하고 있다고 하겠다.[25]

그렇다면 신채호의 『삼걸전』에서 이태리 건국의 일급 주역으로 인

24 량치차오, 『이태리건국삼걸전』, 신채호 역, 류준범·장문석 옮김, 지식의풍경, 2001, 52쪽.

25 량치차오는 자신의 『삼걸전』에서 마찌니를 국왕에게 대항하는 반역자 내지는 국왕에게 진압당한 패배자로 서술(雖然天旣不欲以共和政定意大理施復被滅而瑪志尼此後送不得不隱於政界)하지만 신채호는 이와 같은 내용을 삭제한다. 또한 신채호는 량치차오가 카부르를 공자와 석가 등 성인의 수준으로 묘사한 대목을 삭제한다.(雖聖如孔子佛如釋迦猶將不能無失望無憤激而況於憂國如焚之加富爾耶) 량치차오의 『삼걸전』이 카부르를 중심으로 서술한다면 신채호의 『삼걸전』은 마찌니를 중심으로 서술하고 있다. 이에 대해서는 필자의 논문을 참고. 양진오, 「영웅 개념의 주체적 모색과 신채호 문학」, 『어문론총』 55호, 한국문학언어학회, 2011, 319쪽.

정받은 마찌니의 혁명은 어떤 성격을 지향하고 있을까? 마찌니의 혁명은 기본적으로 자주와 독립을 지향하는 근대국가의 존재를 인정하지 않는 억압적인 제국 권력에 저항하는 정치 혁명의 성격을 띤다. 신채호의 『삼걸전』은 제국과 타협을 지향하는 노선을 연락주의로 정의하면서, 혁명은 바로 이 연락주의와 결별하는 데에서 시작한다고 강조하고 있다. 마찌니에 따르면 "연락주의라는 것은 남에게 기대려는 약해 빠진 본성에서 나오는 것으로" 신채호는 자신의 『삼걸전』에서 혁명을 연락주의를 부정하고 거부하는 정치 운동으로 정의하고 있다. 더 자세히 말하자면, 신채호의 『삼걸전』에서 마찌니는 오스트리아 및 프랑스 등 당대 유럽의 근대 제국과의 결별을 목적으로 망명과 투쟁을 마다하지 않는 공화주의자로 묘사되는바, 신채호는 제국에 예속되지 않는 자주와 독립의 근대적 정치 체제를 이룩하려는 운동을 혁명으로 이해하며 상상한다고 할 수 있다.

이렇게 제국 열강과 결별하고 독립된 근대적 정치 체제로서의 근대국가를 지향하는 마찌니의 혁명 운동은 제국과의 전쟁도 마다하지 않는 양상으로 나타난다. 한 예로 로마의 신생 공화국 임시 대통령 자리에 오른 마찌니는 가리발디와 연대해 프랑스 제국과의 대결을 주도하는 등 전쟁이라는 급진적인 방식을 통해서라도 제국과의 예속 관계를 단절하고자 한다. 즉 마찌니의 혁명은 제국과의 예속 관계를 급진적으로 단절하고 그 단절된 자리에 새로운 근대의 질서를 대체하려는 운동의 성격을 띠고 있다. 이런 점에서 마찌니의 혁명은 제국 주도의 억압적 질서를 파괴하면서 동시에 독립과 자주의 근대적 정치 체제를 창조하는 운동이라고 할 수 있다. 요컨대 마찌니의 혁명은 억압적인 근대 제국의 권력과 질서를 급진적으로 파괴하고 새로운 근대적 정치 체제를 건설하는 운동이요 사건이라고 할 수 있다. 여기서 주목해야 하는 게 파괴와 건설의 의미로 개념화된 마찌니의 혁명을 신채호가 적극적으로 수용한다는 점이며, 이와 같은 혁명 개념은 향후 신채호 문학을 구성하고 진화시키는 주요 동력으로 이어진다는 것이다. 요컨대 신채호의 혁명 개념은 중국 망명 이후의 아나키즘의 세례로 이해될 현상이기에 앞서 이미 1900년대 국내 체류 중에 인지되고 이해된 개념으로 봐야 한다는 것이다.[26]

마찌니도 파괴를 꺼리지는 않았지만 파괴란 건설하고자 파괴하는 것이지 파괴만을 위한 파괴는 아니다. 만일 파괴만 있다면 파괴로 무슨 이득을 얻겠는가라 하였으니 아아 우리 절대 가인 마찌니를 저 횡포하고 방자한 무정부주의자와 동류에 놓고 보는 것은 결코 옳지 않다.(16)

신채호는 마찌니를 "횡포하고 방자한 무정부주의자"로 간주하는 것은 옳지 않다고 하면서 마찌니의 혁명이 파괴를 목적으로 하는 게 아니라 궁극적으로는 건설을 목적으로 한다고 강조하고 있다. 그런데 건설을 위한 파괴로 요약되는 마찌니의 혁명은 본질적으로 '형질'의 혁명이 아니라 '정신'의 혁명으로 간주된다는 점에서 더욱 이채롭다. 신채호는 마찌니의 혁명을 억압적인 근대 제국과의 전쟁으로 간주, '형질'로서의 독립과 자주의 근대적 정치 체제의 탄생을 기획하는 운동이자 사건으로 한정해 이해하는 게 아니라는 것이다.

이처럼 신채호가 혁명을 '형질'의 범주에 머물지 않게 한다면 도대체 어떤 혁명을 상상한다고 할 수 있을까? 혁명을 '형질'의 범주에 제한하지 않는 신채호는 '정신'의 혁명을 강조하는 방식으로 혁명의 영구성을 강화한다.[27] 신채호는 혁명을 단지 자주와 독립의 근대적 정

---

26 신채호의 아나키즘 수용의 시점의 정확성에 대해서는 최옥산의 논문을 참고. 최옥산, 『문학자 단재 신채호론』, 인하대학교 대학원 박사학위논문, 2003.

27 정신 혁명의 강조는 신채호의 독창적인 발상은 아니다. 량치차오 역시 『意大利

치 체제 건설에 연동된 개념에 머물지 않게 하면서 그 '형질'을 뛰어넘는 '정신'의 혁명을 선언한다는 것이다. 요컨대 신채호는 혁명의 근본을 '형질'로서의 억압적인 근대 제국의 권력과 질서 그리고 그에 대응되는 근대적 정치 체제의 구현에만 두는 게 아니라 그 혁명의 기원으로서의 정신, 즉 "시작도 끝도 없이" 혁명을 상상하는 정신 운동으로 이해, 정의하고 있다. 그렇다는 것은 신채호의 『삼걸전』이 이태리 건국의 기원을 '청년 이태리' 창립으로 이해하는 것에서 확인된다.

무릇 나라의 존망은 그 정신에 있는 것이지 그 형질에 있는 것은 아니다. 이미 정신이 있으므로 비록 당시에는 이태리가 분열된 지 오래되었고 압제를 당한 지 오래되었다 해도 이태리는 존재하고 있다고 말해야만 한다. 따라서 이태리의 건국은 1871년 로마에 수도를 정할 때부터가 아니라 1849년 로마 공화국이 몰락한 때부터 시작되는 것이다. 아니 1849년 로마공화국이 몰락한 때부터 시작된 것이 아니라 1820년 청년 이태리 창립 때부터 시작된 것이다.(51)

나라, 즉 국가의 존망 여부는 그 자체로 '형질'의 문제에 해당할 수 있겠지만 신채호는 그렇게 판단하지 않는다. 신채호에 따르면, 아무리 '형질'로서의 이태리가 분열과 압제를 거듭하더라도 그에 상관하지 않고 이태리의 존재를 의식하는 정신이 있다면 이태리는 존재한다는 것이다. 이런 까닭에 『삼걸전』에서 마찌니는 이태리 건국의 기

建國三傑傳』에서 정신 혁명을 강조하고 있다. 그런데 신채호는 역술하는 과정에서 이 대목을 방점 처리함으로써 정신 혁명의 의미와 중요성을 더욱 고취시키고 있다. 이런 점에서 정신 혁명의 강조가 신채호의 독창적인 발상은 아니더라도 신채호가 적극적으로 수용, 이해하고 있다는 점에서 개념의 자기화에 해당하는 것으로 보인다.(凡國의 存亡은 在其精神이오 非在其形質也라)

원을 1849년 로마공화국의 몰락에서 찾는 게 아니라 1820년 '청년 이태리' 창립에서 찾고 있는 것이다. 이와 같이 마찌니가 근대 이태리 건국의 기원을 '청년 이태리' 창립으로 소급하는 것은 "자신을 어루만져 주면 어떠한 정부이든 가리지 않고 그에 복종하고 자신을 도와주면 어떠한 방법이든 가리지 않고 모두 그에 따르고 눈앞의 고통에서 잠깐 동안이나마 구해준다면 어떤 약속이든 가리지 않고 모두 그것을 받아들이게 된다면 이를 어찌 사람의 길이라" 할 수 있겠느냐는 마찌니의 '카르보나리단' 비판과도 연동해 이해될 수 있다. 비밀 결사체인 '카르보나리단'과 달리 '청년 이태리'는 자유, 평등, 독립, 자주의 개념으로 근대 이태리의 존재를 정신적으로 각성한 조직으로서 이 조직은 혁명을 '형질'의 문제로만 간주하지 않는다는 점에서 마찌니의 혁명관을 대변한다고 하겠다. 그런데 이 대목에서의 마찌니의 혁명관은 곧 신채호의 혁명관으로 이해되어도 무방해 보인다. 신채호는 마찌니처럼 혁명을 파괴와 건설의 개념으로 이해하면서도 본질적으로는 혁명의 영구성과 지속성을 고취하는 차원에서 정신 운동으로 이해하고 있다. 요컨대 신채호는 자신의 『삼걸전』에서 형질을 파괴하고 건설하는 것으로서의 혁명을 이야기하면서도 더욱 본질적으로는 '형질'에 머물지 않는 '정신' 혁명을 이야기하는 것이다.

그렇다면 왜 신채호는 혁명을 '형질'의 혁명에 그치게 하는 게 아니라 '정신' 혁명으로 그 범주를 격상하며 이해하게 되었을까? 여기서 우리는 신채호가 '형질'로서의 제국 권력을 파괴하고 새로운 체제를 건설하는 과업이 현실적으로 차단된 망국의 위기에 노출된 작가였다는 것을 환기해야 한다. 이와 같은 배경에서 혁명을 단지 '형질'로서의 정치 체제의 성취 문제로 설정할 시, 자신이 추구하는 혁명이 전망을 찾기가 어려울 것이라고 신채호는 판단한 듯하다. 『이태리건국삼걸전』이 역술, 발행된 1907년이 망국의 위기가 고조된 상황임을 감안하자면, 신채호는 '형질'의 혁명이 아니라 '정신' 혁명에 더 큰 애정을 가졌을 개연성이 크다.

그는 『삼걸전』을 빌려, '형질'로서의 대한제국은 위기에 처해 있지만 그 '형질'을 압도할 정신, 즉 혁명의 '정신'을 견지하는 게 더 중요하다고 이야기하고 싶었을 것이다. 이런 취지에서 신채호는 『삼걸전』에서 혁명을 억압적인 근대 제국의 권력과 질서를 파괴하고 자주와 독립의 근대적 정치 체제를 건설하는 운동으로 한정해 정의하지 않는다. 신채호의 혁명은 '형질'로서의 근대적 정치 체제의 건설을 뛰어넘는 영구적인 '정신' 혁명으로 승화하고 있다. 요컨대 신채호는 근대계몽기의 매체와 저서, 즉 근대 지식 형성의 공론장에서 재현되고 이론적으로 고찰된 혁명을 자신의 『삼걸전』에서 '형질'로서의 정치 체제의 문제를 뛰어넘는 영구적인 '정신' 혁명의 문제로 인식하고 있다.

4. 결론

필자는 본고에서 신채호가 혁명 개념을 어떤 방식으로 인지하고 이해하게 되었는가의 문제, 더 나아가 신채호가 혁명 개념을 어떻게 자기화하고 있는가의 문제를 탐구하고 있다. 필자는 이 연구주제를 본격적으로 논의하기에 앞서 1900년대의 한국사회를 사회진화주의, 계몽주의, 사회주의, 아나키즘 등 비동시적인 정치 개념들이 등장한 시대로 간주하겠다는 것을 밝혔다. 즉 필자는 1900년대의 한국사회가 우승열패의 논리이자 제국의 논리인 사회진화주의만을 맹목적으로 받아들인 게 아니라 사회진화주의에 반하는 혁명 사건과 이론들에 대해서도 주목했다고 보고 있다. 여기서 필자는 신채호가 근대 매체와 저서가 연계된 지식의 공론장을 통해 혁명 사건을 인지하고 그에 대한 이론을 이해, 수용했을 개연성이 크다고 보고, 신채호가 관여한 『황성신문』과 『대한매일신보』가 혁명을 어떻게 재현하며 신채호에게 적지 않은 영향을 준 량치차오와 고토쿠 슈스이의 저서가 혁명을 어떻게 이론화하는가를 살펴보았다.

『황성신문』과 『대한매일신보』 등은 매체라는 성격상 혁명을 사건 보도의 방식으로 재현하고 있다. 이 두 근대 매체는 1905년 러시아 혁명과 그에 뒤이은 중국의 격동기를 배경으로 허무당 내지 혁명당 그리고 개혁인사들의 반체제적 저항을 '암살', '피살', '살해', '공격', '폭팔탄', '포박', '노동', '분란', '서책', '잠행' 등의 언어로 재현하고 있다. 이 근대 매체의 혁명 사건 재현에서 주목해야 하는 것은 적어도 1900년대의 혁명은 왕조 중심의 역성 혁명이 아니라 억압적인 근대 제국의 권력과 질서에 저항하면서도 새로운 정치 체제를 구현할 목적으로 시도된다는 점이며, 이는 본질적으로 혁명의 근대적 성격과 계기를 전면화하는 재현에 해당된다고 하겠다.

근대 매체가 혁명을 근대적 성격과 계기를 전면화하는 방식으로 재현한다면 량치차오와 고토쿠 슈스이 등 당대 동아시아 근대 지식인들은 자신들의 저서에서 러시아 혁명의 배경을 설명하거나 사회주의의 도래와 암살론을 역설하는 방식으로 혁명을 이론화하고 있으니 신채호는 이들의 이론에서 적지 않은 영향을 받았을 것으로 생각된다. 이들의 저서에서 혁명은 소수 귀족을 제외한 전민중이 일치 단결해 반민중적 제국 권력을 타도하는 사건 혹은 절망에 빠진 사회를 구하기 위해 대의적 차원의 암살이 용인될 수 있는 사건으로 정의되는 등 혁명의 근대적 성격을 중점적으로 이론화하고 있다. 이처럼 근대 매체와 저서로 구성된 지식의 공론장을 통해 재현되고 이론화된 혁명 개념에 대해 신채호는 당대의 누구보다 예민하게 반응하면서 이를 자신의 문학적 배경으로 받아들였을 것으로 추정되는데, 이를 토대로 신채호는 혁명 개념을 자기화하기에 이른다.

역술의 방식으로 간행된 『이태리건국삼걸전』에서 우리는 신채호가 혁명 개념을 어떻게 자기화하고 있는가를 확인할 수 있다. 량치차오의 『의대리건국삼걸전』을 저본으로 선택, 역술 간행된 『이태리건국삼걸전』은 입헌군주론자인 카부르 중심의 서술을 지향한 『의대리건국삼걸전』과는 달리 혁명주의자 마찌니의 역할과 비중을 상대적으로 예각화하고 있다. 신채호의 『삼걸전』에서도 마찌니의 서술 분량은 카부르에 비해 상대적으로 적지만 이와 같은 서술 구도 하에서도 신채호는 마찌니를 이태리 건국의 최고 영웅으로 확정한다. 이 과정에서 신채호는 마찌니의 혁명을 제국의 권력과 질서를 파괴하고 새로운 자주, 독립의 근대적 정치 체제를 건설하는 사건, 즉 파괴와 건설의 두 개념으로 정의하면서도 진정한 혁명은 형질의 범주를 뛰어넘는 정신의 혁명에 있다고 강조하고 있다. 요컨대 신채호는 『삼걸전』에서 혁명을 형질로서의 근대 제국의 권력과 질서에 대한 정치투쟁으로만 한정해 정의하지 않는다. 신채호는 혁명을 궁극적으로 형질로서의 정치 체제를 상회하는 영구적인 정신 혁명으로 승화하고 있다. 바로 이 대목이 혁명에 대한 신채호의 자기화의 내용에 해당한다고 하겠다.

필자는 신채호의 혁명 개념이 1900년대 근대계몽기의 저서와 매체, 그리고 『이태리건국삼걸전』에서 어떻게 정의되며 자기화되는가를 고찰하면서도 혁명의 주체에 대해서는 심도 있는 분석을 할 수 없었다. 신채호의 혁명 개념은 중국 망명 이후 본격적으로 수용한 아나키즘 체험 그리고 그 자신이 열정적으로 관여한 독립운동과 끊이지 않고 이어진 저술 작업과 문학 작품 발표 과정에서 더욱 다채롭게 변모하고 있지만 이 변모의 의미를 제대로 확인하기 위해서는 부득이 혁명의 주체 문제를 거론하지 않을 수 없다. 흔히 이 혁명의 주체를 신채호의 망명을 계기로 영웅에서 민중으로의 변모로 정리할 수 있고, 실제 이렇게 생각하는 연구자들이 적지 않지만. 여기에 대해서는 이 변모의 중층적이며 다층적 계기를 섬세하게 고찰하는 연구가 요구된다. 이 혁명의 주체 문제에 대해서는 별도로 연구를 진행할 계획이다.

5. 읽기 자료

선언문(宣言文)

우리의 세계(世界) 무산대중(無産大衆)! 더욱 우리 동방(東方) 각(各) 식민지(植民地) 무산민중(無産民衆)의 혈(血)·피(皮)·육(肉)·골(骨)을 빨고, 짜고, 씹고, 물고, 깨물어 먹어 온 자본주의(資本主義)의 강도제국(强盜帝國) 야수군(野獸群)들은 지금에 그 창자가 꿰어지려 한다. 배가 터지려 한다.

그래서 피등(彼等)이 그 최후(最後)의 발악(發惡)으로 우리 무산민중(無産民衆) ― 더욱 동방(東方) 각(各) 식민지(植民地) 민중(民衆)을 대가리에서부터 발 끝까지 박박 찢으며 아삭아삭 깨물어, 우리 민중(民衆)은 사멸(死滅)보다도 더 음참(陰慘)한 불생존(不生存)의 생존(生存)을 가지고있다.

아, 세계무산민중(世界無産民衆)의 생존(生存)! 동방무산민중(東方無産民衆)의 생존(生存)!

소수(小數)가 다수(多數)에게 지는 것이 원칙(原則)이라 하면, 왜 최대(最大) 다수(多數)의 민중(民衆)이 최소수(最小數)인 야수적(野獸的) 강도(强盜)들에게 피를 빨리고 고기를 찢기느냐?

왜 우리 민중(民衆)의 피와 고기가 아니면 굶어 뒈질 강도(强盜)들을 박멸(撲滅)하지 못하고 도리어 그놈들에게 박멸(撲滅)을 당(當)하느냐?

피등(彼等)의 군대(軍隊) 까닭일까? 경찰(警察) 까닭일까? 군함(軍艦)·비행기(飛行機)·대포(大砲)·장총(長銃)·장갑차(裝甲車)·독(毒)가스 등 흉참(凶慘)한 무기(武器) 까닭일까?

아니다. 이는 그 결과(結果)요, 원인(原因)이 아니다.

피등(彼等)은 역사적(歷史的)으로 발달성장(發達成長)하여 온 누천년(累千年)이나 묵은 괴동물(怪動物)들이다. 이 괴동물(怪動物)들이 맨처음에 교활(狡猾)하게 자유(自由)·평등(平等)의 사회(社會)에서 사는 우리 민중(民衆)을 속이어 지배자(支配者)의 지위(地位)를 얻어 가지고, 그 약탈행위(掠奪行爲)를 조직(組織)적으로 백주(白晝)에 행(行)하려는 소위 정치(政治)를 만들며, 약탈(掠奪)의 소득(所得)을 분배(分配)하려는 곧 〈인육(人肉) 분장소(分臟所)〉인 소위 정부(政府)를 두며, 그리고 영원(永遠) 무궁(無窮)히 그 지위(地位)를 누리려 하여 반항(反抗)하려는 민중(民衆)을 제재(制裁)하는 소위 법률(法律)·형법(刑法) 등(等) 부어터진 조문(條文)을 제정(制定)하며, 민중(民衆)의 노예적(奴隸的) 복종(服從)을 시키려는 소위 명분(名分)·윤리(倫理) 등(等) 먼동이 같은 도덕률(道德律)을 조작(造作)하였다.

동서(東西) 역사(歷史)에 전(傳)하여 온 제왕(帝王)·성현(聖賢)이, 강도(强盜)나 야수(野獸)를 옹호(擁護)한 강도(强盜) 야수(野獸)의 주구(主構)들이다. 민중(民衆)이 왕왕(往往) 그 약탈(掠奪)에 견딜 수 없어 반항적(反抗的) 혁명(革命)을 행(行)한 때도 많았지만, 마침내 기개(幾個) 교활한(狡猾漢)에게 속아 다시 그 강도적(强盜的) 지배자(支配者)의 지위(地位)를 허여(許與)하여 〈이폭역폭(以暴易暴)〉의 현상(現像)으로서 역사(歷史)를 조반(繰返)하고 말았었다. 이것이 곧 다수(多數)의 민중(民衆)으로 소수(小數)의 야수(野獸)들의 유린(蹂躪)을 당(當)하여 온 원인(原因)이다.

피등(彼等) 야수(野獸)들이 중세기(中世紀) 이래(以來) 자유도시(自由都市)에서 발달(發達)하여 오는 과학(科學)과 공업적(工業的) 기계(機械) － 증기기계(蒸氣機械)・전기기계(電氣機械) 등을 절취(竊取)하여 나날이 정치적(政治的)・경제적(經濟的)・상공업적(商工業的)・군용적(軍用的) 모든 시설(施設)을 확대(擴大)하며 증가(增加)하여 방연(龐然)한 대지구(大地球)가 우리 무산민중(無産民衆)의 두뇌신골(頭腦身骨)을 가루가 되도록 갈고 있는 일개(一個)의 맷돌짝이 되고 말았다.

그러나 피등(彼等)은 우리 민중(民衆)의 참상(慘狀)에는 눈이 멀었다. 우리 민중(民衆)의 비명(悲鳴)과 애호(哀呼)에는 귀가 먹었다.

피등(彼等)은 다만 우리 민중(民衆)의 고기를 먹는 입만 딱 벌리고 있다.

아, 잔학(殘虐)・음참(陰慘)・부도(不道)한 야수적(野獸的) 강도(强盜)! 강도적(强盜的) 야수(野獸)! 이 야수(野獸)의 유린(蹂躪) 밑에서 고통(苦痛)과 비참(悲慘)을 받아 오는 우리 민중(民衆)도 참다 못하여, 견디다 못하여, 이에 저 야수(野獸)들을 퇴치(退治)하려는, 박멸(撲滅)하려는, 재래(在來)의 정치(政治)며, 법률(法律)이며, 도덕(道德)이며, 윤리(倫理)며, 기타 일체(一切) 문구(文具)를 부인(否認)하자는 군대(軍隊)며, 경찰(警察)이며, 황실(皇室)이며, 정부(政府)며, 은행(銀行)이며, 사회(社會)며, 기타 모든 세력(勢力)을 파괴(破壞)하자는 분노적(憤怒的) 절규(絶叫) 〈혁명(革命)〉이라는 소리가 대지상(大地上) 일반(一般)의 이막(耳膜)을 울리었다.

이 울림이 강조(强調)됨을 따라 피등(彼等) 야수(野獸)들의 신경(神經)도 비상(非常)히 앙분(昂奮)하여 극도(極度)의 전율적(戰慄的) 안광(眼光)으로 우리 민중(民衆)의 태도(態度)를 심시(審視)한다.

그래서 군인(軍人)의 총(銃)과 경찰(警察)의 칼로 혁명적(革命的) 민중(民衆)을 위압(威壓)하는 동시(同時)에 신문(新聞)·서점(書店)·학교(學校) 등을 설시(設始) 혹(或) 매수(買收) 혹(或) 검정(檢定)하여, 피등(彼等)의 주구(走狗)인 기자(記者)·학자(學者)·문인(文人)·교수(教授) 등을 시키어 그 야수적(野獸的) 약탈(掠奪)·강도적(強盜的) 착취(搾取)를 공인(公認)하며, 변호(辯護)하며, 예찬(禮讚)하며, 민중적(民衆的) 혁명(革命)을 소멸(消滅)하려 한다.

이 야수세계(野獸世界), 강도사회(強盜社會)에 〈정의(正義)〉니 〈진리(眞理)〉니 가 다 무슨 방귀이며, 〈문명(文明)〉이니 〈문화(文化)〉니 가 무슨 똥물이냐?

우리 민중(民衆)은 알았다. 깨달았다. 피등(彼等) 야수(野獸)들이 아무리 악(惡)을 쓴들, 아무리 요망(妖妄)을 피운들, 이미 모든 것을 부인(否認)한들, 모든 것을 파괴(破壞)하려는 대계(大界)를 울리는 혁명(革命)의 북소리가 어찌 거연(遽然)히 까닭없이 멎을소냐. 벌써 구석구석 부분부분이, 우리 민중(民衆)과 피등(彼等) 야수(野獸)가 진형(陣形)을 대치(對峙)하여 포화(砲火)를 개시(開始)하였다.

옳다. 되었다. 우리의 대다수(大多數) 민중(民衆)들이 피등(彼等) 소수(少數)의 야수(野獸)들과 선전(宣戰)하는 날이 무산민중(無産民衆)의 생존(生存)! 이것을 어데 가 찾으랴.

알 것이다. 우리의 생존(生存)은, 우리의 생존(生存)을 빼앗는 우리의 적(敵)을 없애버리는 데서 찾을 것이다. 일체(一切)의 정치(政治)는 곧 우리의 생존(生存)을 빼앗는 우리의 적(敵)이니, 제일보(第一步)에 일체(一切)의 정치(政治)를 부인(否認)하는 것, 소멸적(消滅的) 부인(否認)만으로는 곱 〈동탁(董卓)을 곡사(哭死)〉하려는……(중간(中間) 탈락(脱落)—편집자(編輯者)) 피등(彼等)의 세력(勢力)은 우리 대다수(大多數) 민중(民衆)의 용허(容許)에 의(依)하여 존재(存在)한 것인즉, 우리 대다수(大多數) 민중(民衆)이 부인(否認)하며 파괴(破壞)하는 날이 곧 피등(彼等)이 그 존재(存在)를 잃는 날이며, 피등(彼等)의 존재(存在)를 잃는 날이 곧 우리 민중(民衆)이 열망(熱望)하는 자유(自由) 평등(平等)의 생존(生存)을 얻어 무산계급(無産階級)의 진정(眞正)한 해방(解放)을 이루는 날이다. 곧 개선(凱旋)의 날이니, 우리 민중(民衆)의 생존(生存)할 길이 여기 이 혁명(革命)에 있을 뿐이다.

우리 무산민중(無産民衆)의 최후(最後) 승리(勝利)는 확정필연(確定必然)한 사실(事實)이지만, 다만 동방(東方) 각(各) 〈식민지(植民地)〉·〈반식민지(半植民地)〉의 무산민중(無産民衆)은 자래(自來)로 석가(釋迦)·공자(孔子) 등이 제창(提倡)한 곰팡내 나는 도덕(道德)의 〈독〉 안에 빠지며, 제왕(帝王)·추장(酋長) 등이 건설(建設)한, 비린내 나는 정치(政治)의 〈그물〉 속에 걸리어 수천년(數千年) 헤메다가, 일조(一朝)에 영(英)·법(法)·일본(日本) 등(等) 자본제국(資本帝國) 경제적(經濟的) 야수(野獸)들의 경제적(經濟的) 착취(搾取)와 정치적(政治的) 압력(壓力)이 전속력(全速力)으로 전진(前進)하여 우리 민중(民衆)을 맷돌의 한 돌림에 다 갈아 죽이려는 판인즉, 우리 동방민중(東方民衆)의 혁명(革命)이 만일(萬一) 급속도(急速度)로 진행(進行)되지 않으면 동방민중(東方民衆)은 그 존재(存在)를 잃어 버릴 것이다.

그래도 존재(存在)한다면 이는 분묘(墳墓)의 속……(중간(中間) 탈락(脫落) - 편집자(編輯者)) 우리가 철저(徹底)히 이를 부인(否認)하고 파괴(破壞)하는 날이 곧 피등(彼等)이 그 존재(存在)를 잃는 날이다.

제8장 량치차오와 신채호, 동아시아 근대의 두 거울

1. 서론

중국 중심의 전통적인 동아시아 국제질서가 급격히 와해되던 19세기 말과 20세기 초반 사이의 한말 지식인들은 조선 외부에서 출간된 텍스트를 구해 읽는 게 중요한 과업이었다. 『매천야록』은 1900년대 한국 대중들의 독서 열기를 이렇게 기록하고 있다.

> 왜인들이 서점에 명을 내려 『월남망국사(越南亡國史)』 『동국사략(東國史略)』 『유년필독(幼年必讀)』 등의 서적 발매를 금지하였다. 저들이 우리나라 사람을 얽어매는 것이 이와 같았던 것이다. 또 인쇄법(印刷法)을 제정하였다.[1]

상기한 『매천야록』의 기록에서 눈에 띄는 텍스트가 『월남망국사』이다. 1905년 9월, 상해의 광지서국에서 발행된 이 텍스트는 월남의 독립지사인 판 보이 차우(1867~1940)가 '술'(述)하고 일본에 망명하여 『신민총보』를 간행하면서 권토중래하고 있던 중국의 량치차오

---

1 황현, 『매천야록』2, 문학과지성사, 2005, 567쪽.

(1873~1929)가 '찬'(纂)한 책으로 알려져 있다. 월남이 중국으로부터 독립한 968년 이후, 최후의 왕조인 완조가 프랑스의 식민지로 전락하기까지의 과정과 애국지사들의 열전과 월남민의 수난사를 기록한 이 책은 일본 제국주의 앞에서 풍전등화의 위기에 놓인 한말 지식인들에게 인기리에 탐독되었다. 량치차오라는 저명한 중국의 사상가이자 지식인이 일본에 망명했다는 소식을 듣게 된 판 보이 차우가 량치차오를 방문하면서 탄생한 이 책은 1909년 당시 통감부가 출판법으로 금서로 조치할 만큼 한말 지식인들의 상당한 지지를 받았다.

그런데 이 책이 이렇게 당시 지식인들과 대중들에게 인기를 끌게 된 배경에는 량치차오의 '찬'(纂)이 한몫하고 있다. 『월남망국사』를 포함해 량치차오가 편집하거나 번역하거나 직접 저술한 텍스트들은 망국의 위기가 점증하는 한국에서도 크게 읽혔으니 당시로서는 량치차오에 필적할 만한 외부 문사가 없었다. 1910년을 전후로 한반도 전역에 식민 정치를 강제 중이었던 일본 통감부가 『월남망국사』류의 텍스트가 한국 독자들 사이에서 유통되지 않도록 했지만 원천적으로 이러한 텍스트들의 출현을 막을 수는 없었다. 이 시기는 망국과 건국의 스토리를 담아낸 망국서사와 건국서사 등 정치서사가 국내 독자들에게 폭발적으로 읽힌 시기로 본고의 고찰 대상인 신채호도 예외는 아니었다. 신채호 역시 이 시기 여타의 한말 지식인들처럼 외부 텍스트, 더 구체적으로 말하자면 량치차오의 텍스트에 민감히 반응한 인물임에 틀림이 없다.

그렇지만 신채호는 외부 텍스트를 박물학적 취향이나 박람강기의 차원으로 읽은 게 아니었다. 신채호는 외부 텍스트들을 수동적으로 수용하는 수준이 아니라 그것들을 주체적으로 자기화하는 것에 무게 중심을 두었는바, 그는 량치차오를 모방하는 게 아니라 그를 다시 쓰되 궁극적으로는 새로운 자기를 쓰는 작가로 변모한다. 요컨대 신채호는 동아시아에서 상당한 문화적 권위를 지닌 인물에 의해 생산된 외부 텍스트라 하여도 그 텍스트에 압도되는 수동적인 독자로 자족하지 않았다는 것이다. 그는 외부 텍스트의 경계를 가로지르며 새로운 자기를 부단히 형성하는 주체적 독자이자 작가로 탄생했다는 것이다.

여기서 신채호라는 한 실존적 개인이 형성되는 기원의 맥락을 간단히 살펴보기로 하자. 1880년 충남 대덕군 산내면 어남리에서 몰락양반 신광식의 차남으로 출생한 신채호는 1898년 성균관에 입교하여 1905년 성균관 박사가 된 인물로 흔히 알려져 있다. 여기서 우리는 그의 실존이 성균관으로 표상되는 유학의 세계에 기원하고 있다는 것을 어렵지 않게 확인할 수 있다. 그렇지만 널리 알려진 대로 신채호는 1910년 중국 망명을 계기로 자신의 실존을 유교에만 한정하지 않는 주체 형성의 도정을 열어갔으니 우리는 이 대목에서 어떻게 신채호가 량치차오의 사유의 결별하며 새로운 자기를 탄생시키고 있는가를 주목해야 한다. 그렇지만 이와 같은 필자의 제안은 신채호의 개인사, 특히 1910년 중국 망명 이후의 신채호 개인사가 완벽히 복원되기 어렵다는 점을 고려할 때 부득이 곤경에 처해질 수밖에 없다.

1910년 중국 청도를 거쳐 블라디보스토크로 망명한 신채호는 블라디보스토크에서의 짧은 망명 생활을 청산하고 상해, 만주, 북경, 대만 등으로 망명객의 생애를 고단하게 이어간다. 그렇지만 여기서 우리가 더 주목해야 하는 것은 신채호의 고단한 생애가 내면적으로는 새로운 자기로 귀환하려는 주체의 도정으로 그 성격이 요약될 수 있다는 것이다. 한국에서 블라디보스토크, 상해, 북경 등으로 확장되는 망명지의 물리적 거리가 만만치 않고 이 망명지에서의 행적을 구체적으로 남긴 자료나 이를 연구한 사례들이 풍부하지 않아 망명 이후의 신채호 생애가 정확하게 복원되지는 않고 있지만 우리는 신채호가 행한 망명의 본질을 간과하지 말아야 한다. 요컨대 본고는 신채호의 개인사, 특히 망명 이후의 개인사가 완벽히 복원되지 않는 한계를 인정하면서도 그가 당시 동아시아 최고의 문제적 지식인인 량치차오의 텍스트를 어떻게 다시 쓰며 새로운 자기를 탄생시키는가의 문제를 논의해 보고자 한다. 궁극적으로 본고의 논의는 제국주의 열강의 아시아 식민 정책에 따른 망국의 위기가 고조되는 지점에서 근대를 사유하는 량치차오와 신채호의 방식을 확인하는 의의가 있으며, 이는 근대 극복의 가능성과 한계를 동시적으로 검토하는 의의를 띠기도 한다.

2. 량치차오와 '신민': 혁명을 배제하는 근대

신채호는 생전에 판 보이 차우처럼 실제 량치차오를 만난 일이 없다. 량치차오는 1900년대 이전 중국에서 스승 캉유웨이(1858~1927)와 함께 도모한 변법자강이 실패로 돌아가자 일본으로 망명한다. 1898년 젊은 황제 광서제의 지지를 받고 100일간 내정개혁을 주도한 량치차오였으나 이 운동은 당시 서태후 등 보수파의 반격을 받고 실패한다. 광서제는 현실 정치 영역에서 보수파의 대모인 서태후를 제어하고 압도할 수 없었다. 변법자강 운동의 실패로 일본에 망명한 량치차오는 일본 메이지 정부가 적극적으로 번역한 근대를 주제로 한 다종 다기한 텍스트들에 어렵지 않게 탐독할 수 있었다. 메이지 정부는 군사제도나 부국강병을 주제로 한 텍스트만이 아니라 예술, 미학 등을 주제로 한 텍스트들도 적극 번역해 근대 일본을 번역국가로 만들었으니 량치차오는 일본에서 번역된 근대 텍스트들을 수시로 만날 수 있었다.

그에게 일본은 서태후 등 청조 보수파의 반격에 따른 현실 정치의 패배로 말미암아 불가피하게 선택할 수밖에 없는 망명지였다. 그렇지만 그는 이 망명지에서 일본 근대의 역동성을 체감할 수 있었고 이는 그가 발간한 『신민총보』에 반복적으로 재현되었다. 량치차오는 망명지 일본에서 청조 타도의 배만(排滿)의식을 지닌 또 다른 계열의 망명객인 쑨원(1866~1925), 장빙린(1868~1936) 등과 경쟁하며 입헌파의 정치를 정당화하는 텍스트들을 집필하고 외부에 전파하는 방식으로 자신의 문화적 네트워크를 구성한다.

한말 지식인 독자들은 주로 이 시기, 더 정확히 말해, 량치차오가 망명지 일본에서 폭발적으로 생산한 텍스트를 읽었다는 것이다. 중국 내에서 생산된 텍스트나 그가 중국으로 복귀한 후 생산한 텍스트가 아니라 그가 일본 내에서 번역과 저술의 방식으로 생산한 텍스트들을 우리 독자들이 읽었다는 것이다.

여기서 또 하나 주목해야 하는 것은 량치차오의 정치적 입지점이다. 량치차오의 스승인 캉유웨이는 더욱 그러했지만 량치차오는 정치적으로는 공화주의 체제를 인정하지 않는 보수적 입장을 시종 취한다. 량치차오는 1900년, 1903년 두 차례 미국을 여행하며 미국의 위상과 미국 내의 중국 빈민들의 처참한 실태를 목격하면서 급진적인 개혁보다는 점진적인 개혁을 존중하는 입헌파의 정치적 감각을 내면화하는 등 아이러니하게도 그의 망명은 자신의 정치적 노선을 보수로 귀결시키는 결과를 낳는다.

이 시기에 량치차오는 혁명파의 대부인 쑨원과 협상에 나서며 혁명파와의 연대에 대해서도 나름 구상하지만 더는 쑨원을 만나지 말라는 스승 캉유웨이의 만류와 혁명의 폐해를 두려워한 자신의 판단으로 말미암아 혁명적 공화주의자들과 단절을 꾀한다. 아니 량치차오는 소극적으로 단절만을 꾀한 게 아니다. 그는 『신민총보』를 통해

『민보』로 집결한 혁명파들을 대상으로 이들이 말하는 공화체제가 종족복수주의에 불과하다는 식으로 총공세를 가하기도 한다. 그만큼 그는 혁명을 새로운 근대를 창조하는 동력으로 이해하기보다는 중국에 폐해를 가져오는 재난적 사건으로 이해하고 있었으니 그는 당시 중국의 상황 및 자질이 공화체제를 채택하기에 적합하지 않다고 생각했다.[2]

량치차오는 신해혁명의 발발로 청조가 붕괴되자 귀국하여 위안스카이와 협조하여 사법총장의 요직을 맡기도 하지만 현실정치의 주도권을 쥐지는 못한다. 신해혁명 이후 근대국민국가의 형식과 내용을 놓고 전개된 다양한 그룹들과의 권력투쟁에서 주도권을 놓친 량치차오는 1919년에는 유럽 여행을 다녀오기도 한다. 이와 같은 량치차오의 이력과 1910년 한일병합을 전후로 러시아와 중국 등에서 고단한 망명 생활을 이어간 신채호의 이력이 겹치는 대목이 아쉽게도 없다.

그렇지만 량치차오와 신채호의 직접적인 만남과 교류는 없었으나 신채호를 포함한 당대의 애국계몽지사들이 량치차오의 텍스트와 동정에 적지 않은 관심을 표명했다. 량치차오가 간행한 『청의보』, 『신민총보』 등이 인천 보급소를 통해 우리나라에 유포되었다는 기록과 결정적으로 『음빙실문집』이 국내 독자들에게 량치차오의 위상을 알렸다는 기록[3] 등을 보자면, 1900년대 한국 지식인 사회에서 량치차오는 결코 간과할 수 없는 문제적 인물임이 분명하다.

1900년대의 주요 매체인 『황성신문』과 『대한매일신보』를 간단히 살펴보더라도, 량치차오의 동정은 독자들에게 인기를 끈 소재였다는 게 확인된다. 망명청객 혹은 청국망명객으로 지칭되고 있는 량치차

---

2 신동준, 『인물로 읽는 중국근대사』, 에버리치홀딩스, 2010, 441쪽.
3 엽건곤, 『량치차오와 구한말 문학』, 법전출판사, 1980, 117~126쪽.

오의 도미 경로, 말레이 지역에서의 학당 건립 등 그의 일거수일투족이 『황성신문』과 『대한매일신보』에 자주 보도되었다. 망국의 위기를 타개하고자 한 한말 지식인들에게 애국과 구국의 아이콘으로 인식되는 량치차오는 언제나 그 동정이 주목받았다.

여기서 량치차오의 텍스트가 한말 지식인들에게 어떤 맥락으로 수용되었는지 간단히 살펴보기로 하자. 이미 앞에서 고찰했지만 량치차오의 텍스트를 읽는 이들은 대개 '국학적 반일 지식인'들이자 진화론과 연계된 자강주의 세력들이었다. 이들은 대개 탈아론적인 방식으로 근대화를 추구한 일본에 대극적인 입장을 취했지만 변법자강의 논리를 추구하는 량치차오의 개혁론에 대해서는 상대적으로 관심이 높았다. 유학에 뿌리를 둔 국학적 반일 지식인들로서는 황제로 표상되는 중세체제를 존중하면서도 근대적 정치개혁을 도모하는 량치차오의 사상과 논리를 받아들이는 게 훨씬 부담이 없었다. 이렇게 량치차오는 현실적 층위에서 정치적 전망을 상실한 국학적 반일 지식인들에게는 새로운 전망을 모색하게 해주는 시대의 표상이었다.

여기서 또 하나 주목해야 할 대목은 량치차오의 진화론이다. 우리나라에 진화론이 유입된 배경과 경로를 살필 때 량치차오의 전신자적 역할이 결정적이었다는 것은 익히 알려져 있다. 그는 당시의 제국주의 국가들이 주도한 서세동점을 우승열패의 국가 간 경쟁으로 이해하였으며, 이 경쟁에서 승리하기 위해서는 실력을 쌓아야 하며, 더 구체적으로 말하자면 새로운 국민, 즉 '신민'이 출현해야 한다고 역설했다. 1895년 청일전쟁 패배는 량치차오가 더는 중국 중심으로 세계의 질서를 이해하지 않게 한 사건이었다. 청일전쟁의 패배를 목격한 량치차오는 더는 중화를 말하는 게 의미 없다고 판단하였다. 그래서 그는 변법자강운동을 구상하게 되었으며 이를 실제 실천하는 역할을 담당하기도 한다.

우승열패의 경쟁으로 요약되는 진화론은 『신민설』(1902~1906)로
더욱 구체적으로 정리된다. 1902년 2월 『신민총보』 창간호부터 시작
하여 1906년 1월까지 연재된 『신민설』은 중국의 근대적 혁신을 촉구
하는 글이다. '신민', '공덕', '국가사상', '진취와 모험', '권리사상', '자
유', '자치', '진보', '자존', '사회통합', '이익', '의력'(毅力), '의무사상',
'상무', '사덕', '민기'(民氣) 등등의 개념을 정의하고 있는 『신민설』은
『신민총보』 연재 이후 단행본으로 출간되기는 했으나 논리가 정연하
게 전개되는 근대적 혁신 이론은 아니다. 단일한 논리로 『신민설』을
독해하기보다는 당시의 중국과 량치차오가 놓여 있던 현실, 『신민
설』을 만들어 낸 복합적 환경을 고려해야 한다는 이 방면 연구자의
조언⁴을 감안하자면, 『신민설』을 독해하는 게 더욱 조심스럽다.

그렇지만 이런 사정을 감안하더라도 『신민설』의 요점을 정리하면
다음과 같다. 세계는 우승열패의 국가 간 경쟁이 벌어지는 현장으로
서, 이러한 세계에서 승자가 되기 위해서는 자기를 중시하는 '사덕'이
아닌 국가 전체의 공공적 이익을 중시하는 '공덕'에 초점을 두어야 하
며 바로 '신민'이 '공덕'의 주체로서 최고의 문명국가를 세워야 한다는
것이 『신민설』의 요점이다. 『신민설』의 한 대목이다.

이른바 민족제국주의와 고대의 제국주의는 확연히 다르다. 옛날에는
알렉산더가 있었고 샤를마뉴가 있었고 칭기즈칸이 있었고 나폴레옹이
있었다. 그들은 모두 웅대한 계획을 품고 원정에 나서 대지를 유린하고
약한 나라들을 병합하려 했다. 그러나 저 (고대의 제국주의가) 한 사람

---

4 양계초, 『신민설』, 이혜경 주해, 서울대학교출판문화원, 2014, 17쪽. 이혜경에 따
르면, "『신민설』 읽기는 특정 이념의 요소를 찾아내 라벨을 붙이기보다는, 급박한 사정
과 복잡한 속내 등을 그대로 드러낸 시대의 자화상으로 받아들이며 읽는 것이 보다
실상에 다가갈 수 있는 방법일 것이다."

의 웅대한 마음에 의거했다면, 이 (민족제국주의는) 민족의 팽창력에 의
거한다. 고대의 제국주의는 권위에 의해 움직이지만 민족제국주의는 시
세의 추이에 의해 움직인다. 그러므로 고대제국주의의 침략은 한때에
지나지 않으니 이른바 폭풍·폭우와 같이 날이 밝기도 전에 그친다. 그
러나 민족제국주의의 진행은 오래도록 멀리 가며 날이 갈수록 확대되고
날이 갈수록 심화된다. 우리 중국은 불행히도 이 소용돌이의 바로 중심
에 놓여 있으니, 앞으로 어떻게 대처할 것인가? 나는 말한다. 저들이 한
두 사람의 공명심으로 오는 것이라면, 나는 한두 사람의 영웅에 의지해
대적할 것이다. 저들이 멈출 수 없는 민족의 기세로 오는 것이라면 우리
민족 전체의 능력을 합하지 않으면 반드시 제어할 방법이 없다. 저들이
일시의 기염으로 돌진해 오는 것이라면 나는 일시의 피 끓을 용기를 고
무하여 막아 낼 수 있다. (그러나) 저들이 장기적인 정책을 가지고 점차
로 다가오는 것이라면 백 년의 원대하고 강건한 계획이 아니라면, 요행
이라도 우리가 생존할 방법은 없다. 물속에 잠긴 빈병을 보라. 병에 물
이 반밖에 없으면 밖의 물이 바로 들어온다. 만약 내부의 힘으로 스스로
그 병을 채울 능력이 있다면, 타고 들어올 수 있는 조금의 틈도 없으므로
다른 물은 들어오지 못한다. 그러므로 오늘날 열강의 민족제국주의에
대항하여 그 재난에서 인민을 구제하려 한다면, 오직 우리가 우리의 민
족주의를 실행한다는 한 가지 방책만이 있을 뿐이며, 중국에 민족주의를
실행하려 한다면 신민(新民)이 아니고서는 다른 방법이 없다.[5]

량치차오에 따르면, 시세의 추이에 따라 움직이는 열강의 민족제
국주의에 대항하여 그 재난에서 인민을 구제하기 위해서는 우리의
민족주의를 실행해야 하며, 우리의 민족주의는 바로 신민이 아니고서

---

5 위의 책, 19~20쪽.

는 방법이 없다. 신민이 바로 중국의 민족주의를 이끄는 주체에 해당한다는 말이다. 이처럼 자국의 민족주의를 견인하는 신민의 역할을 강요하는 량치차오의 『신민설』이 한말 지식인들에는 논쟁적이면서도 받아들여야 할 어떤 대의적 개념으로 이해되었으니 1910년 강제적인 한일병합 이전, 신민 열풍이 한국에서도 강하게 인다. 항일결사조직 '신민회'가 바로 그 예이다.

1907년 4월 안창호의 발기로 양기탁, 전덕기, 이동휘, 이동녕, 이갑, 유동열 등이 창건위원회 되어 조직된 신민회는 1900년대의 애국세력들이 총집결한 항일결사조직이었다. 이 창건위원 중 『대한매일신보』 주필이었던 양기탁이 참여한바, 신채호도 신민회와 직간접적으로 연계된 인물로 보인다. 우리는 여기서 당시의 애국계열 그룹들이 통합된 조직의 명칭이 신민회라는 점을 다시금 주목할 필요가 있다. 신민회가 량치차오와 직접적인 네트워크를 형성하며 결성된 조직은 아니겠으나 항일결사조직의 명칭이 신민회라는 것은 그만큼 애국과 구국의 표상으로서 신민 개념이 1900년대 한국 지식인들에게 지지를 받았다는 것을 뜻하는 것으로 보인다해도 무방하다. 백영서는 다음과 같이 말하고 있다.

상황적 요인도 중요하지만 그의 진화론의 내용, 특히 그중 신민 개념이 가장 관심을 끌었다는 점도 검토해봐야 한다. 이 신민설은 위에서 보았듯이, 우승열패의 국가간 경쟁에서 승자가 되어 살아남기 위해서는 국민의 자신, 즉 정신력 배양의 길이 가장 절박하다는 인식에서 나왔던 것이다. 그리고 정신력을 배양함으로써 구국의 길을 걸을 수 있다고 전망했고 그 구체적인 방법으로 국민의식을 고쳐시켜 하나의 국민으로 결합시킬 수 있는 결사체를 제시했다. 물리력으로는 일본에 압도당하여 망국 직전에 놓인 1900년대 후반의 냉혹한 현실에서 정신력에 의한 극복가능성만큼 유혹적인 것이 또 있을 수 있었을까. 그래서 실력양성의 구체적인 방법으로 교육 언론활동과 결사체의 조직을 중시하는 계몽활동이 부각되었던 것이다.

그가 제시한 도덕 배양을 통한 진화와 구국의 길은 사실상 유교적 교양을 지닌 사람들에게는 매우 낯익은 것이었다고 할 수 있다. 이것이 서양 개념을 섞고 구어체를 활용하는 그의 독특하고 평이한 문장어와 더불어 그의 진화론적인 사상을 조선에서 완전히 대중화된 이론으로 확산시킨 비결인 셈이다.[6]

백영서의 주장에서도 확인되듯, 량치차오의 진화론의 내용 중 가장 관심을 끈 신민 개념은 일면 근대적 이미지와 내용으로 정의되고 있지만 중세의 이미지를 완전히 탈각한 것은 아니다. 량치차오가 일본 망명 중에 발행한 매체의 이름이 『신민총보』이며 그의 '신민설'이 『신민총보』에 게재된 사실도 중요하지만 본래 '신민'이라는 개념이 '대학'에 그 기원을 두고 있다는 점을 간과하지 말아야 한다. 더구나 이 신민 개념이 혁명과 연동된 개념이 아니라는 건 더 주의를 요한다. 요컨대 량치차오의 신민은 애국의 주체이기는 하지만 궁극적으로는 아래로부터의 권력을 인정하는 공화의 주체는 아니라는 것이다. 그는 공화를 지지하는 혁명파들을 두려워했으며 이 혁명과 연계된 민중의 존재를 인정하지 않았다. 그런 점에서 그의 신민 개념은 한·중·일과 러시아 등에서 전개된 아래로부터의 혁명 논리와 열기를 받아들이지 않는 제한된 개념이었다. 그렇다면 신채호는 어떤가? 신채호는 어떤 맥락에서 량치차오를 사유하는가?

---

6 백영서, 「양계초의 근대성 인식과 동아시아」, 『아시아문화』 14권, 한림대학교 아시아문화연구소, 1998, 140쪽.

3. 신채호와 '민중': 혁명을 호출하는 근대

1900년대 한국 언론 매체에 게재되거나 번역된 량치차오의 논저나 단행본을 정리하면 다음과 같다. 언론매체에 실린 논저로는 「교육정책사의」(1906.10, 『대한자강회회보』, 장지연 옮김), 「학교총론」(1907.1~4, 『서우』, 박은식 옮김), 「애국제일론」(1907.1, 『서우』, 박은식 옮김), 「변법통의서」(1907.5, 『대한협회회보』, 홍필주 옮김), 「세계최소민주국」(1907.7, 『유년필독』, 현채 옮김), 「정치학설」(1908.7~1909. 3, 『호남학보』, 이기 옮김) 「지나량치차오신민설」(1909.4, 『교남교육회잡지』, 이종면 옮김) 등이 있다. 전문 또는 부분 발췌되어 단행본으로 출판된 것으로는 『청국무술정변기』(1900.9, 학부, 현채 옮김), 『월남망국사』(1907.10, 박문서관, 주시경 옮김) 『나란부인전』(1907.8, 박문서관, 역자 미상), 『이태리건국삼걸전』(1907.8, 광학서포, 신채호 옮김) 『음빙실자유서』(1908.4, 탑인사, 전항기 옮김), 『십오소호걸』(1912.2, 동양서원, 민준호 옮김) 등이 있다.

장지연, 박은식, 홍필주, 현채, 신채호 등 애국계몽계열의 지식인들이 량치차오의 텍스트들을 집중적으로 우리 언론매체에 소개하거나 단행본으로 출간하고 있다. 이들에게 량치차오는 망국의 위기를 애국계몽의 프레임으로 대응하는 논거를 제시한 연대할 수 있는 동아시아의 사상가이자 저술가로 이해되고 있는 것이다. 그렇지만 량치차오는 과연 조선의 지식인, 아니 조선을 어떻게 이해하고 있었을까? 그는 과연 우리 쪽의 지식인들을 연대의 대상으로 이해하고 있었을까? 량치차오는 조선 내지 조선인의 지식인을 피압박민족의 연대 대상으로 간주하지는 않았다. 량치차오의 「조선망국사략」은 이렇게 기록하고 있다.

내가 이문충의 외교 문서를 읽다가 20년 전 조선 왕과 교섭한 내용을 보니, 그 문투나 존칭 등에 있어 은연중 상국의 위신을 보이고자 했다. 아! 그것은 마치 백거이의 「비파행」애 나오는, 심양강 기슭에서 피파 뜯는 아낙이 조곤조곤 말하던 이른바 "금비녀 은참빗 가락 맞추느라 부러지고, 붉은 치마 술 쏟아 얼룩지던 세월 좋던 시절의 이야기로다. 이제 나는 수치스럽게 말한다. 또다시 참지 못하고 말한다. 나는 이제 처음으로 청국이 조선을 보호할 자격을 잃는 발단이 생겼다고 생각한다. 바로 광서 11년 청일이 맺은 톈진조약이 그 시작이다.[7]

량치차오는 조선의 식민지화를 청이 조선을 보호할 자격을 잃는 발단으로 이해하고 있다. 그는 정서적으로는 조선의 식민지화를 우려하고 동정하였으나 조선을 보호할 자격을 더는 중국이 가질 수 없다는 중화체제의 붕괴를 더 가슴 아파 했다. 당시 한말의 지식인들이 량치차오가 조선에 대해 비록 우호적이었으나 그 우호가 기본적으로는 중화체제의 상실과 연동된 정서라는 점을 정확히 인식하지는 못하고 있다. 그렇지만 신채호는 량치차오를 받아들이면서도 량치차오의 사유에 전적으로 동의하지 않는 방식으로 량치차오의 한계를 넘어서는 모습을 보이고 있다.

신채호 역시 량치차오처럼 애국계몽의 프레임으로 문학과 사학의 혁명을 주장하고 그와 동시에 언론매체에서 글쓰기 투쟁을 전개한 인사임에는 분명하다. 더욱 흥미로운 사실은 신채호도 량치차오처럼 신민의 중요성을 이야기한다는 것이다. 량치차오의 '신민론'에 비견되는 신채호의 논설이 「이십세기 신국민」(『대한매일신보』 1910.2. 22.~3.3.)으로 이 논설은 이렇게 시작한다.

---

7 최형욱 엮고 옮김, 『량치차오, 조선의 망국을 기록하다』, 글항아리, 2014, 15쪽.

오호(嗚呼)라. 처풍음우(凄風淫雨)에 삼천리산하(三千里山河)가 안색 (顔色)을 변(變)하고 열화심수(烈火深水)에 이천만동포(二千萬同胞)가 비호(悲號)를 작(作)하는도다.

연즉(然則) 하이(何以)하면 차(此) 한국(韓國)이 능(能)히 승리(勝利) 의 가(歌)를 주(奏)하여 적존(適存)의 복락(福樂)을 향(享)하며, 하이(何 以)하면 차(此) 한국(韓國)이 능(能)히 부강(富强)의 기(基)를 개(開)하여 민국(民國)의 위령(威靈)을 광(光)할까. 왈(曰) 차(此)는 오직 국민동포 (國民同胞)가 이십세기(二十世紀) 신국민(新國民)됨에 재(在)하니라.

우리나라가 "능(能)히 승리(勝利)의 가(歌)를 진(秦)하여 적존(適存) 의 복락(福樂)을 향(享)하기 위해서는 이 모든 게 이십세기(二十世紀) 신국민(新國民)"에게 달려 있다는 게 이 논설의 주장이다. 신채호는 우리나라가 "동양일우(東洋一隅)에 고거(孤居)하던 구몽(舊夢)을 파 (破)하고 이십세기(二十世紀) 신국민(新國民)의 이상(理想)을 발휘(發 揮)"하지 않으면 국가 간 경쟁에서 이기지 못할 것이라고 주장한다. 신채호는 이 논설에서 세계와 한국의 지위를 분석하면서 궁극적으로 는 한국국민이 신국민으로 일신해야 한다고 강조한다. 량치차오의 『신민설』이나 신채호의 「이십세기 신국민」은 독립적인 근대국민국 가의 존립이 더는 가능하지 않은 상황에서 신민 개념으로 도래하는 현실적 위기를 타개하는 공통적 성격을 지닌다.

「이십세기 신국민」은 『신민설』처럼 장기간에 걸쳐 특정 매체에 기 고된 글은 아니다. 『신민설』이 장기간에 연재되며 중국의 일대 혁신 을 촉구하는 담론의 성격을 띤다면 이십세기 신국민은 논설에 더 가 깝다. 그렇지만 이 두 편의 글은 공히 이십세기를 제국주의와 민족주 의가 충돌하는 격변의 세기로 받아들이면서 각기 신민과 신국민의 출현을 호소한다. 그렇다면 신채호는 량치차오를 큰타자로 추종하는 모방자일까? 그렇지는 않다. 대표적인 반일적 지식인으로서 신채호는 량치차오의 텍스트를 읽거나 그가 근무하는 신문사에서 동정을 보도했지만 그는 1910년 중국 망명을 계기로 량치차오의 영향력을 탈피하며 그를 근대적 주체로 정립하는 도정에 나선다.

먼저 1910년 신채호가 중국 망명을 계기로 민중의 존재를 적극적으로 사유하고 있다는 것을 강조할 필요가 있다. 요컨대 신채호는 중국 망명을 계기로 '신민'을 이야기하는 신채호가 아니라 '민중'을 이야기하는 신채호로 변모하고 있다는 말이다. 여기에는 질적인 차이가 있다. 「20세기 신국민」은 비록 상상의 차원이기는 하지만 제국주의 열강을 환기시키는 근대국민국가에 부합하는 집단으로서 국민의 출현을 촉구하고 있다. 이 국민은 언뜻 보자면, 피식민지의 민중이 아니라 경제적으로 문화적으로 정치적으로 군사적으로 우위의 경쟁력을 지닌 제국주의 열강의 국민에 상당히 가깝다. 이런 점에서 「20세기 신국민」은 신채호가 량치차오의 영향력을 민감하게 수용하며 작성한 글로 간주해도 크게 무리한 이해는 아니다. 「20세기 신국민」이 신민설과 아주 무관한 글이라고 주장하기는 어렵다는 말이다.

신채호를 '민중'을 본격적으로 이야기한 작가로 정의할 경우, 우리가 주목해야 하는 텍스트가 「조선혁명선언」이다. 「이십세기 신국민」과 「조선혁명선언」 간에는 상당한 의식의 격차가 있어 보인다. 적어도 「이십세기 신국민」은 넓게 보자면, 량치차오의 정치적 상상력과 연계된 글이지만 「조선혁명선언」은 그렇지 않다. 「조선혁명선언」에서 신채호는 량치차오의 『신민설』과는 확연하게 구분되는 이론적 논거로서 민중론을 설파한다. 신채호는 「조선혁명선언」에서 일본 제국주의의 착취로 인한 풀뿌리 민중의 고통과 식민지 조선의 처참한 현실을 폭로하며 민중을 혁명의 주체로 설정, 민중의 사명이 이상적 조선의 건설에 있음을 공언하고 있다. 더불어 이 선언문은 절대적 악의 표상으로서 일본 제국주의를 타파하기 위해서는 민중 주체의 파괴와 건설이 요구된다고 밝히고 있다. 「조선혁명선언」에서 더는 신국민의 역할을 이야기하지 않는 신채호는 민중적 파괴와 민중적 건설을 강력하게 촉구한다.

이제 파괴(破壞)와 건설(建設)이 하나이요 둘이 아닌 줄 알진대, 민중적(民衆的) 파괴(破壞) 앞에는 반드시 민중적(民衆的) 건설(建設)이 있는 줄 알진대, 현재(現在) 조선민중(朝鮮民衆)은 오직 민중적(民衆的) 폭력(暴力)으로 신조선(新朝鮮) 건설(建設)의 장애(障礙)인 강도(強盜) 일본 세력(日本勢力)을 파괴(破壞)할 것 뿐인 줄을 알진대, 조선민중(朝鮮民衆)이 한편이 되고 일본(日本) 강도(強盜)가 한편이 되어, 네가 망(亡)하지 아니하면 내가 망(亡)하게 된 「외나무다리 위」에 선 줄을 알진대, 우리 이천만(二千萬) 민중(民衆)은 일치(一致)로 폭력(暴力) 파괴(破壞)의 길로 나아갈지니라.

민중(民衆)은 우리 혁명(革命)의 대본영(大本營)이다.

폭력(暴力)은 우리 혁명(革命)의 유일무기(唯一武器)이다.

우리는 민중(民衆) 속에 가서 민중(民衆)과 휴수(携手)하여

불절(不絕)하는 폭력(暴力) — 암살(暗殺) · 파괴(破壞) · 폭동(暴動)으로써

강도(強盜) 일본(日本)의 통치(統治)를 타도(打倒)하고,

우리 생활(生活)에 불합리(不合理)한 일체(一切) 제도(制度)를 개조(改造)하여

인류(人類)로써 인류(人類)를 압박(壓迫)치 못하며, 사회(社會)로써 사회(社會)를 박삭(剝削)치 못하는 이상적(理想的) 조선(朝鮮)을 건설(建設)할지니라.[8]

흔히 신채호와 아나키즘의 친연적 관계의 증거로 읽히는 「조선혁명선언」에서 신채호는 파괴와 건설이 둘이 아닌 하나라는 명제 아래, 폭력이 민중 혁명의 유일 무기라고 선언하고 있다. 일본 제국의 통치를 끝내고 이상적 조선을 건설하기 위해서는 민중 주도의 폭력, 암살, 파괴, 폭동 등 혁명 활동이 필요하다고 신채호는 선언하는바, 「조선혁명선언」에서의 혁명은 일본의 제국 체제를 전복하고 이상적 조선을 건설하는 데 필수 불가결한 개념으로 제시되고 있다. 이처럼 「조선혁명선언」에서 일본의 제국 체제를 전복하고 더불어 이상적 조선을 건설하는 데 있어 긴요한 개념으로 정의되는 혁명은 신채호의 사유가 량치차오에 더는 구속되지 않는다는 것을 예증하고 있다.

「이십세기 신국민」에서 신국민, 더 줄여 말해 신민의 역할을 상상한 신채호는 나라가 1910년 전면적으로 일본의 식민지로 전락하게 되자 더는 신민의 역할을 기대하지 않는다. 아니, 기대만이 아니라 식민화된 조선의 현실을 노예화된 현실로 냉정하게 진단한다. 다시 「조선혁명선언」의 한 대목이다.

내정독립(內政獨立)이나 참정권(參政權)이나 자치(自治)를 운동(運動)하는 자(者) ─ 누구이냐?

너희들이 「동양평화(東洋平和)」, 「한국독립보전(韓國獨立保全)」 등(等)을 담보(擔保)한 맹약(盟約)이 묵(墨)도 마르지 아니하여 삼천리(三千里) 강토(疆土)를 집어먹던 역사(歷史)를 잊었느냐? 「조선인민(朝鮮人民) 생명재산(生命財産) 자유보호(自由保護)」, 「조선인민(朝鮮人民) 행복증진(幸福增進)」 등(等)을 신명(申明)한 선언(宣言)이 땅에 떨어지지 아니하여 이천만(二千萬)의 생명(生命)이 지옥(地獄)에 빠지던 실제(實際)

---

8 「조선혁명선언」, 『단재신채호전집』, 45~46쪽.

를 못보느냐? 삼·일운동(三·一 運動) 이후(以後)에 강도(强盗) 일본(日本)이 또 우리의 독립운동(獨立運動)을 완화(緩和)시키려고 송병준(宋秉畯)·민원식(閔元植) 등(等) 일이(一二) 매국노(賣國奴)를 시키어 이따위 광론(狂論)을 부름이니, 이에 부화(附和)하는 자(者) – 맹인(盲人)이 아니면 어찌 간적(奸賊)이 아니냐?

설혹(設或) 강도(强盗) 일본(日本)이 과연(果然) 관대(寬大)한 도량(度量)이 있어 개연(慨然)히 차등(此等)의 요구(要求)를 허락(許諾)한다 하자, 소위(所謂) 내정독립(內政獨立)을 찾고 각종(各種) 이권(利權)을 찾지 못하면 조선민족(朝鮮民族)은 일반(一般)의 아귀(餓鬼)가 될 뿐이 아니냐? 참정권(參政權)을 획득(獲得)한다 하자, 자국(自國)의 무산계급(無産階級)의 혈액(血液)까지 착취(搾取)하는 자본주의(資本主義) 강도국(强盗國)의 식민지(殖民地) 인민(人民)이 되어 기개(幾個) 노예대의사(奴隷代議士)의 선출(選出)로 어찌 아사(餓死)의 화(禍)를 구(救)하겠느냐? 자치(自治)를 얻는다 하자, 그 하종(何種)의 자치(自治)임을 물문(勿問)하고 일본(日本)이 그 강도적(强盗的) 침략주의(侵略主義)의 초패(招牌)인「제국(帝國)」이란 명칭(名稱)이 존재(存在)한 이상(以上)에는, 그 부속하(附屬下)에 있는 조선인민(朝鮮人民)이 어찌 구구(區區)한 자치(自治)의 허명(虛名)으로써 민족적(民族的) 생존(生存)을 유지(維持)하겠느냐?

설혹(設或) 강도(强盗) 일본(日本)이 돌연(突然)히 불보살(佛菩薩)이 되어 일조(一朝)에 총독부(總督府)를 철폐(撤廢)하고 각종(各種) 이권(利權)을 다 우리에게 환부(還付)하며, 내정외교(內政外交)를 다 우리의 자유(自由)에 맡기고 일본(日本)의 군대(軍隊)와 경찰(警察)을 일시(一時)에 철환(撤還)하며, 일본(日本)의 이주민(移住民)을 일시(一時)에 소환(召還)하고 다만 허명(虛名)의 종주권(宗主權)만 가진다 할지라도 우리가 만일(萬一) 과거(過去)의 기억(記憶)이 전멸(全滅)하지 아니하였다 하면, 일본(日本)을 종주국(宗主國)으로 봉대(奉戴)한다함이 「치욕(恥辱)」이란 명사(名詞)를 아는 인류(人類)로는 못할지니라.[9]

「조선혁명선언」을 작성할 시의 신채호는 신민의 상상력에 더는 기대지 않고 있다고 봐야 한다. 신채호는 신민의 '공덕'으로는 망국의 현실을 타개할 수 없다고 본 것이다. 그래서 그는 「조선혁명선언」에서처럼 강도 일본을 대상으로 총체적인 파괴를 선언해야 한다고 말한다. 그가 이렇게 일본을 강도로 호명하며 파괴를 선언하는 이유는 일본의 식민정치가 민족적 생존의 가능성을 원천적으로 차단하고 있는 까닭이다. 민족의 생존이 원천적으로 보장되지 않는 국면에서 신국민의 출현은 어불성설이라는 걸 신채호는 알고 있다. 바로 이런 이유 때문에 신채호는 일본으로부터 자치를 촉구하는 세력을 과감히 비판한다.

그런데 신채호가 민중과 혁명을 이야기하게 된 배경을 중국 망명이라는 외적 계기로만 볼 수는 없다. 중국 망명 이전의 신채호는 크게 보아서는 애국계몽의 패러다임으로 사회적 실천을 수행하기는 했으나 『황성신문』 재직 시 일본의 사회주의자 고토쿠 슈스이의 「암살론」을 읽는 등 자강과 진화의 개념만 수용한 것은 아니다. 그는 중국 망명 이전 시기부터 어느 정도 「암살론」을 받아들이는 등 혁명 감각을 익힌 것으로 보인다.

신채호가 중국 망명 이전에 이미 혁명 감각을 상상했다는 것은 그의 『이태리건국삼걸전』 역술에서도 잘 드러난다. 이 텍스트의 역술에서 신채호가 주목한 이태리 건국 영웅은 혁명주의자 마찌니이다. 신채호가 마찌니를 어떻게 평가하는가를 확인해 보기로 하자.

9 앞의 책, 37~38쪽.

혁명론자가 없는 나라는 결국 입헌을 이룰 수 없으니 어디 한 번 보라. 오늘날 세계 입헌 군주국 중 혁명 풍조가 최고조이던 시대에 태어나지 않은 나라가 있었던가. 자연 발생이라 불리는 영국의 헌법도 장기간에 걸친 국회의 투쟁이 없었더라면 이미 오래전부터 폐기되었을 것이다. (……) 국민의 피와 눈물로 얻은 헌법이 아니면 군주가 비록 세 번 읍하고 세 번 양보하여 함께한다 하더라도 또한 지킬 수 없는 것이니 이는 역사의 관례이다. 때문에 이태리 건국의 가장 큰 공은 필시 마찌니의 것으로 떠받들어야 할 것이니 마찌니가 밭을 갈고 카부르가 수확했다고 할 수 있다.[10]

신채호의 『삼걸전』에서 이태리 건국의 주역으로 칭송받는 최고의 영웅은 민중들의 지지를 받은 마찌니로 확정된다. 더 자세히 말해, 신채호의 『삼걸전』 역시 입헌군주론자인 카부르의 존재와 역할을 외면하는 건 아니지만, 이런 서술 구도 하에서도 마찌니는 영웅 중의 영웅으로 확정되고 있다. 신채호의 『삼걸전』은 "오늘날 세계 입헌 군주국 중 혁명 풍조가 최고조이던 시대에 태어나지 않은 나라"가 없었다는 논리로, 혁명을 근대 입헌 체제의 탄생 동력으로 간주하면서, 이태리 건국의 공은 혁명 풍조를 도래시킨 마찌니의 것으로 인정되어야 한다고 강조하고 있다. 이런 맥락에서 보황론자이자 미국 체류 이후 혁명파와 결별, 보수적 입장을 더욱 견지하게 된 량치차오가 자신의 『삼걸전』에서 혁명주의자 마찌니를 부정적인 이미지로 재현하고 있다면, 신채호의 『삼걸전』은 혁명주의자 마찌니를 민중과 연대해 이태리 건국을 주도한 영웅으로 재현하고 있다는 것을 우리는 주

---

10 량치차오, 『이태리건국삼걸전』, 신채호 역, 류준범 · 장문석 옮김, 지식의풍경, 2001, 52쪽.

목해야 한다.[11]

이처럼 중국 망명 이전부터 고토쿠 슈스이의 「암살론」과 『이태리 건국삼걸전』 역술에서 마찌니 중심의 혁명 감각을 익힌 신채호는 중국 망명을 계기로 사회진화주의에서 혁명주의로 자기 노선과 상상력을 극적으로 변모시킬 수 있었다. 망명지에서 신채호는 량치차오와는 전혀 다른 방식으로 정치를 상상하는 인물과 세력들을 만날 수 있었으며 세계와 국내의 격변을 좀 더 객관적인 시각에서 조망할 수 있었다. 중국 망명 이전부터 량치차오의 사유 방식과 분화되던 신채호는 중국 망명 이후 아나키즘, 민중, 혁명 개념들을 적극적으로 받아들이며 량치차오와는 전혀 다른 길을 걷는다.

이런 점에서 우리는 신채호가 아나키즘을 알게 되면서 혁명과 민중 개념을 의식하거나 상상하게 되었다고 말해서는 곤란하다. 그는 이미 중국 망명 이전부터 량치차오의 사유와 분화되는 중이었다. 그리고 그 분화는 중국 망명 이후 급속하게 촉진된다. 그 촉진의 결정적 계기가 아나키즘일 수는 있겠으나 아나키즘이 그의 변모를 설명하는 유일한 정답도 아니다.

완고와 결개의 이미지로 신화화된 신채호는 그 이미지와는 달리 자기 변모를 극적으로 열어간 인물이다. 그는 량치차오와는 달리 혁명을 두려워하지는 않았다. 량치차오가 혁명의 폐해를 걱정한 반면,

---

11 량치차오는 자신의 『삼걸전』에서 마찌니를 국왕에게 대항하는 반역자 내지는 국왕에게 진압당한 패배자로 서술(雖然天旣不欲以共和政定意大理施復被滅而瑪志尼此後送不得不隱於政界)하지만 신채호는 이와 같은 내용을 삭제한다. 또한 신채호는 량치차오가 카부르를 공자와 석가 등 성인의 수준으로 묘사한 대목을 삭제한다.(雖聖如孔子佛如釋迦猶將不能無失望無憤激而況於憂國如焚之加富爾耶) 량치차오의 『삼걸전』이 카부르를 중심으로 서술한다면 신채호의 『삼걸전』은 마찌니를 중심으로 서술하고 있다. 이에 대해서는 필자의 논문을 참고. 양진오, 「영웅 개념의 주체적 모색과 신채호 문학」, 『어문론총』 제55호, 한국문학언어학회, 2011, 319쪽.

신채호는 혁명의 소멸을 걱정했다. 량치차오가 일본 망명 이후 시간이 흐르면서 보수주의자의 길을 걷고 중화의 복귀를 꿈꿨다면 신채호는 중국 망명 혁명주의자의 길을 걷고 무산자들의 국제적 연대를 꿈꿨다.

이처럼 그의 정신은 숱한 개념들이 역동적으로 파괴되고 창조되는 도가니였다. 중국 망명 이후 그는 러시아혁명과 제1차 세계대전과 국내에서의 3·1운동 등 사회진화주의의 틀로 설명할 수 없는 세계의 변모를 목격할 수 있었다. 그리고 그는 중국 대륙에서 사회진화주의와는 다른 길을 걷는 혁명주의자들, 아나키스트들을 수시로 만날 수 있었다. 그의 정신은 이들의 볼온을 받아들였으며 그의 글은 이들의 이론이 되어 주었다. 중국 망명 이후 그는 세계의 격변을 목격하고 전위의 정신들을 만나면서 그리고 그 스스로 자기를 주체로 형성하는 전망 모색의 뜨거운 도정 속에서 량치차오와는 확실히 구분되는 고유한 인간 신채호가 될 수 있었다.

4. 동아시아 근대 지성의 두 경로

량치차오와 신채호는 단지 텍스트의 영향 관계의 맥락으로 고찰할 대상은 아니다. 이 두 인물이 중요한 이유는 전통적인 동아시아 질서가 붕괴되면서 어떤 방식으로 근대를 사유하고 상상하며 대응했는가를 확인할 수 있고, 이러한 확인이 오늘날 여전히 근대 극복의 문제에 긴박되어 있는 우리들에게 여러 시사점을 줄 수 있기 때문이다.

량치차오와 신채호는 공히 망국의 위기 앞에서 애국계몽의 프레임으로 대응한 인물들이다. 이 애국계몽의 프레임은 우승열패의 국가 간 경쟁을 인정하는 진화론에 바탕을 두고 있는바, 량치차오나 신채호 모두 진화론의 논리와 상상력으로 신민의 중요성을 이야기한다. 그렇지만 량치차오는 혁명을 배제하는 근대를 상상함으로써 신민을 더는 구체적인 성격을 구현하는 역사의 주체로 상상하지 못하고 만다.

반면 신채호의 상상력은 신민에만 머물지 않는다. 그의 정치적 상상력이 신민에만 머물지 않는 근거를 필자는 「조선혁명선언」에서 확인할 수 있었는데, 그는 여기서 아래로부터의 혁명과 민중의 존재를 상상하며 량치차오보다 당대의 격변에 더 열린 모습을 보인다. 량치차오가 사유하고 상상하는 근대에는 혁명이 부재하고 있는 반면 신채호가 사유하고 상상하는 근대에는 혁명이 작동하고 있다.

물론 신채호의 혁명은 이론의 차원에서 종식된다. 이 혁명이 실제 혁명이나 행동의 실천으로 이어진 건 아니다. 그의 실천은 결국 대만에서 일경의 피체로 마무리되며, 그는 뤼순 감옥에서 쓸쓸히 생을 끝낸다. 그렇지만 역설적이게도 그는 새로운 그로 되돌아갈 수 있었다. 량치차오의 신채호가 아닌 신채호의 신채호로 그는 되돌아갈 수 있었다.

아이러니한 사실은 이렇다. 량치차오가 일본과 미국, 유럽 등 제국들을 탐색하며 혁명과 공화체제에 더 두려움을 가지게 된 반면 신채호는 제국들에 의해 식민의 위기가 강요된 중국에서 혁명과 피압박 민족의 국제적 연대를 상상하고 미약하나마 실제 도모했다는 것이다. 근대 극복의 방법과 길이 요원해 보이는 지금, 치열한 근대의 현장을 마주한 동양의 두 지성의 행적은 우리들에게 근대 극복의 지혜로운 방법을 진지하게 모색할 것을 묻고 있다.

5. 읽기 자료

조선혁명선언(朝鮮革命宣言)

1

강도(强盜) 일본(日本)이 우리의 국호(國號)를 없이하며, 우리의 정권(政權)을 빼앗으며, 우리의 생존적(生存的) 필요조건(必要條件)을 다 박탈(剝奪)하였다. 경제(經濟)의 생명(生命)인 산림(山林)·천택(川澤)·철도(鐵道)·광산(礦山)·어장(漁場)……내지(乃至) 소공업(小工業) 원료(原料)까지 다 빼앗아 일체(一切)의 생산기능(生産機能)을 칼로 베이며 도끼로 끊고, 토지세(土地稅)·가옥세(家屋稅)·인구세(人口稅)·가축세(家畜稅)·백일세(百一稅)·지방세(地方稅)·주초세(酒草稅)·비료세(肥料稅)·종자세(種子稅)·영업세(營業稅)·청결세(淸潔稅)·소득세(所得稅)……기타(其他) 각종(各種) 잡세(雜稅)가 축일(逐日) 증가(增加)하여 혈액(血液)은 있는 대로 다 빨아가고, 여간(如干) 상업가(商業家)들은 일본(日本)의 제조품(製造品)을 조선인(朝鮮人)에게 매개(媒介)하는 중간인(中間人)이 되어 차차 자본집중(資本集中)의 원칙하(原則下)에서 멸망(滅亡)할 뿐이오, 대다수(大多數) 인민(人民) 곧 일반농민(一般農民)들은 피땀을 흘리어 토지(土地)를 갈아, 그 종년(終年) 소득(所得)으로 일신(一身)과 처자(妻子)의 호구(糊口)거리도 남기지 못하고, 우리를 잡아 먹으려는 일본(日本) 강도(强盜)에게 진공(進供)하여 그 살을 찌워 주는 영세(永世)의 우마(牛馬)가 될 뿐이오, 내종(乃終)에는 그 우마(牛馬)의 생활(生活)도 못하게 일본(日本) 이민(移民)의 수입(輸入)이 연연(年年) 고도(高度)의 속률(速率)로 증가(增加)하여 「딸깍발이」 등쌀에, 우리 민족(民族)은 발 디딜 땅이 없어 산(山)으로 물로 서간도(西間島)로 북간도(北間島)로 서비리아(西比利亞)의 황야(荒野)로 몰리어 가 아귀(餓鬼)부터 유귀(流鬼)가 될

뿐이며,

　강도(强盜) 일본(日本)이 헌병정치(憲兵政治)·경찰정치(警察政治)를 여행(勵行)하여 우리 민족(民族)이 촌보(寸步)의 행동(行動)도 임의(任意)로 못하고, 언론(言論)·출판(出版)·결사(結社)·집회(集會)의 일절(一切) 자유(自由)가 없어, 고통(苦痛)과 분한(憤恨)이 있으면 벙어리의 가슴이나 만질 뿐이오, 행복(幸福)과 자유(自由)의 세계(世界)에는 눈 뜬 소경이 되고, 자녀(子女)가 나면, 「일어(日語)를 국어(國語)라, 일문(日文)을 국문(國文)이라」하는 노예양성소(奴隷養成所)-학교(學校)로 보내고, 조선(朝鮮) 사람으로 혹(或) 조선사(朝鮮史)를 읽게 된다 하면 「단군(檀君)을 무(誣)하여 소전오존(素戔嗚尊)의 형제(兄弟)」라 하며 「삼한시대(三韓時代) 한강(漢江) 이남(以南)을 일본(日本)이 영지(領地)」라 한 일본(日本)놈들의 적은 대로 읽게 되며, 신문(新聞)이나 잡지(雜誌)를 본다 하면 강도정치(强盜政治)를 찬미(讚美)하는 반일본화(半日本化)한 노예적(奴隷的) 문자(文字)뿐이며, 똑똑한 자제(子弟)가 난다 하면 환경(環境)의 압박(壓迫)에서 염세절망(厭世絶望)의 타락자(墮落者)가 되거나 그렇지 않으면 「음모사건(陰謀事件)」의 명칭하(名稱下)에 감옥(監獄)에 구류(拘留)되어, 주리(周牢)·가쇄(枷鎖)·단근질·채찍질·전기(電氣)질·바늘로 손톱 밑과 발톱 밑을 쑤시는·수족(手足)을 달아매는·콧구멍에 물붓는·생식기(生殖器)에 심지를 박는 모든 악형(惡刑), 곧 야만(野蠻) 전제국(專制國)의 형률사전(刑律辭典)에도 없는 갖은 악형(惡刑)을 다 당하고 죽거나, 요행(僥倖)히 살아서 옥문(獄門)에 나온대야 종신(終身) 불구(不具)의 폐질자(廢疾者)가 될 뿐이라. 그렇지 않을지라도 발명(發明) 창작(創作)의 본능(本能)은 생활(生活)의 곤란(困難)에서 단절(斷絶)하며, 진취(進取) 활발(活潑)의 기상(氣象)은 경우(境遇)의 압박(壓迫)에서 소멸(消滅)되어 「찍도 쩍도」 못하게 각(各) 방면(方面)의 속박(束縛)·

편태(鞭笞)·구박(驅迫)·압제(壓制)를 받아, 환해(環海) 삼천리(三千里)가 일개(一個) 대감옥(大監獄)이 되어, 우리 민족(民族)은 아주 인류(人類)의 자각(自覺)을 잃을 뿐 아니라, 곧 자동적(自動的) 본능(本能)까지 잃어 노예(奴隸)부터 기계(器械)가 되어 강도수중(强盜手中)의 사용품(使用品)이 되고 말뿐이며,

강도(强盜) 일본(日本)이 우리의 생명(生命)을 초개(草芥)로 보아, 을사(乙巳) 이후(以後) 십삼도(十三道)의 의병(義兵)나던 각(各) 지방(地方)에서 일본군대(日本軍隊)의 행(行)한 폭행(暴行)도 이루 다 적을 수 없거니와, 즉(卽) 최근(最近) 삼·일운동(三·一 運動) 이후(以後) 수원(水原)·선천(宣川)……등(等)의 국내(國內) 각지(各地)부터 북간도(北間島)·서간도(西間島)·노령연해주(露領沿海州) 각처(各處)까지 도처(到處)에 거민(居民)을 도륙(屠戮)한다, 촌락(村落)을 소화(燒火)한다, 재산(財産)을 약탈(掠奪)한다, 부녀(婦女)를 오욕(汚辱)한다, 목을 끊는다, 산 채로 묻는다, 불에 사른다, 혹(或) 일신(一身)을 두 동가리·세 동가리로 내어 죽인다, 아동(兒童)을 악형(惡刑)한다, 부녀(婦女)의 생식기(生殖器)를 파괴(破壞)한다 하여, 할 수 있는 데까지 참혹(慘酷)한 수단(手段)을 써서 공포(恐怖)와 전율(戰慄)로 우리 민족(民族)을 압박(壓迫)하여 인간(人間)의 「산 송장」을 만들려 하는도다.

이상(以上)의 사실(事實)에 따라 우리는 일본(日本) 강도정치(强盜政治) 곧 이족통치(異族統治)가 우리 조선민족(朝鮮民族) 생존(生存)의 적(敵)임을 선언(宣言)하는 동시(同時)에, 우리는 혁명수단(革命手段)으로 우리 생존(生存)의 적(敵)인 강도(强盜) 일본(日本)을 살벌(殺伐)함이 곧 우리의 정당(正當)한 수단(手段)임을 선언(宣言)하노라.

2

내정독립(內政獨立)이나 참정권(參政權)이나 자치(自治)를 운동(運動)하는 자(者)ㅡ누구이냐?

너희들이 「동양평화(東洋平和)」 「한국독립보전(韓國獨立保全)」 등
(等)을 담보(擔保)한 맹약(盟約)이 묵(墨)도 마르지 아니하여 삼천리
(三千里) 강토(疆土)를 집어먹던 역사(歷史)를 잊었느냐? 「조선인민
(朝鮮人民) 생명재산(生命財産) 자유보호(自由保護)」 「조선인민(朝鮮人
民) 행복증진(幸福增進)」 등(等)을 신명(申明)한 선언(宣言)이 땅에 떨
어지지 아니하여 이천만(二千萬)의 생명(生命)이 지옥(地獄)에 빠지던
실제(實際)를 못보느냐? 삼·일운동(三·一 運動) 이후(以後)에 강도
(强盜) 일본(日本)이 또 우리의 독립운동(獨立運動)을 완화(緩和)시키
려고 송병준(宋秉畯)·민원식(閔元植) 등(等) 일이(一二) 매국노(賣國
奴)를 시키어 이따위 광론(狂論)을 부름이니, 이에 부화(附和)하는 자
(者)― 맹인(盲人)이 아니면 어찌 간적(奸賊)이 아니냐?

설혹(設或) 강도(强盜) 일본(日本)이 과연(果然) 관대(寬大)한 도량
(度量)이 있어 개연(慨然)히 차등(此等)의 요구(要求)를 허락(許諾)한
다 하자, 소위(所謂) 내정독립(內政獨立)을 찾고 각종(各種) 이권(利權)
을 찾지 못하면 조선민족(朝鮮民族)은 일반(一般)의 아귀(餓鬼)가 될
뿐이 아니냐? 참정권(參政權)을 획득(獲得)한다 하자, 자국(自國)의 무
산계급(無産階級)의 혈액(血液)까지 착취(搾取)하는 자본주의(資本主
義) 강도국(强盜國)의 식민지(殖民地) 인민(人民)이 되어 기개(幾個)
노예대의사(奴隸代議士)의 선출(選出)로 어찌 아사(餓死)의 화(禍)를
구(救)하겠느냐? 자치(自治)를 얻는다 하자, 그 하종(何種)의 자치(自
治)임을 물문(勿問)하고 일본(日本)이 그 강도적(强盜的) 침략주의(侵
略主義)의 초패(招牌)인 「제국(帝國)」이란 명칭(名稱)이 존재(存在)한
이상(以上)에는, 그 부속하(附屬下)에 있는 조선인민(朝鮮人民)이 어찌
구구(區區)한 자치(自治)의 허명(虛名)으로써 민족적(民族的) 생존(生
存)을 유지(維持)하겠느냐?

설혹(設或) 강도(强盜) 일본(日本)이 돌연(突然)히 불보살(佛菩薩)이

되어 일조(一朝)에 총독부(總督府)를 철폐(撤廢)하고 각종(各種) 이권(利權)을 다 우리에게 환부(還付)하며, 내정외교(內政外交)를 다 우리의 자유(自由)에 맡기고 일본(日本)의 군대(軍隊)와 경찰(警察)을 일시(一時)에 철환(撤還)하며, 일본(日本)의 이주민(移住民)을 일시(一時)에 소환(召還)하고 다만 허명(虛名)의 종주권(宗主權)만 가진다 할지라도 우리가 만일(萬一) 과거(過去)의 기억(記憶)이 전멸(全滅)하지 아니하였다 하면, 일본(日本)을 종주국(宗主國)으로 봉대(奉戴)한다함이 「치욕(恥辱)」이란 명사(名詞)를 아는 인류(人類)로는 못할지니라.

일본(日本) 강도(强盜) 정치하(政治下)에서 문화운동(文化運動)을 부르는 자(者) - 누구이냐?

문화(文化)는 산업(産業)과 문물(文物)의 발달(發達)한 총적(總積)을 가리키는 명사(名詞)니, 경제약탈(經濟掠奪)의 제도하(制度下)에서 생존권(生存權)이 박탈(剝奪)된 민족(民族)은 그 종족(種族)의 보전(保全)도 의문(疑問)이거든, 하물며 문화발전(文化發展)의 가능(可能)이 있으랴? 쇠망(衰亡)한 인도족(印度族)·유태족(猶太族)도 문화(文化)가 있다 하지만, 일(一)은 금전(金錢)의 역(力)으로 그 조선(祖先)의 종교적(宗敎的) 유업(遺業)을 계속(繼續)함이며, 일(一)은 그 토지(土地)의 광(廣)과 인구(人口)의 중(衆)으로 상고(上古)의 자유발달(自由發達)한 여택(餘澤)을 보수(保守)함이니, 어디 문맹(蚊蝱)같이, 시랑(豺狼)같이 인혈(人血)을 빨다가 골수(骨髓)까지 깨무는 강도(强盜) 일본(日本)의 입에 물린 조선(朝鮮) 같은 데서 문화(文化)를 발전(發展) 혹(或) 보수(保守)한 전례(前例)가 있더냐? 검열(檢閱)·압수(押收) 모든 압박중(壓迫中)에 기개(幾個) 신문(新聞)·잡지(雜誌)를 가지고 「문화운동(文化運動)」의 목탁(木鐸)으로 자명(自鳴)하며, 강도(强盜)의 비위(脾胃)에 거스르지 아니 할 만한 언론(言論)이나 주창(主唱)하여 이것을 문화발전(文化發展)의 과정(過程)으로 본다 하면, 그 문화발전(文化發展)

이 도리어 조선(朝鮮)의 불행(不幸)인가 하노라.

이상(以上)의 이유(理由)에 거(據)하여 우리는 우리의 생존(生存)의 적(敵)인 강도(强盜) 일본(日本)과 타협(妥協)하려는 자(者)(내정독립 (內政獨立)·자치(自治)·참정권(參政權) 등(等) 논자(論者))나 강도 (强盜) 정치하(政治下)에서 기생(寄生)하려는 주의(主義)를 가진 자 (者)(문화운동자(文化運動者))나 다 우리의 적(敵)임을 선언(宣言)하노라.

3

강도(强盜) 일본(日本)의 구축(驅逐)을 주장(主張)하는 가운데 또 여좌(如左)한 논자(論者)들이 있으니,

제일(第一)은 외교론(外交論)이니, 이조(李朝) 오백년(五百年) 문약정치(文弱政治)가 「외교(外交)」로써 호국(護國)의 장책(長策) 삼아 더욱 그 말세(末世)에 우심(尤甚)하여, 갑신(甲申) 이래(以來) 유신당(維新黨)·수구당(守舊黨)의 성쇠(盛衰)가 거의 외원(外援)의 유무(有無)에서 판결(判決)되며, 위정자(爲政者)의 정책(政策)은 오직 갑국(甲國)을 인(引)하여 을국(乙國)을 제(制)함에 불과(不過)하였고, 그 의뢰(依賴)의 습성(習性)이 일반(一般) 정치사회(政治社會)에 전염(傳染)되어 즉(卽) 갑오(甲午)·갑진(甲辰) 양전역(兩戰役)에 일본(日本)이 누십만(累十萬)의 생명(生命)과 누억만(累億萬)의 재산(財産)을 희생(犧牲)하여 청(淸)·로(露) 양국(兩國)을 물리고, 조선(朝鮮)에 대(對)하여 강도적(强盜的) 침략주의(侵略主義)를 관철(貫徹)하려 하는데 우리 조선(朝鮮)의 「조국(祖國)을 사랑한다, 민족(民族)을 건지려 한다」 하는 이들은 일검(一劍) 일탄(一彈)으로 혼용탐폭(昏庸貪暴)한 관리(官吏)나 국적(國賊)에게 던지지 못하고, 공함(公函)이나 열국공관(列國公館)에 던지며 장서(長書)나 일본정부(日本政府)에 보내어 국세(國勢)의 고약(孤弱)을 애소(哀訴)하여 국가존망(國家存亡)·민족사활(民族死活)의

대문제(大問題)를 외국인(外國人) 심지어(甚至於) 적국인(敵國人)의 처분(處分)으로 결정(決定)하기만 기다리었도다. 그래서 「을사조약(乙巳條約)」「경술합병(庚戌合併)」 - 곧 「조선(朝鮮)」이란 이름이 생긴 뒤 몇 천년(千年)만의 처음 당(當)하던 치욕(恥辱)에 조선민족(朝鮮民族)의 분노적(憤怒的) 표시(表示)가 겨우 합이빈(哈爾濱)의 총, 종현(鐘峴)의 칼, 산림유생(山林儒生)의 의병(義兵)이 되고 말았도다.

아! 과거(過去) 수십년(數十年) 역사(歷史)야말로 용자(勇者)로 보면 타매(唾罵)할 역사(歷史)가 될 뿐이며, 인자(仁者)로 보면 상심(傷心)할 역사(歷史)가 될 뿐이다. 그리고도 국망(國亡) 이후(以後) 해외(海外)로 나아가는 모모지사(某某志士)들의 사상(思想)이 무엇보다도 먼저 「외교(外交)」가 그 제일장(第一章) 제일조(第一條)가 되며, 국내(國內) 인민(人民)의 독립운동(獨立運動)을 선동(煽動)하는 방법(方法)도 「미래(未來)의 일미전쟁(日美戰爭)·일로전쟁(日露戰爭) 등(等) 기회(機會)」가 거의 천편일률(千篇一律)의 문장(文章)이었고, 최근(最近) 삼·일운동(三·一 運動)에 일반인사(一般人士)의 「평화회의(平和會義)·국제연맹(國際聯盟)」에 대(對)한 과신(過信)의 선전(宣傳)이 도리어 이천만(二千萬) 민중(民衆)의 분용전진(奮勇前進)의 의기(意氣)를 타소(打消)하는 매개(媒介)가 될 뿐이었도다.

제이(第二)는 준비론(準備論)이니, 을사조약(乙巳條約)의 당시(當時)에 열국공관(列國公館)에 빗발돋듯 하던 조회쪽으로 넘어가는 국권(國權)을 붙잡지 못하며, 정미년(丁未年)의 해아밀사(海牙密使)도 독립(獨立) 회복(恢復)의 복음(福音)을 안고 오지 못하매, 이에 차차 외교(外交)에 대(對)하여 의문(疑問)이 되고 전쟁(戰爭) 아니면 안되겠다는 판단(判斷)이 생기었다. 그러나 군인(軍人)도 없고 무기(武器)도 없이 무엇으로써 전쟁(戰爭)하겠느냐? 산림유생(山林儒生)들은 춘추대의(春秋大義)에 성패(成敗)를 불계(不計)하고 의병(義兵)을 모집(募集)하여 아관대의(峨冠大衣)로 지휘(指揮)의 대장(大將)이 되며, 사냥 포수(砲手)의 화승대(火繩隊)를 몰아가지고 조·일전쟁(朝·日戰爭)의 전투선(戰鬪線)에 나섰지만 신문(新聞) 쪽이나 본 이들- 곧 시세(時勢)를 짐작(斟酌)한다는 이들은 그리할 용기(勇氣)가 아니난다. 이에 「금일(今日) 금시(今時)로 곧 일본(日本)과 전쟁(戰爭)한다는 것을 망발(妄發)이다. 총도 장만하고 돈도 장만하고 대포(大砲)도 장만하고 장관(將官)이나 사졸(士卒)감까지라도 다 장만한 뒤에야 일본(日本)과 전쟁(戰爭)한다」 함이니, 이것이 이른바 준비론(準備論) 곧 독립전쟁(獨立)(戰爭)을 준비(準備)하자 함이다. 외세(外勢)의 침입(侵入)이 더할수록 우리의 부족(不足)한 것이 자꾸 감각(感覺)되어, 그 준비론(準備論)의 범위(範圍)가 전쟁(戰爭) 이외(以外)까지 확장(擴張)되어 교육(敎育)도 진흥(振興)해야겠다, 상공업(商工業)도 발전(發展)해야겠다, 기타(其他) 무엇무엇 일체(一切)가 모두 준비론(準備論)의 부분(部分)이 되었었다. 경술(庚戌) 이후(以後) 각(各) 지사(志士)들이 혹(或) 서·북간도(西·北間島)의 삼림(森林)을 더듬으며, 혹(或) 서비리아(西比利亞)의 찬바람에 배부르며, 혹(或) 남·북경(南·北京)으로 돌아다니며, 혹(或) 미주(美洲)나 「하와이」로 돌아가며, 혹(或) 경향(京鄕)에 출몰(出沒)하여 십여성상(十餘星霜) 내외(內外) 각지(各地)에서 목이 터질 만치 준비(準備)! 준비(準備)!를 불렀지만, 그 소득(所得)이 몇 개 불완전(不完全)한 학교(學校)와 실력(實力)없는 회(會) 뿐이었었다. 그러나 그들의 성력(誠力)의 부족(不足)이 아니라 실(實)은 그 주장(主張)의 착오(錯誤)이다. 강도(强盜) 일본(日本)이 정치(政治)·경제(經濟) 양방면(兩方面)으로 구박(驅迫)을 주어 경제(經濟)가 날로 곤란(困難)하게 생산기관(生産機關)이 전부(全部) 박탈(剝奪)되어 의식(衣食)의 방책(方策)도 단절(斷絶)되는 때에, 무엇으로? 어떻게? 실업(實業)을 발전(發展)하며, 교육(敎育)을 확장(擴張)하며, 더구나 어디서? 얼마나? 군인(軍人)을 양성(養成)하며, 양성(養成)한들 일본(日本) 전투력(戰鬪力)의 백분지일(百分之一)에 비교(比較)라도 되게 할 수 있느냐? 실(實)로 일장(一場)의 잠꼬대가 될 뿐이로다.

이상(以上)의 이유(理由)에 의(依)하여 우리는 「외교(外交)」「준비(準備)」 등(等)의 미몽(迷夢)을 버리고 민중(民衆) 직접혁명(直接革命)의 수단(手段)을 취(取)함을 선언(宣言)하노라.

4

조선민족(朝鮮民族)의 생존(生存)을 유지(維持)하자면 강도(强盜) 일본(日本)을 구축(驅逐)할지며, 강도(强盜) 일본(日本)을 구축(驅逐)하자면 오직 혁명(革命)으로써 할 뿐이니, 혁명(革命)이 아니고는 강도(强盜) 일본(日本)을 구축(驅逐)할 방법(方法)이 없는 바이다.

그러나 우리가 혁명(革命)에 종사(從事)하려면 어느 방면(方面)부터 착수(着手)하겠느뇨?

구시대(舊時代)의 혁명(革命)으로 말하면, 인민(人民)은 국가(國家)의 노예(奴隷)가 되고 그 이상(以上)에 인민(人民)을 지배(支配)하는 상전(上典) 곧 특수세력(特殊勢力)이 있어 그 소위(所謂) 혁명(革命)이란 것은 특수세력(特殊勢力)의 명칭(名稱)을 변경(變更)함에 불과(不過)하였다. 다시 말하자면 곧 「을(乙)」의 특수세력(特殊勢力)으로 「갑(甲)」의 특수세력(特殊勢力)을 변경(變更)함에 불과(不過)하였다. 그러므로 인민(人民)은 혁명(革命)에 대(對)하여 다만 갑·을(甲·乙) 양세력(兩勢力) 곧 신·구(新·舊) 양상전(兩上典) 숙인(孰仁)·숙폭(孰暴)·숙선(孰善)·숙악(孰惡)을 보아 그 향배(向背)를 정(定)할 뿐이요, 직접(直接)의 관계(關係)가 없었다. 그리하여 「주기군이적기민(誅其君而吊其民)」이 혁명(革命)의 유일종지(唯一宗旨)가 되고 「단식대장이영왕사(簞食壺漿以迎王師)」가 혁명사(革命史)의 유일미담(唯一美談)이 되었거니와, 금일(今日) 혁명(革命)으로 말하면 민중(民衆)이 곧 민중(民衆) 자기(自己)를 위(爲)하여 하는 혁명(革命)인 고(故)로 「민중혁명(民衆革命)」이라 「직접혁명(直接革命)」이라 칭(稱)함이며, 민중(民衆) 직접(直接)의 혁명(革命)인 고(故)로 그 비등(沸騰) 팽창(澎漲)의 열도(熱度)가 숫자상(數字上) 강약(强弱) 비교(比較)의 관념(觀念)을 타파(打破)하며, 그 결과(結果)의 성패(成敗)가 매양 전쟁학상(戰爭學上)의 정궤(定軌)서 일출(逸出)하여 무전(無錢) 무병(無兵)한 민중(民衆)으로 백만(百萬)의 군대(軍隊)와 억만(億萬)의 부력(富力)을 가진 제왕(帝王)도 타도(打倒)하며 외구(外寇)도 구축(驅逐)하나니, 그러므로 우리 혁명(革命)의 제일보(第一步)는 민중각오(民衆覺悟)의 요구(要求)니라.

민중(民衆)은 어떻게 각오(覺悟)하느뇨?

민중(民衆)은 신인(神人)이나 성인(聖人)이나 어떤 영웅(英雄) 호걸(豪傑)이 있어 「민중(民衆)을 각오(覺悟)」하도록 지도(指導)하는 데서 각오(覺悟)하는 것도 아니요, 「민중(民衆)아, 각오(覺悟)하자」 「민중(民衆)이여, 각오(覺悟)하여라」 그런 열규(熱叫)의 소리에서 각오(覺悟)하는 것도 아니오.

오직 민중(民衆)이 민중(民衆)을 위(爲)하여 일체(一切) 불평(不平)·부자연(不自然)·불합리(不合理)한 민중향상(民衆向上)의 장애(障礙)부터 먼저 타파(打破)함이 곧 「민중(民衆)을 각오(覺悟)케」 하는 유일방법(唯一方法)이니, 다시 말하자면 곧 선각(先覺)한 민중(民衆)이 민중(民衆)의 전체(全體)를 위(爲)하여 혁명적(革命的) 선구(先驅)가 됨이 민중(民衆) 각오(覺悟)의 제일로(第一路)이니라.

일반(一般) 민중(民衆)이 기(飢)·한(寒)·곤(困)·고(苦)·처호(妻呼)·아제(兒啼)·세납(稅納)의 독봉(督棒)·사채(私債)의 최촉(催促)·행동(行動)의 부자유(不自由)·모든 압박(壓迫)에 졸리어, 살려니 살 수 없고 죽으려 하여도 죽을 바를 모르는 판에, 만일(萬一) 그

압박(壓迫)의 주인(主因) 되는 강도정치(强盜政治)의 시설자(施設者)인 강도(强盜)들을 격폐(擊斃)하고, 강도(强盜)의 일체(一切) 시설(施設)을 파괴(破壞)하고, 복음(福音)이 사해(四海)에 전(傳)하며 만중(萬衆)이 동정(同情)의 눈물을 뿌리어, 이에 인인(人人)이 「아사(餓死)」이외(以外)에 오히려 혁명(革命)이란 일로(一路)가 남아 있음을 깨달아, 용자(勇者)는 그 의분(義憤)에 못이기어 약자(弱者)는 그 고통(苦痛)에 못견디어, 모두 이 길로 모여들어 계속적(繼續的)으로 진행(進行)하며 보편적(普遍的)으로 전염(傳染)하여 거국일치(擧國一致)의 대혁명(大革命)이 되면 간활잔폭(奸猾殘暴)한 강도일본(强盜日本)이 필경(必竟) 구축(驅逐)되는 날이라. 그러므로 우리의 민중(民衆)을 환성(喚醒)하여 강도(强盜)의 통치(統治)를 타도(打倒)하고 우리 민족(民族)의 신생명(新生命)을 개척(開拓)하자면 양병(養兵) 십만(十萬)이 일척(一擲)의 작탄(炸彈)만 못하며 억천장(億千張) 신문(新聞)·잡지(雜誌)가 일회(一回) 폭동(暴動)만 못할지니라.

민중(民衆)의 폭력적(暴力的) 혁명(革命)이 발생(發生)치 아니하면 이(已)어니와, 이미 발생(發生)한 이상(以上)에는 마치 현애(懸崖)에서 굴리는 돌과 같아서 목적지(目的地)에 도달(到達)하지 아니하면 정지(停止)하지 않는 것이라, 우리 이왕(已往)의 경과(經過)로 말하면 갑신정변(甲申政變)의 특수세력(特殊勢力)이 특수세력(特殊勢力)과 싸우던 궁중(宮中) 일시(一時)의 활극(活劇)이 될 뿐이며, 경술(庚戌) 전후(前後)의 의병(義兵)들은 충군애국(忠君愛國)의 대의(大義)로 격기(激起)한 독서계급(讀書階級)의 사상(思想)이며, 안중근(安重根)·이재명(李在明) 등(等) 열사(烈士)의 폭력적(暴力的) 행동(行動)이 열렬(熱烈)하였지만 그 후면(後面)에 민중적(民衆的) 역량(力量)의 기초(基礎)가 없었으며, 삼·일운동(三·一 運動)의 만세(萬歲)소리에 민중적(民衆的) 일치(一致)의 의기(意氣)가 별현(瞥現)하였지만 또한 폭력적(暴力的)

중심(中心)을 가지지 못하였도다. 「민중(民衆)・폭력(暴力)」 양자(兩者)의 기일(其一)만 빠지면 비록 굉열장쾌(轟烈壯快)한 거동(擧動)이라도 또한 전뇌(電雷)같이 수속(收束)하는도다.

조선(朝鮮) 안에 강도일본(强盜日本)의 제조(製造)한 혁명원인(革命原因)이 산같이 쌓이었다. 언제든지 민중(民衆)의 폭력적(暴力的) 혁명(革命)이 개시(開始)되어 「독립(獨立)을 못하면 살지 않으리라」 「일본(日本)을 구축(驅逐)하지 못하면 물러서지 않으리라」는 구호(口號)를 가지고 계속(繼續) 전진(前進)하면 목적(目的)을 관철(貫徹)하고야 말지니, 이는 경찰(警察)의 칼이나 군대(軍隊)의 총이나 간활(奸猾)한 정치가(政治家)의 수단(手段)으로도 막지 못하리라.

혁명(革命)의 기록(記錄)은 자연(自然)히 참절(慘絶) 장절(壯絶)한 기록(記錄)이 되리라. 그러나 물러서면 그 후면(後面)에는 흑암(黑暗)한 함정(陷穽)이요, 나아가면 그 전면(前面)에는 광명(光明) 활기(活氣)니, 우리 조선민족(朝鮮民族)은 그 참절(慘絶) 장절(壯絶)한 기록(記錄)을 그리면서 나아갈 뿐이니라.

이제 폭력(暴力)─암살(暗殺)・파괴(破壞)・폭동(暴動)─의 목적물(目的物)을 대략(大略) 열거(列擧)하건대,

일(一), 조선총독(朝鮮總督) 급(及) 각(各) 관공리(官公吏)

이(二), 일본천황(日本天皇) 급(及) 각(各) 관공리(官公吏)

삼(三), 정탐노(偵探奴)・매국적(賣國賊)

사(四), 적(敵)의 일체(一切) 시설물(施設物)

차외(此外)에 각(各) 지방(地方)의 신사(紳士)나 부호(富豪)가 비록 현저(顯著)히 혁명운동(革命運動)을 방해(妨害)한 죄(罪)가 없을지라도 만일 언어(言語) 혹(或) 행동(行動)으로 우리의 운동(運動)을 완화(緩和)하고 중상(中傷)하는 자(者)는 우리의 폭력(暴力)으로써 대부(對付)할지니라. 일본인(日本人) 이주민(移住民)은 일본(日本) 강도정치

(强盗政治)의 기계(機械)가 되어 조선민족(朝鮮民族)의 생존(生存)을 위협(威脅)하는 선봉(先鋒)이 되어 있은즉 또한 우리의 폭력(暴力)으로 구축(驅逐)할지니라.

5

혁명(革命)의 길은 파괴(破壞)부터 개척(開拓)할지니라. 그러나 파괴(破壞)만 하려고 파괴(破壞)하는 것이 아니라 건설(建設)하려고 파괴(破壞)하는 것이니, 만일 건설(建設)할 줄을 모르면 파괴(破壞)할 줄도 모를지며, 파괴(破壞)할 줄을 모르면 건설(建設)할 줄도 모를지니라. 건설(建設)과 파괴(破壞)가 다만 형식상(形式上)에서 보아 구별(區別)될 뿐이요 정신상(精神上)에서는 파괴(破壞)가 곧 건설(建設)이니, 이를테면 우리가 일본세력(日本勢力)을 파괴(破壞)하려는 것이

제일(第一)은 이족통치(異族統治)를 파괴(破壞)하자 함이다. 왜? 「조선(朝鮮)」이란 그 위에 「일본(日本)」이란 이족(異族) 그것이 전제(專制)하여 있으니, 이족전제(異族專制)의 밑에 있는 조선(朝鮮)은 고유적(固有的) 조선(朝鮮)이 아니니, 고유적(固有的) 조선(朝鮮)을 발견(發見)하기 위(爲)하여 이족통치(異族統治)를 파괴(破壞)함이니라.

제이(第二)는 특권계급(特權階級)을 파괴(破壞)하자 함이다. 왜? 「조선민중(朝鮮民衆)」이란 그 위에 총독(總督)이니 무엇이니 하는 강도단(强盜團)의 특권계급(特權階級)이 압박(壓迫)하여 있으니, 특권계급(特權階級)의 압박(壓迫) 밑에 있는 조선민중(朝鮮民衆)은 자유적(自由的) 조선민중(朝鮮民衆)이 아니니, 자유적(自由的) 조선민중(朝鮮民衆)을 발견(發見)하기 위(爲)하여 특권계급(特權階級)을 타파(打破)함이니라.

제삼(第三)은 경제(經濟) 약탈제도(掠奪制度)를 파괴(破壞)하자 함이다. 왜? 약탈제도(掠奪制度) 밑에 있는 경제(經濟)는 민중(民衆) 자기가 생활(生活)하기 위(爲)하여 조직(組織)한 경제(經濟)가 아니요,

곧 민중(民衆)을 잡아먹으려는 강도(强盜)의 살을 찌우기 위(爲)하여 조직(組織)한 경제(經濟)니, 민중생활(民衆生活)을 발전(發展)하기 위(爲)하여 경제(經濟) 약탈제도(掠奪制度)를 파괴(破壞)함이라.

제사(第四)는 사회적(社會的) 불평등(不平等)을 파괴(破壞)하자 함이다. 왜? 약자(弱者) 이상(以上)에 강자(强者)가 있고 천자(賤者) 이상(以上)에 귀자(貴子)가 있어 모든 불평균(不平均)을 가진 사회(社會)는 서로 약탈(掠奪), 서로 박삭(剝削), 서로 질투(嫉妬) 구시(仇視)하는 사회(社會)가 되어, 처음에는 소수(少數)의 행복(幸福)을 위(爲)하여 다수(多數)의 민중(民衆)을 잔해(殘害)하다가 말경(末境)에는 또 소수(少數)끼리 서로 잔해(殘害)하여 민중(民衆) 전체(全體)의 행복(幸福)이 필경(畢竟) 숫자상(數字上)의 공(空)이 되고 말뿐이니, 민중(民衆) 전체(全體)의 행복(幸福)을 증진(增進)하기 위(爲)하여 사회적(社會的) 불평균(不平均)을 파괴(破壞)함이니라.

제오(第五)는 노예적(奴隷的) 문화사상(文化思想)을 파괴(破壞)하자 함이다. 왜? 유래(遺來)하던 문화사상(文化思想)의 종교(宗敎)·윤리(倫理)·문학(文學)·미술(美術)·풍속(風俗)·습관(習慣) 그 어느 무엇이 강자(强者)가 제조(製造)하여 강자(强者)를 옹호(擁護)하는 것이 아니더냐? 강자(强者)의 오락(娛樂)에 공급(供給)하던 제구(諸具)가 아니더냐? 일반민중(一般民衆)을 노예화(奴隷化)케 하던 마취제(痲醉劑)가 아니더냐? 소수계급(少數w階級)은 강자(强者)가 되고 다수민중(多數民衆)은 도리어 약자(弱者)가 되어 불의(不義)의 압제(壓制)를 반항(反抗)치 못함은 전(專)혀 노예적(奴隷的) 문화사상(文化思想)의 속박(束縛)을 받은 까닭이니, 만일 민중적(民衆的) 문화(文化)를 제창(提倡)하여 그 속박(束縛)의 철쇄(鐵鎖)를 끊지 아니하면, 일반민중(一般民衆)은 권리사상(權利思想)이 박약(薄弱)하며 자유향상(自由向上)의 흥미(興味)가 결핍(缺乏)하여 노예(奴隷)의 운명(運命) 속에서 윤회(輪

廻)할 뿐이라. 그러므로 민중문화(民衆文化)를 제창(提倡)하기 위(爲)하여 노예적(奴隷的) 문화사상(文化思想)을 파괴(破壞)함이니라.

다시 말하자면 「고유적(固有的) 조선(朝鮮)의」 「자유적(自由的) 조선민중(朝鮮民衆)의」 「민중적(民衆的) 경제(經濟)의」 「민중적(民衆的) 사회(社會)의」 「민중적(民衆的) 문화(文化)의」 조선(朝鮮)을 건설(建設)하기 위(爲)하여 「이족통치(異族統治)의」 「약탈제도(掠奪制度)의」 「사회적(社會的) 불평균(不平均)의」 「노예적(奴隷的) 문화사상(文化思想)의」 현상(現象)을 타파(打破)함이니라. 그런즉 파괴적(破壞的) 정신(精神)이 곧 건설적(建設的) 주장(主張)이라. 나아가면 파괴(破壞)의 「칼」이 되고 들어오면 건설(建設)의 「기(旗)」가 될지니, 파괴(破壞)할 기백(氣魄)은 없고 건설(建設)할 치상(癡想)만 있다 하면 오백년(五百年)을 경과(經過)하여도 혁명(革命)의 꿈도 꾸어보지 못할지니라. 이제 파괴(破壞)와 건설(建設)이 하나이요 둘이 아닌 줄 알진대, 민중적(民衆的) 파괴(破壞) 앞에는 반드시 민중적(民衆的) 건설(建設)이 있는 줄 알진대, 현재(現在) 조선민중(朝鮮民衆)은 오직 민중적(民衆的) 폭력(暴力)으로 신조선(新朝鮮) 건설(建設)의 장애(障礙)인 강도(强盜) 일본세력(日本勢力)을 파괴(破壞)할 것 뿐인 줄을 알진대, 조선민중(朝鮮民衆)이 한편이 되고 일본(日本) 강도(强盜)가 한편이 되어, 네가 망(亡)하지 아니하면 내가 망(亡)하게 된 「외나무다리 위」에 선 줄을 알진대, 우리 이천만(二千萬) 민중(民衆)은 일치(一致)로 폭력(暴力) 파괴(破壞)의 길로 나아갈지니라.

민중(民衆)은 우리 혁명(革命)의 대본영(大本營)이다.

폭력(暴力)은 우리 혁명(革命)의 유일무기(唯一武器)이다.

우리는 민중(民衆) 속에 가서 민중(民衆)과 휴수(携手)하여

불절(不絶)하는 폭력(暴力) - 암살(暗殺)·파괴(破壞)·폭동(暴動)으로써

강도(强盜) 일본(日本)의 통치(統治)를 타도(打倒)하고,

우리 생활(生活)에 불합리(不合理)한 일체(一切) 제도(制度)를 개조(改造)하여

인류(人類)로써 인류(人類)를 압박(壓迫)치 못하며, 사회(社會)로써 사회(社會)를 박삭(剝削)치 못하는 이상적(理想的) 조선(朝鮮)을 건설(建設)할지니라.

(1923년 1월(一九二三年 一月))

참고문헌

1. 기본자료

『단재신채호전집』 상, 단재신채호선생기념사업회, 1972.

『단재신채호전집』 중, 단재신채호선생기념사업회, 1972.

『단재신채호전집』 하, 단재신채호선생기념사업회, 1975.

『단재신채호전집』 별집, 단재신채호선생기념사업회, 1977.

량치차오, 『이태리건국삼걸전』, 신채호 역, 류준범·장문석 현대어 옮김, 지식
　　의풍경, 2001.

『飮氷室文集』, 광지서국, 1908.

『한성순보』, 『한성주보』, 『대한매일신보』, 『황성신문』.

이광수, 『무정』, 동아출판사, 1995.

이인직, 『혈의 누』, 동아출판사, 1995.

『을지문덕/이순신전/최도통전』, 독립기념관 한국독립운동사연구소, 1989.

2. 단행본

가라타니 고진, 『근대문학의 종언』, 조영일 옮김, 도서출판 B, 2006.

강만길 편, 『신채호』, 고려대학교 출판부, 1990.

고토쿠 슈스이, 『나는 사회주의자다』, 임경화 역, 교양인, 2011.

구중서·최원식 편, 『한국근대문학연구』, 태학사, 1997.

김병민, 『신채호문학연구』, 아침, 1988.

김상웅, 『단재신채호평전』, 시대의창, 2005.

김열규, 『한국문학사』, 탐구당, 1983.

김영민, 『한국 근대소설의 형성과정』, 소명출판, 2005.

_____, 『한국근대소설사』, 솔, 1997.

김윤식, 『김윤식전집』 2, 솔, 1996.

김윤식·정호웅 공저, 『한국소설사』, 예하, 1993.

김주현, 『신채호문학연구초』, 소명출판, 2012.

김찬기, 『한국 근대소설의 형성과 전』, 소명출판, 2004.

김현주, 『단재 신채호 소설 연구』, 소명출판, 2015

나인호, 『개념사란 무엇인가』, 역사비평사, 2011.

대전대학교 지역협력연구원 엮음, 『단재 신채호의 현대적 조명』, 다운샘, 2003.

민족문학사연구소 기초학문연구단, 『한국근대문학의 형성과 문학 장의 재발
  견』, 소명출판, 2004.

박노자, 『나는 폭력의 세기를 고발한다』, 인물과사상사, 2005.

박지향 외, 『영웅 만들기』, 휴머니스트, 2005.

박찬승, 『민족·민족주의』, 소화, 2010.

성균관대학교 BK21 동아시아학 융합사업단편, 『근대 동아시아 지식인의 삶과
  학문』, 성균관대학교출판부, 2009.

송명진, 『역사·전기소설의 수사학』, 서강대학교출판부, 2013.

신동준, 『인물로 읽는 중국근대사』, 에버리치홀딩스, 2010.

신일철, 『신채호역사사상연구』, 고려대출판부, 1983.

안병직, 『신채호』, 한길사, 1979.

앙드레 슈미드, 정여울 역, 『제국 그 사이의 한국』, 휴머니스트, 2007.

양계초, 『신민설』, 이혜경 주해, 서울대학교출판문화원, 2014.

엽건곤, 『량치차오와 구한말 문학』, 법전출판사, 1980.

우림걸, 『한국개화기문학과 양계초』, 박이정, 2002.

윤해동·천정환 엮음, 『근대를 다시 읽는다』1, 역사비평사, 2006.

이덕남, 『(마지막 고구려인) 단재 신채호』, 동현, 1996.

이만열, 『단재 신채호의 역사학 연구』, 문학과지성사, 1990.

이성시 지음, 『만들어진 고대』, 박경희 옮김, 삼인, 2001.

이승원·오선민·정여울, 『국민국가의 정치적 상상력』, 소명출판, 2003.

이재선, 『한국현대소설사』, 홍성사, 1978.

_____, 『한국소설사』, 민음사, 2000.

이호룡, 『한국의 아나키즘』, 지식산업사, 2001.

_____, 『신채호 다시 읽기』, 돌베개, 2013.

이화여대 한국문화연구원, 『근대계몽기 지식의 발견과 사유 지평의 확대』, 소명
  출판, 2006.

이홍기, 『신채호 함석헌 : 역사의 길, 민족의 길』, 김영사, 2013.

이희정, 『한국근대소설의 형성과 『매일신보』』, 소명출판, 2008.

임중빈, 『단재 신채호 일대기』, 범우사, 1987.

임화문학예술전집 편찬위원회 편, 『임화문학예술전집』 2, 소명출판, 2009.

전통문화연구소, 『전통, 근대가 만들어낸 또 하나의 권력』, 인물과사상사, 2010.

정선태, 『심연을 탐사하는 고래의 눈』, 소명출판, 2003.

_____, 『한국 근대문학의 수렴과 발산』, 소명출판, 2008.

조세현, 『동아시아 아나키즘, 그 반역의 역사』, 책세상, 2001.

최원식, 『한국계몽주의문학사론』, 소명출판, 2002.

최주한, 『제국 권력에의 야망과 반감 사이에서』, 소명출판, 2005.

최형욱 엮고 옮김, 『량치차오, 조선의 망국을 기록하다』, 글항아리, 2014.

충남대학교 충청문화연구소편, 『단채 신채호의 사상과 민족운동』, 경인문화사, 2010.

토머스 칼라일, 『영웅숭배론』, 박상익 옮김, 한길사, 2003.

황 현, 『매천야록』 2, 문학과지성사, 2005

후쿠자와 유키치, 『문명론』, 정명환 옮김, 기파랑, 2012.

3. 논문

구장률, 「낭객(浪客) 신채호와 정명(定名)의 문학」, 『민족문학사연구』 제44권, 민족문학사학회, 2010.

김성수, 「신채호의 영웅 전기와 근대적 글쓰기 기획 - 「을지문덕」의 글쓰기 방식 재검토」, 『민족문학사연구』 제41권, 민족문학사학회, 2009.

김승환, 「단재 신채호와 벽초 홍명희의 문학과 국(國) - 실재의 공동체와 상상의 공동체」, 『중원문화연구』 제15권, 충북대학교 중원문화연구소, 2010.

_____, 「신채호의 문학에 드러난 상상의 공동체와 실재의 공동체」, 『한국문학이론연구』 제52권, 현대문학이론학회, 2013.

김영범, 「신채호의 조선혁명의 길」, 『한국근현대사연구』 제18집, 한국근현대사학회, 2001.

김영호, 「단재의 생애와 활동」, 『나라사랑』 제3집, 1971.

김인환, 「신채호의 근대성 인식」, 『민족문화연구』 제30집, 민족문화연구소, 1997.

김주현, 「『월남망국사』와 『이태리건국3걸전』의 첫 번역자」, 한국현대문학회 2009년 제3차 전국학술발표대회, 2009.

김현주, 「신채호의 역사 이념과 서사적 재현 양식의 연관성에 대한 연구」, 『상허학보』 제14집, 상허학회, 2005.

김현주, 「신채호 소설에 나타난 영웅의 변모 양상 연구 : 아나키즘 사상의 심화 과정을 중심으로」, 『어문학』 제105호, 한국어문학회, 2009.

_____, 「망명 이후 신채호 소설의 인물 형상 연구 : 근대에서 탈근대 이행(移行)과 관련하여」, 『한민족어문학』 제56호, 한민족어문학회, 2010.

_____, 「신채호 소설의 근대국민국가 기획에 관한 연구 - 류화전(柳花傳)과 익모초(益母草)를 중심으로」, 『한민족어문학』 제57권, 한민족어문학회, 2010.

_____, 「단재 신채호 소설의 고아 인물 연구」, 『한민족어문학』 제62호, 한민족어문학회, 2012.

남송우, 「근대 일본과 한국의 사회진화론과 아나키즘 연구」, 『동북아문화연구』 제14집, 동북아시아문화학회, 2008.

노연숙, 「20세기 초 동아시아 정치서사에 나타난 '애국'의 양상」, 『한국현대문학연구』 제28집, 한국현대문학회, 2009.

박노자, 「1900년대 초반 신채호 민족 개념의 계보와 동아시아적 맥락」, 『순천향 인문과학논총』 제25권, 순천향대학교 인문과학연구소, 2010.

박선영, 「장지연의 '변절'과 신채호의 '순국'」, 『한국언론학보』 제53권 제2호, 한국언론학회, 2009.

백동현, 「신채호와 '국(國)'의 재인식」, 『역사와현실』 제29권, 한국역사연구회, 1998.

백영서, 「양계초의 근대성 인식과 동아시아」, 『아시아문화』 제14호, 한림대학교 아시아문화연구소, 1998.

성현자, 「단재 신채호의 역사전기소설연구 - 伊太利建國三傑傳과의 비교를 중심으로」, 『동방문학비교총서』 제3권, 국학자료원, 1997.

손성준, 「국민국가와 영웅서사 : 『이태리건국삼걸전』의 서발동착과 그 의미」, 『사이』 제3집, 국제한국문학문화학회, 2007.

_____, 「『이태리건국삼걸전』의 동아시아 수용양상과 그 성격」, 성균관대학교 대학원 동아시아학과 석사학위논문, 2007.

송명진, 「신문연재 역사전기소설의 대중성 연구 : 신채호의 『최도통전』을 중심으로」, 『우리말글』 제41집, 우리말글학회, 2007.

신동욱, 「1920년대 소설」, 김동욱·이재선 편, 『한국소설사』, 현대문학, 1999.

신복룡, 「신채호의 무정부주의」, 『동양정치사상』 제7권 제1호, 한국동양정치사상사학회, 2007.

양진오, 「고구려 영웅과 역사의 발견」, 『어문학』 제95집, 한국어문학회, 2007.

_____, 「영웅 개념의 주체적 모색과 신채호 문학」, 『어문론총』 제55호, 한국문학언어학회, 2011.

우남숙, 「양계초(梁啓超)와 신채호의 자유론 비교 - 『신민설(新民說)』과 「이십세기신국민(二十世紀新國民」을 중심으로」, 『동양정치사상사』 제6권 제1호, 한국동양정치사상사학회, 2007.

_____, 「사회진화론의 동아시아수용에 관한 연구 : 역사적 경로와 이론적 원형을 중심으로」, 『동양정치사상사』 제10권 제2호, 한국동양정치사상학회, 2011.

윤일·남송우·신동주·서은선, 「사회진화론과 1900~1920년대 반제국주의」, 동북아시아학회 국제학술대회 발표자료집, 2007.

_____, 「근대 일본과 한국의 사회진화론과 아나키즘 연구 : 고토쿠 슈스이와 신채호를 중심으로」, 『동북아문화연구』 제14집, 동북아시아문화학회, 2008.

윤영실, 「근대계몽기 역사적 서사의 사실, 허구, 진리」, 『한국현대문학연구』 제34집, 한국현대문학회, 2011.

이정석, 「신채호 문학, 억압된 근대의 원사」, 『어문연구』 제147집, 우리어문학회, 2010.

이도연, 「낭만적 정신의 현실적 구조: 신채호의 「꿈하늘」론」, 『민족문화연구』 제37집, 민족문화연구소, 2002.

이동재, 「단채 신채호 소설의 문학사적 계보와 변천과정 연구」, 『현대문학이론연구』 제20권, 현대문학이론학회, 2003.

이영아, 「1910년대 『매일신보』 연재소설의 대중성 획득 과정 연구」, 『한국현대문학연구』 제23집, 한국현대문학회, 2007.

이정석, 「신채호 소설의 지도적 상상력과 그 서사적 효과 : 「백세노승의 미인담」과 「용과 용의 대격전」을 중심으로」, 『한국문학이론과비평』 제46집, 한국문학이론과비평학회, 2010.

_____, 「신채호의 폭력론과 저주의 글쓰기」, 『우리문학연구』 제36권, 우리어문학회, 2010.

이지훈, 「신채호의 아나키즘과 「용과 용의 대격전」 고찰」, 『한국현대문학연구』 제8집, 한국현대문학회, 2000.

이채방, 「1905~7년 러시아혁명과 러시아사회민주노동당」, 『서양사연구』 제12

집, 한국서양사연구회, 1991.

이헌미, 「대한제국의 영웅 개념」, 『세계정치』 제25집 제2호, 서울대학교 국제문
　　제연구소, 2004.

장경남, 「신채호 역사전기의 형상화 방식과 의미」, 『민족문학사연구』 제41권,
　　민족문학사학회, 2009.

전석환·이상임, 「공론장의 형성 과정 안에서 본 문학의 사회철학적 의미」, 『철
　　학논총』 제68집, 새한철학회, 2012.

정영훈, 「신채호 소설의 정치적 가능성」, 『민족문학사연구』 제46권, 민족문학사
　　학회, 2011.

정환국, 「근대전환기 언어질서의 변동과 근대적 매체 등장의 상관성」, 『대동문
　　화연구』 제48집, 성균관대학교 대동문화연구원, 2004.

조은주, 「'나'의 기원으로서의 '단군'과 창세기적 문학사상의 의미 : 최남선, 신채호
　　를 중심으로」, 『한국현대문학연구』 제29집, 한국현대문학회, 2009.

채진홍, 「신채호 소설에 나타난 근대인관」, 『한국언어문학』 제5집, 한국언어문
　　학회, 2005.

최옥산, 「문학자 단재 신채호론」, 인하대학교 대학원 박사학위논문, 2003.

＿＿＿, 「단재의 아나키즘과 중국, 그리고 문학」, 『민족문학사연구』 제41권, 민
　　족문학사학회, 2009.

최택균, 「단재, 신채호 소설 연구」, 『어문학교육』 22집, 한국어문교육학회, 2000.

최현주, 「신채호 문학의 탈식민성 고찰」, 『한국문학이론과 비평』 제20집, 한국
　　문학이론과 비평학회, 2003.

표언복, 「신채호의 만주인식과 그 변모」, 『Comparative Korean Studies』 제19
　　권 제3호, 국제비교한국학회, 2011.

한상도, 「유자명의 아나키즘 이해와 한중 연대론」, 『동양정치사상』 제7권, 한국
　　동양정치사상사학회, 2007.

허재훈, 「대구·경북 지역 아나키즘 사상운동의 전개」, 『철학논총』 제40집, 새
　　한철학회, 2005.

황종연, 「노블, 청년, 제국 - 한국근대소설의 통국가간 시작」, 『상허학보』 제14
　　집, 상허학회, 2005.